徐大军　著

宋元通俗叙事文体
演成论稿

国家社会科学基金项目结项成果（14BZW066）

杭州市哲社重点基地"浙西学术研究中心"重点项目成果

（2019JD01）

杭州师范大学人文社会科学振兴计划项目资助成果

目　录

导　　论

　　闻一多梳理中国文学的发展大势，由先秦诗歌顺流而下来到宋代，看到诗歌发展的衰歇和小说戏剧时代的开启。[①]

　　梁启超及其响应者站在近代小说戏曲革命的立场，极力宣扬小说戏曲的社会价值和文学价值，[②]回溯其历史发展的宗源，也来到了宋元时期，[③]比如王国维就提出了元杂剧足可称"一代之文学"的观点。[④]

[①] 闻一多《文学的历史动向》："从西周到宋，我们这大半部文学史，实质上只是一部诗史。但是诗的发展到北宋实际也就完了。南宋的词已经是强弩之末。……中国文学史的路线南宋起便转向了，从此以后是小说戏剧的时代。"《当代评论》第四卷第一期，1943 年 12 月。又见《神话与诗》，中华书局 1956 年版，第 203 页。

[②] 梁启超《论小说与群治之关系》(1902 年)开启了近代中国的"小说界革命"，文中对于小说提出了两个重要的观点，一是着眼于社会地位："今日欲改良群治，必自小说界革命始；欲新民，必自新小说始。"一是着眼于文学地位："小说为文学之最上乘。"见陈平原、夏晓虹编《二十世纪中国小说理论资料》(第一卷)，北京大学出版社 1989 年版，第 34、37 页。

[③] 别士(署名夏曾佑)《小说原理》(1903 年)："章回始见于《宣和遗事》，由《宣和遗事》而衍出者为《水浒传》，由《水浒传》而衍出者为《金瓶梅》，由《金瓶梅》而衍出者为《石头记》，于是六艺附庸，蔚为大国，小说遂为国文之一大支矣。弹词原于乐章，由乐章而有词曲，由词曲而有元明人诸杂剧，如《元人百种曲》、汲古阁所刊《六十种曲》之类。"见陈平原、夏晓虹编《二十世纪中国小说理论资料》(第一卷)，第 60 页。

[④] 王国维：《宋元戏曲史》第十二章《元剧之文章》，上海古籍出版社 1998 年版，第 104 页。

　　20世纪初叶以来，从先秦文学顺流而下者，由近代文学溯源而上者，都在宋元时期看到了小说戏剧的勃兴发展状态和历史转折意义，由此而热烈搜寻着可作证明的文物文献依据。这些热烈、殷切的搜寻目光，慢慢地把原本处于文学史舞台边角的小说戏剧，推到了前台甚至中心的位置，由此在中国文学发展框架的叙述中展示着宋元小说戏剧闹热的面貌，在现代小说戏剧观念的立场上聚拢着繁杂的文本作品和文献记述。其间，不同的研究框架决定了各自的叙述格局和论思视界，也体现了各自的观察视角和考察立场，它们之间相辅相成，相互支撑，共同对这个小说戏剧开启时代的作品和史料进行着各具匠心的解读和推判。

　　这些作品和史料，是我们考察宋元通俗叙事文体的基础和主体，决定了我们对于宋元通俗叙事文体的属性、渊源、构件、形态、演进，及其在当时文学发展格局、社会文化格局中的位置判断。由此而获得的认识，则是我们梳理宋元通俗叙事文体文艺渊源、发展阶段、文本形态的基本依据，也是我们确立宋元通俗叙事文体研究框架、考察立场、观察视角的重要前提。

一、框　架　与　视　界

　　学界普遍认为，宋元通俗叙事文体的出现缘于口头伎艺的兴盛。这一认知的主要依据是这些书面文体的标志性格式来自口头伎艺。可是，有了口头伎艺的出现、繁盛，是否就必定能影响到书面领域而创生一种书面文体，伎艺格式是否就必然能落实于书面领域而成为一种书面编写的表述体例？这些疑惑共同指向了一个重要问题：口头伎艺何以能促发通俗叙事文体的生成。要想切实探究这个问题，它的逻辑起点不应是书面文体的文艺渊源，而应是口头伎艺的文本化。

　　一个考察立场的转换，能为我们开启一个观察视角，也能为我们构建一个关系框架。在此框架中，我们要为讨论对象搭建一个舞台，这个讨论对象自然就成为舞台的主角，而其他参与因素则成为受主角光环影响下的配角。但需注意的是，我们基于一个关系框架所叙述的舞台主角，与它在实际历史场景中的位置，并非必然一致。如此一来，我们就需警醒：对一个框架的拘囿或固守，可能会导致认识的偏颇或失实。

　　比如在话本小说的研究框架中，我们会把宋元话本作为叙述的主角，继而把它视为当时通俗文艺群体的主角，认为它的白话表述体例影响了当时的其他白话著述、通俗作品；又会在话本小说的文艺渊源问题上，把这种白话表述体例断为来自"小说""讲史"等故事讲唱伎艺，并认为它们在当时影响之大，致使皇帝大臣都会召请艺人来"说书"。

　　其实，在宋元时期的社会文化格局中，宋元话本这类书面作品无论如何不会是当时书面领域的主流角色，它在白话表述方面的影响力，比不上当时文人编写的白话著述；它的白话表述部分，也不一定来自说话伎艺的讲唱内容，因为《五代史平话》、"全相平话五种"都有直接据史书原文白话翻译的内容。而且这种白话著述方式，在当时的通俗史著中出现得要更早些，白话程度也更为彻底，比如元代吴澄的《经筵讲义》、郑镇孙的《直说通略》。所以，如果跳出话本小说的框架，宋元时的白话著述、白话叙事作品还有更为庞杂的类群，并且不是话本小说影响下的产物。

　　至于那个故事讲唱伎艺的"讲史"或者"讲史书"，在话本小说—说话伎艺的关系框架中，它对讲史话本的内容与体制影响深刻，对下层民众的文化娱乐生活影响广泛。但如果跳出这个关系框架，它在当时社会文化格局中的地位和影响，要远逊于作为帝王教育活动的经筵"讲史"及其引领下的各级各类官私学校的历史宣讲类"讲史"活动。北宋真宗、仁宗时期成熟的经筵制度(一种面向帝王教育的经史讲读活动),已经有常设的主管机构,最初称为"说书所",仁宗庆历初改称"讲筵所";并有常设的官职,称侍读、侍讲、崇政殿说书(徽宗时改为"迩英殿说书")。这种"说书"职官,元代亦有,比如元仁宗年间的钱天祐于延祐三年(1316)曾"充皇太子位下备员说书",他的《中书省进叙古颂状》即署名"说书臣钱天祐"。① 经筵讲读的内容包括儒家经典和本朝国史、前代历史。具体而言,讲读儒家经典的经筵活动就称"讲经",讲读史书的经筵活动则专称"讲史"。由于帝王躬行实践的示范效应,以及积极倡导的激励作用,使得这种教育属性的讲史活动逐渐蔓延、下沉到当时社会的各个领域、各个阶层——王公大臣、州县学校以及平民百姓,瓦舍勾栏里的伎艺"讲史"则是这个严肃文化活动的通俗化、娱乐化、伎艺化的产物。认识到这些,我们即可理解"讲史"这一专门伎艺为何能在宋代出现并迅速勃兴了,而宋元史料笔记中出现的"说书"则并非指向艺人的讲唱行为,我们不能将其等同于后世的伎艺说书。

另外,我们还可就元杂剧的早期剧本问题,来看一看研究框架对于我们思考、认识相关问题的重要影响作用。金元之际,有《大宋宣和遗事》《五代史平话》这样的讲史话本,有《西厢记诸宫调》《刘知远诸宫调》这样的说唱作品,有杜仁杰【般涉调·耍孩儿】《庄家不识勾栏》、关汉卿【南吕·一枝花】《不伏老》这样的叙事套曲,当然还有元杂剧的早期文本,关汉卿的作品可为代表。

现存元杂剧最早的刊本是《元刊杂剧三十种》,这是现知

---

① 解缙等编:《永乐大典》卷一〇八八八,中华书局1998年影印本,页4487下、4488上。

元杂剧的唯一元刊本，不分折，不标宫调，无科白或仅有简略科白。其中有关汉卿的杂剧作品四本：《大都新编关张双赴西蜀梦》《新刊关目闺怨佳人拜月亭》《古杭新刊的本关大王单刀会》《新刊关目诈妮子调风月》。这四本杂剧的文本形态可分为三类，基本代表了《元刊杂剧三十种》的体例类型。

《西蜀梦》，全为曲文，无宾白科介。四篇套曲的主唱人物分别是蜀国使臣（第一套曲）、诸葛亮（第二套曲）、张飞魂（第三、四套曲）。

《拜月亭》《调风月》，曲文中间杂有简单的宾白科介，如"唱""旦唱""小旦云了"这样的提示格式语。《拜月亭》四篇套曲的主唱人物皆为王瑞兰，《调风月》四篇套曲的主唱人物皆为燕燕。

《单刀会》，曲文前有简单的宾白科介（第一套曲除外，其格式如《拜月亭》《调风月》），即每篇套曲以简单的宾白科介领起，而曲文中间无宾白科介的提示格式语。四篇套曲的主唱人物分别是乔国老（第一套曲）、司马徽（第二套曲）、关羽（第三、四套曲）。

下面是这三种体例类型的具体文本形态：

【仙吕】【点绛唇】织履编席，能勾做大蜀皇帝，非容易。官里旦暮朝夕，闷似三江水。

【混江龙】唤了声关、张仁弟，无言低首泪双垂。一会家眼前活现，一会家口内掂提。急煎煎御手频捶飞凤椅，扑簌簌痛泪常淹衮龙衣。每日家独上龙楼上，望荆州感叹，阆州伤悲。

【油葫芦】每日家作念煞关云长、张翼德，委得俺宣限急。西川途路受驱驰，每日知他过几重深山谷，不曾行十里平田地。恨征骢四只蹄，不这般插翅般疾。踊虎躯纵彻黄金辔,果然道心急马行迟。

【天下乐】紧跐定葵花镫趸鞭催,走似飞坠的双镝,此腿脡无气力。换马处侧一会儿身,行行里吃一口儿食,无明夜不住地。

【醉扶归】若到荆州内,半米儿不宜迟,发送的关云长向北归,然后向阆州路上转驰驿。把关、张分付在君王手里,教他龙虎风云会。(《西蜀梦》蜀国使臣立场的曲词)

(正末、小旦云了。)(正末打救外末了。)(正旦共夫人相逐慌走上了。)(夫人云了。)(正旦云)怎想有这场祸事!(做住了。唱:)

【仙吕】【点烽唇】锦绣华夷,忽从西北,天兵起。觑那关口城池,马到处□□地。

【混江龙】许来大中都城内,各家烦恼各家知。且说君臣分散,想俺父子别离。遥想着尊父东行何日还?又随着车驾、车驾南迁甚日回?(夫人云了。)(正旦做嗟叹科。唱:)这青湛湛碧悠悠天也知人意,早是秋风飒飒,可更暮雨凄凄。

【油葫芦】分明是风雨催人辞故国!行一步一叹息,两行愁泪脸边垂。一点雨间一行恓惶泪,一阵风对一声长吁气。(做滑倒科。唱:)嗌!百忙里一步一撒;嗨!索与他一步一提!这一对绣鞋儿分不得帮和底,稠紧紧粘软软带着淤泥。

【天下乐】阿者!你这般没乱慌张到得那里?(夫人云了。)(正旦做意了。唱:)兀的般云低天欲黑,至轻的道店十数里。上面风雨,下面泥水,阿者!慢慢的枉步显的你没气力。(《拜月亭》王瑞兰立场的曲词)

(正末重扮先生引道童上,坐定。云:)贫道是司马德操的便是了。自襄阳会罢，与刘皇叔相见，本人有高皇之气。将门生寇封与皇叔为一子，举南阳卧龙为军师，分了西川。向山间林下，自看了十年龙争虎斗。贫道绝名利，无羞辱，倒亦快活！（唱：）

【端正好】我本是个钓鳌人，却做了扶犁叟。叹英布、彭越、韩侯！险，我这一身外两只拿云手，再不出麻袍袖。

【滚绣球】我如今聚村叟，会诗友，嘅的是活鱼新酒，问甚么瓦盆、砂瓶、磁瓯。推台不换盏，高歌自打手。任从他阴晴昏昼，我直吃的醉时节眠衲被蒙头。睡彻窗外三竿日，为的傲杀人间万户侯，倒大优游。

【倘秀才】林泉下酒生爽口，御宴上堂食惹手，留的残生喝下酒。你道这一拙汉，共那寿亭侯，是故友。

【滚绣球】你着我就席上央他几瓯，那汉劣性子输了半筹，问甚么安排来后，目前鲜血交流。你为汉上九座州，我为筵前一醉酒，咱两个落不得个完全尸首，我共你伴客同病相忧。你为两朝作保十年限，我却甚一盏能消万古愁，说起来魂魄悠悠！（《单刀会》司马徽立场的曲词）①

上面三种文本形态，哪一种是关汉卿当时编写的杂剧本子？又如何认识这些元刊杂剧的文本属性呢？不同立场、不同框架的考察会作出不同的解释，得出不同的结论。

在戏剧形态演进的框架中，我们会为元杂剧的生成寻找各种文艺渊源，比如诸宫调的多宫调曲词叙事体制，散曲的套曲结构体制。但是，诸宫调的曲体结构与元杂剧并不相同，并且第三人称立场的曲词叙事方式也不同于元杂剧的第一人称立场的曲词叙事方式。而在元杂剧出现之前的散曲，不但乐

---

① 徐沁君校点：《新校元刊杂剧三十种》，中华书局1980年版，第3、30—31、67—68页。

体与元杂剧完全相同,并且业已确立了一个故事人物立场的曲文叙述体制,比如杜仁杰【般涉调·耍孩儿】《庄家不识勾栏》、关汉卿【南吕·一枝花】《不伏老》。这种组套体曲文叙事与上述《西蜀梦》的文本体例完全相同,元刊本《单刀会》第二、三、四套曲若剥离掉前面的简单科白,亦完全相同。着眼于这种曲文叙事形态,散曲和杂剧的曲体形态相同,书面体例相同,都是套曲叙事,都有一个故事人物立场的曲文叙事体制,只是在唱演形态上二者有了区别,一为清唱,一为扮演,即把套曲置于角色扮演体制中来呈现。而角色扮演是原生于伎艺领域的表述方式,在元杂剧发展早期也只存在于伎艺领域,属于艺人从业立身的基本艺能。

如此一来,在散曲唱演形态演进的框架中,二者的亲缘关系,就不是元杂剧取用了散曲的艺术成就而形成了自己的曲文叙述体制,而应是散曲的联套曲词叙事在唱演方式上取用了角色扮演作为辅助,从而出现了元杂剧这种戏剧样式。元杂剧所表现的这种曲文叙事与角色扮演的配合关系,从曲词叙事唱演方式的进化来看,就与散曲的联套曲词叙事方式直接承续了,只不过散曲是把曲文叙事付于一个歌唱者,而元杂剧则是把曲文叙事付于一个扮演者。因此,清人梁廷枏就在诗词曲配乐唱演方式的发展线上,指出元人编写散曲,一开始是用于清唱,后来则借助角色扮演方式来扮唱,从而出现了元杂剧这种文艺样式,①由此认为元杂剧是散曲的再发展。

然而,按照现代文体分类的观念,散曲《庄家不识勾栏》与

---

① 梁廷枏《藤花亭曲话》卷四:"诗词空其声音,元曲则描写实事,其体例固别为一种,然《毛诗》'氓之蚩蚩'篇综一事之始末而具言之,《木兰诗》事迹首尾分明,皆已开曲伎之先声矣。作曲之始,不过止被之管弦,后且饰以优孟。"见《中国古典戏曲论著集成》(八),中国戏剧出版社 1959 年版,第 278 页。

杂剧本子《西蜀梦》这种曲体、曲文叙事体制、书面表述体例相同
的曲词文本,要被归于不同的文体类别,杂剧文本归于戏剧,散
曲文本归于诗歌。但是,如果我们回到元杂剧当时生存的文化
环境中,则又有另一种分类结果。元人普遍把杂剧、散曲同归于
"曲"类,通称为乐府,以致明人仍把元杂剧称为"元曲",比如臧
晋叔为元杂剧编写的选集就名为《元曲选》,在序言中还认为元
杂剧能"尽元曲之妙"。对于这现象,康保成曾指出:"元杂剧被
称为'元曲',实在不是古人的疏忽,也不仅是与散曲的混称,而
是紧紧抓住了事物的本质。混称,缘于二者某种程度的不分。"①

　　元人的这种"混称"做法,如果我们根据现代意义的文体
观念,就会判定这是缘于当时人的重曲观念——对元杂剧的
剧本,重曲文,轻科白。但如果着眼于元杂剧发展的早期,书
面领域与伎艺领域存在着明确的不对应状态,则会认识到"重
曲文,轻科白"并非来自一种观念,而是基于一个事实,乃属当
时人对于元杂剧文本形态的事实归纳。因为那时元杂剧的文
本就是曲词形态,而角色扮演因素仅仅是伎艺领域的唱演表
述方式,尚未成为书面编写的表述体例。认识到这一点,我们
就能明白当时文人谈论元杂剧的艺术成就只着眼它的"词章"
属性而不及伎艺属性,②当时人把元杂剧归属于"曲"类,而与

---

① 康保成:《戏曲起源与中国文化的特质》,《戏剧艺术》1989 年第 1 期,
　第 45 页。
② 燕南芝庵《唱论》认为"成文章曰乐府",周德清《中原音韵》在认同"有
　文章者谓之乐府"基础上,又说"如无文饰者谓之俚歌,不可与乐府共
　论也"(《中国古典戏曲论著集成》(一),第 160、231 页)。邵元长称其
　友钟嗣成所编《录鬼簿》,叙录之人"皆当今显宦名公词章行于世者",
　而钟嗣成《录鬼簿自序》也指出他著述此编,"叙其姓名,述其所作,冀
　乎初学之士,刻意词章"(浦汉明:《新校录鬼簿正续编》,巴蜀书社
　1996 年,第 32、36 页)。钟嗣成、邵元长所说的词章作家包括《录鬼
　簿》中收录的当时散曲作家和杂剧作家。

散曲同称为"乐府"了。其中虽有强调元杂剧祖源明确、血统雅正、出身高贵的重名因素,但这并非来自"重曲"观念的偏见,而是基于当时的杂剧本子就是类同于组套体叙事散曲的文本形态这一事实。

上述这些关于元杂剧的文体分类观念、文本属性认识,皆有其对应的文本形态事实,也关涉了元杂剧剧本的不同发展阶段。然而,不同的文本形态常是关联不同的发展阶段,若把不同的文本形态置于同一层面,把不同的发展阶段混淆,便会导致认识的偏颇或失实。我们所谈论的"元杂剧"是个文体概念,也是个伎艺概念,既包括它的剧本形态,也包括它的唱演形态,二者分属于书面领域和伎艺领域。但是,元杂剧在这两个领域的发展形态并不对应一致,最明显的一点就是角色扮演是因伎艺唱演而生成的表述方式,在元杂剧发展的早期,它只存在于伎艺领域,只是伎艺领域的表述手段,尚未进入书面领域而成为书面编写的表述体例。因此,元杂剧的唱演形态发展阶段和剧本形态发展阶段,并不是同步的,明编本、元刊本和早期剧本分别体现了元杂剧剧本形态的不同发展阶段,而《元曲选》中的那类元杂剧文本形态,则表示角色扮演因素已经成为书面编写的表述体例了。如果我们立足于元杂剧的明编本这种剧本形态,就会由此推导出它早期发展阶段的唱演体制及其诸多艺术创造性,就会认为关汉卿那些早期杂剧作者需要编写这种曲词科白齐备的杂剧本子。但实际上,在元杂剧发展的早期,角色扮演体制尚只是伎艺领域的表述手段,艺人不需要书面文本为其提供角色分配、科白安排,书面编写也不可能使用尚仅属伎艺领域的表述方式。基于这一认识,《元刊杂剧三十种》那些不分折、不标宫调、科白简略的文本,若以《元曲选》中的那类剧本形态相参照,就会被认为是残本、节略本;但若以元杂剧发展早期的剧本形态相参照,反而是增益本了，乃属于角色扮演因素开始进入书面领域而成为书面编写表述体例的表现。

综上而言，我们对于宋元话本、元杂剧的渊源、生成、属性等一系列问题，基于不同的研究框架，常会出现认识上的差异。这就提示我们，一个研究框架的构设，有开启新见的可能，也有拘囿管见的可能。我们对于宋元通俗叙事文体的考察，对于它们在文本形态、发展阶段、文体格局中反映出的问题和现象，必然要涉及研究框架所牵连的观念和立场、立足点和着眼点，也必然会涉及讨论对象在不同发展阶段存在着的形态、概念的变化。对此，我们需要不同研究框架对于繁杂的文献资料间关系的勾联，对于切实合理的考察立场和观察视角的开启，同时，也需要警惕囿于一域或一隅而造成问题辨析的以偏为正，以支为主，以流为源，以果为因。故而，我们对于讨论对象的探究，应多层多维地详加辨析，不要拘囿一个关系框架，不应混淆多个发展阶段，也不应忽视不同的问题层面，否则难免会导致认识的偏颇或失实。因为"框架"能让我们看见，也能让我们看不见。

二、"文本化"与多维框架

宋元时期出现了一个讲唱伎艺簇生、通俗文体繁盛的局面，它在中国文学发展史上常被用"转折""变革""承上启下"等语词来概括或描述。但细审一个文艺样式，尤其是那些标志性、代表性的文艺样式，促使其生成、演进的诱发因素和促动力量，都要牵涉到丰富复杂的文艺资源、时代环境、知识体系、文学传统、文化格局，这不是拘囿于一个关系框架即可理顺说清的，需要我们细致辨析、多维参照、相互勾联，在回归它的历史现场、生存环境的基础上，予以还原解读。

但无论所涉因素如何丰富复杂、多维多层，宋元通俗叙事文体的演成都要涉及与故事讲唱伎艺的关系问题，因为它们的故事内容曾活跃于艺人的唱演舞台，它们的标志体制曾是伎艺的表述方式。对于这个关系问题，普遍的思路是立足于通俗叙事文体的文艺渊源，辨析其形态特征、艺术特质或生成背景，追索那些与其有承续关系或血缘关系的唱演伎艺，这既涉及那些有直接孕育作用的伎艺，也涉及那些有间接塑造作用的伎艺。前者如讲史伎艺之于讲史话本，宋杂剧、金院本之于元杂剧；后者如李家瑞《由说书变成戏剧的痕迹》(1937)辨析元杂剧的演述体制而追索到了宋元说话伎艺形态，[①]波兰日比科夫斯基《南宋的早期南戏》(1974)辨析南戏形成的文艺背景而联系到了说书或白话小说的决定性影响。[②] 这些思路的基本逻辑是把通俗叙事文体、故事讲唱伎艺作为互相参照的两端，认为有此故事讲唱伎艺就会必然有其亲缘通俗叙事文体的出现，有此故事讲唱伎艺的表述方式就会必然有其在亲缘通俗叙事文体中的书面落实。但实际上，二者并不是这个关系的静态两端，一方面，故事讲唱伎艺的文本化是个动态变化的过程，故事讲唱形态的文本化存在着多种形态、多种路径、多种结果；另一方面，通俗叙事文体的形成是个长期累积、变异的过程，其间故事讲唱形态落实于文本而成为书面编写的表述体例，并非出于被动的记录，而要经过基于各种因素的取舍、组合或变通。

因此，通俗叙事文体的演成，应该把它视为故事讲唱形态文本化过程中的一个节点、一个结果，我们更需要立足于故事

---

① 李家瑞：《由说书变成戏剧的痕迹》，王秋桂编：《李家瑞先生通俗文学论文集》，台湾学生书局 1982 年版。

② 孙歌、陈燕谷、李逸津：《国外中国古典戏曲研究》，江苏教育出版社 2000 年版，第 72—74 页。

讲唱形态的文本化,理析这个文本化的路径、阶段、过程中的诱发因素和促进力量,辨析这个文本化的不同方式、不同形态、不同结果。因为故事讲唱形态由"语"而"文"的演化问题,对于许多文体、作品的形态特征和艺术特质具有本原意义。在中国文学史上,为数众多的书面文体与言说艺术关系密切,或来源于此,或受其影响,如诗、赋、乐府、变文等,皆有一个由"语"而"文"的演化过程。历代文学文本中故事讲唱形态的遗存足可勾划出一条故事讲唱传统的承传脉络,许多文体、作品的出现即得益于这个传统的滋养,有甚至直承故事讲唱伎艺,渐有文本化、文学化,进而形成自己的文体特征。宋元时期是叙事性讲唱伎艺文本化而演成或融入书面文体的集中时期,由此各种通俗叙事文体中都遗存有隐显不同的故事讲唱形态特征,它们所反映的故事讲唱形态文本化问题,在中国文学史上既具有典型意义,也具有普遍意义。

在故事讲唱形态文本化这个立足点和着眼点上,我们要考察的基本问题是,口头伎艺何以能促发通俗叙事文体的生成。也就是说,故事讲唱的内容与体制,如何能够落实到书面文本,成为书面编写的体例和方式。而这个基本问题又涉及两个重要的关联问题:一是书面领域与伎艺领域的关系,一是书面编写领域的变革。

书面编写领域的变革是考察宋元通俗文体与故事讲唱形态文本化关系问题的重要基础。我们考察故事讲唱形态的文本化,需要涉及这个文本化的诸多诱发因素和促进力量,它们是在口头领域还是在书面领域中发生作用的呢? 从社会的需求来看,是来自书面领域的阅读需要;从作用的结果看,是体现在通俗叙事文体及其作品中,它们所体现的故事讲唱伎艺的语言风格、程式格套等伎艺因素,是我们考察故事讲唱形态文本化的首要依据,也是书面编写领域出现变革的明确表现——

无论是书面领域先出现了变革而取用了讲唱伎艺的内容和格式，还是讲唱伎艺的繁盛影响渗透到了书面领域而促使让书面编写体例产生了变革，都是书面编写领域发生变革的体现。因此，我们需要根植书面编写领域的变革来考察这个文本化过程中的诸多诱发因素和促进力量。比如元代平话文本的许多白话表述内容并非来自伎艺讲唱内容，而是来自对史书原文的抄录、剪辑和白话翻译，对此，周贻白《武王伐纣平话的历史根据》①、罗筱玉《〈新编五代史平话〉成书探源》②都有揭示和探讨。平话文本与当时的白话语录、通俗史著共同体现了书面编写领域的变革，这就为故事讲唱伎艺的内容和格式落实于书面文本提供了思想观念上的支持和表达体例上的示范。如果没有书面编写领域的这些变革，讲唱伎艺的语言风格和程式格套就不可能被书面编写取用或模拟。

至于书面领域与伎艺领域的关系，则是我们考察宋元通俗叙事文体与故事讲唱形态文本化关系问题的主体框架。我们考察一个通俗叙事文体的形态特征时，会联系与其有亲缘关系的讲唱伎艺，但这些讲唱伎艺的程式格套，并非因书面编写而生，亦非为书面编写而存，而是原生于伎艺表演领域的表述方式。比如元杂剧的角色分配、科诨格套，话本小说的入话头回程式、穿插敷演套语，它们能够落实于书面文本，并演成书面编写的表述体例，其间存在着复杂的诱发因素和促动力量，而并非故事讲唱形态文本化的必然走向和结果，也并非单凭唱演伎艺繁盛即能出现朝向文体剧本、文体话本发展的必然路径。在这个过程中，伎艺领域与书面领域虽有关联、呼应，但并不是直接、对应的关系，即使故事讲唱形态的文本化

---

① 周贻白：《武王伐纣平话的历史根据》，沈燮元编：《周贻白小说戏曲论集》，齐鲁书社 1986 年版。
② 罗筱玉：《〈新编五代史平话〉成书探源》，《文学遗产》2012 年第 6 期。

进程已经启动，前行路上也难免要分流分节，从而出现这个文本化的不同结果、形态、路径或阶段。这就提醒我们，故事讲唱形态文本化而成为书面编写的表述体例，只是这个文本化的一种形态、一个路径、一个结果；即使它最终能演化成一个通俗叙事文体的体制因素，也是经过了长期的累积变异过程，其间存在着不同的发展阶段和演进形态。因此，我们不能简单地把平话文本置于宋元讲史伎艺与明代评话伎艺的承接链条上，或者讲史伎艺与平话文本的关系框架中，而应充分考虑到伎艺体制能够落实于书面领域而成为书面表述体例的观念与环境问题。

当然，对于我们要讨论的故事讲唱形态文本化问题，在书面领域与伎艺领域的关系框架中，通俗叙事文体—故事讲唱伎艺仍是一个难以回避的基本关系，关键是如何来认识它、使用它。

在通俗叙事文体—故事讲唱伎艺的关系框架之中，我们看到了通俗叙事文体的形态特征、故事题材、语言风格等因素与讲唱伎艺的亲缘关系。通俗叙事文体的标志性特征属于故事讲唱形态文本化的结果，因此，为了助益通俗叙事文体形态特征的认识与理解，我们需要探析相关亲缘讲唱伎艺的生成与发展，这也是我们立足通俗叙事文体研究而考察讲唱伎艺的必要性和逻辑性。但是，如果我们立足于讲唱伎艺，考察其表述体制和故事内容的文本化路径和形态，则可发现讲唱伎艺的内容和体制能够落实于书面文本而演化成书面编写的表述体例，并不是这个文本化的必然结果，也不是这个文本化的唯一路径。兹就小说、讲史类说话伎艺而言，讲唱伎艺文本化的结果即有以下不同种类：无伎艺表述格式的文言文本、无伎艺表述格式的白话文本、有伎艺表述格式的白话文本。据此，我们即可认识到讲唱伎艺的文本化存在着不同的路径、形态、结果，而话本小说的体制格式只是书面编写与唱演伎艺结缘的一种形态而已。也就是说，唱演伎艺的繁盛并不必然能够促生出通俗叙事文体这个结果。这就促使我们进一步思考，当时还有哪些诱发因素、促动力量影响了唱演伎艺的文本化朝着通俗叙事文体演成这个方向的发展进程。

对于这个问题，我们需要放眼通俗叙事文体—故事讲唱伎艺的关系框架之外，来追索这些诱发因素、促动力量，进而探析这个关系框架内的因素是如何起作用的，这个框架外的因素又是如何起作用的。基于这一思路，我们可以将这些影响因素皆视为故事讲唱形态文本化演进路径上的参与力量，在立足故事讲唱形态文本化的基础上，将它们聚合会通，分类辨析，由此探讨故事讲唱形态落实于书面领域并演成宋元通俗叙事文体的观念、环境、机制、模式等问题。在此，我们可以元代平话文本的生成问题来作一具体说明。

元代平话文本的生成关涉着多层面的关系，它与讲史伎艺的关系只是其中之一，其他还有与史学普及化及通俗化的关系、与元代白话著述的关系、与书面白话使用观念及能力的关系、与元代社会文化变革的关系，由此我们可以看到平话文本处于一个更大、更复杂的关系框架中。而围绕着“元代社会为何会出现平话文本”这个问题，着眼于平话文本内部的表述细节和外部的生存环境，上述各层关系又照应了学术史上关于平话文本生成的三个问题：元代是否存在“平话”伎艺？平话文本是否因讲史伎艺而编撰？讲史伎艺繁盛是否必然导致平话文本的出现？进而指向一个中心论题，在平话文本生成的复杂多元的参与力量中，它与讲史伎艺的关系是否就是本原性的、核心性的促动力量呢？这需要综合多层面的关系框架来辨析。

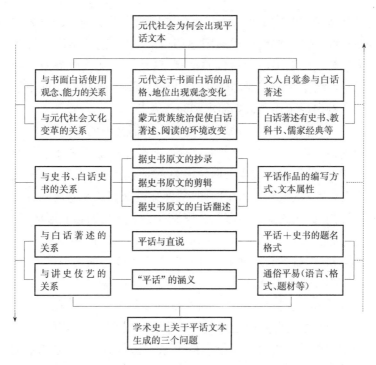

参照上图所示,元代平话文本的出现,并非缘于所谓"平话"伎艺的影响所致,乃是基于元代书面白话文本的编写、阅览所关联的环境变化、观念变革的推动,这一因素起于上层而下延至普通民众,给予下层社会参与白话文本编写以启发、激励和示范。其题名所标举的"平话"一词,不是指向于某一伎艺的特征或属性,而是指向于这种通俗文本编写的特征或属性,意指"平话"史书,即对史书作通俗浅易化的阐述,这既体现在内容题材上,也体现在叙述方式上,包括语言风格、表述体例等因素(详见第六章第三部分)。而平话文本所关联的讲史伎艺故事内容和体制因素的文本化,并非简单缘于讲史伎艺甚至说话伎艺繁盛的促发,而是基于书面编写领域的变革的推动,比如元代"直说作品"所关联的白话著述的思路引领、精神激励和方式示范。元代出现的直说作品是基于阅览之用而对经史典籍作通俗浅易阐述的白话文本，它的出现乃缘于蒙元统治环境中白话地位的提高，以及汉族文人服务蒙古权贵学习汉文化的需要，并由此而进一步激励、推动了面向下层民众的白话著述的编刻需求和阅读需求。

这一梳理与辨析，需要我们切入平话文本的表述方式，融通平话文本所关联的多层面关系，所聚合的复杂多元的参与力量，以及伎艺领域与书面领域关系框架上的白话著述、文化变革、文体现象和学术史问题，从而穿透既有的观念局限和文类分割，深入到元代诸多文体现象和文学变局的本质层面，努力还原出元代平话文本生成的知识谱系和参与力量。这一考察思路，不是先验地把平话文本置于讲史伎艺的发展线上，或者讲唱伎艺与书面文体的关系框架中，而是就平话作品的文本属性和表述特征，发掘它所身处的多维关系框架，包括平话文本与史学普及化及通俗化的关系、与元代白话著述的关系、与书面白话使用观念及能力的关系、与元代社会文化变革的关系。进而可以得见，元代平话文本的出现并不仅仅是小说领域的事，甚至也不仅仅是文学领域的事，它的出现是叠加了多个层面关系因素的激发与促动而导致的结果。认识到这一点，我们就会看到元代平话文本处于一个更为复杂的关系框架中，也牵涉了更为纷繁的促动因素。

绾结而言，对于宋元通俗叙事文体演成这个问题，探析故事讲唱形态的文本化是如何起作用的，其他参与力量在这个文本化过程中又是如何起作用的，需要我们转换、综合不同的关系框架才能得到一个更为融通的认识。因为研究框架可能是一个发现的视界，也可能是一个局限的围栏。而在不同关系框架中，在不同关系框架的叠加与交叉中，我们才能看见那些依凭单一关系框架看不到的目标和路径，从而使得我们对于问题和现象的思考、认识、理解变得更为融通。所以,故事讲唱形态的文本化,我们不仅可以把它当成一个过程,还可以把它当成一个原因、一个结果,然后去追索在宋元通俗叙事文体的演成问题上,促使这个原因启动,促使这个过程演进,促使这个结果出现,需要哪些力量的参与、哪些因素的诱发。这个"需要",对于故事讲唱形态文本化的开启、演进来说,就有"等待"的成分——等待某个诱发因素的出现,等待某个参与力量的推动,从而促使故事讲唱形态的文本化路径不断拓展,最终走向通俗叙事文体这个目标的实现。

三、内　容　与　结　构

基于上述思考,本书的构想是立足于故事讲唱形态的文本化,以通俗叙事文体—故事讲唱伎艺为基本的关系框架,来考察宋元通俗叙事文体的演成问题。一是要把这个"文本化"置于不同的关系框架中,追索、辨析不同的参与力量。二是要在不同的关系框架中考察这个"文本化",多层多维地认识不同参与力量在宋元通俗叙事文体演成过程的作用。

根据这一构想,本书章节列为三个部分,由此对相关问题予以专题探讨。

第一部分,考察伎艺领域、书面领域中那些与宋元通俗叙事文体演成有关的诱发因素和促动力量。

在伎艺领域里,宋元时期递相簇生的故事唱演伎艺,它们之间有何亲缘关系呢?如果我们不以现代意义的文体分类观念把它们归属于小说、戏剧、讲唱文学等不同类别,而是会通考察,融通辨析,就会发现在宋元叙事伎艺的唱演形态中,影戏、傀儡戏、大曲歌舞、连厢词、叙事类说话伎艺、元杂剧等,普遍存在着以形象体辅助故事唱演的格式与思维,此之谓"依相叙事"。辅助故事唱演的各种形象体谓之"相",比如影人、傀儡子、肉傀儡、真人演员。各种故事唱演伎艺则是依相叙事思维与格式的不同表现形态,它们在形象体与故事讲唱的配合关系上相互承续又形态各异。其间,虽然"相"的形态各有变化,"相"与讲唱者在形体上有分有合,但二者各自的功能并未消失或改变,二者相互间的配合关系仍然存在,它们都是唐代变文讲唱形态中图画辅助故事讲唱格式的变化形态。在这条"依相叙事"形态的演变线上,我们看到了宋元叙事伎艺一直在寻求、探索使用新兴表现手段来辅助故事唱演的思维脉络;而这些叙事伎艺的递相出现,则是基于故事唱演伎艺不断寻求使用新兴表现手段的内在驱动力量。所谓新兴表现手段,除了那些用以辅助故事唱演的各种形象体,还包括讲唱者使用的曲词韵唱、科诨嘲调。

　　当时的科诨嘲调伎艺,主要有说参请、商谜、说诨话、合生等形式,这是宋元说话伎艺中的一类。也就是说,宋元说话伎艺并不必然地只包括叙事伎艺,它实由俳优的语言表演伎艺发展而来,列分为叙事、嘲调两条发展脉络,并由此变化出说话伎艺的不同形态,分属于叙事类说话伎艺和嘲调类说话伎艺。叙事、嘲调分别体现了宋元说话伎艺两脉表演的宗旨、形态和方式。只是宋元说话伎艺叙事、嘲调两条脉络的发展并不平衡,二者被后世认知的程度也差别较大,其中的原因与叙事一脉光大繁兴的事实有关,也与嘲调一脉被吸收、转化的状况有关。嘲调类说话伎艺作为一种娱乐性语言表演伎艺,在发展过程中不断地吸纳、化用其他游戏(如商谜)、仪式(如参请)进行伎艺化、娱乐化的表演,又在进行独立形态的表演的同时,渐被其他文艺形式吸纳、化用,从而作为一个成分构件或融入到讲唱伎艺的叙述架构中,或融入到宋元杂剧的表演架构中,尤以后者为甚。因为嘲调类说话伎艺既有捷口辩难的戏谑调笑,又有斗智斗口的讥讽冲突,非常符合杂剧净丑脚色的趣味表演,更容易被杂剧的脚色体制呈现。所以许多斗口辩难的嘲调类"说话"伎艺,就作为一种成分构件或表述手段而被宋元杂剧吸纳了。《武林旧事·官本杂剧段数》和《南村辍耕录·院本名目》即列举了许多讲求口辩词捷的戏谑性语言表演名目。而元杂剧中习见的"嘲拨"情节则体现了嘲调类说话伎艺融入元杂剧表演体制中的形态流变,比如石君宝《秋胡戏妻》第三折有秋胡因不识其妻的吟诗嘲调,李寿卿《度柳翠》第一折有月明和尚在雨地滑倒后与柳翠的互相嘲调;前者是一人针对某一对象的特征而进行语言上的嘲调戏谑,后者是双方相互进行语言上的斗口戏谑,其间即兴发挥、斗智斗口的言语抗辩,正如合生、说参请等嘲调类说话伎艺的形态和趣味,表现了说话伎艺嘲调一脉在元杂剧演述形态中的转化、流变之迹。在这种情况下,嘲调类说话伎艺也就渐而转变了或失去了其独立形态。

　　所以,嘲调一脉独立形态的展现在宋元时期即已显现出衰落迹象,这由操业此类伎艺的艺人数量稀少可证,但宋人笔记对嘲调一脉伎艺所作的简略记述,仍可显示嘲调一脉在说话伎艺中的渊源流变痕迹。如果我们只是以近世伎艺说书来推测宋元时期的说话伎艺形态,认为宋元说话伎艺只单纯包括"小说""讲史"般的故事讲唱,而忽视或割弃了它所涵盖的戏谑性斗口式嘲调讲说,则就难以理解说话伎艺作为"舌辩"的语言表演伎艺的全貌和本意了。而如果我们认识到宋元说话伎艺中嘲调一类的存在,就不会简单地把"说话"伎艺比类为后世的说书伎艺,视其以讲唱故事为宗旨;也就不会一味地在认定"说话"为讲唱故事的思维下排斥嘲调类说话伎艺,或把嘲调类说话伎艺硬往讲唱故事上靠拢,如此则更有利于我们认识宋元说话伎艺作为语言表演伎艺的渊源、宗旨和全貌,更有利于我们认识宋元话本小说、杂剧和说唱文学的形态及其相互关联。

　　而在书面领域，宋元时期出现了表述方式的变革，一是书面编写的表述体例出现了来自唱演伎艺的体制格式，比如说话伎艺的入话头回程式、穿插敷演套语，以及元杂剧的角色分配、科介提示之类的格式；二是书面编写的表述语言出现了书面白话著述的自觉意识，这一变革对于书面领域的编读格局更具核心意义。元代是中国白话文学发展的重要时期，其间白话地位的提高，白话使用的普遍，白话著述的涌现等因素为其营造了适宜的发展环境。这个时期最可称道的并非是那些缘于仪式性口讲内容（包括说唱伎艺、宗教宣讲、教育宣讲）的书录、语录文本，而是文人面向案头阅览所编写的白话著述——"直说作品"，比如郑镇孙编撰的《直说通略》即颇具代表性，张元济曾称之为"近日白话文之先导"，①体现了当时白话地位的提升、白话著述的自觉意识。这类"直说作品"并非讲史伎艺、说话伎艺影响下的衍生创作，而是基于阅览之用而对经史典籍作通俗浅易阐述的白话著述。其对"直说"的标举，并非指向于某一讲说活动，而是对书面编写所使用的白话表述方式的强调。"直说作品"的出现，乃缘于蒙元统治环境中白话地位的提高，以及汉族文人服务蒙古权贵学习汉文化的需要，并由此进一步激励、推动了面向下层民众的白话著述的编刻。

　　"直说作品"所蕴含的使用白话表述方式的立场和态度，真正体现了书面白话著述的自觉，这在古代白话文的发展历程中具有开创意义。这一自觉的意义在于，在文人的书面著

---

① 张元济：《涵芬楼烬余书录・史部》，《张元济全集》（八），商务印书馆2009年版，第270页。

述中,白话的使用由附庸而成为主体;而且,这些白话著述还有来自硕学大儒的参与,表现了知识界对于白话著述的价值认可,不但激励了更多的文人涉身于此,而且还把它引入到面向下层民众的思想教化、知识普及之中,这对于当时白话作品的编刻既具有精神上的激励作用,也具有方法上的示范作用。这些因素的相互累积、推拥,共同营造了当时编刻、阅览白话作品的良好氛围,从而促进了当时社会编写、刊刻白话作品的潮流兴起。

上述伎艺领域、书面领域的格局构成和变革概况,是宋元通俗叙事文体生成与演变所需要根基的知识谱系和文艺资源,也是我们跳出通俗叙事文体—故事讲唱伎艺的关系框架所需要面对的复杂丰富的历史语境和论思依据。在此基础上,我们进入对具体通俗叙事文体的专题探讨,主要针对的是话本小说、元杂剧的演成问题,并由此汇聚宋元时期说唱文艺、叙事散曲的演述体制关系问题。当然,话本小说和元杂剧是宋元通俗叙事文体的两大代表,它们奠定并开启了明清时期小说、戏剧的发展格局。

第二部分,主要讨论宋元话本小说的演成问题。

对于宋元"讲史话本",普遍的考察思路是把它置于说话伎艺—话本小说的关系框架,如此,宋元讲史话本即被认为是讲史伎艺的底本或书录本。底本者,乃指由文人编写出话本,以供艺人场上口演之用;书录本者,乃指由艺人据其口演内容整理成话本,以供师徒传授之用。然而,那些所谓的宋元"讲史话本"却明显存在着大量据史书编写的痕迹,尤其是据史书原文的直录、节抄或白话翻述,以及"话说"领起文言叙述的段落,这些情况在说话伎艺—话本小说这一关系框架中难以得到周全的解释。基于这些疑惑与思考,我们跳出这个关系框架,放眼当时讲史话本的生存环境,发现宋世社会存在着一个伎艺讲史—经筵讲史的关系框架，它所蕴含的历史知识普及化、通俗化发展脉线，并不只是存在于从经筵讲史到伎艺讲史之间，还存在于宋代整个社会文化环境中，而伎艺讲史、通俗历史读物即是这一脉线分处于口头领域、书面领域的两种表现形式。也就是说，当时除了说话伎艺—话本小说的关系框架，还存在着伎艺讲史—经筵讲史的关系框架、讲史话本—经筵讲史的关系框架、讲史话本—通俗史著的关系框架，这些关系框架的相互参照，让我们看到了宋元讲史话本的生成过程扭结着更多更重要的诱发因素和促动力量，比如讲史伎艺之外有更为普遍的历史宣讲类"讲史"活动，讲史话本之外还有更为繁盛的通俗史著编撰，它们的影响阶层更大，影响范围也更广，对书面领域的通俗著述的引领作用更为关键。因此，通过这些关系框架的叠加和交叉，我们即可发现"讲史话本"的生成，应是在承续宋代经筵制度引领的历史知识普及化、通俗化脉线的基础上，激励于通俗历史著述的繁盛，以及元代书面编写领域出现的白话著述观念的变革与能力的提升，从而编成了这种包含着书录或模拟讲史伎艺体制因素和故事内容的通俗历史读物。在这个过程中，讲史伎艺的程式格套和表述方式能够落实于当时的历史读物编写中，并不是基于讲史伎艺繁盛和讲史艺人需求的激发所推动的结果，而是出自书面编写领域主导的讲史伎艺文本化的结果。

对于书面编写领域主导的伎艺文本化问题，我们再以宋元说话伎艺的文本化形态和元代平话文本的生成问题来作进一步的专题探讨。前者着眼于总体理析，考察说话伎艺文本化的不同路径和结果。后者着眼于个体探究，考察元代平话文本生成过程中的各种参与力量。

宋元说话伎艺的文本化有着不同的形态和结果，它们的出现乃基于书面编写领域的变革的促动，而非伎艺口演内容的记录。早期话本作为这个文本化过程中的结果，亦有不同的形态，处于说话伎艺文本化的不同层面，它们的成篇乃基于通俗故事文本的编写而对芜杂材料（口头的、书面的，文言的、白话的，散体的、韵体的）的主动选择、编辑，由此出现了对说话伎艺口演内容（包括故事、语汇、程式、格套等）的取用，而并非出于记录、整理说话伎艺口演内容的目的而要把某一讲唱伎艺口演内容落实于文本。因此，话本小说的编写，虽与说话伎艺有关系，但更直接的促动因素是由于宋元时书面白话编写的观念、环境出现了显著变化，激发了社会上对书面白话著述的阅读需求和编刻需求，从而为说话伎艺口演内容进一步落实于书面文本提供了观念上的支持，营造了良好的生长环境，由此锻炼出了不同于文言编写的通俗叙事表述体例，也影响了说话伎艺中那些非"小说家"伎艺甚至非叙事伎艺落实于文本的书面呈现形态。

　　至于元代出现的"平话文本"，其重要价值有二：一是在文献价值上，现仅存六部（元刻"全相平话五种"和《五代史平话》），这在整个宋元通俗小说中，属于少数确定为元刊本的传世者，而且是篇幅长大又完整者；①二是在文学史或小说史价值上，它们被视为宋代讲史伎艺到明代评话伎艺、宋元话本到明清长篇白话小说，以及宋元讲唱伎艺文本化而演成话本小说等发展链上的核心、关键环节。故而这些"平话文本"的生成，直接关涉了文学史上诸多重要问题：一是作为文学现象，平话文本在元代出现，直接导致了通俗叙事文体格局的变革，以及文学叙事演进的走向；二是作为学术史问题，直接导致了"平话"伎艺的存在问题、平话文本的属性问题、话本文体的文艺渊源

————————

① 现知确为宋元刊刻的通俗白话小说，另有《大宋宣和遗事》、《大唐三藏取经诗话》残本、《新编红白蜘蛛小说》残页，但皆非题名"平话"者。

问题等纷纭讨论。对于元代社会出现平话文本这一文学现象，既需要反思学术史上关于元代"平话"伎艺、平话文本问题探讨的逻辑前提，也需要立足于它所根由的本原性问题——讲史伎艺繁盛能否导致与其体制形态相对应的白话文本、书面文体的出现。由此我们认识到：（一）元代平话文本的出现，并非缘于"平话"伎艺的影响所致，而是基于元代书面白话文本的编写、阅览所关联的环境、观念的推动，这一因素起于上层而下延至普通民众，给予下层社会参与白话文本编写以启发、激励和示范；（二）编写者吸收了当时可用的材料，借鉴了当时可能的经验，尤其是当时在长篇故事叙述方面的实践经验，一是口传形态的讲史伎艺，它提供了历史题材的丰富内容；二是文本形态的"直说作品"，它提供了白话文本编写的具体示范。所以，平话文本在文本形态上表现出的内容、趣味、格式、语体上的混杂不一，既有明显的谨按史书作通俗编写的段落和方式，也有民众喜欢、熟悉的讲史伎艺的内容和体例，这说明编写者虽然杂取众材、杂采众体而未能作有效的融合与统一。

　　通过上述专题讨论，我们梳理了宋元时期形态纷杂的话本作品与说话伎艺的关系，看到了说话伎艺文本化的不同形态、结果、路径和阶段，以及伎艺口演内容进入书面编写领域而进行的文本化，是如何把口演内容落实于书面文本的，又是如何能够走向一个书面文体的生成的。据此我们可以勾勒出从"伎艺话本"到"文体话本"的演进脉络。底本、录本、拟编本分别代表了宋元时期与说话伎艺结缘的三种文本形态，它们之间存在的演进历程，蕴含着从伎艺话本到文体话本的基本变化轨迹。从书面的底本到伎艺的口演有一个书面内容的伎艺化问题，这是伎艺领域的事；而从伎艺的口演到书面的文本，则有一个口演内容的文本化问题，这是书面领域的事。这个文本化不是伎艺口演内容的诸种成分原貌、齐备地落实于文本，而是可以把口演内容的整体分离开来而部分地落实于文本。这种分解式的文本化，体现了口演内容从口头形态转化为书面形态过程中的矛盾冲突与碰撞调适，它作为一种方式，寓含了一个立场，即基于书面编写而对伎艺口演内容的主动性文本化意识；而作为一个过程，它寓含了一个方向，即从伎艺故事负载的文本化向着伎艺体制负载的文本化的关键性转变。拟编本所表现出的伎艺体制负载的文本化，即确立了朝着文体话本发展的文本化方向，引动了话本文体这一书面文体的出现。这主要得益于宋元之际书面编写领域一个重要变革的促进，即在文言编写立场的"写""录"之外，出现了白话编写立场的"写"。由此可见，从伎艺话本到文体话本，有一个长期累积、演进的过程，其间出现的不同形态、不同阶段的书面作品，并不能简单地划归为同一文本属性的话本小说，也不能如"底本说""录本说"那样把它们置于同一层面来认识。

第三部分，主要讨论元杂剧的演成问题，包括它的演剧形态和剧本形态，并涉及金元散曲叙事体制的确立问题。

戏曲史研究必定要涉及剧本形态的探绎，其重要目的是判定戏剧形成、成熟的时间和形态。这基于一个戏剧观念：剧本需要呈现演剧的表述体制，这是一种戏剧样式生成、确立的标志。又基于一个逻辑前提：演剧艺人需要那种角色分配、科白齐备的剧本，文人为艺人编写的剧本就是这种形态的文本。但是，元杂剧一开始并不是一种书面文体，而是一种唱演伎艺，其作为戏剧体制因素的那些表述方式，起初并不存在于书面编写领域，而是为唱演伎艺而生而存的，属于伎艺表演领域的表述方式。如此一来，在元杂剧发展的早期，这些伎艺表述方式，对于艺人来说，就是他们必备的基本艺能，无需书面文本来为他们设定或配置；而对于文人来说，由于尚未落实于书面领域而成为一种书面表述体例，也就不可能在文本编写中使用和体现。那么，当后世那些作为元杂剧剧本体制因素的表述方式，尚仅仅属于伎艺领域的表述方式之时，书面领域编写的杂剧本子是何形态呢？

另外，我们现在能看到的元杂剧剧本，有"明编本"与"元刊本"之说。"明编本"并不是元代的杂剧剧本形态，①但它在剧本形态上相对于"元刊本"而言要完备、成熟。这表明，元杂剧的剧本从"元刊本"到"明编本"，在剧本体制上有一个发展完善的过程；那些本属于伎艺领域的表述方式，能够落实于书面领域而演化成为剧本编写的表述体例，存在着一个长期累积、变异的动态过程。只是我们现在看到的"元刊本"仍处于元杂剧发展的后期，而元杂剧尚有一个更早期的发展阶段，那么，当时文人编写的杂剧本子又是怎样的剧本形态呢？

上述两个疑问皆指向了元杂剧的早期剧本问题，而这又必然关涉元杂剧的生成问题。

元杂剧的生成问题，要涉及的因素非常繁杂，要涉及的问题也非常复杂，但最核心的是它的"一人主唱"演述体制，因为这是元杂剧作为一种戏剧样式最特异、最核心的要素。按照现代文体分类的观念，元杂剧被划分在戏剧领域，对它的普遍研究思路自然地要把它置于戏剧发展的框架中，立足于戏剧体制来思考其生成问题、文艺渊源问题。比如把元杂剧置于宋杂剧、金院本的发展演变脉线上，认定它是以金院本的角色扮演体制为基础，又吸收了散曲的北曲歌唱艺术成就，以及诸宫调的叙事体套曲体制而形成了自己的"一人主唱"体制。但这个思路是以现代文体戏剧的观念来切割元杂剧时代的文体

---

① 参看［荷］伊维德《我们读到的是"元"杂剧吗》，《文艺研究》2001年第3期。

类群。一个基本的事实是，元杂剧在元代有乐府、杂剧的称名，它们的着眼点是不同的，称其为"杂剧"，是着眼于其伎艺属性；称其为"乐府"或"曲"，是着眼于其曲文的宗源属性。清人梁廷枏《藤花亭曲话》即着眼于诗词曲配乐唱演方式的发展演变的线脉，立足于散曲自身完备的表述规范，认为元杂剧是散曲的再发展："作曲之始，不过止被之管弦，后且饰以优孟。"其意是说，散曲的唱演本来只有管弦的伴奏，后来被缘饰以角色扮演方式，即梁氏所说的"饰以优孟"。在这一考察路径上，我们可以看到元杂剧的"一人主唱"体制，就是散曲套数"一个人物主唱"体例在角色扮演艺术架构中的呈现。据此而言，元杂剧的"一人主唱"体制包含了不同层面的两个意指：角色扮演层面的一个脚色主唱，①曲文叙述层面的一个人物主唱。脚色体制（旦末净丑等行当的配合体制）本身并不会天然地生成"一个脚色主唱"的格式，它的出现乃基于元杂剧所借用的散曲套数"一个人物主唱"体例的主导。金元之际，散曲承续词之民间传统一路的发展，在唱赚、诸宫调类叙事体联套曲词讲唱行世之时，业已确立了一个故事人物立场的曲文叙事体制。元杂剧即直接借用了这种曲文叙事体制，把它置于角色扮演中予以呈现，于是，曲文叙述层面的"一个人物主唱"，在角色扮演层面就表现为"一个脚色主唱"，这两个层面的累加，即形成了元杂剧"一人主唱"的演述体制，以及后来落实于元杂剧剧本的书面文体因素。

　　至于元杂剧的早期剧本问题，如果我们根据文体意义的剧本形态来思考这个问题，就会先验地设定一个逻辑前提：

---

① 角色扮演是戏剧的一种具有核心意义的表述方式，而中国传统戏曲的脚色（旦末净丑等行当）体制，则是这种表述方式的一种特殊的承载体和外化体，戏曲之表演技艺、程式格套、行当配合、审美趣味皆系于其中。

只要是元杂剧的剧本,就需要有角色分配、科白齐备的文本形态。如此一来,元刊本的文本属性即被认定为节略本、残本,文体属性即被认定为单角本、演出本,进而就会以"明编本"为依据来认识元代杂剧甚至元杂剧早期的剧本体例、文本编写和演述体制;就会相信杂剧艺人需要"明编本"那样的杂剧文本,文人为杂剧艺人编写的文本就是"明编本"这种形态的剧本。但实际上,元杂剧之所以出现"明编本"那样的剧本形态,是经历了长期的累积、变异过程才形成的。元杂剧的明编本中那些纷繁复杂的体制因素,或来自不同时期,如早期的套曲体式、后期的分折体例;或来自不同领域,如伎艺领域的科介、书面领域的曲文。这些来自不同层面的因素在不同阶段落实于书面文本,经过种种调和,最后压制在文体剧本这个层面上,形成了我们今天看到的元杂剧剧本形态。另外,元杂剧的唱演和剧本,乃分属于伎艺、书面两个领域,而这两个领域的表述体例并非必然地对应一致,这在元杂剧发展的早期更为明显。当时,艺人使用的本子,不需要呈现出伎艺体制因素,因为那是艺人必须具备的基本艺能;文人为艺人编写的本子,不可能使用尚未落实于书面领域的伎艺体制因素,故而不必呈现角色分配,也不用标注角色分配,只需立足一个故事人物来编写一套曲词。无论站在何方立场,这些杂剧本子都存在着体、用分离的现象。这种现象也存在于当时及后世其他文艺编演中,比如元代有"扮词话",就是词话讲唱而辅助了角色形体动作的配合表演,其所依据的本子无"剧体",但有"剧用";清初有"写心剧"一类,其编创初衷并不为场上表演,也不能场上表演,这属于有"剧体"而无"剧用"的情况。①

---

① 参看徐大军《剧体诗用:明清之际写心剧的创作特性及其成因》,《艺术百家》2014 年第 5 期。

　　上述对于元杂剧的两个专题讨论,一个着眼于脚色体制,一个着眼于曲词形态。角色扮演,是元杂剧能作为一种戏剧样式的核心指标;曲词歌唱,是元杂剧能作为一种戏曲类型的基本指标。所以,脚色、曲词这两个核心构件实质上皆是元杂剧的表述手段,这在当时及后世的戏曲类型中并无特异之处,而元杂剧显得特异的地方在于两者的配合方式:在表演中,全剧曲词由一个脚色(正末或正旦)主唱;在剧本中,全剧只有一个脚色(正末或正旦)的唱词,此即元杂剧的"一人主唱"体制。

　　在戏曲中,元杂剧"一人主唱"体制所包含的脚色与曲词配合方式上的特异性,如果立足于脚色,我们可以说是角色扮演借用了散曲的艺术成就;而如果立足于曲词,则是散曲唱演借助了角色扮演这种表述方式,可视为散曲唱演的一种呈现形态。那么,这种特异甚至怪异的配合方式,是如何形成的呢? 或说二者之中由谁主导的呢? 是脚色,还是散曲? 因为在元杂剧之前,金院本也有同样的脚色配置,但并未规定一个脚色主唱,而南戏则是众角皆可唱,故而,角色扮演本身并未天然地生成一个脚色主唱的戏剧体制。

　　所以,我们即以"一人主唱"体制所包含的角色扮演与曲词叙事配合方式上的特异性,作为切入点,来探究元杂剧所关联的伎艺、书面两个领域的关系——元杂剧与宋元扮演伎艺、讲唱伎艺的关系,以及这些关系框架中的表述方式、文体现象和学术史问题。具体则着眼于故事唱演方式,把脚色、曲文皆视为故事唱演的表述方式,看它们在当时伎艺族群中的演进形态、配合方式,以及与当时扮演伎艺、说唱伎艺的关系脉络,比如元杂剧与诸宫调之联套曲词叙事方式的关系,与影戏、傀儡戏之"依相叙事"形态的关系,与散曲之一个故事人物立场曲文叙事体制的关系,以及与宋金乐舞"坐演"方式的关系,进而辨析元杂剧"一人主唱"体制生成或确立过程中复杂多元的参与因素及其功能属性。由此,我们发现元杂剧的"一人主唱"体制的生成或确立,乃处于一个更大、更复杂的关系框架中。在这个多层面、多维度的关系框架中,我们即可认识到,元杂剧的演述方式在戏剧范畴里的特异形态,乃缘于其曲词叙事与角色扮演的配合方式,即如当时的"扮词话"一样,是以角色扮演作为曲词讲唱的配合方式,如此一来,元杂剧可称之为"扮乐府"(元人把散曲、剧曲同归于曲类,而统称为乐府)。

元杂剧之"扮乐府"属性,具有两个内涵:一是全剧每套曲词甚或全部曲词只由一个故事人物演述,二是以角色扮演来辅助一个故事人物立场的曲词叙事演述。这种词曲叙事与角色扮演的配合方式,在戏剧领域中确实形态特异,但立足于词曲叙事的唱演方式来看,在唐宋元时期的扮演伎艺、讲唱伎艺中倒属常见,比如唐代的变文,宋代的影戏、傀儡戏、大曲歌舞(比如南宋初史浩的《剑舞》大曲),金代的连厢词,元代的"扮词话",都表现出以形象体(角色扮演属其中一种)辅助词曲叙事唱演的思路和方式。而且,它们的"形象体"之间还存在着一条承续、演进的脉络,如下表所示:

唱演伎艺	变文	影戏	傀儡戏	大曲	连厢词	"扮词话"	元杂剧
形象体类别	画卷	影人	傀儡子	肉傀儡(真人)		真人	
形态一	平面			立体			
形态二	静止			运动			
形态三		不言				不言或能言	能言

据此而言,元杂剧之"扮乐府",是宋元时期以形象体辅助词曲叙事唱演方式的一种演变形态;如果再放眼更大的关系框架,则是唐宋以来故事唱演形态求新求变驱动力下的又一次演进。立足于扮演伎艺,这是角色扮演借用了散曲的艺术

成就;而立足于曲词叙事,则是散曲唱演借助了角色扮演方式的呈现形态。但在元杂剧发展的早期,角色扮演还只是伎艺领域的表述方式,尚未落实于文本而成为书面编写的表述方式和体例规范;而曲词编写处于书面领域,有自己的属性认同和体例规范,已发展出了一个故事人物立场的联套曲词叙事体制,它与组套体叙事散曲在形态、体例上相同,皆不涉及角色扮演伎艺的表述方式和体制因素。参照于此,《元刊杂剧三十种》并非是元杂剧剧本的残本、节略本或单脚本,而应属于增益本。

通过上述一系列相互参照的专题讨论和路径探索,本书希望能在不同关系框架中,在不同关系框架的叠加和交叉中,发现那些推动宋元通俗叙事文体演成的多层多维参与力量,勾勒这些参与力量共同构建的通俗叙事文体演成的知识谱系和文化生态。在此基础上,我们立足于通俗叙事文体与故事讲唱形态文本化的关系,通过梳理、辨析这些参与力量在宋元文化环境中的影响能力,在宋元文艺格局中的历史地位,努力探寻故事讲唱形态文本化以演成通俗叙事文体的观念、环境、机制、模式等问题,以冀在这个文本化过程中能对宋元通俗叙事文体的生成环境、形态特征、相互关系、文本属性等问题有一个更为融通的认识,并由此进一步思索宋元通俗叙事文体所表现出的经过了文本化、文学化过滤与改造后的故事讲唱传统,以及这个故事讲唱传统对中国文学的叙事能力、叙事传统的养成与促进作用。

第一章 依相叙事源流论
——宋元故事唱演形态的演进

中国戏剧起源问题有"傀儡戏说",学界一般推为孙楷第首倡。[①] 孙楷第先生于20世纪40年代初撰有《近世戏曲的唱演形式出自傀儡戏影戏考》一文,[②]强调宋元以来之南曲戏文和北曲杂剧的唱演形式皆出自傀儡戏、影戏,而傀儡戏、影戏又自有其渊源,即二者与说话伎艺皆源出于唐之俗讲。

> 凡中国伎艺之以扮唱故事讲唱故事为主者,语其源皆出于唐之俗讲。唐之俗讲,其特征有二:一、其词为偈赞词。二、其音为梵奏。……后世讲唱故事自俗讲出者,如宋之说话、元明之词话、及今之弹词鼓儿词是。此皆以偈赞之词写梵奏之音者也。……后世扮唱故事自俗讲出者,如宋之傀儡戏影戏是。此等戏与说话较,唯增假人扮演为异,其话本与说话人话本同,实讲唱也。[③]

---

① 参阅徐大军《中国戏剧起源"傀儡戏说"再思考》,《社会科学战线》2008年第8期。
② 此文作于1940年秋,1942年发表于《辅仁学志》第11卷第1、2合期时题名为《近代戏曲原出宋傀儡戏影戏考》,1952年收录于《傀儡戏考原》时即为此题名。后1965年收录于《沧州集》时题名为《近世戏曲的唱演形式出自傀儡戏影戏考》,文字略有改删。
③ 孙楷第:《傀儡戏考原》,上杂出版社1952年版,第118、119页。

在这段话中，孙先生把俗讲、傀儡戏、影戏、说话诸伎艺放在一条承续脉络上，指出它们之间的联系点是故事讲唱，而傀儡戏、影戏相较于俗讲、说话伎艺只是增加了"假人扮演"（傀儡子或影人）这一辅助方式，"其话本与说话人话本同，实讲唱也"。也就是说，这四种伎艺皆是以故事讲唱为基础而各具形态，其中傀儡戏、影戏是以假人辅助故事讲唱的格式。但是，对于这一承续脉络的梳理，孙楷第先生只注意了故事讲唱方面，而撇开了"假人"辅助故事讲唱的形态。其实，如果融通分析，它们的唱演形态中皆包含着以形象体辅助故事讲唱的格式与思维，笔者称之为"依相叙事"（下文详释）。并且，这种格式与思维在宋元叙事性伎艺的唱演形态中普遍存在，其间的渊源关系和变化脉络，值得深入探讨。

一、敦煌变文的依相
叙事思维与格式

在中国古代文艺史上，变文表演的配图讲唱格式是一种颇为新异的故事讲唱形态，后来学者在论及变文的体制特征时，一般不会漠视此点，如张鸿勋《变文》一文即指出，唐变文在体制上有三个方面的特征：一是散韵结合，说唱兼行；二是有习用的过阶提示语；三是演唱变文往往配合图画。[①]　前辈时贤在谈到敦煌变文的演述特征时，在论及变文对后世讲唱伎艺的影响时，在追索后世叙事伎艺的渊源时，一般不会忽略变文表演形态中的配图讲唱格式。

变文表演中所用的这种图画被称为"变相"。变相并不因变文的故事讲唱而生，亦不仅为变文的故事讲唱所用，即使它们

---

① 颜廷亮编：《敦煌文学》，甘肃人民出版社 1989 年版，第 240 页。

被普遍用于变文表演后,也是如此。它的产生与佛教其他圣像、仪式一样都是宗教信仰的外化物质,以求唤起信徒的信仰情绪。变相在佛典中意指神奇变异之相(形象、情景、场面等),本来,对"神奇变异之相"进行艺术性表现的雕像、绘画等都可称为"变相"(变像,变),①但在唐时由于图画在有关佛教的艺术活动中占据主导地位,"变相"遂成为表现佛教内容的图画的定称。②变相的分类,就内容而言有两大类:一是非情节性的人物画,二是有情节的故事画。③ 初期的变相创作与讲经变文一样均较严格地按照经教的要求来进行,但是随着三教合流的出现,两者都彻底世俗化了。变文由讲经文发展成俗讲,世俗生活、民间传说以及历史故事都成了其讲唱的主要素材,相应地,变相也可以描绘世俗生活的图景,如《王昭君变文》之"上卷立铺毕,此入下卷"、《王陵变》之"从此一铺,便是变初",就说明变文讲唱时所用的图画在内容上已与佛教无关,也与神奇变异有距,然在形体上、功能上仍与"变相"同。在此,配合故事讲唱的表现世俗生活内容的图画已无"变"的神奇变异之意,但仍可与表现佛教内容的图画一同概而言之为"相"。"相"者,乃形象或状态之意,在变文讲唱中这"相"即指辅助故事讲唱的图画。

----

① 杨公骥《变相、变、变文考论》认为:所谓"变文"是由"变相"或"变"而得名。"变相"或"变",是当时人们对佛寺壁画的俗称。所谓"变文"乃是解说"变"(壁画)的"文字"。因为它是解说"变"(画)的,因此称为"变文"。……所谓"变相"即"变化形相的图象"。当然,这只是据语义而言。……从历史记载看来,佛寺壁画之所以名叫"变相",并不是本自佛经教义,而是根据图画内容、绘画方法、画面效果而得名。这就是说,佛寺被称作"变相"的壁画,其内容大多是些"神鬼变怪"的故事;其中显示着佛菩萨的"神变灵应",因此名作"变相"。见《唐代民歌考释及变文考论》,吉林人民出版社1962年版,第310、312、313页。
② 陆永峰:《敦煌变文研究》,巴蜀书社2000年版,第24页。
③ 李小荣:《变文讲唱与华梵宗教艺术》,上海三联书店2002年版,第102—103页。

　　那些被称为"变相"的图画本用以配合讲经宣教,这一格式被转变俗讲所继承而形成了配图讲唱的体制。就故事讲唱的方式而言,就有了配图辅助故事讲唱的格式,笔者概之为"依相叙事"。变文的依相叙事既表现为一种故事讲唱方式,也蕴含着一种故事讲唱思维。

　　变文的依相叙事形态可从变文的文本叙述中获见,也可从唐人的相关诗歌中找到证明。如唐人吉师老《看蜀女转昭君变》即描述了一位女艺人表演《王昭君变文》的情景:"翠眉颦处楚边月,画卷开时塞外云。"诗中"画卷开时"之语即指蜀女讲唱变文而述及昭君出塞这一情节时,便把相关的图画展现在听众面前。图画在变文讲唱中能于情节关键处给听众以提示,便于他们方便、及时地了解讲唱的内容和进程。这一提示反映到变文的文本中,就形成了一些特定的格式套语标识,如"且看×处,若为陈说""当×时,有何言语"之类,具体如伯4524《降魔变文》中描述舍利弗与外道六师争胜斗法,共有六个回合,变文在文字叙述的背面绘有六幅图画,皆与变文所述场面相应,并题有一段唱词,如述第二回合的争斗曰:"太子乃不胜庆快处若为:六师忿怒在王前,化出水牛喊连天。……"变文叙述中多处标有"××处"字样,这是提示听众此处为故事的精彩、关键情节,亦是提醒听众注意画卷所示内容的格式套语。其他如《汉将王陵变》有"二将斫营处,若为陈说",《王昭君变文》有"倾国成仪,乃葬昭(军)[君]处,若为陈说",《降魔变文》有"且看直诉如来,若为陈说",《李陵变文》有"看李陵共单于火中战处",等等,它们所起的作用,即表明此处讲唱节点有图画予以配合,并提示听众予以注意。其中的"看"字,一方面联系了变相与变文的配合,一方面提示听众关注变相所表现的关键人物、情节、场景,同时也沟通了讲唱人与听众的交流。

　　由此可见,在变文的唱演活动中,有两个形体:一个是作为"相"的图画,负责关键人物、情节、场景的展示;一个是故事的讲唱者,负责故事情节的叙述和人物行动的交代。二者在形体上分离,各具功能又相互配合,且以叙事为主,图画为辅。讲唱者在主要人物出场处情节、或关键场景出现处展示图画,以配合情节精彩、关键处的清晰交代,这是讲唱者想要利用图画的形象直观性来吸引听众,以增强其讲唱的艺术感染力。

在文艺性质的故事讲唱中,用图画辅助故事讲唱的格式为变文首创。图画在变文讲唱中的出现,使单纯语言表述的故事讲唱有了形象生动的图画的参照,这对于故事讲唱起到了有益的辅助作用,能增强叙事的形象性和趣味性,能在故事接受上更有效地产生拟幻感、形象感与真实感。变文讲唱的依相叙事形态在方式和思维上对宋元叙事性伎艺产生了深刻的影响,由此出现了种种演变形态。这首先表现在北宋时期影戏、傀儡戏的演述形态中。

二、北宋影戏、傀儡戏的 依相叙事形态

"说话"伎艺是在中国本土俳优诵说的文化传统中成长起来的,其间受到了唐代变文的促进而呈现出种种变文讲唱的艺术特征。比如,受变文依相叙事思维的影响和启发,唐宋"说话"伎艺也在讲唱表演中取用图画相辅而行。这有两种表现,一是在当时被视为变文的篇目中,那些敷演世俗故事者可视为"说话"名目,孙楷第就指出:"唐朝转变风气盛,故以说话附属于转变,凡是讲故事不背经文的本子,一律称为变文。"①

---

① 孙楷第:《中国短篇白话小说的发展》,《沧州集》,中华书局 1965 年版,第 75 页。

故而那些名为变文者有不少实属"说话",如《王昭君变文》《王陵变》《李陵变文》,它们已不是佛家的宣教讲法目的,实际上完全可视为唐代的"说话"本子,所以依相叙事方式在唐时的说话伎艺中应是存在的。二是宋元"说话"伎艺仍有个别话本留存这种配图讲唱的痕迹。1979 年发现的元刻本《新编红白蜘蛛小说》残叶,与南宋罗烨《醉翁谈录·小说开辟》所载小说家"说话"名目《红白蜘蛛》密切相关,中有"多应看罢僧繇画,卷起丹青十幅图"两句赞词;《清平山堂话本》中《陈巡检梅岭失妻记》一篇于陈巡检途中宿店遭劫妻时有"多疑看罢僧繇画,收起丹青一轴图"两句赞词。分析两篇话本的内容,这两句诗与上下文情节皆无关连,颇显突兀,应属"说话"的格式套语,其原始作用当是配图讲唱时的节点提示。另外,《大唐三藏取经诗话》全篇凡十七节,各有题目(一、八节缺失),其中除第三、四、五、十六节外,其余皆有"处"字,如"行程遇猴行者处第二""过长坑大蛇岭处第六""到陕西王长者妻杀儿处第十七"等,其话语格式与变文配图讲唱的提示套语相同,说明在讲唱表演时每小节曾配有相关内容的画卷相辅而行。

随着唐宋之际"说话"伎艺的繁兴,在"说话"伎艺沿袭变文的依相叙事思维而配图讲唱的基础上,艺人们对"相"的形态有了变化的要求,而影人、傀儡艺术的存在和发展使得这一要求有了实现的基础和可能。于是,艺人以"说话"伎艺为基础取影人、傀儡作为故事讲唱的修饰,以美视听。

影人、傀儡早已存在,但并非为故事讲唱而生,亦不只为故事讲唱所用。谈到影戏和傀儡戏时,要涉及影人和傀儡、弄影人和弄傀儡、影戏和傀儡戏三组概念。影人、傀儡起于巫术,用于幻术,后为各种伎艺所取用,或为宗教宣传,或为逞显巧技,或为调笑逗乐,这就是弄影人、弄傀儡,然皆未用于故事讲唱,不能称为戏剧意义上的影戏、傀儡戏。

　　影人初始被信为人的灵魂,汉代齐人少翁施法为汉武帝招显李夫人亡灵,就是源于此信仰的一种巫术,此事曾被作为影戏起源的根据,北宋神宗时高承《事物纪原》的记载就表明在宋神宗年间已有影戏起源于此的说法,但高承所说"历代无所见"一语其实是否定了此说,现代学者亦普遍摈弃此说。① 据《事物纪原》卷九记载:"仁宗时,市人有能谈三国事者,或采其说加缘饰作影人,始为魏、蜀、吴三分战争之像,至今传焉。"②这是说当时有讲唱三国故事的"说话"伎艺,有艺人为了使讲说形象化,便取用影人以辅助三国故事的讲说,达到增强形象性和趣味性的效果,此之谓"加缘饰"(缘饰,文饰、修饰意),即影人是用来"缘饰"故事讲唱的辅助品。如此看来,这个三国故事影戏的主体是故事讲唱,而艺人是在故事讲唱基础上使用了影人,所以宋人笔记《都城纪胜》和《梦粱录》在谈到影戏时称"其话本与讲史书者颇同",弄影戏者是"熟于摆布,立讲无差"。③ 总之就是说话人取用影人来辅助故事讲唱,但影人的使用并未改变"说话"伎艺原有的叙事体属性。对应于变文的"依相叙事"格式,影人就是影戏故事唱演的"相"。《事物纪原》所言"加缘饰"一语,已非常清楚地表达出了"依相叙事"所寓含的"用形象体来辅助故事讲唱"的含义,以及"相"的功用、"相"与故事讲唱间的关系。

　　傀儡被用于故事讲唱的过程、形态与影人相类。它原为丧家乐,后用于嘉会,取以歌舞、调笑、杂技,意在逞显巧技。

----

① 现代学者普遍信从高承在《事物纪原》中的观点,影戏起于北宋,而此前的"弄影",是非叙事性的伎艺,影戏实形成、兴盛于北宋。参见杨祖愈《论中国影戏的起源》,《戏曲艺术》1988 年第 4 期。

② 高承:《事物纪原》卷九《博弈嬉戏部》"影戏"条,《丛书集成初编》本,中华书局 1985 年版,第 352 页。

③ 孟元老等:《东京梦华录》(外四种),古典文学出版社 1956 年版,第 97、311 页。

虽然有些傀儡形象是有其故事背景的,但"弄傀儡"的目的是
逞显巧技,而非讲唱故事真正取傀儡以辅助故事讲唱的表演
形态在宋前未见。北宋时,弄傀儡伎艺除延续郭秃式的滑稽
表演或劝酒胡式的杂技表演外,确有以傀儡作为叙事工具的
表演,已成为"一种正式的戏剧"了。① 耐得翁《都城纪胜》"瓦
舍众伎"条说:"凡傀儡敷演烟粉灵怪故事、铁骑公案之类,其
话本或如杂剧,或如崖词,大抵多虚少实,如巨灵神、朱姬大仙
之类是也。"吴自牧《梦粱录》卷二〇"百戏伎艺"条说:"凡傀儡
敷衍烟粉、灵怪、铁骑、公案、史书历代君臣将相故事,话本或
讲史,或作杂剧,或如崖词。……大抵弄此多虚少实,如巨灵
神、朱姬大仙等也。"②可见,宋代的傀儡戏已是叙事性的讲唱
了,其事全依小说家、讲史家"说话"伎艺,内容从烟粉、灵怪、
铁骑、公案到讲史故事。其"话本或讲史,或作杂剧,或如崖
词"一句,意指傀儡戏所用的话本在体制上或如讲史般叙事,
或如作杂剧般分角色,或如崖词般韵散相间,说唱兼行。其
"或讲史"之言,是指傀儡戏在故事讲唱体制上仍是叙事体,是
艺人为了叙事的形象和趣味而调动了傀儡作为辅助方式。虽
然"或作杂剧"之言表明这被调动起来的傀儡已分角色,但傀
儡的语言、形貌、动作和心理都需讲唱艺人来说明交代。明人
陈与郊《鹦鹉洲》传奇第六出《会欢》所述一段"傀儡戏"演出,
可略窥傀儡戏之分角色及其与故事讲唱的配合关系。

　　(引戏开,众喝彩科)叵奈天公搬弄,晓夜没些闲空,临到
　欲眠时,又遣梦儿欢哄。小宋、小宋,唤醒荆王懵懂。这
　词是【如梦令】,单道楚襄王云雨梦一节。(众问科)这故事

① 李家瑞:《傀儡戏小史》,王秋桂编:《李家瑞先生通俗文学论文集》,
　第9页。
② 孟元老等:《东京梦华录》(外四种),第97、311页。

出在那里?（引戏）出在云梦之台、高唐之观。楚襄王与大夫宋玉同游……那时节襄王何曾梦见朝云暮雨，宋大夫何曾导欲宣淫？傀儡来了。

（扮楚襄王、宋玉上）（引）楚王、宋大夫同游云梦者。（楚演科）（引）王问者。（宋应对科）（引）大夫回奏者。（楚向宋科）（引）王命大夫作赋者。（楚下）（引）王下。（宋正立隐几科）（引）大夫归帐中安宿者。（神女登场科）（引）神女上。（宋、女演科）（引）大夫梦中与神女若远若近，若密若疏。（旦下）（引）神女下。（王又登场科）（引）王又上。（宋俯伏科）（引）大夫奏梦者。（楚演科）（引）王又命作赋者。（俱下）（引）出场了也。荒唐云雨千年后，仿佛君臣两赋中。（下）①

由此，我们能看到讲唱艺人是如何以傀儡子来辅助故事讲唱的形态了。这段傀儡戏是要表述"楚襄王云雨梦一节"故事，它以故事讲唱为目的，只是有了傀儡形象的配合、修饰。此段故事讲唱的任务由两组形象体完成，一组是"引戏"，一组是傀儡。傀儡分扮为楚襄王、宋玉和神女三个形象。"引戏"是宋杂剧表演体制中的一个角色，起交代、指挥作用，不扮演特定的人物，而是交代情节（此段中"引戏"先简述了故事情节），调动傀儡上下场，并对傀儡动作予以说明解释，而傀儡则配合"引戏"的言语讲说上场下场、表现动作。"引戏"的功用（对情节的讲述，对傀儡的调动和说明）表现出了傀儡戏所具有的叙事架构。

这样的傀儡戏表演仍以故事讲唱为根本，只是有了傀儡这种形象体的配合、修饰而已。所以，叶明生曾据福建傀儡戏常演剧目《由天记》称这种演剧格式为"话本剧""民

---

① 陈与郊：《鹦鹉洲》，南京图书馆藏明刊本，见《古本戏曲丛刊》二集。

间话本戏"。① 由此而言,无论宋代的傀儡戏所依据的话本是
"如杂剧",还是"如讲史""如崖词",都是以叙述体的故事讲唱
为基础的,它最重要的演剧特征就是艺人为了故事讲唱的形
象性和趣味性而调动了"弄傀儡"伎艺,概而言之即提傀儡讲
唱故事。

　　虽然有人在广义上称那些杂技性质的弄影人、弄傀儡为
影戏、傀儡戏,但作为狭义上的影戏、傀儡戏,乃指敷演故事的
伎艺,其目的是叙事,而艺人的任务是向观众讲唱故事,影人、
傀儡则是达成叙事目的的辅助工具。影戏、傀儡戏以影人、傀
儡辅助故事讲唱的思维和方式,与变文的配画讲唱格式有着
精神上的相通性。孙楷第即认为俗讲讲唱时有图像设备,图
像乃为故事讲唱而设,"其由用图像改为纸人皮人者,谓之影
戏"。② 影人、傀儡在变文之后被艺人取用以配合故事讲唱,
其间的渊源脉络应是存在的。正是由于小说家、讲史家"说
话"在两宋之际的繁兴,加以影人、傀儡已普遍用于歌舞和杂
技,于是在变文"依相叙事"思维的启发、促进下,艺人取其以
缘饰故事讲唱,实属自然。由此,我们应相信高承在《事物纪
原》中的观点,影戏起于北宋。而此前的"弄影人",乃非叙事
性的伎艺,影戏实形成、兴盛于北宋。③

　　如果我们看到了北宋影戏、傀儡戏中影人、傀儡与故事讲
唱的关系,以及它们与变文"依相叙事"的关联,则影人、傀儡
皆可合理地被称为"相",被视为"相"的不同形态,并且是变文
"依相叙事"所用画卷的进化形态——变文讲唱所用的画卷为
平面、静止形态,而北宋影戏所用之影人是平面、运动形态,傀

① 叶明生:《福建傀儡戏史论》,中国戏剧出版社 2004 年版,第 911—
　912 页。
② 孙楷第:《傀儡戏考原》,第 63 页。
③ 杨祖愈:《论中国影戏的起源》,《戏曲艺术》1988 年第 4 期。

偩戏所用之傀儡为立体、运动形态。具体来看，北宋影人是简单的剪纸，①就影人与画卷的关系看，影人可视为从叙事画卷上剪裁下来而独立于画卷的形态，它虽与图画一样是平面形态，但可以移动，故而比画卷更形象、更生动。而且，影人、傀儡在影戏、傀儡戏中表现为人物形象，这正与"相"之形象、状态意义应合。

总之，在变文、影戏、傀儡戏三种伎艺中，图画、影人、傀儡子都是辅助故事讲唱的形象体，但这三者本身之间并无联系，它们各有渊源，并非为故事讲唱而生，亦非仅为故事讲唱所用。但若着眼变文、影戏、傀儡戏中这三种形象体与故事讲唱的关系，则它们之间却有着叙事思维上的渊源、承续关系。虽说影戏、傀儡戏中"相"的形态相较于变文中的图画有了发展变化，但其"依相叙事"的格式未变。一方面，"相"的辅助故事讲唱的功能未变，不能言唱的特征未变；另一方面，"相"的形象表现功能与讲唱人的故事讲唱功能之间的配合关系未变，二者形体上分离，各具功能而相互配合。由此，我们可以看到影戏、傀儡戏与变文之间所隐潜的依相叙事思维的承传关系及其不同的表现形态。

三、宋金大曲、连厢词的依相叙事形态

北宋时，随着影人、傀儡艺术的发展进化，用于伎艺表演的影人、傀儡出现了真人模仿。

---

① 据《都城纪胜》"瓦舍众伎"条言："凡影戏乃京师人初以素纸雕镞，后用彩色装皮为之。"吴自牧《梦粱录》卷二〇"百戏伎艺"条云："更有弄影戏者，元汴京初以素纸雕簇，自后人巧工精，以羊皮雕形，用以彩色妆饰，不致损坏。"见《东京梦华录》（外四种），第 97、310 页。

　　据宋人笔记载录,北宋的傀儡戏有"肉傀儡",南宋的影戏有"大影戏",然皆未具体说明它们的表演形式。比如《都城纪胜》"瓦舍众伎"条说:"肉傀儡,以小儿后生辈为之。"《武林旧事》卷六"诸色伎艺人"条列举了杭州两位擅长肉傀儡表演的艺人姓名张逢喜、张逢贵;同书卷二"元夕"条记艺人"或戏于小楼,以人为大影戏,儿童喧呼,终夕不绝"。① "肉傀儡"和"大影戏"皆以真人装扮为傀儡、影人,肯定是让真人模拟傀儡、影人作出种种动作,然而是否用以辅助故事讲唱,并无明确记载。但宋时确有以真人为"傀儡"而配合故事讲唱的表演,进入了依相叙事的发展脉络。宋人史浩②的《剑舞》可以作为以真人为"傀儡"辅助故事唱演的典型例证。

　　　　乐部唱曲子,作舞剑器曲破一段。(舞罢,二人分立两边。别两人汉装者出,对坐,卓上设酒果。)竹竿子念:伏以断蛇大泽,逐鹿中原。佩赤帝之真符,接苍姬之正统。皇威既振,天命有归。势虽盛于重瞳,德难胜于隆准。鸿门设会,亚父输谋。徒矜起舞之雄姿,厥有解纷之壮士。想当时之贾勇,激烈飞飏;宜后世之效顰,回旋宛转。双鸾奏技,四坐腾欢。
　　　　乐部唱曲子,舞剑器曲破一段。(一人左立者上裀舞,有欲刺右汉装者之势。又一人舞进前翼蔽之。舞罢,两舞者并退,汉装者亦退。复有两人唐装出,对坐。卓上设笔砚纸,舞者一人换妇人装立裀上。)竹竿子勾,念:伏以云鬟耸苍壁,雾縠罩香肌。袖翻紫电以连轩,手握青蛇

---

① 孟元老等:《东京梦华录》(外四种),第 97、462、370 页。
② 南宋初史浩(1106—1194)创作有《采莲舞》《剑舞》《渔父舞》《花舞》《拓枝舞》《太清舞》等大曲作品。《太清舞》,曲词讲唱的是《桃花源记》故事。

而的皪。花影下、游龙自跃，锦裀上、跄凤来仪。轶态横生，瑰姿谲起。倾此入神之技，诚为骇目之观。巴女心惊，燕姬色沮。岂唯张长史草书大进，抑亦杜工部丽句新成。称妙一时，流芳万古。宜呈雅态，以洽浓欢。

乐部唱曲子，舞剑器曲破一段，（作龙蛇蜿蜒曼舞之势。两人唐装者起。二舞者、一男一女对舞，结剑器曲破彻。）竹竿子念：项伯有功扶帝业，大娘驰誉满文场。合兹二妙甚奇特，堪使佳宾醽一觞。霍如羿射九日落，矫如群帝骖龙翔。来如雷霆收震怒，罢如江海凝清光。歌舞既终，相将好去。

念了，二舞者出队。①

此《剑舞》虽为歌舞表演，但却关联了鸿门宴舞剑和公孙大娘舞剑两个故事片断，②其中"竹竿子"的情节讲述和扮演者的动作配合有故事表演的性质。在这段故事演述中有两组人物：一组是讲说者，即"竹竿子"，他负责情节的叙述；另一组是扮演者，即汉装者、舞者和唐装者，配合"竹竿子"的念白叙述而做动作表现。讲说者与扮演者在形体上分离，分别承担了这段故事演述的情节叙述任务与动作表现任务，王国维即指出：史浩《剑舞》"歌唱与动作，分为二事也"。③ 对于"竹

① 唐圭璋编：《全宋词》，中华书局 1965 年版，第 1259—1260 页。
② 《剑舞》这个节目，前后表演了两个故事。前一段关于"鸿门宴"故事：正当项庄以舞剑为名，想刺杀刘邦的时候，项伯起舞掩护刘邦。后一段关于唐代公孙大娘故事，舞者扮公孙大娘，舞《剑器曲破》，另外两个人着唐装，一个是书法家张旭，他看了公孙大娘的舞而草书大进；一个是诗圣杜甫，他幼年看过公孙大娘的《剑器舞》，又在晚年见到公孙大娘的徒弟李十二娘舞，遂不胜感慨，写了著名的《观公孙大娘弟子舞剑器行》。
③ 王国维：《宋元戏曲史》，上海古籍出版社 1998 年版，第 61 页。

竿子"所要完成的情节讲述任务来说,随念白做动作表现的扮演者起到了辅助作用,由此可见,这种故事演述方式也蕴含着明显的依相叙事思维。其中,只以动作表现配合"竹竿子"情节讲说的扮演者与变文讲唱所配之图画具有精神上的承继性,可视为"相"的一种变化形态。

宋时如史浩《剑舞》这种以真人为"相"辅助故事演述的方式,在金元时期的"连厢词"表演形态中更为清晰,且成为其代表性体制,李家瑞即认为打连厢是"一种用人做傀儡的戏剧",①而郑明娳更是明确地称"连厢词"是"肉傀儡"的一种。② 关于连厢词的起源年代,虽有不同意见,但仍以金代为妥,清初毛奇龄《西河词话》即持此论,今人李家瑞承之,定其"起于辽,仿于金,直到清盛时还没有亡",③而王宁《"连厢"补证》一文更为确定:连厢词是由金人创制的一种歌舞演出形式,早期为合说演为一体、类乎说唱的表演类型。④ 关于"连厢词"的表演形态,清初毛奇龄在《西河词话》中记述颇详:

> 嗣后金作清乐,仿辽时大乐之制,有所谓连厢词者,则带唱带演。以司唱一人、琵琶一人、笙一人、笛一人,列坐唱词。而复以男名"末泥"、女名"旦儿"者,并杂色人等,入勾栏扮演,随唱词作举止。如"参了菩萨",则末泥祗揖;"只将花笑撚",则旦儿撚花类。北人至今谓之"连厢",曰"打连厢""唱连厢",又曰"连厢搬演"。大抵连四厢舞人而演其曲,故云。然犹舞者不唱,唱者不舞,与古

---

① 李家瑞:《北平俗曲略》,上海文艺出版社 1990 年影印版,第 54 页。
② 郑明娳:《中国傀儡戏的演进及现代展望》,张敬、曾永义等编:《中国古典戏剧论集》,(台北)幼狮文化事业公司 1985 年版,第 132 页。
③ 李家瑞:《北平俗曲略》,第 54 页。
④ 王宁:《"连厢"补证》,《戏剧》2004 年第 2 期。

人舞法无以异也。至元人造曲,则歌者、舞者合作一人,使勾栏舞者自司歌唱,而第设笙、笛、琵琶以和其曲。每入场,以四折为度,谓之"杂剧"。……往先司马从宁庶人处得连厢词例,谓"司唱一人,代勾栏舞人执唱"。①

　　这段关于连厢词唱演之法的记载,被后人多次引以阐发,如焦循《剧说》卷一、梁廷枏《曲话》卷四、姚燮《今乐考证》"连厢"条,应有很高的可靠性;黎国韬《古剧考原》又联系《辽史·乐志》所记"辽国大乐",以证明《西河词话》提到的连厢搬演形态并非凭空杜撰,其仿自辽时大乐之说亦具有可信成分。②据毛氏所记,他本人曾见到过连厢词的脚本,即所谓"先司马从宁庶人处得连厢词例"。另外,毛氏还仿照连厢词例,创作了"拟连厢词"两种,即《放偷》《卖嫁》(见《西河合集》文集类连厢词一卷)。梁廷枏在《曲话》卷四载录此二目,称许其"古法犹存"。③ 由此我们可略窥连厢词的形态,如《卖嫁》表演中先由司唱者介绍情节,后由三个脚色出场,演一对平民夫妇要求他们十八岁的女儿利哥"卖嫁"(凡穷家十六岁以上女子,沿路唱曲,任凭中意者娶之,谓之"卖嫁"),但女儿不情愿,其中有利哥"向前科""作掩面科""作顿足科""作照演科"的动作提示,以及"杂又吹弹,扮者各盘旋照演科,司唱云"这样的司唱者与扮者相互配合的提示语,④这使我们能清楚地了解所谓"舞者不唱,唱者不舞"的唱演形态。这一形态与毛氏所记连

① 毛奇龄:《西河词话》卷二,唐圭璋编:《词话丛编》,中华书局1996年版,第582页。
② 黎国韬:《古剧考原》,中山大学出版社2011年版,第143—146页。
③ 梁廷枏:《藤花亭曲话》卷四,《中国古典戏曲论著集成》(八),第285页。
④ 庞晓敏主编:《毛奇龄全集》,学苑出版社2015年影印本,第36册第349—351页。

厢词的体例应合。

　　结合毛氏所记与所作，可见连厢词是以故事讲唱为基础的，唱演中有两组人：一组是故事情节的讲唱者，即司唱者，"代勾栏舞人执唱"；另一组是负责动作表现的扮演者，即司舞者，"入勾栏扮演，随唱词作举止"。叙事与扮演的任务即分付于这两组人，各司其职。对于这个故事的讲唱任务来说，扮演者是辅助，其动作表现必须悉与讲唱者的唱词说白配合协调而动止相应。由此可见，这种演述形态仍是依相叙事的思维，"随唱词作举止"的扮演者辅助、配合司唱者的故事讲述，其功能、身份与影戏傀儡戏中的影人、傀儡相同，只是形态有了变化，因此，这个负责动作表现的扮演者可视为"相"的一种进化形态。

　　《剑舞》和连厢词以真人为"相"的依相叙事之法，应是中国早期戏剧的一种表演形态。这种形态可用古印度戏剧作为参照。德国学者布海歌指出：印度传统舞剧里，有一位领唱者和一组演员，这个领唱者只是一个歌唱性的叙述者，"整个剧情和不同角色之间的对白是由领唱者演唱的。……他一边注视着舞台上根据他演唱内容进行表演的演员，一边演唱"，而"戏剧表演只由演员——舞蹈者担任……这些戏曲的表演者不能用语言和歌唱来充分表达自己……这意味着演员是哑巴，而且只能把他的技巧全部都集中在那些能为视觉所领悟的表演上"。① 曲六乙也记述过印度的这种戏剧形态，他在1991年随中国戏剧家访问团在印度喀拉拉邦看到的名叫"库里亚坦"的演出，"一位歌唱家在台下左侧吟唱整个故事情节，一位女演员在台上运用舞蹈动作、细腻表情和极其丰富的手势（手语），进行哑剧表演……似乎也可以说是由一人通篇说

① ［德］布海歌：《中国戏曲在亚洲的流变——印度、中国和日本的传统戏曲比较》，牛枝慧编：《东方艺术美学》，国际文化出版公司1990年版，第284、285页。

唱叙述和一人多角的哑剧表演完成了长诗片断的演出"。①

布海歌在文章中总结说:"在中国戏曲中,演员表演、叙述和演唱他的角色,不存在领唱者。"其实,她并不了解中国古代戏剧中也有类似这种印度舞剧的表演形态,而且在当今民间戏剧表演中仍有遗存。比如河北武安的固义村哑队戏《吊黑虎》《吊掠马》《点鬼兵》等几个剧目的演出,都有一个名叫"掌竹"的戏外人"提调",以吟诵诗赞的方式介绍剧中人物和故事情节,而其他演员只以形体表演配合其讲说内容,并不开口说话。②"掌竹"手中拿的短竹竿,实际上是宋金杂剧演出时"竹竿子"的孑遗,同时他也具有《剑舞》中"竹竿子"作为故事讲说者的形体和功能。这种循有依相叙事思维的哑队戏是宋金杂剧院本时期队舞向正队戏发展的一种中间形态。上述民间古剧所具有的这种形态同样可作为金时连厢词表演形态的参照,从中我们能看到依相叙事思维、格式的影响与流变。

四、宋元"说话"伎艺的
依相叙事形态

变文、影戏、傀儡戏和连厢词在故事讲唱的基础上,都有一个外在于讲唱人的辅助形体,即画卷、影人、傀儡子、司舞者,它们都是辅助故事讲唱的各种形态的"相",对故事讲唱起到缘饰性的辅助作用。这些"相"的形态及其与讲唱人的配合关系,在宋元"说话"伎艺和元杂剧中出现了变化。

前文提及,受变文依相叙事思维的影响,唐宋之际的"说

---

① 曲六乙:《中国戏曲史里一种怪现象——说唱文学输入戏曲的独特形态》,《中国戏剧》1995 年第 11 期。
② 曲六乙:《祭礼·傩俗与民间戏剧》,《大舞台》1999 年第 3 期。

话"伎艺出现了以图画辅助故事讲唱的现象。但配图讲唱现象在唐时"说话"伎艺中已不很普遍，而在宋元"说话"伎艺中则总体上消失了。关于其消失的原因，胡士莹曾有解释："对说话艺术来说，画卷曾起过醒目的作用，但又是落后的形式，因为它远不如艺人绘声绘色的表演。"[①]此意是说画卷的辅助讲唱作用，虽增加了一定的形象性和趣味性，但没有说话人自己的形体表演生动灵活，因此，画卷在"说话"伎艺的表演中消失了。那么，是否这种无画卷配合的故事讲唱就摆脱了依相叙事的思维呢？这需要考察一下宋元"说话"伎艺的表演形态。

　　我们不能认定"说话"伎艺源于变文，它自有传统，它的发展经历了较为漫长的过程，期间曾受到多种文艺因素的影响，其中变文讲唱起了非常关键的作用，也因之在"说话"伎艺的文本及表演形态中留下了许多影响痕迹。比如，变文讲唱人在讲唱过程中有展示画卷的辅助行为，同时还伴随着与所配画卷内容相关的描述性韵语，韵文之前一般有"某某处，若为陈说""当尔之时，道何言语"之类的提示套语。变文的这些格式套语及其所领起的描述性韵语都是依相叙事形态的一部分，是在配图讲唱过程中形成的。

　　宋元"说话"中仍有这类格式套语和描述性韵语的配合形式。目前基本认定的宋元话本的"正话"中几乎每一篇都存有数首诗词，考察其作用，或描摹景物气象，或刻画人物形貌，或绘写场面情景，且多从讲唱者的角度着眼，韵文之前通常有"怎见得？有诗为证""但见""只见""怎生披挂"之类的提示语。提示语与描述性韵语的配合方式显然承续于变文讲唱。

　　参照变文的表演形态，伴随着格式套语的是展示画卷以作为故事讲唱的辅助，那么，"说话"伎艺的表演形态在这类套

---

① 胡士莹：《话本小说概论》，中华书局 1980 年版，第 26、27 页。

语处是否也有与画卷相承的形象体呢？是否蕴含有依相叙事的思维呢？南宋罗烨《醉翁谈录·小说开辟》中谈到小说家"说话"的表演时有言："举断模按，师表规模，靠敷演令看官清耳。""讲论处不滞搭，不絮烦；敷演处有规模，有收拾。"①吴自牧《梦粱录》卷二〇"小说讲经史"条记咸淳间说话艺人王六大夫"敷演《复华篇》及中兴名将传"。② 称说话艺人的讲唱活动为"敷演"，就表明是带有形象体模仿动作的讲唱。说话人在讲唱表演过程中，为求得故事情节的清楚传达、动作场面的直观表现，用自己的形貌肢体作出一些模拟性、程式性的动作，以配合言语讲唱，"举断模按，师表规模"，以此超语言的动作表现来传达故事信息，渲染场上气氛，调动"看官"的各种感觉以使其沉浸于故事讲唱之中。说话人的"敷演"包括了模拟人物的声口、表情、动作，以及故事的场面、景象，它们对说话人的言语讲唱起到了极为有益的辅助作用，这正是宋元"说话"伎艺表演形态的特点之一。故而罗烨称"说话"伎艺有"讲论处"和"敷演处"，王国维言宋代小说家说话"以讲演为事"，③皆意指说话人在表演时有形体动作的模拟表现来配合、辅助其故事讲唱。

　　如果认识到宋元"说话"伎艺表演形态中"讲论处"与"敷演处"的配合关系，看到说话人以形象性动作对其故事讲唱的配合、辅助格式，就应该说"相"并未在"说话"伎艺中消失，而是转化了形态。如此一来，胡士莹先生指出变文画卷的形象性不如说话人本身的形体表现灵活生动，即可理解为说话人以自身的形体表现取代了原来平面、静止的画卷形态的"相"。如果认识到说话人本身的形体表现对画卷功能的继承性和发

① 罗烨：《醉翁谈录》，古典文学出版社 1957 年版，第 3、4 页。
② 孟元老等：《东京梦华录》（外四种），第 313 页。
③ 王国维：《宋元戏曲史》，第 28 页。

展性,就可以认为说话人在表演时配合故事讲唱所做的形貌动作表现就是"相"的一种形态。说话人一边讲唱故事,一边以自己的形体动作配合、辅助故事讲唱,因此,说话人在讲唱表演时兼负了两种任务,也可以说他具有两种功能:一是故事情节的讲述,二是形貌动作的表现。这两种功能又对应了说话人在讲唱表演中的两个身份:一是故事情节的讲唱者,二是形貌动作的表现者。说话人在讲唱表演中所具有的这两个身份、功能及其配合关系,与变文的依相叙事格式有着精神上的承继性。

　　基于此,"相"的功能在"说话"伎艺中并未消失,相对于变文、影戏、傀儡戏、连厢词等伎艺,"说话"伎艺没有一个外在于讲唱者的"相"的辅助,而是在形体上把"相"并入到说话人的身上,同时也把"相"辅助故事讲唱的功能移入说话人的身上,即说话人在讲唱过程中兼负了"相"的形貌动作表现任务,以辅助故事讲唱。

　　前文提及,孙楷第认为,傀儡戏、影戏与"说话"伎艺比较,惟增假人扮演,其话本皆为故事讲唱。孙先生指出了"说话"伎艺与影戏、傀儡戏在故事讲唱上的相同之处,但却抛开了"假人扮演"这一辅助方式,只在故事讲唱方面看到了其间的关联。与其不同,王国维在考察宋元戏曲的发展脉络时,看到了"说话"伎艺、傀儡戏、影戏"皆以演故事为事",只是各自的方式不同,"小说但以口演,傀儡、影戏则为其形象矣"。① 此言即点出了这三种伎艺皆在故事讲唱时使用了形象化手段,此之谓"演故事"。在这三种伎艺中,假人的有无只是表面的区别,其实,它们在故事讲唱时都运用了假人模拟或真人模拟等形象性的辅助工具,也就是说,它们在依相叙事思维上是相

----

① 王国维:《宋元戏曲史》,第 30 页。

同的,只是所表现的形态不同而已。

　　所以说,宋元"说话"伎艺的表演形态中仍承续有依相叙事的思维,只是在形态上较变文、影戏、傀儡戏等有所变化。变文讲唱表演中的讲唱者与"相"在形体上是分离的,而"说话"伎艺中的讲唱者与"相"在形体上则是合一的。相对于变文讲唱表演中"相"有独立的形体,"说话"伎艺的"相"在形体上则是消失了,但是,"相"的功能并未消失,"相"与故事讲唱者的关系未变,依相叙事的思维未变,只是以一种更为隐蔽的形态表现出来罢了。

五、元杂剧演述的依相叙事形态

　　"说话"伎艺在形象体上是把"相"并入到故事讲唱者身上,而元杂剧则是在形象体上把讲唱者并入到了"相"中。

　　前人对说书和戏曲演述形态的不同,有个经典的比较。清人马如飞《出道录》记沈伧洲有言:"书与戏不同,何也? 盖现身中之说法,戏所以宜观也。说法中之现身,书所以宜听也。"①其实,说书与戏曲都是听、视结合的艺术,只不过各有侧重而已。说书人在讲唱故事时,为了真切、形象地表现故事的人物和情境,时有摹拟人物动作、声口、表情的形体表现相辅而行,此之谓"说法中之现身"。这里的"说法"就是故事讲唱,而"现身"则指形象性的形貌动作表现。依此意,"说话"伎艺的讲唱者同时负责形貌动作表现的任务,而元杂剧的演员在形体表现的同时,也负责故事讲唱的任务,此之谓"现身中之说法"。说话艺人是以"说法者"身份出现,元杂剧演员则是以"现身者"身份出现,二者虽在形体上展现的身份不同,但都

---

① 周良编:《苏州评弹旧闻钞》,江苏人民出版社 1983 年版,第 113 页。

兼具了"说法者"和"现身者"的功能。这在元杂剧主唱人身上展现得甚为明显。

　　元杂剧有着特殊的演述体制，它虽为戏剧，但在结构和思维上并非严格的代言体演事，而是体现出一种叙事的思维和结构。杨绛曾以中西方戏剧比较的视角考察中国古代戏曲，认为中国戏曲的情节结构更接近于亚里士多德所说的"史诗的结构"，而不是戏剧的结构，而这"史诗的结构"类似于中国章回小说的叙事结构，因此中国戏曲可称为"小说式戏剧"。① 周宁从话语模式角度，参照西方戏剧，指出中国古代戏剧的话语是以叙述为主，以对话为辅。② 这一特征在元杂剧中甚为明显。元杂剧从总体上来说并不是通过人物的言谈和动作来推动情节的发展，而是要借助扮演者置身于故事情境内外的讲述，从而表现出明显的叙事思维和叙事结构。对于一部杂剧来说，讲述一个故事是其最基本的目的，其他的伎艺表现因素都是要安置在这个故事讲述的架构中。这个叙事任务是由剧中众角色共同完成的，但元杂剧"一人主唱"的体制限制了其他角色的叙事能力的发展，而突出了主唱人的叙事功能及其在杂剧故事演述中的地位。主唱人叙述情节，描述场面，也交代自己或他人的动作、心情和相貌。③ 在此我们只撷采主唱人叙述他人或自己动作的例证：

　　（一）《刘行首》第三折主唱人马丹阳对刘行首动作的叙述："【么篇】他将那头面揪，衣服扯，则见他玉佩狼藉，翠钿零

① 杨绛：《李渔论戏剧结构》，《杨绛作品集》卷三，中国社会科学出版社1993年版，第139页。
② 周宁：《叙述与对话：中西戏剧话语模式比较》，《中国社会科学》1992年第5期。
③ 徐大军：《元杂剧主唱人的选择、变换原则》，《文艺研究》2006年第8期。

落,云鬓歪斜。"

(二)《黄鹤楼》第二折主唱人禾俫对社火场景的描述:"【叨叨令】那秃二姑在井口上将辘轳儿乞留曲律的搅,瞎伴姐在麦场上将那碓臼儿急并各邦的捣,小厮儿他手拿着鞭杆子他嘶嘶飕飕的哨,那牧童儿便倒骑着个水牛呀呀的叫,一弄儿快活也么哥,一弄儿快活也么哥,正遇着风调雨顺民安乐。"

(三)《襄阳会》第二折主唱人王孙对自己偷盗刘备的卢马的叙述:"【金蕉叶】恰拌上一槽料草,喂饲的十分未饱,悄声儿潜踪蹑脚,我解放了缰绳绊索。"

主唱人的这些唱词具有明显的叙述功能,它与剧中角色的动作表现的配合关系,说明元杂剧的演述形态仍存在着影戏、傀儡戏中故事讲唱者和动作表现者的配合关系,只是对应于影人、傀儡之类的形象体而言已变换为真人扮演了。例一中,故事讲唱者是主唱人马丹阳,动作表现者是刘行首;例二中,故事讲唱者是主唱人禾俫,动作表现者是秃二姑、瞎伴姐等一群人;例三与此二者不同,故事讲唱者和动作表现者是合于主唱人王孙一体,他一边讲唱,一边以自己的动作表现来配合。

从这些例证可见,元杂剧众角色可分出有两种身份,一种是形貌动作的表现者,一种是故事情节的讲唱者,这种身份专属于主唱人,他要负责全剧曲文叙事的唱述。这两种身份又对应了两种功能(形貌动作的表现、故事情节的讲述),动作表现者配合着讲唱者,应情节的讲唱而动。立足于元杂剧的故事叙述目的,就角色的讲唱者身份来说,动作表现者身份是辅助;就角色身上的叙述功能来说,动作表现功能是辅助。只是这两种身份在形体上有时合于主唱人身上(主唱人边讲唱边表现动作),有时则分付于主唱人和其他角色身上(主唱人负责故事讲唱,其他角色负责动作表现)。如例三中,主唱人王孙一边讲述自己偷马的行为，一边以动作表现加以配合；而例一中，主唱人马丹阳描述刘行首的动作，刘行首则以动作表现相配合。不论合、分形态之别，这两个身份所司功能间的配合关系，也表现出"依相叙事"的思维，其中，角色中的动作表现身份是"相"的形态，它有"相"的功能，只是就主唱人来说，这个作为"相"的动作表现者身份兼负了故事讲唱者的责任。

上文谈到元杂剧的演述形态中有"现身中之说法"的现象，这里的"说法"是指故事情节的讲唱，而"现身"则指扮演者的形貌动作表现。元杂剧演员就是以剧中人物的身份"现身"，即使他要"说法"，也是以他所"现身"的剧中人物身份来"说法"。因此，着眼于元杂剧的主唱人，"说法"和"现身"这两个功能是集中于演员所扮的剧中人物一体了，即这个以剧中人物出现的扮演者兼具"说法者"和"现身者"的功能。

另外，元杂剧角色中形貌动作表现者与故事情节讲唱者这两个身份所司功能间的配合关系，与变文、影戏、傀儡戏、连厢词等伎艺的依相叙事思维也有着清晰的承继性。与变文的依相叙事格式比较，元杂剧角色中的这两个身份可对应于变文唱演形态中的画卷和讲唱者，其关系也对应于画卷和讲唱者，只是在元杂剧中讲唱者身份在形体上不独立，而是并入到作为"相"的动作表现者形体中了。若与连厢词的唱演形态相比较，元杂剧角色的这两种身份，可对应于连厢词中的司舞者和司唱者，其关系也对应于司舞者和司唱者，所以清人毛奇龄把元杂剧与连厢词放在一条发展线上考察，在讲解连厢词的体例后，指出："至元人造曲，则歌舞合作一人，使勾栏舞者自司歌唱。"后来，梁廷枏承此观点进一步指出，元杂剧的唱演形态中"连厢之法未尽变也"。[1]　毛、梁二人所表达的元杂剧唱

---

① 梁廷枏：《藤花亭曲话》卷四，《中国古典戏曲论著集成》（八），第 286 页。

演形态中"连厢之法未尽变"之论,意指司唱者身份与司舞者身份合于一人并以司舞者形体出现,且一人专唱的格式未变。但更深层的"连厢之法"则应指依相叙事思维下作为形貌动作表现者的司舞者与作为故事情节讲唱者的司唱者的身份、功能,以及二者的配合关系。如此,元杂剧与连厢词在依相叙事思维与格式方面即有着精神上的承继性。不同的是,连厢词的唱演体例是司舞者和司唱者各具其形,各司其职,而元杂剧则是司唱者身份和司舞者身份在形体上合一并以司舞者的形体出现(即负责形貌动作表现的扮演者),如此一来司唱者虽在形体上消失了,但其故事讲述的功能却未消失,而是交付于作举止的司舞者了。于是,元杂剧的角色群体依然存在着演和述两种身份、两种功能,而在主唱人那里,则是一个角色兼具了这两种身份、两种功能。

可见,元杂剧的演述体制中渗入了依相叙事的思维,其角色群体所具有的两种身份、功能及其间关系是依相叙事的一种变异形态。变文、影戏、傀儡戏、连厢词的依相叙事格式都有故事讲唱者和动作表现者,二者在形体上分离,各具功能,各司其职。而元杂剧则出现了扮演者与讲唱者在形体上的合一形态(如上文例三),讲唱者没有独立的形体,而是以扮演者的形体出现,即扮演者既承担动作的表现任务,也承担故事的讲唱任务。相对于变文等伎艺中讲唱者有独立的形体,元杂剧的讲唱者在形体上退隐、消失了,但功能并未消失,而是转移、合并到"现身者"(剧中人物的扮演者)的身上了。

另外,不同于"说话"伎艺中"相"与故事讲唱的关系("相"在形体上并入讲唱者),元杂剧是讲唱者在形体上退隐而并入到作为"相"的动作表现者身上了。也就是说,元杂剧与"说话"伎艺在唱演形态上都表现出"相"与讲唱者在形体上、功能上的合并形态,只是立足点不同:"说话"伎艺是把"相"并入讲唱者,元杂剧则是把讲唱者并入"相"。在形体上,"说话"伎艺是"相"为虚,讲唱者为实;而元杂剧则是讲唱者为虚,"相"为实。正因为这种侧重点的不同,二者才形成了各自不同的依相叙事形态。但是,不论"相"与讲唱者在形体上何方退隐,"相"与讲唱者的功能并未消失,二者的配合关系仍然存在。

理解这一点,有助于我们认识元杂剧的一些体制特点及其与前代伎艺的渊源联系。比如王国维先生在探讨中国戏曲的生成时,把元杂剧视为"真戏曲"形成的标志,其原因是元杂剧视前代戏曲进步之处有二:一为乐曲体制自由宏大,二为由叙事体而变为代言体。① 王国维在谈到第二点进步时是把元杂剧与宋人大曲置于一条发展脉络上,并视元杂剧较宋人大曲的进步是从叙事体而成为代言体。确实,在对一个故事表述的能力和体制上,尤其是曲唱体制上,元杂剧较宋人大曲要进步许多。那么,即便要探讨元杂剧相较于宋人大曲的进步,也应先考察二者间的联系,如此才能明了元杂剧的进步何在,是否为由叙事体到代言体的进步? 由上文的分析,元杂剧较《剑舞》大曲在表述故事的体制方面并不能严格地说是由叙事体到代言体的进化,只是在故事表述的基础上,增加了扮演者所承担的任务。《剑舞》的扮演者只以动作表现来辅助故事讲唱,而元杂剧则把"竹竿子"代装扮者言说的功能全付于扮演者身上,但"竹竿子"的故事讲唱功能及其与装扮者动作表现的配合关系仍体现在元杂剧的角色群体中。所以,元杂剧与叙事体的宋人大曲的联系基点应在于依相叙事的思维和方式,元杂剧的演述体制在总体上并不能说是通过人物的对话和动作来推动故事演进的代言体,而仍是叙事体。

总之,元杂剧的演述形态仍循有"依相叙事"的思维和格

---

① 王国维:《宋元戏曲史》,第62—63页。

式,而非完全意义上的展示性演事。如果看到元杂剧演述形态中所具有的依相叙事思维及其与傀儡戏、影戏间的联系,就可以理解元杂剧角色群体的双重身份、双重功能及其间配合关系的生成渊源。就元杂剧的故事演述来说,其演述形态仍未摆脱变文所创始的"依相叙事"思维,只是比较于变文、影戏、傀儡戏等伎艺的依相叙事格式,元杂剧在"相"的形态上有所变化,而在依相叙事思维上则是一脉相承的。这是元杂剧与傀儡戏、影戏在唱演形态上的联系基点,也是它们共同的、基本的叙事架构,其他的讲唱因素、表演因素都在这个架构中存在、组合变化。

结　　语

通过以上分析,我们看到了依相叙事的思维和方式在宋元叙事性伎艺中的渊源脉络和流变形态。上述宋元唱演伎艺虽各具形态,但皆属变文依相叙事格式的不同流变形态,其依相叙事的思维是一脉相承的,这是它们在唱演形态上的联系基点。相对于变文唱演中"相"的表现形态——图画,上述宋元唱演伎艺在"相"的形态方面发生了进化,由平面走向立体,由静止走向运动,由假人走向真人,但是,"相"的功能未变,"相"与故事讲唱的配合关系未变,依相叙事的思路未变;这些不同形态的"相"始终与故事讲唱相辅而行,并应时新变而取用各种时兴、高级的形象体来为生动呈现故事唱演伎艺服务。

另外,虽然在不同的唱演伎艺中,"相"与讲唱者在形体上有分有合,但依相叙事的思维依然相承未变。在变文、影戏、傀儡戏、连厢词中,故事演述都是由两类独立的形体完成的,一是故事讲唱者,二是动作表现者,二者在形体上是分离的,有"说法者",也有"现身者",各具功能,各负其责,一直未失去各自的形体。就二者的配合关系看,皆如连厢词之司舞者不唱,司唱者不舞,司舞者配合司唱者的故事讲唱,共同完成故事的叙述任务。即使"说话"伎艺和元杂剧的唱演形态中出现了"相"与讲唱者在形体上的不同形式的合并(说话伎艺为"说法中之现身",元杂剧为"现身中之说法"),但"相"与讲唱者的功能未变,依相叙事的思维仍存。看到这一点,我们就能发现一条更切实的线索去探寻元杂剧的叙事形态、脚色体制的生成渊源了。

　　总之,在这条依相叙事形态的发展脉络上,我们可以看到由变文所创始的依相叙事思维对宋元叙事性伎艺的深远影响及其表现形态,同时也能更切实地认识到这些宋元叙事性伎艺与变文在故事唱演形态上的血脉联系及其间的承续基点。而这些宋元叙事性伎艺的唱演形态所表现出的艺术特性,也大多可在依相叙事形态这条发展脉络上找到答案,它们多是依相叙事形态演变的结果,是依相叙事方式进化的表现。

第二章 叙事与嘲调：宋元 说话伎艺的两脉

　　关于宋元伎艺"说话"的内涵与形态,现有的含混的解释和确切的判定都有可商可量之处。比如在"说话"家数的问题上,鲁迅以来的涉论者不论是排斥还是接纳合生、商谜等伎艺,其习惯思维普遍是把"说话"比类为后世的说书,解释为讲说故事,如胡士莹《话本小说概论》曾以此思维作过一个总结,得到了普遍认同,被认为是"是可信的,是最为确切的"。① 如此,则讲说故事就成为"说话"伎艺基本的宗旨和形态。然而,这一思路又面临一些困惑,简单者如把侯白的"说一个好话"释为讲说一个好故事,但又普遍排斥"说诨话"为"说话"家数,也不把作为伎艺的平话、诗话、词话、调话②之"话"解为故事。③ 而且,对于把伎艺性"说话"解释为讲说故事的观点,学界也有质疑之声。比如刘兴汉虽然支持鲁迅、孙楷第的"说话"四家之说(小说、讲史、说经、合生),但又觉得"把宋代的说话就看成是单纯的讲故事,如今日之说书是不对的",④至于如何不

---

① 程千帆、吴新雷：《关于宋代的话本小说》,《社会科学战线》1981 年第 3 期,第 286 页。
② 参见徐大军《说"调话"》,《文学遗产》2008 年第 3 期。
③ 胡士莹：《话本小说概论》,第 157、106、164、169、173 页。
④ 刘兴汉：《南宋说话四家的再探讨》,《文学遗产》1996 年第 6 期,第 76 页。

对则并不明确；又如冯保善主张宋人说话家数多家并存，认为说话之"话"并非指故事，而应该是"脚本"："说话，意即讲说话本，据脚本说唱敷演，更直白点讲，便是说书。"①但当时艺人讲说并非必据脚本，必有脚本，而把说话比类为说书，则又回到了胡士莹等人的观点。但他与胡士莹一样，指出要解决宋元说话家数问题，首需澄清的问题是明确"说话"的定义及内涵。笔者认为欲厘清宋元说话伎艺的宗旨和形态，亦应如此。

通过梳理唐宋时期的相关史料，可以看到"说话"伎艺是源于俳优艺能的语言表演伎艺，讲说故事和嘲调戏谑是俳优的两项艺能，也是俳优进行语言表演的两种方式，宋元"说话"伎艺即在这两种方式的基础上变化出了不同形态，分属于叙事类说话伎艺和嘲调类说话伎艺。说话伎艺的叙事一脉已被勾勒得十分清晰，而嘲调一脉却十分模糊，甚至因无意的忽视或有意的排斥而被置于说话伎艺范畴之外。其实鲁迅先生已隐晦涉及说话伎艺嘲调一脉的踪迹（下文详述），惜其本人并未对此作明确的判断和深入的辨析，他的隐晦表述也未引起后人的充分注意和重视。笔者稍承其志，在考察说话伎艺的宗旨和形态的基础上，把握二脉的演变状况而重点辨析嘲调一脉的源流。

一、说话伎艺嘲调一脉的存在

南宋灌圃耐得翁《都城纪胜》、吴自牧《梦粱录》等笔记的有关描述是讨论宋元说话伎艺宗旨和形态的重要文献。吴自牧《梦粱录》卷二〇有"小说讲经史"条，开首即言："说话者谓

① 冯保善：《宋人说话家数考辨》，《明清小说研究》2002 年第 4 期，第72 页。

之舌辩,虽有四家数,各有门庭。"这是宋人对说话伎艺的最直接说明。而周密《武林旧事》卷三"社会"条称"小说"伎艺人的团体是"雄辩社",同书卷六"诸色伎艺人"条于"小说"目下列有艺人任辩、王辩,又于"说经诨经"目下列有艺人"周太辩"。①"说话"艺人、团体的名称以"辩"字标举,并不是表示讲唱故事与辩论相同,乃意在强调说话伎艺对言辞敏捷、辩才无碍的崇尚与追求。又《金史》记"小说人"贾耐儿曰:"贾耐儿者,本歧路小说人,俚语诙嘲以取衣食,制运粮车千两。"②语中"小说"一词,明显指的是"俚语诙嘲"性质的伎艺。

而"说参请"亦属各家皆认同的、可作为宋人说话四家之一或归属"说经"一家的伎艺,乃是释家禅堂说法问难仪式伎艺化后的娱乐性语言表演,近人张政烺言其"纯属小说舌辩一流":"参禅之道,有类游戏,机锋四出,应变无穷,有舌辩犀利之词,有愚騃可笑之事,与宋代杂剧中之打诨颇相似。说话人故借用为题目,加以渲染,以作糊口之道。"③胡士莹则据《东坡居士佛印禅师语录问答》所载信息指出:"大概瓦舍说话人为了迎合听众的趣味,特借'参请'的形式来进行戏弄,故作为说话人话本的'问答录'多嘲谑之辞。"④由此而知,作为瓦舍伎艺的"说参请"乃是借释家参请之体制而进行的伎艺性语言表演。

上述相关的记载和描述反映了当时说话伎艺所具有的另一宗旨和形态:讲求嘲谑戏乐,崇尚辩才捷词,这与以讲说故事为宗旨的"小说""讲史"完全不同。据此,如果不先验地确

① 孟元老等:《东京梦华录》(外四种),第 312、377、455 页。
② 《金史》卷一〇四《完颜寓传》,中华书局 1975 年版,第 2301 页。
③ 张政烺:《问答录与说参请》,《历史语言研究所集刊》(十七),中华书局 1987 年影印本,第 2 页。
④ 胡士莹:《话本小说概论》,第 116 页。

定作为瓦舍伎艺的"说话"只是以故事讲说为宗旨，则说话伎艺应首先认定是一种以娱乐为宗旨的语言表演伎艺，具有娱乐性、表演性、伎艺性。

那么，这一关于说话伎艺宗旨和形态的勾勒是否与"说话"的内涵相应合呢？作为伎艺名称的"说话"一词，孙楷第先生直接把它解释为讲说故事，并认为宋人的"说话"即是后来之"说书"，"曰'说话'，曰'说书'，古今名称不同，其事一也"。但他也敏锐地指出了"话"曾有的一个含义：

> 话有排调假诵意。释慧琳《一切经音义》卷七〇："话，胡快反。《广雅》：话，调也。谓调戏也。《声类》：话，讹言也。"……凡事之属于传说不尽可信，或寓言譬况以资戏谑者，谓之话。取此流传故事敷衍说唱之，谓之说话。①

孙楷第认识到"话"本身即有嘲调意，乃"寓言譬况以资戏谑者"，如此，则这嘲调行为本身即可称为"话"。孙先生认识到"话"有"调"意，却又要把这种"话"落实于故事之上才称为"说话"，并例举《启颜录》所记侯白"说一个好话"与元稹《酬翰林白学士代书一百韵》诗自注所记"说一枝花话"之"话"皆作故事解，实乃以说书逆推"说话"的思维。这一思维既造成了对说话伎艺属性与形态认识上的困惑，也舍弃了对说话伎艺嘲调一脉的探寻。但孙先生的这段话却提示我们说话伎艺之嘲调一脉的存在。

《一切经音义》乃唐贞元、元和间释慧琳所撰，广泛收集了汉译佛经中的词语（其中普通语词占九成以上），析字、辨音、释义，所引古代文献及字书、韵书达七百种。其中对"话"的使

---

① 孙楷第：《说话考》，《沧州集》，第92页。

用多取"调"意,如卷一六注解《发觉净心经》上卷"谈话"言:
"《博雅》:话,嘲谑也。《说文》:善言也。"卷七〇注解《俱舍
论》第十二卷"俗话"言:"《广雅》:话,调也。谓调戏也。《声
类》:话,讹言也。"卷七一注解《只音阿毗达磨顺正理论》第五
十四卷"耽话"言:"《声类》云:话,讹言也。《广雅》:话,调也。
调谓戏也。"卷五六注解《正法念处经》第三十二卷"调话"曰:
"会善言也。经文作哗音花,喧哗,非字义。"①此处释"话"为
"会善言也",乃承许慎《说文解字》所谓"合会善言"。② 由此
可知,"话"本身即有嘲谑、戏弄之意,对应的是以言语相嘲戏
的行为。这种性质的行为在唐前已经娱乐化、伎艺化,成为一
种讲求思维敏捷、语言机辩、诙谐滑稽的语言表演伎艺,成为
俳优必备的一项艺能。

　　《史记·滑稽列传》记优旃之调笑陛楯者,淳于髡之滑稽
多辩,皆是在宴乐中以机智、幽默的语言表演来提供娱乐。而
这些基于娱乐目的的语言表演往往即兴而发,作机辩幽默的
嘲戏调弄,比如"善为笑言"的秦倡侏儒优旃就以陛楯者与自
己的身材高矮嘲戏。③ 与此相类,三国时魏将吴质于宴会上
招优"说肥瘦",亦意在嘲戏座中人。《三国志》卷二一裴松之
注引《吴质别传》曰:吴质与众将宴会,"酒酣,质欲尽欢,时上
将军曹真性肥,中领军朱铄性瘦,质召优,使说肥瘦。真负贵,
耻见戏"。④ 很明显,吴质招优"说肥瘦",意在嘲调曹真、朱铄
的体态肥瘦。

　　唐玄宗时期的著名伶人黄幡绰也善于据他人形貌特征即

----

① 释慧琳、释希麟:《正续一切经音义》,上海古籍出版社 1986 年影印
本,第 623、2770、2827、2233 页。
② 许慎:《说文解字·言部》,中华书局 1963 年影印本,页 53 上。
③ 《史记》卷一二六,中华书局 1959 年版,第 3202 页。
④ 《三国志》卷二一,中华书局 1959 年版,第 609 页。

兴嘲谑调笑,郑棨《开天传信记》记他在玄宗面前嘲弄刘文树面孔似猢狲:"可怜好个刘文树,髭须共颏颐别住。文树面孔不似猢狲,猢狲面孔强似文树。"①崔令钦《教坊记》记他讥讽两院歌人,"有肥大年长者即呼为'屈突干阿姑',貌稍胡者即云'康太宾阿妹',随类名之,僄弄百端"。②

　　很明显,俳优所要表演的嘲调行为,已不是生活中的自发行为、原生形态,而是一种伎艺性的语言表演,其形态是针对某人的形貌特征而进行言语上的嘲戏,甚至有辱弄讥讽性质。它在隋时已成为"戏场"中的表演伎艺之一,③但更多的情况下是在宴会上即兴表演。这种以某人形貌特征为对象的嘲调是当时俳优艺人所擅长的艺能,因其能见机智和言辩,故为上流社会所习尚,在上流社会的宴集聚会活动中非常流行。而且这种来源于俳优伎艺的嘲调还被文人们学习模仿,可以用来嘲人姓名、相貌、性格等,戏谑斗口,逞才显智,既可表现思敏词捷,也可营造宴乐气氛。刘勰《文心雕龙》在《谐隐》篇总结此类现象,特举"薛综凭宴会而发嘲调"。④ 薛综"发嘲调"之事见《三国志》卷五三《薛综传》记载:

　　　　西使张奉于权前列尚书阚泽姓名以嘲泽,泽不能答。综下行酒,因劝酒曰:"蜀者何也? 有犬为獨,无犬为蜀,横目苟身,虫入其腹。"奉曰:"不当复列君吴邪?"综应声曰:"无口为天,有口为吴,君临万邦,天子之都。"于是众

① 李昉等编:《太平广记》卷二五五,中华书局 1961 年版,第 1987 页。
② 崔令钦:《教坊记》,《中国古典戏曲论著集成》(一),第 12 页。
③ 隋人阇那崛多译《佛本行事经》卷一二、卷一三《捔术争婚品》提到的"戏场"众伎中就有"漫话戏谑言谈",参见陈允吉、胡中行编《佛经文学粹编》,上海古籍出版社 1999 年版,第 151 页。
④ 范文澜:《文心雕龙注》,人民文学出版社 1958 年版,第 271 页。

坐喜笑，而奉无以对。其枢机敏捷，皆此类也。①

由此而知刘勰所言"嘲调"的形态，乃先有一方对另一方有嘲弄辩难之言辞，另一方要敏捷反击，应答如流，以见出辩捷之才能。由于其中有戏弄、问难成分，故也称"嘲戏""嘲难"，即嘲谑以调笑戏弄，具有表演性、娱乐性，这是当时非常流行的一种源自俳优的艺能。由于它在当时上流社会的宴集娱乐中十分盛行，所以《三国志》等史著有所记述，刘勰《文心雕龙》亦有所论议。而成书于唐代的《一切经音义》把"话"释为嘲调，可以说是对这类语言表演伎艺的总结。

这种嘲调性质的语言表演伎艺在隋唐时也广为流行，上文所述唐玄宗时名优黄幡绰对两院歌人、刘文树形貌特征的嘲调即是。艺人们的伎艺表演因是即兴的机锋而难有留存，而文人操此者则幸好遗留有一些记述：

> 隋侯白，州举秀才，至京，机辩捷，时莫之比。尝与仆射越国公杨素并马言话。路傍有槐树，憔悴死，素乃曰："侯秀才理道过人，能令此树活否？"曰："能。"素云："何计得活？"曰："取槐树子于树枝上悬着，即当自活。"素云："因何得活？"答曰："可不闻《论语》云：子在，回何敢死？"素大笑。

> 国初贾元逊、王威德俱有辩捷，旧不相识，先各知名，无因相见。元逊髭须甚多，威德鼻极长大。尝有一人置酒唤客，兼唤此二人，此二人在座，各问知姓名，然始相

① 《三国志》卷五三，第 1250—1251 页。另，《太平广记》卷二四五所录略同（第 1898 页）。

识。座上诸客及主人，即请此二人言戏。威德即先云：
"千具羖𤺄皮，惟裁一量鞦。"诸人问云："余皮既多，拟作
何用？"威德答曰："拟作元逊颊。"元逊即应声云："千丈黄
杨木，空为一个梳。"诸人又问云："余木拟作何用？"元逊
答云："拟作威德枇子。"四座莫不大笑。①

　　侯白与杨素的"言话"，并不是普通的交谈，而是讲究机
智、诙谐、辩才以及一定表演性的语言交锋，所以《启颜录》记
侯白此类"言话"有"谈戏弄"之语，②又称贾元逊和王威德在
宴会上的嘲调之举为"言戏"。贾、王二人在一次酒宴上相遇，
座中人闻其辩捷之名，便请二人"言戏"，二人遂各以对方的形
貌特征嘲弄调笑。王威德以黑羊皮拟比元逊颊，嘲其多髭须
（羖𤺄，一种黑羊）；贾元逊则说要以千丈黄杨木作枇子（枇与
鼻同音），借以嘲威德鼻子长大。这种针对某人形貌特征的嘲
调，正如三国时吴质于宴席上招优的"说肥瘦"、唐玄宗时名优
黄幡绰对两院歌人形貌的嘲弄。
　　S.610 敦煌本《启颜录》收录了侯白的许多"谈戏弄"，③其
形态、旨趣与当时相关的史书、笔记所述相符。《北史》卷八三
《李文博传》言侯白"有捷才，性滑稽，尤辩俊"，"好为俳谐杂
说"，④苏鹗《苏氏演义》卷下记他"博闻多知，谐谑辩论，应对
不穷。人皆悦之，或买酒馔求其言论，必启齿发题，解颐而返，

---

① 曹林娣、李泉辑注：《启颜录》，上海古籍出版社 1990 年版，第 51、
　　30 页。
② 《启颜录》记："白在散官隶属，杨素爱其能剧谈，每上番日，即令谈戏
　　弄，或从旦至晚，始得归。"（第 52 页）
③ 见《英藏敦煌文献》（二），四川人民出版社 1990 年版，页 64 下—
　　70 下。
④ 《北史》卷八三《李文博传》，中华书局 1974 年版，第 2807 页。

所在观之如市"。① 由此知,侯白的这些谐谑言辩具有一定的表演性,要以言辞上的敏捷巧辩来获得嘲诮戏乐的趣味,《北史》总括其为"俳谐杂说"。这种娱乐性的语言表演伎艺与刘勰所说的"嘲调"有密切的承续关系,唐人刘知幾在《史通·杂述》中称之为"琐言":"琐言者,多载当时辨对,流俗嘲谑,俾夫枢机者藉为舌端,谈话者将为口实。及蔽者为之,则有诋讦相戏,施诸祖宗,褒狎鄙言,出自床第,莫不升之纪录,用为雅言,固以无益风规,有伤名教者矣。"②由刘知幾的总结评述和《启颜录》的具体记录,可见这类语言表演伎艺的性质和形态:它是一种讲求诙谐、思敏、辩才的语言表演伎艺,表现为言辞上的嘲戏、辩难,具有表演性、娱乐性、伎艺性,所以有"谈戏弄""言戏"之称。据此,史书所记侯白擅长的"俳谐杂说"就是《启颜录》中所记述的具有表演性的嘲调行为,也就是刘知幾《史通》所描述的"琐言"的形态。

需要强调的是,侯白的这些"俳谐杂说"本身即是"话",而《启颜录》关于侯白进行"俳谐杂说"的记述则是"话"的故事。我们一般会说《启颜录》记述了当时的幽默故事,如陈振孙《直斋书录解题》卷一一小说家类即说它是"杂记诙谐调笑事",③是关于侯白等人如何嘲调的故事,可称为"嘲调故事"。但嘲调与嘲调故事并不是一回事,嘲调本身是"话"的形态,而嘲调故事则是关于这些"话"的记述。具体到《启颜录》一书,其中的短故事是一回事,侯白等人的嘲调行为则是另一回事,而这些行为即是娱乐性的语言表演伎艺。这才是《启颜录》编述的关注点,故而该书列"论难""辩捷""嘲诮"三目。据此而言,侯

---

① 苏鹗:《苏氏演义》,《丛书集成初编》第 279 册,中华书局 1985 年版,第 23 页。
② 浦起龙:《史通通释》卷一〇,上海古籍出版社 1978 年版,第 275 页。
③ 陈振孙:《直斋书录解题》,上海古籍出版社 1987 年版,第 340 页。

白的"俳谐杂说"和《启颜录》对其"俳谐杂说"的记述并不是同一所指。这种关系在《文心雕龙》中已表述得很清楚，其《谐隐》篇说"魏文因俳说而著笑书"，①语中的"笑书"是根据"俳说"而作的记述，但"笑书"不等同于"俳说"。就"笑书"而言，是一种著述；就"俳说"而言，则是俳优的一项艺能。当然，这"笑书"能反映出"俳说"的性质和形态。绾结上述，刘勰所说的"嘲调"、刘知幾所说的"琐言"、《启颜录》所说的"谈戏弄"和"言戏"，都是来自俳优艺能的一种伎艺，它往往以某人某物的形貌特征为对象进行嘲戏，讲求语言的敏捷、机锋和诙谐，带有表演性和娱乐性，是一种语言表演伎艺。

　　比照于此，上文所言宋人"说话"伎艺的嘲调一脉的宗旨和形态即承此发展而来。宋人记述说话伎艺为"舌辩"，为"杂嘲"——舌辩是指艺人讲说的能力，杂嘲则是指艺人的讲说方式和表演宗旨，皆未提及"讲说故事"之意。而且，宋时属于说话家数的"说参请"亦可确定不涉故事讲说，而是讲求舌辩和诙谐的伎艺。所以，作为语言表演伎艺，"说话"并非必然地要以讲说故事为表演宗旨，而就"话"在唐宋时期的语词使用意义，"说话"也不可单纯地释为"讲说故事"，我们本不必非要把"话"落实于"故事"这个意义上。

二、说话伎艺嘲调一脉的　　形态流变

　　通过上文的理析，可知宋元说话伎艺除了"小说""讲史"为代表的叙事一脉，还有渊源甚早的嘲调一脉。此脉的特点是以言辞相嘲戏，它以逞才斗智、嘲弄讥讽为宗旨，在语言上

---

① 范文澜：《文心雕龙注》卷三，人民文学出版社 1958 年版，第 271 页。

讲究才敏词捷,有嘲谑辩难性质。宋人谈及说话伎艺时曰辩者,曰嘲者,以及例举"说参请""说诨话"等家数,皆意在其嘲调一脉。那么,宋元时说话伎艺的嘲调一脉又具体地表现出哪些形态呢? 由于当时说话艺人的表演是即兴的机锋,留存者稀见难觅,而文人的类同行为则多有记述,可据以略窥其形态。

从《三国志》所述吴质在宴会上招俳优"说肥瘦"、薛综在宴会上即兴"发嘲调",到《启颜录》所记侯白的"谈戏弄"、贾元逊和王威德在宴会上"言戏",可见这类嘲调伎艺已成为上流社会宴乐时常备的一种娱乐方式,其基本形态是以人的形貌为调弄对象,可以是一人以某人或某物为对象的嘲诮戏谑,也可以是二人逞显机智辩才的斗口问难,前者可称为"单嘲",后者可称为"互嘲"。这其间往往有言语上的往返交锋和抗辩,一是在对话中语藏机锋,如薛综在宴会上的"发嘲调",贾、王应座中人要求而进行的"言戏";二是借简短故事寄寓深义,意在"寓言譬况以资戏谑",如侯白应杨素之子玄感的"说一个好话",其目的并不是要讲一个寓言故事,乃是为了表达自己的寓意,以调弄玄感。这是当时社会风靡习尚之艺,文人宴集,亲朋游乐,多有此类嘲调戏弄。如:

> 唐长孙玄同幼有机辩,坐中每剧谈,无不欢笑。……贞观中尝在诸公主席,众莫能当。高密公主乃云:"我段家儿郎,亦有人物。"走令唤取段恪来,令对玄同。段恪虽微有辞,其容仪短小。召至,始入门,玄同即云:"为日已暗。"公主等并大惊怪,云:"日始是斋时,何为道暗?"玄同乃指段恪:"若不日暗,何得短人行?"坐中大笑。段恪面大赤,更无以答。

> 国初有人姓裴,宿卫考满,兵部试判,为错一事落第。

此人即向仆射温彦博处披诉。彦博当时共杜如晦坐，不理其诉。此人即云："少小以来，自许明辩，至于通传言语，堪作通事舍人，并解作文章，兼能嘲戏。"彦博始回意共语。时厅前有竹，彦博即令嘲竹。此人应声嘲曰："竹，风吹青肃肃，陵冬叶不雕，经春子不熟。虚心未能待国士，皮上何须生节目。"彦博大喜，即云："既解通传言语，可传语与厅前屏墙。"此人即走至屏墙，大声语曰："方今主上聪明，辟四门以待士。君是何物人，在此妨贤路？"即推倒。彦博云："此意着博。"此人云："非但着膊，亦乃着肚。"当为杜如晦在坐，故有此言。彦博、如晦乃大欢笑，即令送吏部与官。①

长孙玄同一例是借俗语"黄昏短人行"（"短人行"，本意指少有人行）来嘲弄段恪的身材矮小。裴略一例明为嘲竹，意在嘲人。二例一为嘲人，一为嘲物，皆是抓住对象的某一特征进行一针见血、淋漓尽致的嘲调。这类以嘲调为宗旨、为方式的语言表演伎艺，从《三国志》裴注引的"说肥瘦"到《启颜录》所记的"谈戏弄""言戏"，有许多名称：俳说、俳优小说、俳谐杂说、谈戏弄、言戏。称名不同，其实一也。

延至宋元，这种嘲调形态的语言表演伎艺仍有承续，如北宋张齐贤《洛阳搢绅旧闻记》和南宋沈作喆《寓简》所记的两条材料：

> 有谈歌妇人杨苎罗，善合生杂嘲，辨慧有才思，当时罕与比者。少师以侄女呼之，每令讴唱，言词捷给，声韵清楚，真秦青、韩娥之俦也。……云辨于长寿寺五月讲，

---

① 曹林娣、李泉辑注：《启颜录》，第 60、28 页。

少师诣讲院,与云辨对坐,歌者在侧。忽有大蜘蛛于檐前垂丝而下,正对少师与僧前。云辨笑谓歌者曰:"试嘲此蜘蛛。如嘲得着,奉绢两匹。"歌者更不待思虑,应声嘲之,意全不离蜘蛛,而嘲戏之辞正讽云辨。少师闻之绝倒,久之,大叫曰:"和尚取绢五匹来。"云辨且笑,遂以绢五匹奉之。歌者嘲蜘蛛云:"吃得肚鬠撑,寻丝绕寺行。空中设罗网,只待杀众生。"盖讥云辨体肥而肚大故也。①

汴京时有戚里子邢俊臣者,涉猎文史,诵唐律五言数千首,多俚俗语,性滑稽,喜嘲咏,常出入禁中。善作《临江仙》词,末章必用唐律两句为谑,以调时人之一笑。……席间有妓秀美而肌白如玉雪,颇有腋气难近。丰甫令乞词,末云:"酥胸露出白皑皑。遥知不是雪,为有暗香来。"又有善歌舞而体肥者,词云:"只愁歌舞罢,化作彩云飞。"俊臣亦颇有才者,惜其用工只如此耳。②

从上面的文献记述看,邢俊臣虽能出入禁中,但迹如弄臣,皇上只以其才嘲调别人以笑乐,如同唐明皇身边的黄幡绰。而善"合生杂嘲"的谈歌妇人杨苎罗,《洛阳搢绅旧闻记》特别指出她"辨慧有才思""言词捷给"。据朱权《太和正音谱·词林须知》:"捷讥,古谓之滑稽,院本中便捷讥谑者是也。"③由此知"捷给"乃意指才思敏捷,应答如流,且有一定的滑稽调笑色彩,其性质、形态与逞才敏词捷的诙谐嘲调相同,也符合洪迈《夷坚支志》乙集卷六《合生诗词》所描述的"合生"

---

① 张齐贤:《洛阳搢绅旧闻记》卷一,《丛书集成初编》第 2844 册,第 4—5 页。

② 沈作喆:《寓简》卷一〇,《丛书集成初编》第 296 册,第 79 页。

③ 朱权:《太和正音谱》,《中国古典戏曲论著集成》(三),第 54 页。

形态："江浙间路歧伶女，有慧黠知文墨，能于席上指物题咏应命辄成者，谓之合生。其滑稽含玩讽者，谓之乔合生。"①上述二例说明合生乃是文人逞才显智的伎俩，而作为瓦舍伎艺的"合生"则是一种娱乐性的语言表演伎艺，《都城纪胜》"瓦舍众伎"条记其形态"与起令、随令相似，各占一事"，②其斗智斗口、争锋抗辩，颇显戏剧性，并不驾设于故事情节框架之上（下文详述）。除此之外，宋元瓦舍伎艺以嘲调为宗旨又因方式的不同而变化出诸多形态，如说参请、商谜、说诨话等。③

　　说诨话专主诙谐幽默。《玉篇·言部》："诨，弄言。"胡吉宣校释："诨之言浑也。浑言相戏弄也。今俳优诙调谓之插科打诨。"④则诨话乃指诙谐有趣的语言嘲调之戏弄，而瓦舍伎艺中的"说诨话"就是这种形态的语言表演伎艺。《东京梦华录》卷五"京瓦伎艺"条中列有"说诨话"艺人张山人，王灼《碧鸡漫志》卷二说他擅长"长短句中作滑稽无赖语"，"以诙谐独步京师"。⑤又《夷坚乙志》卷一八"张山人诗"条记他老无依赖，困死于道而被路人束苇席而葬后，有轻薄子弟嘲弄曰："此是山人坟，过者应惆怅。两片芦席包，敕葬。"洪迈于此有言："人以为口业报云。"⑥此语意指张山人被以其人之道还治其人

① 洪迈：《夷坚志》，中华书局1981年版，第841页。
② 孟元老等：《东京梦华录》（外四种），第98页。
③ 孟元老《东京梦华录》卷五"京瓦伎艺"条记："毛详、霍伯丑，商谜。吴八儿，合生。张山人，说诨话。"《西湖老人繁胜录》"瓦市"条记："勾栏合生，双秀才。……背商谜，胡六郎。……谈诨话，蛮张四郎。"《武林旧事》卷六"诸色伎艺人"条记"说诨话"有蛮张四郎，"商谜"有胡六郎、捷机和尚等多人，"合笙"有双秀才。分见《东京梦华录》（外四种），第30、123—124、460、465页。
④ 胡吉宣：《玉篇校释》卷九，上海古籍出版社1989年版，第1863页。
⑤ 王灼著，岳珍校正：《碧鸡漫志校正》卷二，人民文学出版社2015年版，第27页。
⑥ 洪迈：《夷坚志》，第342页。

之身。综合上述,可知张山人之"滑稽无赖语",也是针对某一对象的嘲调,并不追求故事的讲说,应是俳优嘲调一类的当场巧妙应对,并以吟诗作词唱曲的形式付诸实现。所以,"说诨话"并不是"说诨故事",故各家多不把它列入说话四家或说话家数中。胡士莹把《快嘴李翠莲记》一篇视为"当时的'说诨话'的话本",①乃是固守"说话"为讲说故事伎艺而作的推测。

　　"说参请"在《都城纪胜》"瓦舍众伎"条内被释为"宾主参禅悟道等事",②应是宾主二人论辩谈道内容的对话形式。上文已述,张政烺《问答录与说参请》言其"纯属小说舌辩一流","以参禅悟道之体,述诙谐谑浪之言",胡士莹《话本小说概论》言其"特借'参请'的形式来进行戏弄"。可见,作为瓦舍伎艺的"说参请"乃是释家"参请"仪式被伎艺化后的语言表演,它借用了参禅悟道的形式进行戏弄,往往一宾一主,一问一答,相互辩难戏谑,其中充满了论难驳辩、滑稽嘲弄的语言妙趣,乃是古代博士论经的遗风,《启颜录》"论难"目下所从者即展现了它的形态,其中并无讲说故事的内容。当然,有关这一伎艺化舌辩活动过程的记述则是有一定的情节内容,此可称为"说参请"故事。由此而言,张政烺所认为的南宋瓦舍艺人的"说参请"话本《东坡居士佛印禅师语录问答》一书,并不可能是当时艺人"说参请"的依据,而是这种伎艺性、娱乐性"说参请"活动的记述,可称为"说参请"故事。当然,这些故事可以反映出"说参请"伎艺的一些形态。

　　正如瓦舍伎艺的"说参请"不同于释家之"参请"仪式,作为瓦舍伎艺的商谜,也不能等同于一般游艺活动的猜谜,而是利用猜谜的形式进行的伎艺性语言表演,由此形成了一些套

_____

① 胡士莹:《话本小说概论》,第119页。
② 孟元老等:《东京梦华录》(外四种),第98页。

路和术语,有道谜、正猜、下套、贴套、走智、横下、问因、调爽等,比如下套是指"商者以物类相似者讥之,又名对智",调爽是指"假作难猜,以走其智",①其中有讥讽戏谑,有斗智斗口。居乃鹏《商谜考》认为商谜是市井娱乐的表演伎艺,"参加表演的人有'商者''来客'两种,商者是主持人,来客是猜者。两方面可以反复斗智,有说有唱,有问有答"。②而且这种勾栏瓦舍中的语言表演伎艺是以诙谐调笑为宗旨,所以陶宗仪《南村辍耕录》卷二八记讲史艺人丘机山曰:"丘机山,松江人。宋季元初,以滑稽闻于时,商谜无出其右。……其博学敏捷类如此。"③而《东坡居士佛印禅师语录问答》乃专记苏轼、佛印二人斗口嘲调的书,中有"东坡与佛印商谜""佛印布与东坡商谜"的记述,④据此可略推当时伎艺人的商谜表演的形态。

作为语言表演伎艺,说参请、商谜这些依循嘲调类说话而变化出的形态,即如高彦休《唐阙史》所记优人李可及之"三教论衡"戏弄把汉魏以来博士论难仪式伎艺化、娱乐化一样,乃是把商谜这样的游戏、参请这样的仪式伎艺化、娱乐化的结果,其问答之间的斗智斗口,就是舌辩。对比"说诨话"这样的"单嘲",此二者则是"互嘲"。这类嘲调都是实时而兴,当场而发,讲求实时即境的敏捷应变和斗口机锋,时过境迁,多已消逝,那些俳优艺人的嘲调表演尤其如此。至于那些被流传、被记录者,多是因其涉及了文人和权贵的活动而有了具体的文献记述,据此我们才得以了解当时瓦舍艺人的合生类嘲调伎

---

① 吴自牧:《梦粱录》卷二〇"小说讲经史"条,《东京梦华录》(外四种),第 313 页。
② 居乃鹏:《商谜考》,《国文月刊》第 78 期(1949 年 4 月),第 19 页。
③ 陶宗仪:《南村辍耕录》,中华书局 1959 年版,第 347 页。
④ 无名氏:《东坡居士佛印禅师语录问答》,《古本小说集成》,上海古籍出版社 1994 年版,第 17、18 页。

艺的表演形态。但艺人们的相关表演形态大多无存,除了宋人笔记的粗略记述外,如果南宋罗烨《醉翁谈录》是当时艺人说话的底本或说话的材料,则其中丁集卷二"嘲戏绮语"目下相从者①当是说话人进行嘲调表演的材料或参照,胡士莹曾指出它们"和'说诨话'也多少有些关系";②而南宋陈元靓编《事林广记》(元后至元六年郑氏积诚堂刻本)辛集卷下"风月笑林"所录总题为"嘲戏绮谈"的四十六首曲子词,多是当时社会喜尚嘲调类伎艺的风气熏染下的产物,如第十五首《嘲宿娼被脱衣当》、第十六首《咏妇人着相》、第四十二首《妇人狐臭》、第四十四首《妓者眼大》,③皆充满诙谐、嘲讽之语。

上面对于合生、说诨话、说参请、商谜等嘲调类说话伎艺作了一番梳理,由于历来对"说话四家"的纷争多要涉及"合生",兹再对其略加辨析。

自从鲁迅把合生列为说话四家之一,对这一列举的解释、争论即纷纭不断。前人一般以说书推知说话,把说话视为讲说故事,如鲁迅称说话伎艺是"口说古今惊听之事",④孙楷第言"凡伎艺讲故事的,一律称为说话"。⑤ 由此,排斥合生者乃因其不涉叙事,"合生是一种以歌唱诗词为主的口头伎艺,内容很少故事性,实与以故事为主的'说话'殊途";⑥而接纳合生者则把它朝讲说故事上靠拢,孙楷第即认为"合生是介乎杂剧、说书与商谜之间的东西",其中"铺陈事实人物,则近说话",⑦陈文

---

① 罗烨:《新编醉翁谈录》,《续修四库全书》第 1266 册,上海古籍出版社 2002 年版,页 425 下—427 上。
② 胡士莹:《话本小说概论》,第 119 页。
③ 陈元靓编:《事林广记》,中华书局 1999 年影印本,页 204 下、206 上。
④ 鲁迅:《中国小说史略》,上海古籍出版社 1998 年版,第 72 页。
⑤ 孙楷第:《中国短篇白话小说的发展》,《沧州集》,第 75 页。
⑥ 胡士莹:《话本小说概论》,第 125 页。
⑦ 孙楷第:《宋朝说话人的家数问题》,《沧州集》,第 89 页。

申则干脆指出合生有两种，其一是以讲说故事为内容，属于说话伎艺的合生。[1] 这些争论涉及两个问题：一是说话的内涵，二是合生的形态。其实，这些关于合生的截然相反的争论观点皆是在视"说话"为讲说故事伎艺的基础上对"合生"的约求，但从宋人的记述中则完全看不出它的叙事性。

上文已述，洪迈《夷坚支志》乙集卷六记合生之形态有"指物题咏，应命辄成"的描述，其中"滑稽含玩讽者"谓之"乔合生"，其形态由张齐贤《洛阳搢绅旧闻记》所记谈歌妇人杨苎罗嘲蜘蛛事可见。其尚求思敏词捷、嘲调戏谑的宗旨与"俳说"嘲调一脉相承。又《都城纪胜·瓦舍众伎》称合生"与起令、随令相似，各占一事"，[2] 其形态可由宋人编撰的《东坡居士佛印禅师语录问答》所记参看。此书有苏东坡与佛印二人相互嘲戏讥讽为能事的记述，其中即有"起令""行令"的描写：

> 东坡与佛印同饮，佛印曰："敢出一令，望纳之。不悭不富，不富不悭；转悭转富，转富转悭。悭则富，富则悭。"东坡见有讥讽，即答曰："不毒不秃，不秃不毒；转毒转秃，转秃转毒。毒则秃，秃则毒。"（《东坡纳佛印令》）

> 东坡谓佛印起令曰："要头是曲子名，尾是二十八宿，四个字不闲。"东坡曰："黄莺儿扑蝴蝶不着，虚张尾翼。"

---

[1] 陈文申《关于"说话"四家和合生》一文为了论证鲁迅分法的正确性，试图对合生作一新的解释，认为"宋代的'合生'实有两种，一种是洪迈所说'批物题咏，应命辄成'的'合生'，一种是《醉翁谈录》以之与'演史'并列，以'言其上世之贤者''排其近世之愚者'为内容的合生，即属于'说话'的合生"；并以《梦粱录》所记合生"与起令、随令相似，各占一事"推知"合生话本是由两个同类型的故事构成"。参见赵景深主编《中国古典小说戏曲论集》，上海古籍出版社 1985 年版，第 276、277 页。

[2] 孟元老等：《东京梦华录》（外四种），第 98 页。

佛印应声答曰："二郎神绕佛阁相称,鬼奎危娄。"(《东坡
与佛印起令》)①

　　据此可见,起令、随令亦是要求当场巧妙应对,常会以诗
词形式就某对象进行嘲弄,风格滑稽玩讽。这一形态与张齐
贤《洛阳搢绅旧闻记》、洪迈《夷坚志》所记合生之形态相符。

　　综上所述,可见合生无关叙事,而是属于俳优伎艺的当场
巧妙应对,并以吟诗作词唱曲的形式付诸实现。有的学者以
东坡、佛印问答录来证合生为叙事,但合生并不等于合生故
事,正如"俳说"不等于"笑书","说参请"不等于"参请"故事,
侯白的"俳优杂说"不等于《启颜录》中有关侯白的幽默故事。
其实,《问答录》所记苏轼、佛印二人的嘲调行为正印证了洪迈
对于"合生"的描述与定义,也与刘勰所记嘲调之"俳说"形态
相同。苏轼、佛印二人的相互嘲调行为虽然用到了合生伎艺,
记述二人这些行为的《问答录》虽然有情节性,但这些记述只
能说是关于二人进行合生的故事,而并不是合生伎艺本身。
我们可以把《问答录》的记述视为二人相互嘲弄戏谑的故事,
因为它有二人进行合生、商谜的简单情节,但需要注意的是,
二人的嘲调行为本身是合生,而关于这个嘲调行为过程的记
述则只能是"合生故事"了。

　　虽然合生并不以叙事为宗旨,但它仍属于宋人"说话"伎
艺的范畴。《梦粱录》卷二〇"小说讲经史"条开头即言"说话
者谓之舌辩",即表明本条乃专述说话伎艺,后文列有合生、商
谜的介绍,即可说明"合生"为说话伎艺的家数。可以说,合生
与商谜、说参请、说诨话等伎艺都是说话伎艺嘲调一脉的变化

---

① 无名氏:《东坡居士佛印禅师语录问答》,《古本小说集成》,第2—3、
19页。

形态,它们本不与以"小说""讲史"为代表的说话伎艺叙事一脉的表演宗旨相同。

　　鲁迅据《都城纪胜》《梦粱录》列合生为说话四家之一,认为其形态是"先念含混的两句诗,随后再念几句,才能懂得意思,大概是讽刺时人的";①又在《宋民间之所谓小说及其后来》一文指出合生"实始于唐,且用诨词戏谑,或者也就是说诨话"。② 明显地,他看到了合生与唐宋之际杂剧中戏谑调笑伎艺的联系,或许正因为此,他多次指出"说话"乃出于"杂剧"。③ 但后人只是根据他关于"说话"伎艺为"口说古今惊听之事"的解释,并以后世说书来逆推宋元的说话伎艺,确切地论定"说话"为讲说故事的伎艺,如此一来则有意、无意地忽视了说话伎艺中所存在的合生等不以讲说故事为宗旨的嘲调伎艺。其实,鲁迅先生在《中国小说的历史的变迁》中已在列举宋人说话四科后明确指出:"这四科后来于小说有关系的,只是'讲史'和'小说'。"④如果认识到这个观点的价值,然后探寻到说话伎艺中嘲调一脉的存在,就会对宋元说话伎艺的内涵与范畴有一个切实的认识,从而把嘲调一脉的各种非叙事性伎艺列于说话伎艺的范畴内。如薛宝琨在《中国幽默艺术

---

① 鲁迅:《中国小说的历史的变迁》,《鲁迅全集》(九),人民文学出版社1981年版,第320页。

② 鲁迅:《宋民间之所谓小说及其后来》,《鲁迅全集》(一),第146页。

③ 鲁迅在1924年3月校定的《中国小说史略》中谈及宋之话本时,说宋人通俗小说"实出于杂剧中之说话";又1924年7月在西安的讲稿《中国小说的历史的变迁》中指出,北宋时期"市井间有种杂剧,这种杂剧中包有所谓'说话'",并径直列合生为四家之一;又有1926年8月撰成的《小说旧闻钞》,其"源流"篇在抄录郎瑛《七修类稿》等述"小说起于宋仁宗时"之语后案语:"宋时市井间所谓小说,乃杂剧中说话之一种,详见《都城纪胜》《东京梦华录》《梦粱录》及《古杭梦游录》,非因进讲宫中而起也。"

④ 鲁迅:《中国小说的历史的变迁》,《鲁迅全集》(九),第320页。

论》中就把合生、商谜列为唐宋的"说话"伎艺，①且并不是在讲说故事的范畴内来讨论二者。按照这一思路，就不会一味地在论定"说话"为讲说故事的思维下排斥嘲调一脉，或把嘲调一脉落实到故事讲说上了。

　　综合上述关于"说话"伎艺形态和内涵的辨析，可知"说话"伎艺就是一种讲求讲说艺能的语言表演伎艺，具体到某一次"说话"活动、某一类"说话"伎艺时，可理解为关于某某的讲说表演，至于这讲说表演的内容，可以是嘲调，也可以是叙事。如元稹《酬翰林白学士代书一百韵》诗自注所提到的"说一枝花话"，是关于一枝花的讲说表演；而侯白应玄感要求的"说一个好话"，则是一次嘲调意味的讲说表演；现知敦煌卷子中唯一以"话"标题的 S.2073《庐山远公话》则是关于庐山远公事迹的讲说表演。② 这"话"对应于艺人的讲说表演行为，而《庐山远公话》则是这"话"的结果，而且我们现在看到的是文字表述出来的结果。需要注意的是，虽然这个结果是文字表述出来的叙事之作，但我们不能因此而确定"话"必然作"故事"解。把"话"释为"故事"的思路，乃单凭那些讲说表演内容为故事的伎艺进行逆推的结果。由此而论，宋人的《大唐三藏取经诗话》之"诗话"则是指以诗歌形式进行的讲说表演，③后来出现的"词话""平话"之义类此；④张山人的"说诨话"就是利用诗

---

① 薛宝琨：《中国幽默艺术论》，浙江人民出版社 1989 年版，第 144、147 页。
② 见《英藏敦煌文献》（三），四川人民出版社 1990 年版，页 265 下—275 下。
③ 《大唐三藏取经诗话》（古典文学出版社 1954 年版）有王国维跋："其称诗话，非唐、宋士夫所谓诗话，以其中有诗有话，故得此名；其有词有话者，则谓之词话。"
④ 程毅中《宋元小说研究》认为"平话"是指"不加弹唱的讲演，与诗话、词话相对而言"。第 258 页。

词形式而作"滑稽无赖语"的讲说表演；元末夏庭芝《青楼记》记女优时小童擅长的"调话"，也是讲求词辩诙谐的讲说表演，故有"如丸走阪，如水建瓴"的描述，并言其女"亦有舌辩"。[①]而"话本"则意指讲说表演的本子，可以是底本，也可以是抄本、记录本，并不专指小说、讲史伎艺表演的本子，影戏、傀儡戏也会有讲说表演的本子。

总之，合生与小说、讲史、讲经的表演宗旨和形态并不一样，它们是说话艺人的两类不同的艺能，代表了说话伎艺的两种不同的语言表演方式，体现了说话伎艺的两种不同的表演宗旨。而就表演的宗旨、形态和方式来看，"说话"伎艺作为娱乐性的语言表演伎艺，实有叙事（讲说故事）、嘲调二脉，循此二脉发展，又变化出"说话"伎艺的诸种形态。据此而言，宋元"说话"伎艺随时代变化应有众多家数，"四家"之说或是就当时主要的说话伎艺形态概括而言，并非涵盖了说话伎艺的全部形态。

三、说话伎艺嘲调一脉的
形态转化

嘲调与讲唱故事连同歌舞、扮演，都是俳优的必备艺能，我们在理析时把二者分别考察，显示出各自的独立发展形态，但实际上二者在当时及后来都有相互的交叉和融合，如在故事唱演的内容中融入嘲调，或以故事唱演为框架进行嘲调。

"说话"之嘲调一脉作为一种娱乐性语言表演伎艺，在发展过程中不断地吸纳、化用其他游戏（如商谜）、仪式（如参请）进行伎艺化的表演，又在进行独立形态的表演的同时，渐被其

---

① 夏庭芝：《青楼记》，《中国古典戏曲论著集成》（三），第 27 页。

他文艺吸纳、化用,从而作为一个成分、因素融入到故事讲唱的框架中,或融入到宋元杂剧表演的结构中,在这种情况下,嘲调类说话伎艺就变化了或失去了其独立形态。

比如有的文艺作品在整体构架上取用了嘲调伎艺的格式以作自己的演绎。汉魏以来讲经辩难之风盛行,儒、释、道三教之间即有相互辩难、阐发义理的讲经宣教活动,这类活动虽然有强烈的讲经宣教目的,但其表现的讲究捷口论辩的技巧和讥讽嘲谑的趣味,已有明显的伎艺化倾向。当其仪式和趣味被俳优艺人取用后,三教论难活动就不再以辨明经义为宗旨,而成为俳优借经义嘲弄戏乐的框架,于是出现了三教论难形式的戏谑性俳优伎艺,唐写本《启颜录》专列“论难”一目,即记述了不少论难形式的调笑戏谑表演。这种思路正如宋代瓦舍中的“说参请”,乃是以参禅之道设主宾对答以作伎艺性的语言表演,其问答辩难框架中的机锋四出,应变无穷,颇具戏剧色彩。唐懿宗咸通年间的名优李可及即取用了当时流行的伎艺性论难的框架作了一次装扮表演:“尝因延庆节缁黄讲论毕,次及倡优为戏。可及乃儒服险巾,褒衣博带,摄齐以升崇座,自称三教论衡。”然后他把当时儒生论难的仪式伎艺化,以离析歪解经文教义的方式对释迦如来、太上老君和孔子的身份进行了嘲调戏弄,称他们皆是妇人。① 这是李可及在当时俳优伎艺取儒生论难仪式而进行伎艺性、娱乐性语言表演的基础上,又进而取以作戏剧化的装扮表演。李可及的装扮是附着于论难形式的,其表演主体是以言语论辩的形式针对经文教义而进行的戏谑调笑。总体而言,这种俳优伎艺的内容是对经文教义的嘲调,方式是语言的抗辩,目的是戏谑调笑。

---

① 高彦休:《唐阙史》卷下“李可及戏三教”条,《丛书集成初编》第2839册,第25页。

　　另外，敦煌遗书所反映的一些故事讲唱也是以这种论难嘲调的形式虚设情节，结构演绎的，如 S.406、S.5774、P.2718《茶酒论》，S.395、S.5529、S.5674、P.3833《孔子项讬相问书》等。① 后者即以双方互相问答辩难的形式，演绎了孔子、项讬二人斗智斗口的过程，表现了项讬的敏捷才思和善辩口才。前者则在虚拟的茶与酒的相互问答辩难过程中，各执一端彼此攻讦，反复辩难，各自夸饰自己的高贵地位和重要作用，机锋四出而内含禅机，深奥的哲理教义就在二者诙谐嘲调的辩难斗口中得到了表现。

　　这是嘲调的格式被利用作故事的叙述架构，而更多的则是作为一种表现方法而杂入故事讲唱的内容中，比如《金史》卷一二九《佞幸传》记："张仲轲幼名牛儿，市井无赖，说传奇小说，杂以俳优诙谐语为业。海陵引之左右，以资戏笑。"② 其表现或者即如《清平山堂话本》所收《快嘴李翠莲记》，胡士莹推测此篇为"当时的'说诨话'的话本"，其实此小说本身并非是"说诨话"伎艺的记述，更确切的说法应是，小说在塑造李翠莲这一人物形象时利用了说诨话伎艺的手法，而且小说为状李翠莲之快嘴、诙谐所编撰的诗词韵语也较张山人的"滑稽无赖语"更为通俗晓畅。当然，更接近洪迈所言的"指物题咏应命辄成""滑稽含玩讽"形态的嘲调之伎，则在唐人张鷟的小说《游仙窟》中有更为生动的表现。《游仙窟》叙写了"余"与十

---

① 《茶酒论》，见《英藏敦煌文献》（一），四川人民出版社1990年版，页185下；《英藏》（九），四川人民出版社1994年版，页134上—135上；《法藏敦煌西域文献》（十七），上海古籍出版社2001年版，页350下。《孔子项讬相问书》散卷较夥，见《英藏》（一），页181下—182上；《英藏》（七），页222下—224上；《英藏》（九），页60下—66上；《法藏》（二十二），上海古籍出版社2002年版，页314下；《法藏》（二十八），上海古籍出版社2004年版，页286上—288下。

② 《金史》卷一二九，第2780页。

娘、五嫂的一次艳遇欢会,其间的调笑戏乐多以诗词粉饰,而人物间的诗歌对答即颇有嘲调之风,比如:

> 十娘见五嫂频弄,佯嗔不笑。余咏曰:"千金此处有,一笑待渠为。不望全露齿,请为暂嚬眉。"十娘咏曰:"双眉碎客胆,两眼刺君心。谁能用一笑,贱价买千金?"当时有一破铜熨斗在于床侧,十娘忽咏曰:"旧来心肚热,无端强熨他。即今形势冷,谁肯重相磨!"下官咏曰:"若冷头面在,生平不熨空。即今虽冷恶,人自觅残铜。"众人皆笑。①

这里的诗歌对答,指物嘲调,既有斗智斗口之意,也有戏弄调笑之效,其他咏刀与鞘,咏笔砚、鸭头铛子、酒杓子等,皆有此意此效。有学者认为张鷟此作有借鉴变文、俗赋等民间说唱文学之处,②若其真有借鉴民间文艺之途,则小说中人物之指物嘲调以表意斗口,应是取自当时上流社会颇为风尚的能够逞才显智的嘲诮之伎。

相对于小说,宋元的杂剧更容易吸纳嘲调一脉的说话伎艺,因为嘲调类说话伎艺既有捷口辩难的戏谑调笑,又有斗智斗口的讥讽冲突,符合杂剧的审美趣味,因此更容易被杂剧的脚色体制呈现,所以许多斗口辩难的嘲调类"说话",就流入到宋元杂剧的表演框架之中了。宋人陈旸《乐书》卷一八七"俳倡下"有言:"唐时谓优人辞捷者为矸拨,今谓之杂剧也。有所敷叙曰作语,有诵辞篇曰口号,凡皆巧为言笑,令人主和悦者也。"③语中"矸拨"一词颇难理解,但其形态是优人的"辞捷"

---

① 李时人、詹绪左:《游仙窟校注》,中华书局 2010 年版,第 20 页。
② 程毅中:《唐代小说史》,人民文学出版社 2003 年版,第 110—111 页。
③ 陈旸:《乐书》卷一八七,《文渊阁四库全书》第 211 册,上海古籍出版社 1987 年影印本,页 842 上。

表演，"具有表演性质的讥讽性装痴和嘲拨性韵语，以临场捷讯为特征，十分强调'临机之能'，其历时形态包括弄痴、嘲拨、作语、口号等等"。① 正是看到了这种戏谑性语言表演伎艺与杂剧的形态、趣味相类，所以陈旸才有"今谓之杂剧"之言。

宋元时期杂剧的形态即表现出嘲调类说话伎艺被吸纳的大致情况。《武林旧事》卷一〇"官本杂剧段数"所列的《论淡》《医淡》《调笑驴儿》；陶宗仪《南村辍耕录》卷二五所列"院本名目"《讲来年好》《讲道德经》《错打千字文》《木驴千字文》《神农大说药》《讲百花爨》等，②当是讲求口辩词捷的戏谑性语言表演伎艺。至于同卷所列的"题目院本"，胡士莹认为它正是宋人高承《事物纪原》卷九所说的"唱题目"，来自当时瓦舍勾栏中表演的"合生"，③如此则这种"题目院本"即如同合生类伎艺的指物题咏、滑稽玩讽，乃是针对某一对象的某一特征进行嘲弄性、娱乐性的品评。当然，这些宋金杂剧、院本的名目无法反映出嘲调类说话伎艺融入的具体形态，而由元杂剧中习见的"嘲拨"情节则可见出嘲调类说话伎艺具体的形态流变。

　　（〔秋胡〕做见正旦科，云）一个好女人也。……待我着四句诗嘲拨他，他必然回头也。（做吟科，诗云）二八谁家女，提篮去采桑。罗衣挂枝上，风动满园香。可怎么不听的？待我再吟。（石君宝《秋胡戏妻》第三折）

　　（正末云）出门时好好的天气，如今下着蒙蒙的细雨儿。哎呀，跌杀贫僧也。（旦儿云）清早晨间，一个和尚在俺门前擦倒，我着两句言语嘲拨他，看他也省的么？（偈云）由

---

① 刘晓明：《"斫拨"与唐代杂剧形态》，《文史》2005年第4辑，第95页。
② 陶宗仪：《南村辍耕录》，中华书局1959年版，第310页。
③ 胡士莹：《话本小说概论》，第126、123页。

他铁脚禅和子，到俺门前跌破头。（正末答云）则俺那天堂
路上生荆棘，都是你这地狱门前滑似油。（李寿卿《度柳
翠》第一折）①

此二例，前者是一人针对某一对象的特征而进行语言上
的嘲调戏谑，后者是双方相互之间进行语言上的斗口戏谑。
其形态正如合生、说参请等嘲调类说话伎艺以诗词韵语的形
式作戏谑性、表演性的语言嘲调。而王昌龄《东坡梦》杂剧第
一折东坡、佛印二人斗口争锋的情节，乃是借释家参请之体而
进行的伎艺性舌辩表演，张政烺指其为"撷拾说参请者之成
说"。② 可见，元杂剧所表现的"嘲拨"，亦崇尚捷口词辩，即兴
发挥，临场应变，其间戏谑应答的迅捷、斗智斗口的抗辩颇具
戏乐效果，是说话伎艺嘲调一脉在元杂剧演述形态中的转化
之相、流变之迹。

结　　语

综上所述，宋元的说话伎艺在表演的宗旨和形态上存在
着叙事、嘲调两条脉络的发展，其中讲唱故事一脉由于当时的
繁盛和后代的发扬，已被论者勾勒得十分清晰，而嘲调一脉的
形态、流变则因有意无意的忽视、忽略而显得非常模糊。其中
的原因与讲唱故事一脉光大繁兴的事实有关，也与嘲调一脉
被吸收、被转化的状况有关。所以，嘲调一脉独立形态的展现
在宋元时期就已现衰落迹象，这由操此类伎艺的艺人数量的
稀少可证。但宋人笔记对嘲调一脉伎艺所作的简略记述，仍

---

① 臧晋叔编：《元曲选》，中华书局 1989 年版，第 550—551、1338 页。
② 张政烺：《问答录与说参请》，《历史语言研究所集刊》第 17 册，中华
书局 1987 年影印本，第 5 页。

可显示此脉在说话伎艺中的渊源流变遗迹，而南宋灌圃耐得翁《都城纪胜》、吴自牧《梦粱录》等笔记把它作为说话伎艺的主要一家，也反映了这一脉曾经繁盛的状况。如果我们只是以近世说书来推测宋元的说话伎艺形态，认为宋元说话伎艺只单纯包括"小说""讲史"般的故事讲唱伎艺，而忽视或割弃了它所涵盖的说参请、合生、商谜等戏谑性斗口式嘲调讲说伎艺，则就难以理解说话伎艺作为"舌辩"的语言表演伎艺的全貌和本意了。

第三章 宋元书面白话
著述的自觉

——以元代直说作品为中心

宋元是中国白话文学发展的重要时期,尤其是元代,其间白话地位的提高、白话使用的普遍、白话著述的涌现等因素为其营造了适宜的发展环境。梳理现存的元代白话文本,有白话语录、白话碑文、白话公文,以及与口演伎艺密切关联的话本和杂剧。它们品性不一,各有渊源,亦各有类属,或为口讲的记录,或为说唱的书录,或为蒙文的直译,皆非原生的、自觉的书面白话创作。但元代另有一类白话文本,渊源与属性不同于以上诸种,它们前后相承,既非来自于讲说的书录,亦非使用于讲说的底本,乃是有意地面向阅读而作的白话著述;它们的作者是当时的文人,有的地位高贵、声望硕重,不但对白话著述表现出明确的自觉,还对白话著述的优势、目的作出明确的说明,这在使用文言著述已成习惯思维的环境中弥足珍贵,具有先导意义,其中郑镇孙所作《直说通略》即颇具代表性,张元济曾称许为"近日白话文之先导"。①

在近代白话文运动的语境中,白话著述代表着一种进步、创新,由此人们有意识地追溯前代那些具有开拓、启蒙意义的先行者。在这一考察路向上,宋元时期最可称道的并非是那

---

① 张元济:《涵芬楼烬余书录·史部》,《张元济全集》(八),第 270 页。

些缘于仪式性口讲（包括说唱伎艺、宗教宣讲）的书录文本，而是文人面向案头阅览所编创的白话著述。它们所体现的白话地位的提升、白话创作的自觉，指示着我们细致打量这类白话文本之间的承传脉络和共同属性，进而追索当时书面白话著述的自觉之径和簇生之因。

一、元代标举"直说"的白话作品

胡适在 1921 年 8 月 15 日的日记中，记述了他初识元人郑镇孙《直说通略》和明代来华传教士金尼阁《西儒耳目资》二书的感受——"两部怪书"。[①] 就《直说通略》来说，此书全以俗语白话述史，这在惯以文言著述的环境中，确可怪异。兹举其中两段文字为例：

> 赵高既弑二世，欲立子婴。子婴设计不肯去，赵高亲自来请，子婴遂使人刺杀高，灭三族。子婴立，称秦王。先时楚怀王与诸侯相约，先入关的教他为王。此时秦兵强，诸将皆不可先去，惟有项羽怨秦兵杀项梁，欲与沛公先入。众老的每都说项羽为人慓悍猾贼，只有沛公宽大长者，遂令沛公先去。儒生郦食其及张良皆来到，随沛公西行。子婴遣将敌沛公，秦兵大败，沛公遂入关，到霸上。子婴素车白马，颈上系着传国宝，出路傍投降。……太祖高皇帝受秦降时，未曾登位，只称沛公。西入咸阳，召众父老每、众豪杰每，忺谕他约法三章（杀人的死，伤人及盗抵罪），除去秦时不好的法度。百姓每喜欢，都将牛羊酒

---

① 胡适：《胡适日记》（手稿本）（一），（台北）远流出版事业股份有限公司 1989 年版，第 388 页。

食管待军马,沛公不受,百姓越喜。(卷三《秦·子婴——
西汉·太祖高皇帝》)

　　却值渊与突厥战,不利,心里烦恼。世民乘时对渊说
道:"主上无道,百姓穷困,晋阳城外都是战场。不如顺民
心,起义兵,转祸为福。"渊大惊,说道:"恁怎生说这般言
语,我拿恁去告县官。"取纸笔要写表,世民说道:"孩儿觑
着天时人事如此,以此发言。父亲必欲告呵,不敢辞死。"
渊说道:"我那里便肯告你,你再休胡说。"第二日,世民又
对渊说道:"如今盗贼满天下,父亲受诏讨贼,贼人怎能勾
得灭……只有昨日的话可以救祸。这是万全计策,父亲
休要疑惑。"渊说道:"我一夜寻思恁的言语,也好生有理。
今日破家亡身也由你,变家为国也由恁。"(卷九《唐·高
祖神尧大圣光孝皇帝》)①

上引第一段偏重叙述语言,第二段偏重对话语言,皆表现出明
显的俗语白话特征。此即郑镇孙在自序中明确标举的著述宗
旨:以"俚俗之言"传达圣贤文章之蕴奥。② 由此而知,这部十
三卷的白话通史题名"直说通略",意指对《资治通鉴》的略要
予以"直说"。所谓"直说",是一种表述方式,乃强调其在语言
表述上使用俗语白话。
　　其实,元代文人自觉以白话著述者,郑镇孙并非先导,当
时明确标榜"直说"的白话作品,在《直说通略》之前即有贯云

---

① 郑镇孙:《直说通略》,国家图书馆古籍部藏明成化庚子重刊本(简称
　国图藏本)。此本缺失郑镇孙自序,故本书所引郑序另据台湾"国家
　图书馆"所藏另一明成化庚子重刊本。
② 郑镇孙:《直说通略自序》,《"国立中央"图书馆善本序跋集录·史
　部》(三),(台北)"中央"图书馆1993年版,第1页。下简称台北藏本。

石的《孝经直解》，①其尾题中明确标称"北庭成斋直说孝经"。
兹列二例，以见其"直说"之貌。

> 子曰：爱其亲者不敢恶于人，敬其亲者不敢慢于人。
> 孔子说：存着自家爱父母的心呵，也不肯将别人来
> 小看有。存着自家敬父母的心呵，也不肯将别人来欺负
> 有。（天子章第二）

> 在上不骄，高而不危。制节谨度，满而不溢。
> 在人头上行呵，常常的把心行着么道，这般呵，自家
> 的大名分也不落后了有。大使钱的勾当休做着，小心依
> 着法度行着。这般呵，便似一□满的水，手里在意拿着
> 呵，也不漾了。（诸侯章第三）②

据此，贯作虽非如《直说通略》那样的叙事，而是对儒家经典的
义理阐释，但它在表述方式上与郑作同样使用了俗语白话，而
且较郑作之白话更具时代特色，如大量使用"呵""有"等蒙式
汉语白话的词汇及其相关句法。③ 二者在表述语言上的通俗

---

① 元刊本《孝经直解》中贯云石自序有题署："至大改元孟春既望，宣武
　将军两淮万户府达鲁花赤小云石海涯北庭成斋自叙。"《直说通略》中
　郑镇孙自序有题署："时至治改元龙集辛酉良月望日，括苍后学郑镇
　孙序。"据此，《直说通略》的编成至迟为元英宗至治元年（1321），而贯
　云石《孝经直解》书成于元武宗至大元年（1308）。
② 贯云石：《新刊全相成斋孝经直解》，北京来熏阁书店 1938 年据日本
　林秀一所藏元刊本影印，页 3A、3B。
③ 李崇兴《元代直译体公文的口语基础》指出"直译体"是元代产生的一
　种特殊的汉语书面语，它的语汇用汉语白话，语法则是汉、蒙两种语
　言的杂糅。其中，"呵"和"有"是非常具有特征性的，也是使用最为频
　繁的两个重要语词。见《语言研究》2001 年第 2 期，第 65、66 页。

浅易,正是其标举"直说"的用意所在。

对于这种以白话表述为显著特征的"直说"方式,有的学者认为它来自于讲史,属于"平话体"。比如《说唱艺术简史》即认为:"元代讲史在当时社会上造成极大影响,它超出了文艺的范畴,成为讲说历史通用的体裁和语言形式。据记载,当时的道学先生吴澄在给皇帝讲《通鉴》,监察御史郑镇孙摭录《资治通鉴》编写《直说通略》,都采用了这种受欢迎的平话体。"①又如胡士莹《话本小说概论》在叙及元代讲史伎艺的发展时言:"元代严禁说唱词话,以讲说时事新闻为主的'小说'一家,似乎已经衰落而逐渐归入'讲史'中去了。说书人为了不抵触功令,都纷纷去讲说历史故事。影响所及,当时的道学先生吴澄给皇帝讲《通鉴》时也用语录体。还有一位监察御史郑镇孙摭采了《资治通鉴》的内容写了一部白话体的《直说通略》。"②语中所及吴澄讲解《通鉴》的内容现存一篇,见其《经筵讲义》,这是他在泰定元年(1324)任职经筵讲官时的白话著述。且不论吴作的性质和来源,即以贯云石《孝经直解》、郑镇孙《直说通略》来看,这种"直说"方式明显自有其渊源,而非原出于讲史或平话。

一方面,贯、郑二人在各自的自序中明确指出他们是受到许衡(号鲁斋)之"直说"作品的启发,仿效而有《孝经直解》《直说通略》的编作。

> 尝观鲁斋先生取世俗之言,直说《大学》,至于耘夫茇子皆可以明之。世人□之以宝,士夫无有非之者。于以见鲁斋化□成俗之意,于风化岂云小补?愚末学辄不自□,僭效直说《孝经》,使匹夫匹妇皆可晓达,明于孝悌之

① 中国艺术研究院曲艺研究所编:《说唱艺术简史》,文化艺术出版社1988年版,第83页。
② 胡士莹:《话本小说概论》,第703页。

道,庶几愚民稍知理义,不陷于不孝之□。(贯云石自序)

至于直谈常语,苟可以达情意、充听闻者,虽无文,复何害其为言乎?鲁斋许先生为《朱文公大学直说》《唐太宗贞观政要直说》,皆以时语解其旧文,使人易于观览。愚尝以为《大学》一书,发明本末始终、修齐治平之事,紫阳《集注》至矣,尽矣,固未易以俚俗之言为能尽圣贤之蕴奥也。……若曰世代兴衰、往事因革,直而言之,亦差胜于闾阎小说耳。……是编之作,名曰"直说",质则质矣,宁不失之野乎?(郑镇孙自序)

据此,许衡早有《大学直说》《贞观政要直说》,受此启发,贯云石乃有《直说孝经》,郑镇孙乃有《直说通略》,也就是说,贯、郑二人看到了许衡的直说之作,才有心仿效其"直说"方式以成白话著述。许衡的"直说"《大学》今存,可略见其"直说"形态:

其间行得高了,人及不得的,做得大事,可以做圣人;行得较低处,可以做贤人。便如孔子道,汤王去沐浴,盆上写着:"苟日新,日日新,又日新。"如人身上有尘垢,今日洗了,明日又洗,每日洗得身上干净,若一日不洗呵,便尘垢生出来。恰似人心里常常地思量呵,好公事每日行着,不教错了,若一日不思量呵,恐怕便行得错了。①

这种白话表述方式所体现出的词汇句法特征,正与贯作、郑作有明显的承继关系。参照于此,贯、郑二人所标举的"直说"就

---

① 许衡:《许鲁斋集》卷三《直说大学要略》,《丛书集成初编》第2415册,第19—20页。

意指其自序中所说的"直而言之",即"以俚俗之言为能尽圣贤之蕴奥","以时语解其旧文",目的是"使人易于观览","使匹夫匹妇皆可晓达"。

另一方面,许、贯、郑之白话著述的"直说"方式及其白话表述形态,与讲史、平话有着明显的区别。所谓"平话体",与宋元时期的讲史伎艺关系密切,故而平话文本表现出明显的故事讲唱伎艺的语体特征,比如营造气氛的诗词开篇、领起叙述的"话说"标识语、写景绘境的大段套语等,此皆来自于讲史伎艺的程式和格套。而它们在贯云石《孝经直解》、郑镇孙《直说通略》和吴澄《经筵讲义》中皆不存在。这些"直说"之作只是取用俗语白话作为文本著述的表述语言,中间时而带有当时蒙式汉语的词汇句法特征,甚至如吴作这样的缘起于经筵讲读的白话文本还表现出了明显的口语风格(详见下文),这当是出于服务蒙古皇帝的阅览需要而力尽平易的修辞手段,而非来自于仪式性白话讲说的记录。

据此分析,我们可得出两个初步的结论:一是直说方式并非来自于讲史或平话,而是另有渊源;二是元代应有直说作品的存在一脉,它有自己的承传脉络和作品系统,而非讲史、平话的衍生品创作。

二、直说作品的基本
　　属性和承传脉络

根据上文所列贯序和郑序,元初许衡即有《大学直说》《贞观政要直说》这样的白话著述,又据钱大昕《补元史艺文志》,许衡另著有《孝经直说》一卷。[①] 惜仅有《直说大学要略》遗

---

① 钱大昕:《补元史艺文志》卷一"孝经类",《丛书集成初编》第 14 册,第 11 页。

存,明正德十三年(1518)刻本《鲁斋全书》、清同治五年(1866)正谊堂全书本《许鲁斋集》、乾隆四十六年(1781)《四库全书》本《鲁斋遗书》(见"提要"),皆如此标题;另钱大昕《补元史艺文志》卷一著录为《大学要略直说》。①　承续而来者有贯云石的《孝经直解》、郑镇孙的《直说通略》,二人明确表示是借鉴、仿效许衡的"直说"之法而有此白话作品的编创。

那么,他们用"直说"标举、强调什么?是否与口讲伎艺或仪式有关?"直说"一词为元人首始使用于作品题名之中,郑镇孙在自序中称许衡之《大学直说》《贞观政要直说》是"以时语解其旧文"。所谓"时语",即郑序中所说的"俚俗之言",或贯序中所说的"世俗之言"。梳理许衡、贯云石、郑镇孙的白话著述,皆是"以时语解其旧文",虽然他们于此未明确"直说"所指为何,但首先可确定非为伎艺性或仪式性"讲说"的标举。贯、郑已在自序中明确指出其"直说"之作属于阅览之用的文本编写,既非来自于讲说,亦非用之于讲说。许衡的《直说大学要略》《贞观政要直说》则属于训蒙之用的白话著述。许衡一生训蒙讲学,编有许多讲义,只是这几部以白话出之,它们与许衡的文言讲义一样,不是课蒙讲说的记录文本。

其次,"直说"非为阐释、解析经史义理的"直解"之意。贯云石在自序中指出自己的《孝经直解》乃仿效许衡之"取世俗之言直说《大学》",同样,郑镇孙也在自序中明确指出其作是借鉴许衡之《大学直说》《贞观政要直说》,即其所谓的"以时语解其旧文","以俚俗之言为能尽圣贤之蕴奥"。二人在标举"直说"时特别强调白话表述这一语言特征,他们不但以此强调许衡的直说作品,也以此为原则进行白话著述。很明显,他们称赏许衡之白话作品为"直说",标举自己的白话作品为"直

---

① 钱大昕:《补元史艺文志》卷一"礼类",第8页。

说",并非表示这些白话作品原出于讲说的记录,而是强调这些文本编写所使用的"俚俗之言""世俗之言",即俗语白话。

所以,"直说"并非指向于"讲说"行为,亦非"直解"之意,而是指文本编写所使用的白话表述方式。据此,贯、郑以"直说"标称其白话著述,乃意在强调其中之白话表述的形态特征,而他们标举"直说"的白话文本也就不是来自于讲说的记录,亦非为讲说而编写的底本。这样的白话作品有许衡的《直说大学要略》《贞观政要直说》《孝经直说》,贯云石的《孝经直解》和郑镇孙的《直说通略》。如果参照贯云石的《孝经直解》首题标为"直解",而尾题标为"直说",则有些白话著述的题名重在强调经义阐释而标称"直解",但就表述方式来看,亦性属直说作品,如此则许衡用于讲学的同类作品还有《大学直解》《中庸直解》。上述这些据经史典籍作通俗浅易阐述的白话作品,由于表现出共同的文本属性且渊源承接,而且有的作者明确标举"直说"之法,并在作品题名中特意标称"直说"以作强调,我们即概称之为"直说作品"。①

根据这些标举"直说"的白话作品及其类属者,我们可以看到直说作品的基本属性:一是强调其白话表述的语言特征,二是解析经史典籍的内容义理,即是针对某一经史著作的

---

① 有语言学者把元代这类文本的白话格式称为"直讲体",其意与"直译体"一样,乃是强调其语言特征的来源。但笔者考虑到贯、郑等人明确在其编写的用于阅览的文本著述中标称"直说",并以此强调这类文本作品的白话表述方式。另外,"直讲"在宋代属于职官名称,有资善堂直讲、亲王府直讲、国子监直讲等名,如资善堂直讲"为就学于资善堂之皇子或皇储训导"(龚延明:《宋代官制辞典》,中华书局 1997年版,第 32、38、347 页),但他们的讲读并非使用白话。而且从语汇上来看,"直讲"亦未见用于元代的这类白话著述的题名之中。故而笔者不依循语言学界的"直讲体"之称,而取用元人针对这类白话文本作品所明确标举的"直说"一词来概称这类白话著述。

白话阐述，重在语言表述上的通俗浅易，这与"直解"侧重语义解析的意指是不同的。

许衡的直说之作是他在国子学任职时编写的白话讲义。明正德十三年（1518）郝绾《大学要略序》即指出："是编，乃先生直言以教人者，其言切近精实，人所易晓。"①《四库全书》本《鲁斋遗书·提要》亦明确《大学直解》《中庸直解》"皆课蒙之书，词求通俗，无所发明"。② 但同样是训蒙讲义，许衡也有许多文言出之者，如《小学大义》即是"甲寅岁，在京兆教学者，小学口授之语"，③而他之所以要编写这类白话文本，乃因其在国子学时所面对的主要讲授对象是蒙古学生，这一人群无论从社会地位还是从种族等级来说，在当时社会上都处于权贵阶层。虽然蒙古权贵为有效统治计而有学习汉地文化的迫切需求，但汉语水平和汉地文化知识都非常低下。考虑到他们的接受能力和习惯，许衡虽是当时的硕学大儒，也需变更自己的著述习惯，以俗语白话出之。

同样是针对蒙古权贵的接受能力和习惯，另有一些面向蒙古皇帝而编写的直说作品，比如当时在学术地位上与许衡齐名的吴澄即编有讲解《贞观政要》和《资治通鉴》的白话著述，现存《帝范君德》《通鉴》二篇，总题《经筵讲义》。兹举其演述刘邦入咸阳与父老约法三章一节：

> 汉高祖姓刘名邦，为秦始皇、二世皇帝的时分好生没体例的勾当做来，苦虐百姓来，汉高祖与一般诸侯只为救百姓，起兵收服了秦家。汉高祖的心只为救百姓，非为贪富贵来。汉高祖初到关中，唤集老的每、诸头目每来，说：

---

① 王成儒点校：《许衡集》卷一四，东方出版社 2007 年版，第 353 页。
② 许衡：《鲁斋遗书》，《文渊阁四库全书》第 1198 册，页 274 上。
③ 《许衡集》卷一三《考岁略》，第 315 页。

"你受秦家苦虐多时也，我先前与一般的诸侯说，先到关中者王之。我先来了也，与父老约法三章：杀人者死，伤人及盗者随他所犯轻重要罪过者，其余秦家的刑法都除了者。"当时做官的、做百姓的，心里很快活有。①

这是吴澄任职经筵时编写的白话文本。所谓"经筵"，是"儒家的传统制度，即著名学者向皇帝讲解经典要义及其与日常事物关系的皇室咨询活动"。② 据《元史》卷二九《泰定帝纪一》："（泰定元年二月）甲戌，江浙行省左丞赵简，请开经筵及择师傅，令太子及诸王大臣子孙受学，遂命平章政事张珪、翰林学士承旨忽都鲁都儿迷失、学士吴澄、集贤直学士邓文原，以《帝范》《资治通鉴》《大学衍义》《贞观政要》等书进讲，复敕右丞相也先铁木儿领之。"③由于泰定帝不懂汉语，经筵讲官要通过翻译向他讲解经典，所以，吴澄的经筵讲义基本上是将文言的原文转为通俗浅近的白话（带有明显的蒙古人习惯的蒙式汉语词汇句法），再通过蒙古语翻译讲给泰定帝听，由此使得蒙古君主初步了解一些汉地的政治观点和历朝史事。这样的白话文本虽与经筵讲读活动关系密切，但并不是据讲说内容记述的白话语录，而是需要先成文稿以方便翻译，并呈交备览。

如果考虑到元代面向皇帝、皇子、贵族等各阶层蒙古人的汉文化普及情况，这类因应蒙古权贵群体的需要而编写的白话文本在当时并非稀少。

---

① 吴澄：《吴文正集》卷九〇，《文渊阁四库全书》第 1197 册，页 840 下。台北新文丰出版公司 1985 年以"台北中央图书馆所藏成化刊本"影印《吴文正公集》，"凡四十九卷外集三卷"，《经筵讲义》见卷四四。
② ［德］傅海波、［英］崔瑞德：《剑桥中国辽西夏金元史》，中国社会科学出版社 1998 年版，第 546 页。
③ 《元史》卷二九，第 644 页。

其一，如许衡之直说作品者用于课蒙讲学的白话著述。虞集《国子监学题名序》记："世祖皇帝至元二十四年，置国子监学，以孔子之道教近侍、国人子弟，公卿士大夫之俊秀之士。其书，《易》《诗》《春秋》《礼记》《论语》《大学》《中庸》《孟子》；其说，则周、程、张、朱氏之传也。"①据此，国子学中面向蒙古子弟的讲学内容包括儒家经典及程朱理学，当时为此而编写的如许衡《直说大学要略》《中庸直解》那样的白话讲义应不在少数。比如钱大昕《补元史艺文志》所录作品题名"口义""讲义""讲稿"者甚多，其中当有白话著述者，只是皆已无存。② 而且国子学的主职并非许衡一人，比如耶律有尚在许衡之后曾三任国子祭酒，吴澄也曾做过国子监丞、国子司业，他们应该为教授蒙古生而编写了不少白话讲义，惜流传无迹。即以许衡而论，他一生授课讲学，两任国子祭酒，主持国子学面向蒙古生而编写的直说之作散佚不少，后人汇辑其文者多有不得全编之憾。③ 比如钱大昕《补元史艺文志》卷一著录的《孝经直说》即未见存世，而郑镇孙序中提到的《贞观政要直说》未见于后人多次汇编的《鲁斋遗书》之中，亦未见于明清藏家之目。

其二，如吴澄之直说作品者缘自经筵讲义的白话著述。虞集《书赵学士经筵奏议后》中提到泰定元年（1324）至四年间任职经筵讲读的人员就达二十三人，④各人进读，皆应有文本

① 王颋点校：《虞集全集》，天津古籍出版社 2007 年版，第 522 页。
② 钱大昕《补元史艺文志》卷一"孝经类"著录了张竑《孝经口义》一卷，"论语类"著录了陈栎《论语训蒙口义》、欧阳溥《鲁论口义》四卷，"经解类"著录了傅定保《四书讲稿》，更有众多的题名"讲义"者。第 11、12、13 页。
③ 郝绨《大学要略序》言："其嘉言善行，《遗书》所收者甚少。绨谢事乡居宫保，幸庵彭公过临，命与其曾孙泰和求遗集，萃为全书以传，未能也。"见《许衡集》卷一四，第 353 页。
④ 王颋点校：《虞集全集》，第 423—424 页。

呈交备览。而且这种呈交已成制度。王祎《经筵录后序》有言:"故事:讲文月凡三进,每奏一篇,天子既以置诸左右,比三岁,又总每月所进为录以献,以备乙夜之览。"①至于讲文的内容,要有利于修身与资政,《元史》卷二九《泰定帝纪一》即列举了经筵"以《帝范》《资治通鉴》《大学衍义》《贞观政要》等书进讲";②当时文人著述于此亦有叙及,虞集《贞观政要集论序》有言:"集侍讲筵,诸公以唐太宗政要为切近事情,讲经以后,辄以此次进。"③吴澄《贞观政要集论序》提及他"备位经筵时,尝以是进讲焉",④我们从其《经筵讲义》之《通鉴》一篇,即可略窥此类白话讲文的"直说"之貌。但吴澄任职经筵一年,不会只编写《帝范君德》《通鉴》短短两篇,也不会只有现存二编进呈,而人数众多的经筵讲读官的进呈文本数量当应更大,然亦少有存留,甚至少有藏家著录。比如在贯、郑之前,就有钱天祐于元仁宗延祐元年(1314)、二年进献皇太子经筵的《大学经传直解》《孝经经传直解》,据其《叙古颂表》言:"臣所解《孝经》,皆俗言浅语,无所发明。"⑤又据元戴良《经筵录后序》,⑥明王祎《经筵录后序》,经筵检讨官郑涛(字仲舒)有《经筵录》一卷,"剖析精详,陈述晓畅"。⑦ 另外,钱大昕《元史艺文志补》卷一"经解类"著录了李岩《经筵讲稿》四十九卷,卷三

---

① 王祎:《王忠文公集》卷三,《丛书集成初编》第 2422 册,第 65 页。
② 《元史》卷二九,第 644 页。
③ 王颋点校:《虞集全集》,第 492 页。
④ 《吴文正集》卷二〇《贞观政要集论序》,页 217 下。此序又见台北藏本《吴文正公集》卷一二。
⑤ 《永乐大典》卷一〇八八八,中华书局 1998 年影印本,页 4487 上。
⑥ 戴良《九灵山房集》卷五《经筵录后序》记:"经筵检讨郑君仲舒,衷其所进劝讲之文若干篇为一卷,题之曰《经筵录》,携归浦阳山中,属良序之。"《四部丛刊》缩印本,第 310 册页 32 下。
⑦ 王祎:《王忠文公集》卷三,《丛书集成初编》第 2422 册,第 65 页。

"儒家类"著录了张养浩《经筵余旨》一卷。① 虽然我们知道，经筵讲文亦有以文言出之者，如许有壬《端本堂讲议（十月廿五日进讲）》，②但参照吴澄所编以及钱天祐所言，其中当有不少以白话出之者。

据此而言，直说作品当时涌现繁富，然存世者或著录者甚少，即以当时有着崇高学术地位和社会声望的许衡、吴澄来说，其编写的直说作品为我们所知所见者亦非其全数。之所以如此，一是此类著述当时太多，迹类公文，除语言俗白之外，无所创造；二是此类著述谨按经史著作阐释，词求通俗，无所发明。故而作者自己不视其为创作著述（如钱天祐所言），他人亦不意其有学术创新，如后人即认为许衡之讲学之作《大学直解》《中庸直解》《编年歌括》"不宜列之集内，一概刊行，非衡本意"。③ 想许衡、吴澄二人皆为当时硕学大儒，他们编写的白话文本还会引起后人重视，以致有所搜辑，汇入文集，而当时等而下之的文人所编写的众多白话文本则就很难引起如此的关注，得到如此的赏识了，故而大多佚失无存。

三、直说作品渐成面向民众
阅览的白话著述

许衡的直说作品，虽然在贯云石、郑镇孙的眼中已成为面向普通民众普及儒家思想的阅览文本，但在许衡自己，则是面向国子学蒙古生这一特殊群体作讲学之用的白话著述，阅览之用非其初始功能。

---

① 钱大昕：《补元史艺文志》，第 13、27 页。
② 许有壬：《圭塘小藁别集》卷上，《文渊阁四库全书》第 1211 册，页 692 上、下。
③ 《鲁斋遗书·提要》，《文渊阁四库全书》第 1198 册，页 274 上。

　　许衡一生历职甚多,但他最看重的是讲学育才之职,并以研习、传授程朱理学为己任,不论在乡间私塾,还是在地方官学、京城太学,他都热心于课蒙讲学,为此编写了许多讲义文本,这些直说作品即属此类。当然,课蒙讲学之书并非必用白话,如许衡的《小学大义》即以文言出之;又如据正谊堂全书排印的《许鲁斋集》卷三总目为"说书",目下相从者共九篇:《直说大学要略》《读易私言》《读文献公撰蓍说》《论阴阳消长》《小学大义》《对小大学问》《答丞相问论大学明明德》《论生来所禀》《答或问不迁怒》。① 所谓"说书",宋时曾以此作为职官名,如崇政殿说书、资善堂说书,负责为皇帝、皇子讲读经史;或作国子监直讲官的借称,"掌以经术教授诸生"。② 元代亦有此职官,如钱天祐于延祐三年(1316)曾"充皇太子位下备员说书",其《中书省进叙古颂状》即署名"说书臣钱天祐"。③ 延伸而言,"说书"亦指讲析经史的行为,比如虞集《书赵学士经筵奏议后》叙泰定元年(1324)春,皇帝始御经筵,"皆以国语译所说书,两进读";④后人追述许衡任职国子学的事迹时有言:"先生说书,章数不务多,惟恳款周折。若未甚领解,则引证设譬,必使通晓而后已。"⑤据此,上述九种皆为许衡课蒙讲学的"说书"文本,其中只有《直说大学要略》为白话,余皆文言。

　　许衡对于"说书"文本的编写,有的用文言,有的用白话。作为当时大儒,许衡熟悉且擅长文言,但他于《直说大学要略》

---

① 《许鲁斋集》,第 19、25、33、35、36、38、39、40 页。
② 《宋史》卷一六五《职官志五》记国子监:"直讲八人,以京官、选人充,掌以经术教授诸生。旧以讲书为名,无定员。淳化五年,判监李至奏为直讲,以京朝官充。其后,又有讲书、说书之名,并以幕职、州县官充。"(中华书局 1977 年版,第 3909 页)
③ 《永乐大典》卷一〇八八八,页 4487 下、4488 上。
④ 王颋点校:《虞集全集》,第 424 页。
⑤ 《许鲁斋集》卷六《国学事迹》,第 69 页。

却使用白话来著述。这一选择正说明他使用白话著述的有意和自觉,同时也透露了他之所以主动使用白话著述,乃是出于其著述所面对的人群有了变化。据《元史》卷一五八本传记:

> 甲寅,世祖出王秦中,以姚枢为劝农使,教民畊植。又思所以化秦人,乃召衡为京兆提学。秦人新脱于兵,欲学无师,闻衡来,人人莫不喜幸来学。郡县皆建学校,民大化之。世祖南征,乃还怀,学者攀留之不得,从送之临潼而归。……帝久欲开太学,会衡请罢益力,乃从其请。(至元)八年,以为集贤大学士,兼国子祭酒,亲为择蒙古弟子俾教之。衡闻命,喜曰:"此吾事也。国人子大朴未散,视听专一,若置之善类中涵养数年,将必为国用。"①

这里记述了许衡任职京兆提学、国子祭酒的两段经历。蒙古宪宗四年(1254),他在秦地讲学,讲授对象为汉人,编写的讲义《小学大义》即使用文言。而至元八年(1271),他被任为国子祭酒,教授蒙古贵族子弟,为此编写了白话讲义,如《直说大学要略》《大学直解》《中庸直解》,其中渗透有少量的蒙式汉语的词汇(如"呵"字)。

由此可见,许衡之有直说作品,乃是为了初涉汉文汉籍的蒙古生的易于理解、接受而自觉地使用了白话表述方式。后人在谈及这些白话作品时,也着眼于它们的浅易通俗,如贯、郑二人在为自己的直说作品追溯渊源时就反复强调了此点(见前文所引贯序、郑序),明清人也评说许衡的白话作品"人所易晓","词求通俗"。② 当然,许衡之所以会迁就蒙古学生

---

① 《元史》卷一五八,第3717、3727页。
② 郝缟:《大学要略序》,见《许衡集》卷一四,第353页;《鲁斋遗书·提要》,见《文渊阁四库全书》第1198册,页274上。

而主动选择使用白话编写,乃是因为这些接受群体的身份在当时的种族等级社会中具有特殊性。这种因迁就接受者的独特身份和理解能力而产生的白话文本,以吴澄《经筵讲义》之类的面向蒙古皇帝的白话"讲文"更为典型。

元泰定元年(1324),泰定帝循前代制度,正式开设经筵。当然,此前经筵制度虽未正式确立,经筵讲读也是实际存在的,只是讲臣的身份比较复杂,进讲的时间也不固定。因为这一制度,元代涌现了一些相关的著述,如上文所引吴澄《经筵讲义》、许有壬《端本堂讲议(十月廿五日进讲)》、李岩《经筵讲稿》、张养浩《经筵余旨》、郑涛《经筵录》等,皆属于这类经筵著作。

元代缘于经筵的"讲文"同时有汉蒙两种本子。《元史》卷一八一《虞集传》记:"经筵之制,取经史中切于心德治道者,用国语、汉文两进读。"①又许有壬《敕赐经筵题名碑》记:"讲文附经为辞,若古疏义而敷绎之,继以国语译本覆诵于后。终讲,合二本上之,万几之暇,以资披阅焉。"②一般来说,一篇"讲文"从编写到进呈要经历这样的程序:通常先由讲官撰写汉文讲稿,然后由精通蒙古语者译成蒙文以进呈,而且讲稿在进讲完毕后还要汇编进呈,以备皇帝阅览。明人王祎《经筵录后序》对此作过简单的总结:"至于讲文,则视成于检讨,检讨则具稿译毕,白于丞相及诸讲官,众论允合,然后进焉。……故事:讲文月凡三进,每奏一篇,天子既以置诸左右,比三岁,又总每月所进为录以献,以备乙夜之览。"③《元朝名臣事略》中一段关于徐世隆的记述更能反映这一程序:元世祖忽必烈中统四年(1263),"上问尧、舜、禹、汤为君之道,公取书所载帝

① 《元史》卷一八一,第4176—4177页。
② 许有壬:《至正集》卷四四,《文渊阁四库全书》第1211册,页319下。
③ 王祎:《王忠文公集》卷三,第65页。

王事以对,上喜曰:'汝为朕直解进读,我将听之。'书成,上命翰林承旨安藏译写以进"。[①] 据此而言,经筵讲稿虽为进讲而准备,却是首先要进行自觉的文本编写,而不是根据讲说内容的"语录"成编。至于编写时用文言,抑或用白话,并无规定,比如许有壬《端本堂讲议(十月廿五日进讲)》即为文言。但是,由于元代经筵进讲的对象是蒙古人,汉语水平普遍低下,因此讲文一般会采用通俗浅易的口语白话。我们现在看到的经筵讲义就呈现出白话表述的"直说"形态,而且带有明显的蒙式汉语的词汇句法特点,如吴澄《经筵讲义》所示。

许衡的白话文本是面向国子学蒙古生,吴澄的白话文本是面向蒙古皇帝,其共同点是面向当时处于社会顶层、地位崇高的蒙古权贵这一个特殊群体的需要,而有意地使用白话表述方式,以适应他们的接受能力和习惯,所以,除了使用俗语白话,还渗透了一些蒙式汉语的词汇和句法,这在吴澄的《经筵讲义》中表现得尤为明显。需要说明的是,这些白话著述虽为课蒙讲学、经筵进读而编写,但并非讲说内容的书录,而是原生性的文本作品。当然,这样的直说作品无论是用于讲学,还是用于阅读,其接受群体都比较狭窄,基本上是蒙古皇帝、皇子以及各类受学的学子。

在贯云石、郑镇孙的眼中,许衡的直说作品已经成为阅览之用的白话文本了,而且其易于阅览的优势还被特意作了强调。如郑镇孙指出许衡的《大学直说》《贞观政要直说》乃是"以时语解其旧文,使人易于观览",贯云石亦说"尝观鲁斋先生取世俗之言,直说《大学》,至于耘夫荛子皆可以明之"。之所以如此,乃是贯、郑二人有意为自己的白话著述张本,故而

---

① 苏天爵:《元朝名臣事略》卷一二《太常徐公》,中华书局1996年版,第252页。

选取在当时知识界具有标志意义的大儒许衡的"直说"之作，高举、张扬其俗语白话表述的特征和"易于观览"的优势，以为自己编创直说作品的旗帜。郑镇孙在《直说通略自序》中谈到《直说通略》的编写缘起时即指出"两浙运使世杰公俾愚辑是编"，期望它能"易以寸阴之顷，洞万古于一览"，"为初读史之启门"。这已明白指出《直说通略》是作为阅览之用的文本编写，而非来源于讲说，或使用于讲说。

　　而且，贯、郑二人对于直说作品易于阅览的优势的强调，是立足于下层民众的需要。二人特别指出许衡以"直说"之法白话阐述圣贤思想之蕴奥，非常有利于普通民众的观览和理解，因此，自己要仿效这种直说方式来阐述经史著作，"使匹夫匹妇皆可晓达，明于孝悌之道"；使初读史者"略知前代君臣之贤否、政事之得失，与夫隆替治忽之原、历世修短之迹，或可辩世俗传说之妄谬"（郑序）。可见，贯、郑二人是看到"直说"方式的易于接受和理解，而把原是为特殊群体服务的阅读文本及其"直说"之法引入到面向下层民众的知识传授、思想教化之中。从许衡的白话著述，到贯云石、郑镇孙的白话著述，再到吴澄、钱天祐的经筵讲义，都注意到了接受人群的易于理解而自觉地使用了白话进行文本编写。他们熟悉且擅长文言著述，却要主动地使用白话著述，皆是考虑到了面向人群的接受能力和习惯。只是他们考虑的接受群体有一个重要的变化，即由少数的蒙古权贵，而扩大到多数的下层民众。

　　另外，贯、郑除了强调这些白话文本易于阅览的功能，还明确以"直说"来标举其使用俗语白话的特征。他们不但强调许衡的《大学直说》《贞观政要直说》是"以时语解其旧文"，"以俚俗之言为能尽圣贤之蕴奥"，而且指明自己的白话著述是借鉴了当时的理学大儒许衡的"直说"之法，并以"直说"二字来标举自己在文本编写时所使用的"俚俗之言""世俗之言"，其目的就是强调其文本著述使用"俚俗之言""世俗之言"的益处——"使人易于观览","使匹夫匹妇皆可晓达",并以此为自己的白话著述张本,正本清源,以冀获得一种权威性的支持。

所以,贯云石、郑镇孙二人在作品中虽标举"直说",并非意指此白话文本来自于讲说的书录,或使用于讲说的底本,而是对属于阅览之用的文本著述所使用的白话表述方式的强调。由此,我们更可确认,"直说"的使用并非指向于"讲说"行为,而是对文本编写所使用的白话表述方式的标举。

缩结上述,从许衡之作,到贯、郑之作,前后的来源、目的、面向人群皆有不同,其间存在着变化之迹。许衡是面向蒙古生这类学子的易读易晓而编写了白话的讲义文本,而贯、郑是看到了这种白话文本对于教育普及、文化传播的有效作用,面向广大下层民众的阅读而编写了经史内容的白话文本。无论是面对蒙古学子,考虑到蒙古人群的接受能力,还是面对普通民众,考虑到下层人群的接受能力,这些直说作品的编写,其一脉相承的精神是考虑到了接受人群的接受能力和习惯,看到了白话表述方式的易于接受、易于理解的优势,为此而自觉地、主动地在文本编写中普遍使用了俗语白话。

从许衡到钱天祐、贯云石、郑镇孙,再到吴澄,他们能暂时放弃惯熟的文言著述方式,而有针对性地取用俗语白话以成文本著述,已能显示出他们使用白话以编创文本作品的主动和自觉了。当然,贯、郑的白话著述更具开创意义,他们的白话创作,相比较于训蒙讲学、经筵讲读,从传播范围来说,是下移到低层社会;从接受范围来说,是扩大了受众人群。他们为自己的白话著述而追溯许衡的"直说"之作,不谈其来源和用途,只关注其"以俗语解其旧文,使人易于观览"的品性,强调其白话表述的语言特征和易于阅览的传播功能,进而标举并仿效此"直说"之法来编写供匹夫匹妇、耘夫菇子阅览之用的白话文本作品。尤其是二人对于白话文本之通俗易晓优势的强调、接受人群扩大的标举，表明了他们在这类白话文本编创上所体现出的自觉意识，乃是立足于适应广大下层民众的阅览需要，而不再是只服务于特殊群体的读学需要。这也表明他们的白话著述，已是立足于方便民众阅览的自主性的编写文本，而不再是佛家、儒家白话语录那样的理义讲说内容的书录文本。正是在这个意义上，他们以"直说"强调许衡作品的白话表述方式，并以"直说"标称自己的白话著述，既表明了他们对于自己使用白话以成著述的标举，又显示了他们对于普通民众阅读能力和习惯的重视。直说作品所具有的这一开创意义，置于古代白话文的演进历程中将会得到更好的显现。

四、直说作品作为书面白话著述自觉的开启

直说作品虽然在元代大量涌现，但因其重在语言表述上讲究通俗浅易，而于经史义理无多发明，故于学术创新无多贡献。然而，这类缘起于蒙古权贵了解汉文化的需要且有硕学大儒参与编写的白话文本，在元代特殊的社会环境中流播渐广而为下层社会所知所用之时，它所体现的白话著述立场、白话表述方式，对于更多文人自觉参与白话著述，更多白话作品的编刻流传，皆有着自上而下的激发、示范和促进作用；而它所表现出的基于阅览之用以成白话著述的主动、有意态度，则标志着面向民众阅读而自觉进行白话著述的开启。直说作品的出现所蕴含的这些价值、意义，需在书面著述使用白话的演变历程中、在元代社会使用白话的特殊环境中予以考察和认识。

白话是相对于文言而论的书面语言，有着自己的词汇句法系统，在文言作为优势语言的年代，它指向于日常生活中使

用的口语。① 对于人们的接受来说,白话要比文言通俗浅易得多,但通俗浅易的语言并不一定就是白话。比如《诗经·褰裳》中的"子不我思,岂无他人",孟浩然《春晓》中的"夜来风雨声,花落知多少",语同白话,但其创作态度、词汇句法仍属文言系统。胡适曾在白话文运动的背景下编写《白话文学史》《国语文学史》,为状白话文学之进步、成就,列举了许多文人创作的通俗易晓的诗文,如《白话文学史》第十四章列杜甫的《丽人行》《哀王孙》《自京赴奉先县咏怀五百字》,然这些所谓的"白话诗"并非背离或超越文言系统,②只是使用了浅近文言,而非口语白话。

至于口语白话,一直在日常生活中、讲唱伎艺中使用,但在文言作为优势语言的环境中,这些口语讲说的内容在进入书面作品后多会经过文言语意系统的转化。《汉书·艺文志》言:"小说家者流,盖出于稗官,街谈巷语、道听途说者之所造也。"③据此,我们今天读到的"小说家言"就是当时那些"街谈巷语、道听途说"内容的记录,但已是作了文言语意词汇句法的转化,而不是以街谈巷语所使用的口语白话记录成篇。这种白话口讲而作文言转述的现象,在那些有着民间口讲伎艺

---

① 张中行《文言与白话》言:"白话,和文言一样,都要指书面语言……文言渐渐离开口语,定了形,并且在书面上占优势甚至占压倒优势的时候,照当时的口语写的文字是白话。"(黑龙江人民出版社1988年版,第156页)又《吕叔湘语文论集·文言和白话》言:"白话是唐宋以来的语体文,此外都是文言;其中有在唐以前可称为语体文的,也有含有近代以至现代还通用的成分的,但这些都不足以改变它的地位。"(商务印书馆1983年版,第75页)

② 张中行《文言与白话》指出,胡适作《白话文学史》,乃意图"证明在历史上,凡是有价值的作品都是白话的",至于他为此所列举的杜甫《丽人行》《哀王孙》等诗,"这都算白话,恐怕除他本人以外,没有人会同意"(第187—188页)。

③ 《汉书》卷三〇,中华书局1962年版,第1745页。

来源的文本中比比皆是。这一事实体现了在文言占绝对优势的环境中文人对于文言著述的习惯思维，由此而在观念上、实践上造成了文人著述使用白话的限制。但文人们不可能完全隔绝、无视口语白话，实际上，文人著述吸收口语白话早有先驱，当然，这需有必要的基础或观念予以支持和推动。

我们知道，由于汉语文字的表意符号性以及书写材料的限制，自从汉语文字一开始用于记言记事，就出现了语文分离、语文不一的现象。[①] 在这种情况下，面对生活中的白话讲说，文人在作文本呈现时，习惯于进行文言语意系统的转化。但有时为了获得接近生活、逼肖生活的效果，也会让人物的口语白话出现在文本中，或在作文言转述时尽量保留口语白话的原貌。

人物话语中保留口语的情况，比如《史记·陈涉世家》记陈涉称王后，其微贱时的旧友来访，走进王府，看到陈涉居所的豪华阔气时感叹："伙颐！涉之为王沉沉者。"语中"伙颐"二字是感叹词，属于白话语汇，表现了旧友对于陈涉发迹的惊讶表情。又《张丞相列传》中周昌坚决反对汉高祖更立太子："臣口不能言，然臣期期知其不可。陛下虽欲废太子，臣期期不奉诏。"[②]语中"期期"二字描写周昌口吃貌，本可不用，然有此则能表现出周昌说话时的神态。

文言转述中保留口语的情况，比如梁朝任昉《奏弹刘整》一文，首尾框架皆为纯正文言，中间转述了原告刘寅妻范氏的控诉，以及刘家旧奴海蛤的供述："寅第二庶息师利，去岁十月往整

---

① 关于书写材料限制与语文分离的关系问题，黎锦熙《国语文学史代序》、聂绀弩《从白话文到新文学》、张中行《文言与白话》皆有涉及。分别参见《胡适文集》(八)，北京大学出版社 1998 年版，第 6—7 页；聂绀弩：《从白话文到新文字》，大众文化社(上海)1936 年版，第 12—13 页；张中行：《文言与白话》，第 22 页。

② 《史记》，第 1960、2677 页。

田上经十二日，整便责范米六斛哺食。米未展送，忽至户前，隔箔攘拳大骂，突进房中，屏风上取车帷准米去。二月九日夜，婢采音偷车栏夹杖龙牵，范问失物之意，整便怡息逡。整及母并奴婢等六人来至范屋中，高声大骂，婢采音举手查范臂。"①这与篇中首尾框架的纯正文言格调迥异，虽然任昉在转述时作了文言语意系统的加工，但仍尽可能地保留了当事人口语白话的面貌。

　　上述两种情况都是在文言叙述的整体框架中部分地使用白话，且只体现于人物语言之中，在接受效果上能给人以真实感，显示了作者对生活现实的尊重。这对于文学创作来说，是一种修辞，有利于表现人物的身份、性格、声貌特征、身心状态等；而对于历史编写来说，则是史家实录求真观念的体现。唐刘知幾《史通·言语》指出："后来作者，通无远识，记其当世口语，罕能从实而书，方复追效昔人，示其稽古。"②清章学诚《文史通义·古文十弊》强调："记言之文，则非作者之言也，为文为质，期于适如其人之言，非作者所能自主也。"③许多记人言行的史传、杂史、笔记作品皆有使用口语白话的现象，以示对史家实录观念的遵循，如：

　　　　焦生起，筏上人连声大叫云："莫向前，向前岸下是潭水，淹杀你。"焦生闻之，自弃沿身衣服于地，望西北下急走，潜伏不见。……妻先行，某（焦生自称，笔者注）乘驴逐之，妻回顾曰："尔向后觑，引他许多人来，我怕，我怕，可速教他回。"某遂却回，逆其相逐者。④

① 《文选》卷四〇，上海古籍出版社 1986 年版，第 1807 页。
② 浦起龙：《史通通释》卷六，第 150 页。
③ 叶瑛：《文史通义校注》卷五，中华书局 1985 年版，第 508 页。
④ 张齐贤：《洛阳搢绅旧闻记》卷五《焦生见亡妻》，知不足斋丛书本，叶 9B、10B—11A。

　　宣和二年春二月,诏遣中举大夫右文殿修撰赵良嗣假朝奉大夫,由登州泛海使女真……议约夹攻契丹,取燕蓟云朔等旧汉地。……粘罕、兀室云:"我皇帝从上京到了,必不与契丹讲和。昨来再过上京,把契丹墓坟、宫室、庙像一齐烧了,已教契丹断了通和底公事。……只是使副到南朝奏知皇帝,不要似前番一般,中间里断绝了。我亦曾听得,数年前童贯将兵到边,却怎空回?"对以此探报传言之误,若是实曾领兵上边,只恁休得? 郎君亦莫轻信。粘罕大喜云:"两家都如此则甚好。若要信道将来必不与契丹通和,待于回去底国书内写着。"①

这种遵循实录观念而保留人物口语白话的极致表现是禅宗大师、理学大师们的白话语录,如道原《景德传灯录》、张伯行《朱子语类辑略》、王守仁《传习录》等。与上面列举的日常生活中的口语白话不同,白话语录体现的是仪式性讲说中的口语白话。而且,这些白话语录仍以"某某曰""某某云"来领起,实际上仍有一个大的文言叙述的框架。另外,这些白话语录无论篇幅如何长大,仍属于口语讲说的文本记录,②原非阅览之用

---

① 徐梦莘:《三朝北盟会编》卷四,上海古籍出版社 1987 年影印本,页 25 上、26 下。

② 宋人说话伎艺也并不依赖于文本形态的话本而存在、流传,南宋罗烨《醉翁谈录·小说开辟》所载的 117 种名目,可以认为都是口头的"话",却未必是书面的"本"(胡士莹:《话本小说概论》,第 235 页)。所谓的"宋代话本"并不存在,宋人并无针对文本形态的白话小说的编写和刊刻,我们至今无法确定宋刊白话小说文本的实物存在(章培恒:《关于现存的所谓"宋话本"》,《上海大学学报》(社科版)1996 年第 1 期)。而书会才人参与编写的为说话艺人所用的"底本",如《醉翁谈录》《绿窗新话》,只是为艺人讲说而准备的参考材料,以文言出之,而非以白话出之,与后来的用于阅读的话本小说不同[卢世华《试论宋代说话人的底本》,《江汉大学学报》(社科版)2005 年第 6 期]。

的白话文本创作，也就不是意在白话著述了。

　　上面这些文言叙述中的人物语言的白话实录，无论是基于文学修辞也罢，基于史传实录也罢，其共同点是保存了生活中人物口语白话的面貌，其基本的观念是求真求实。与那些对白话讲说作文言转述者标榜求真实录不同的是，保留人物白话讲说的面貌更在语言上表现出求真实录的精神，相关文本在语言表述上也会因此而显得通俗浅易许多。但是，这类作品的语言无论如何通俗浅易，口语白话无论保留得量多量少，皆处于文言叙述的框架之中，即使大段的白话语录，也是以"某某曰"领起，其表述的整体框架仍是文言的，[①]其著述的立场、态度仍是文言的，[②]而白话在其中的出现、使用，乃是以文言著述为立场对人物形象刻画的修辞考虑，或是对史家求真实录观念的追求。所以，上面所说的这些白话使用情况，是在文言框架内的白话使用，是以文言创作立场或态度来使用白话，而不是以白话创作立场来使用白话，无论它的白话成分如何多，也不能属于真正意义上的白话著述。

　　而且，依据文言创作的立场或态度，若在转述或记录人物话语时使用口语白话，则有史家实录求真观念的支撑，但若作家

---

①　张中行《文言与白话》谈到划分文言和白话的界限，提出要"重视格局"，"就是看基本架子是文言还是白话。如元杂剧的曲词，有些吸收文言词语不少，可是格局是白话，文言成分是拿来放在白话的格局里，所以总的可以算作白话"（第 201 页）。

②　吴康《我的白话文学研究》指出："我们首要认明'做那一种文章，就应该取那一种文章的态度。做文言文，就应该取文言文的态度。做白话文，就应该取白话文的态度'。……我们做白话文的时候，用的什么'意思之间'哪！'毫无意味'哪！形式何尝不是文言？然而他的态度，终是白话，不是文言。这一层认清楚了，那么当我人作文的时候，兴之所到，要借用文言的地方，也不妨借来一用。但要知道那我们借来用在白话文中的文言，精神上已经变为白话，失掉他文言的本质了。"（《新潮》第二卷第三号，1920 年 2 月）

个人的叙述话语使用白话,则要涉及作家作品的格调、层次等问题。禅宗大师、理学大师的白话讲说内容之所以能被记录以成文本,乃是基于人们对于讲说者及其讲说内容本身的尊崇和信仰。但在文言占绝对优势的环境中,对于普通的文本作品来说,白话的使用会破坏作品的权威性、严肃性。文言所代表的权威性、神圣性,正在于它与生活中的口语白话的距离,否则,在印刷、纸张普及的情况下完全不必用文言。而且,文言的这种优势地位还长期得到了国家制度的保障、维护。胡适《国语文学史》即指出中国古文的势力能持续两千年之久的原因:一是中国自汉以来,统一的时间极长;二是科举政策的存在,维持了古文的权威势力。① 于是,文言的权威性、神圣性、严肃性得到了长久的维持、延续,成为绝对优势的语言,代表着一种权威、身份、格调,而白话则被贱视,在书面著述中只能作为附庸存在。

许多学者都指出了文言、白话的这一文化地位差异。张中行即指出,在中国传统社会,"与文言有牵连的人大多是上层的,与白话(现代白话例外)有牵连的人大多是下层的。原因很简单,是在旧时代人的眼里,文言和白话有雅俗之分,庙堂和士林要用雅的,引车卖浆者流只能用俗的"。② 在这种情况下,文人没有必要的动力来涉足此域,也没有必要的锻炼来从事白话文本编写,③从而造成了文人不屑、不必、不会、不习

---

① 胡适《国语文学史》第一编第一章有言:"中国自从汉以后,分裂的时间很短,统一的时间极长,故没有一种方言能有采用作国语的机会。……没有统一的帝国,统一的科举政策也不能实行。拉丁文没有科举的维持,故死的早。中国的古文有科举的维持,故能保存二千年的权威。"(《胡适文集》(八),第21页)

② 张中行:《文言与白话》,第159页。

③ 受到文言使用习惯的左右,文人缺乏白话文写作的锻炼和经验,远不如文言著述容易。即使在近代白话文运动中,文人也感觉到白话著述的困难,姚鹏图《论白话小说》(1905)即指出:"凡文义稍(转下页)

惯使用白话进行书面著述。

　　但在元代,关于白话的品格、地位的观念有了明显的变化,甚至是变革。据前文所述,我们看到,其一,元代的蒙古皇帝和皇子、国子学蒙古生都在主动地阅览白话文本;其二,当时理学大儒有"南吴北许"之称的国子祭酒许衡、经筵讲读官吴澄都自觉使用白话著述;其三,当时文人如贯云石、郑镇孙明确表示他们赞赏许衡的白话著述并有仿作。这些表明,文人涉足白话著述有了内在的动力(这个动力来自于蒙古权贵的需求),白话在元代的地位有了很大的提升,并非如张中行所说的那样品格低贱,为下层人所用。与此相应,处于社会顶层的蒙古权贵主动地阅览白话著述,受到文言典籍严格训练、长期熏陶的文人自觉使用白话著述,而且,白话还出现在朝廷的公文(如圣旨、《元典章》、《通制条格》)、官修的正史中(如脱脱等撰《宋史》)。[1] 这些现象提示我们,元代白话著述的环境有了很大的改变。对此,胡适曾经归因于元时科举废止的促进,[2]事情

(接上页)高之人,授以纯全白话之书,转不如文话之易阅。鄙人近年为人捉刀,作开会演说、启蒙讲义,皆用白话体裁,下笔之难,百倍于文话。"陈平原、夏晓虹编:《二十世纪中国小说理论资料》(第一卷),北京大学出版社1989年版,第135页。

[1] 元泰定帝的即位诏书即用俗语白话,见《元史》卷二九,第638—639页。另,元代白话碑皆为元代蒙古语公牍的白话译文,其中相当一部分是元朝皇帝颁布给道观寺院的圣旨,参见蔡美彪编《元代白话碑集录》,科学出版社1955年版。赵翼《陔余丛考》卷一四《史传俗语》指出:"史传中有用极俗语者,《唐书》以前不多见,……此数语皆以俗吻入文,此外不更见也。至宋、辽史乃渐多,……《宋史》俗语尤多。"(中华书局2006年版,第263页)

[2] 胡适《国语文学史》指出:"元朝把科举停了近八十年,白话的文学就蓬蓬勃勃的兴起来了;科举回来了,古文的势力也回来了,直到现在,科举废了十几年了,国语文学的运方才起来。科举若不废止,国语的运动决不能这样容易胜利。"(《胡适文集》(八),第20页)

当然不会如此简单，但元代独特的社会状况确实改变了人们使用白话的环境和观念。

一方面，蒙古权贵在入主中原的过程中，以及混一四海之后，为了有效地征服与统治，非常重视自身的汉语言、汉文化教育，尤其是儒家经典和汉地历史的学习。蒙古太宗五年(1233)，窝阔台就下诏在燕京设立"四教读"(国子学)，"以蒙古子弟令学汉人文字"，并于南城文庙立国子学诏，选派蒙古子弟学习"汉儿每言语文书"(即汉人言语文字以及必要的"公事"知识)，称这是"一件立身大公事"；规定上课时必须讲汉语，不准讲蒙古语，"教参学底时分呵，自是不蒙古言语去底孩儿每，只教汉儿语言说话者，会汉儿言语呵。若不汉时言语里说话，却蒙古言语里说话，一番一简子打者，第二番打两简子者，第三番打第三简子者，第四番打四简子者，这言语我亲省会与来也者"。① 另外，元世祖忽必烈即位后逐步确立了"遵用汉法"的国策，命太子真金从文臣王恂学习儒家经典，并且正式建立了国子学，任命著名的理学大儒许衡为国子祭酒，并亲自选择蒙古子弟入学受教，"以孔子之道教近侍、国人子弟，公卿、士大夫之子俊秀之士。其书，《易》《诗》《春秋》《礼记》《论语》《大学》《中庸》《孟子》；其说，则周、程、张、朱氏之传也"。② 由此可见，儒学和儒术已成为蒙元统治者必须学习的基本课程。但蒙古子弟的汉语言、汉文化水平低下，而文言又艰深难懂，这阻碍了蒙古人对汉文化的快速、有效接受，因此不但需要简要方便的汉文化知识读本，也需要易于接受和理解的表述方式。我们看到元代出现了不少汉文经史典籍的节略本，以及有着或轻或重的蒙式汉语的白话本，就是这一需求的反映。

---

① 熊梦祥：《析津志辑佚》，北京古籍出版社1983年版，第197、198页。
② 虞集：《国子监学题名序》，《虞集全集》，第522页。

另一方面,在蒙元统治下明显存在的民族歧视政策,造成了严格的种族等级之分,以及社会权力分配的不平等,进而强化了以蒙古人为中心的社会心理。因此,面对蒙古权贵快捷、有效学习汉文化的需求,汉族文人也在思考这些蒙古人的接受能力,考虑怎样用最少日力向这个统治群体输入儒家思想。许衡、吴澄以理学大儒的身份,在面向蒙古人进行知识传授时弃文言而用白话,即可说明当时汉人知识界存在着这种思考与实践。而郑镇孙在《直说通略自序》中则明确表达了白话著述对于文化程度不高者认识深奥、繁杂儒家经典和历史著作的方便性、有效性。对此,明成化十六年(1480)希古《重刊直说通略序》给予了明确的肯定,尤其对它于蒙元社会能有效传播汉文化的价值给予了充分的理解和肯定:"降及有元,时则有监察御史郑镇孙,采摭宋司马温公《资治通鉴》之文,衍而为《直说通略》,非咈温公以求异也。盖适当胡元夷俗之陋,而处中华文明之域,□□为之不同,语言为之不通,向非因诸旧史,易以方言,则天下贸贸焉莫知所考。然是书其□□于当时,有传于后世也,必矣。"①这就指出了《直说通略》之所以出现的环境因素和汉人向蒙古统治者输入汉地文化的意图。

所以说,元代文人主动、自觉地涉足经史内容的白话著述,是在白话地位升高、蒙古统治者学习汉文化的大背景下出现的。蒙古人存在着快捷、有效了解汉文化的需求,汉人知识界也存在着向蒙古人快捷、有效地输入汉文化思想的意图,在这种情况下,白话被视为易于接受和理解的表述方式,既符合接受群体的需要,也符合输送群体的需要。许、吴、贯、郑等人以俗语白话"直说"经史典籍,就是因为当时出现了使用白

---

① 郑镇孙:《直说通略》,国家图书馆古籍部藏明成化庚子重刊本,叶1B、2A。

话著述的环境——既有了使用白话著述的基础,也有了使用白话著述的必要。由此可见,元代独特的社会状况确实改变了白话使用的环境,提升了书面白话的地位,从而为文人涉足白话著述营造了一个非常适宜的氛围,促进了文人自觉使用白话以成著述的涌现。尤其是许衡、吴澄这样的硕学大儒涉足白话著述,这对于更多文人参与白话文本的编创,具有积极的激励、推动和示范作用。贯云石、郑镇孙在编创白话作品时明确表示乃受到许衡"直说"之作的启发,并特别强调其著述的"直说"方式,就体现了这位理学大儒涉足白话著述在当时的文人群体中所产生的深刻影响作用。

据此而言,元代白话著述的自觉乃起于汉族文人服务蒙古权贵学习汉文化的需求,亦因之进一步激励、推动了面向下层民众的白话著述的编刻,由此而使得贯、郑所标举的"直说"白话著述方式,渐被作为一面旗帜而带入到面向下层民众的白话著述的编写之中,从而涌现出了立足于民众易晓易解的阅读需要而自觉编写的白话文本,这在那个年代属于新创。因此,从白话在文本作品编写中的使用来说,元代的直说作品具有开启之功。它们自觉地在阅读文本的编写中使用口语白话,并予以明确地强调、标举,更为重要的是,在这些直说作品中,白话已不是文言框架中基于实录观念或修辞考虑的部分使用,而是在白话表述框架中、白话著述立场上基于通俗平易接受需要的整体使用。

结　　语

元代直说作品所蕴含的使用白话的立场和态度,真正体现了书面白话著述的自觉。这一自觉的意义在于,这些白话著述来自于蒙古权贵的需要,来自于硕学大儒的参与,体现了知识界对于白话著述价值的认可,由此不但激励了更多的文人涉足于此,而且还把它引入到面向下层民众的思想教化、知识普及之中,这对于当时白话作品的编刻既具有精神上的激励作用,也具有方法上的示范作用。这些因素的相互累积、推拥,共同营造了编刻、阅览白话作品的良好氛围,从而促进了当时社会上编写、刊刻白话作品的潮流兴起。

这一自觉的意义还在于,在文人的书面著述中,白话在一部作品中的整体使用已能由附庸而成为主体,这是元代直说作品具有开启之功的表现。但需要指出的是,白话著述相对于文言著述,仍属弱小一方,无论对于整体的书面著述来说,还是对于个体的书面著述来说,白话著述只是普遍的文言著述的点缀,而非博取个人学识声望的工具,或者说编写者是因为特殊原因才使用白话,而非个人著述的常态。可以说,直说作品能成为当时书面著述的一元,是基于当时存在着一个特殊的环境,存在着一个需求力的推动。正因如此,当时文人无论如何自觉、主动地涉足于白话著述,都是把它作为文言著述的点缀或补充,即白话在二元结构中处于弱小、边缘的地位,而且并无边缘向中心的挑战态势,出现如 20 世纪初白话文运动那样的摈弃文言、独标白话的呼吁和追求。

另需说明的是,虽然元代具备了文人参与白话著述的观念和环境,但文人参与白话著述的编写还是属于少数。我们从贯、郑的自序中也能读出他们对于这种白话作品的不自信,后人于此也有非议,如前文提及的《四库全书》本《鲁斋遗书·提要》就认为《中庸直解》《大学直解》与《编年括歌》一样不宜编入文集;翁方纲则批评《直说通略》以白话叙述历史太不严肃,近乎稗官小说之流。① 尤其随着元朝的覆亡,明朝要重建

---

① 翁方纲《翁方纲纂四库提要稿》"史部杂史类"记:《直说通略》"自上古至辽金宋,而以俗语叙之。……顾以直说论理则可,以直说叙事,则几于稗官演义之流矣"(上海科学技术文献出版社 2005 年版,第 237 页)。

道统,使用书面白话的环境也发生了变化,这种于义理无多发明的白话著述也就失去了它的存在价值,被轻视、忽视而少有编入文集,亦少见于明清藏家之目,以致湮没无闻者甚多,故现有存世者即被视为珍稀。这是先导者应付的代价,也是其珍贵所在,不只是因为它们物稀而为贵,更重要的是它们高标"直说"而自觉进行白话著述的开创意义,以及对当时整个社会之于白话作品编刻、阅读的精神激励。

第四章　宋元"讲史话本"的
伎缘与学缘

　　在说话伎艺—话本小说的关系框架中,宋元讲史话本被认为是讲史伎艺的底本或书录本。底本者,乃指由文人编写出话本,以供艺人场上口演之用;书录本者,乃指由艺人据其口演内容整理成话本,以供师徒传授之用。这一属性认定也包含了对宋元讲史话本生成原因和动力的解释。然而,那些所谓的宋元"讲史话本"却明显存在着大量据史书编写的痕迹,尤其是据史书原文的抄录、节略或白话翻述,以及"话说"领起文言叙述的段落;至于宋人笔记中的讲史伎艺,则被称作是乔万卷、许贡士、张解元、戴书生、周进士、徐宣教们的"讲史书"——"讲说《通鉴》、汉唐历代书史文传兴废争战之事"。① 这些信息难免会引发我们思考一个问题:立足于伎艺一端,艺人们需要伎艺格式齐备的白话文本作为讲史口演的依据吗? 立足于话本一端,"讲史话本"属于艺人讲史内容的书录结果吗? 或者说,讲史伎艺能够直接促动这种我们现在称之为"讲史话本"的书面文本的出现吗?

　　如此而来的疑惑在说话伎艺—话本小说的关系框架中难以得到周全的解释,这就需要我们跳出这个关系框架来探析

---

① 吴自牧《梦粱录》卷二〇"小说讲经史"条:"讲史书者,谓讲说《通鉴》、汉唐历代书史文传兴废争战之事。有戴书生、周进士、张小娘子、宋小娘子、邱机山、徐宣教。"[《东京梦华录》(外四种),第306页]

宋元讲史伎艺、讲史话本的出现及其因缘问题。

一、伎艺讲史与经筵讲史的关系

对于宋元讲史话本、讲史伎艺的属性和关系，我们所看到的普遍认定仍令人感到疑惑，这是由于二者各自的名实之间、相互的对应因素皆存在着隐显不同的抵牾之处。具体看"讲史"这个伎艺，它在宋人笔记的载述中被称为"讲史书"，其从业艺人多被称为书生、解元、进士、宣教等名号。比如灌园耐得翁《都城纪胜》（成书于南宋理宗端平二年）"瓦舍众伎"条言："讲史书，讲说前代书史文传、兴废争战之事。"吴自牧《梦粱录》（成书于南宋末年）卷二〇"小说讲经史"条言："讲史书者，谓讲说《通鉴》、汉唐历代书史文传兴废争战之事。"而《西湖老人繁胜录》"瓦市"条提到南宋杭州城"北瓦"有十三座勾栏，"常是两座勾栏，专说史书，乔万卷、许贡士、张解元"；《梦粱录》卷二〇"小说讲经史"条提到"讲史书"艺人有戴书生、周进士、徐宣教；周密《武林旧事》卷六"诸色伎艺人"条所列"演史"艺人除上述诸人外，还有陈进士、林宣教、武书生、刘进士、穆书生、王贡士、陆进士等。[①]结合这两方面的信息来看，当时瓦舍勾栏里的"讲史"不像是一个品贱格俗的伎艺表演，而更像是一种严肃高雅的讲堂活动。这一认识引导我们重新思索一个问题：宋代瓦舍勾栏里何以能出现这种"讲史"活动？

关于讲史伎艺兴起的条件或动因，普遍的说法是宋代的城市经济繁荣、市民阶层壮大、审美趣味改变等社会文化因素的促进；关于讲史伎艺出现的渊源或脉络，普遍的说法是来自

---

① 孟元老等：《东京梦华录》（外四种），第86、306、108、415页。

唐代即已发达的演史类俗讲变文等讲唱伎艺的影响。可是，社会文化因素促进之类的理由过于浮泛，因为它们是当时所有通俗文艺兴起的条件，并不能必然导致讲史伎艺的出现；而唐代的讲唱伎艺既然已非常发达，唐代的长安城市经济繁荣亦不亚于宋代的汴京和临安，那么，为何唐代未出现标称"讲史"或"讲史书"的专门伎艺，而要直到宋代它才能发挥出影响，催生出这个标称"讲史"或"讲史书"的专类伎艺呢？归结言之，是什么因素在宋代直接激发出"讲史"这个专类伎艺呢？

我们再回到讲史伎艺的称名。宋代伎艺领域的"讲史"，并不是一个泛称，可以指先秦那些历史文献传录之用的瞽蒙讲诵，或者唐代那些说唱历史故事的俗讲变文，而是作为一个专称，用来指代在宋代说话伎艺中出现的"讲说《通鉴》、汉唐历代书史文传兴废争战之事"的专门家数。前文已指出这门专称"讲史"的说话伎艺在宋人笔记中多被称为"讲史书"，它的专职艺人被称为书生、解元、进士、宣教等名号。相对于当时其他专类伎艺来说，"讲史"艺人的这些名号有两点值得我们注意，一者，"讲史"艺人的名号皆为尊称，且风格一致，而"小说"艺人则没有尊称，甚至很多专类伎艺的艺人名号比较随意、贱俗，如"说诨话"的蛮张四郎（《西湖老人繁胜录》"瓦市"条），"小说"伎艺的枣儿余二郎（《梦粱录》卷二〇"小说讲经史"条）、粥张二、酒李一郎、仓张三、爊肝朱（《武林旧事》卷六"诸色伎艺人"条）。二者，即使其他专类伎艺的艺人使用尊称，如吴自牧《梦粱录》卷二〇"妓乐"条称一位唱嘌要令的艺人为"吕大夫"，"百戏伎艺"条称一位玩悬线傀儡的艺人为"金线卢大夫"，一位杖头傀儡艺人为"刘小仆射"。又周密《武林旧事》卷六"诸色伎艺人"条载有唱要令艺人"赵防御"、杖头傀儡艺人"张小仆射"、水傀儡艺人"刘小仆射"、烟火艺人"陈太保"等，使用的都是官职名称，以示抬举艺人的社会身份、地位之意，但皆无像对待"讲史"艺人那样使用书生、解元、进士之类的尊称，包含着强调艺人的文化修养之意。

如果我们把讲史艺人的这类尊称与伎艺名称"讲史书"联系起来考虑，并把戴书生、张解元、周进士、徐宣教们的"讲史书"活动从说话伎艺—话本小说的关系框架中抽离出来，置于当时更为广阔的社会文化环境中，则会把它与学校书院的历史宣讲比类相看，同视为一种严肃高雅的文化活动，因为当时各级各类官私学校里的宣讲者就是那些书生、解元、进士、宣教身份的文人。由此，伎艺领域里的"讲史书"就有了一个严肃高雅文化活动的对应，而当时称呼讲史艺人为书生、解元、进士、宣教等名号，实际上不只是对他们身怀良好文化修养的尊敬，还包含了对他们所业"讲史书"活动的尊敬，因为这个专类伎艺与严肃高雅的学堂历史宣讲有着亲缘关系，或说是衍生于学校书院中那些书生、解元、进士们的讲史书活动。

这一探索路径还另有唐宋之际其他伎艺生成情况作为参照，比如唐代的俗讲、论议，宋代的合生、讲经、《讲道德经》、《搔鼓孝经》等伎艺门类或节目，即是缘于当时严肃社会文化活动的通俗化、娱乐化，且以伎艺行为方式来赋名。典型者如唐代讲唱伎艺中的俗讲即脱胎于僧侣宣讲佛教故事以聚悦信众的讲经活动，佛家为宣讲教义而做讲唱式的通俗讲解，后来市井艺人参与其中，讲说内容即于佛教故事之外增加了世俗故事，讲说场所亦跳出了寺院而走向世俗社会，渐而成为面向大众、题材多样的一门专类伎艺。再如论议这个讲唱伎艺，它脱胎于佛徒俗讲和儒家讲经中一种由双方围绕特定命题往复诘难、有问有答的仪式活动，后被通俗化、娱乐化而成为一种以机智、诙谐的问难和辩驳为表现形式的语言表演类伎艺；其中"三教论衡"这个具体的论议仪式，在伎艺领域即被转化为一个戏谑调笑风格的论议节目，并变化出宋金杂剧、院本中的各种"打三教"节目——以"三教论衡"为基本架构和内容的戏谑调笑类语言表演节目，如"宋官本杂剧"中有《门子打三教爨》《打三教庵宇》《普天乐打三教》《满皇州打三教》，金院本中有《集贤宾打三教》(见《南村辍耕录·院本名目》"诸杂院爨")。

此外，宋金瓦舍伎艺中还有其他讲唱佛、儒经典的表演节目，如汴京瓦舍中有张廷叟宣讲《孟子书》(见《东京梦华录》卷五"京瓦伎艺"条)，临安瓦舍中有"演说佛书"的"说经"(见《都城纪胜》"瓦舍众伎"条)，金院本有《孝经孤》(见《院本名目》"诸杂大小院本")、《讲道德经》、《讲蒙求爨》、《打注论语》、《论语谒食》、《擂鼓孝经》(见《院本名目》"诸杂院爨")，另有《背鼓千字文》、《变龙千字文》、《摔盒千字文》、《错打千字文》、《木驴千字文》、《埋头千字文》(见《院本名目》"诸杂院爨")，以及《哑汉书》、《打论语》(见《院本名目》"拴搐艳段")等节目。

这些伎艺领域的讲说《孟子书》《道德经》《蒙求》《孝经》《千字文》等表演节目，肯定不是学校书院里的严肃讲学活动，但它们与专类伎艺俗讲、论议、说经一样，都是缘于严肃社会文化活动的通俗化、娱乐化、伎艺化，进而成为伎艺领域中面向大众文化生活的娱乐节目或新生门类。

参照这些伎艺门类和节目的生成，我们即把追索的目光投向宋代那些与伎艺"讲史"相对应的严肃文化活动，发现当时各级各类官私学校即有名为"讲史"的历史宣讲活动，有专称"讲书"或"说书"的职官，其中最具权威性和影响力的是面向帝王教育的经筵讲史活动。

经筵是宋代初年酝酿、成熟的一种面向帝王教育的经史讲读活动。① 它作为一个专门制度,最早出现于北宋真宗末期,而定于仁宗时期,一些规则亦于此时形成。比如它有常设的主管机构,最初称为"说书所",仁宗庆历初改称"讲筵所"。有常设的官职,称侍读、侍讲、崇政殿说书,②其中"崇政殿说书"一职是仁宗景祐元年(1034)设置,徽宗时改为"迩英殿说书",这个职位多选用一些品秩卑微之士,如仁宗时的贾昌朝、赵希言、王宗道、杨安国,而程颐更以布衣身份在哲宗元祐元年(1086)被擢任此职。另外,它还基于培养帝王治国理政才能的目的而对讲读内容作了规范,具体情况可看下面这条文献:

> 丙辰,御迎阳门,召辅臣观画,其画皆前代帝王美恶之迹,可为规戒者。因命天章阁侍讲曾公亮讲《毛诗》,王洙读《祖宗圣政录》,翰林侍读学士丁度读范《汉书》,数刻乃罢。③

就经筵讲读内容的构成而言,这是一次具有典型意义的经筵活动,讲读了儒家经典、本朝国史和前代历史三大类内容。本朝国史指祖宗先训,著名者如成书于仁宗朝的《三朝宝

---

① 张帆《中国古代经筵初探》认为:经筵制度正式形成于北宋,是"中国古代皇帝为研读经史而特设的御前讲席"(《中国史研究》1991 年第 3 期)。邹贺、陈峰《中国古代经筵制度沿革考论》认为:"狭义的经筵指北宋确立的、有专门法规保障、在专门机构组织操作下,由任专门官职的儒生在固定时间、固定场所向皇帝传播儒家经典和历史知识的御前学术讲座。"(《求索》2009 年第 9 期)

② 《宋史》卷一六二《职官志二》记:"崇政殿说书,掌进读书史,讲释经义,备顾问应对。学士侍从有学术者为侍讲、侍读,其秩卑位浅而可备讲说者则为说书。"(第 3815 页)后文引述此书,皆为此版本。

③ 李焘:《续资治通鉴长编》卷一四六,仁宗庆历四年二月丙辰条,中华书局 2004 年版,第 3544 页。后文引述此书,皆为此版本。

训》和《祖宗圣政录》,这是开国君主积累、总结下来的治国方略、执政经验;前代历史主要包括《春秋》《史记》《汉书》《后汉书》《唐书》,以及专为经筵编写的《资治通鉴》《唐鉴》等史著,这表明经筵就是一种讲读经史典籍以传播儒家经典和历史知识的文化活动,只不过面向群体比较特殊而已。至于经筵讲读的最基本方式则是"临文讲诵",都有经史典籍作为参照,具体对于那些讲读史书的经筵活动即专称"讲史"。

> 庚申,上谕大臣曰:"故事:端午罢讲筵,至中秋开。朕以寡昧,遇兹艰难,知学先王之道为有益,方孜孜讲史,若经筵暂辍,则有疑无质,徒费日力,朕欲勿罢,可乎?"大臣皆称善。乃诏勿罢。①

> 景定元年六月壬寅,立为皇太子,赐字长源,命杨栋、圳梦鼎为太子詹事。……时理宗家教甚严,鸡初鸣问安,再鸣回宫,三鸣往会议所参决庶事。退入讲堂,讲官讲经,次讲史,终日手不释卷。②

上面两条文献,前者述及高宗参与经筵活动,后者述及度宗身为太子时参与经筵活动,皆明确提到了"讲史"。而在更多情况下,当时文献关于经筵的记述,是把"讲史"与"讲经"合称为"讲读经史",如《宋史》记英宗、神宗皆是在登基后初御迩英阁,"召侍臣讲读经史",③而《宋会要辑稿》记孝宗于绍兴三十二年七月二十九日"初御经筵,合具奏请点定讲读经史。有

① 李心传:《建炎以来系年要录》卷一五,高宗建炎二年四月庚申条,中华书局1988年版,第310页。
② 《宋史》卷四六《度宗纪》,第892页。
③ 《宋史》卷一三《英宗本纪》、卷一四《神宗本纪》,第255、267页。

旨讲《尚书》《周礼》,读《三朝宝训》"。①

更为重要的是,这种讲史活动并不限于帝王的"经筵",而是下沉、蔓延到当时社会的各个领域、各个阶层,这一方面是因为帝王积极参与经史讲读活动而形成的巨大影响作用和示范效应,另一方面是因为帝王对于宗室诸王、文武群臣参与经史讲读活动的倡导和激励。咸平五年(1002)正月丙辰,真宗在听完邢昺讲说《左氏春秋》之后,诏令辅臣:"南北宅将军而下,可各选纯儒,授以经义,庶其知三纲五常之道也。"②又于大中祥符三年(1010)七月下诏:"南宫、北宅大将军已下,各赴书院讲读经史。诸子十岁已上,并须入学,每日授经书,至午后乃罢。仍委侍教教授,伴读官诱劝,无令废惰。"③仁宗于天圣四年(1026)七月壬申,告谕辅臣:"比以大暑罢讲读,适已召孙奭等说书,卿等公事退,可暂至经筵。"④如此一来,上有君主的引领和督促,下有宗室大臣的应命和贯彻,整个政治精英群体就出现了讲读经史的热潮。真宗曾高兴地告诉王旦:"今宗室诸王所习,惟在经籍,昨奏讲《尚书》第五卷,此甚可喜也。"⑤仁宗庆历年间,元昊扰边,何涉从军筹划,"虽在军中,亦尝为诸将讲《左氏春秋》,狄青之徒皆横经以听"。⑥

---

① 徐松辑:《宋会要辑稿·崇儒七》,上海古籍出版社 2014 年版,第 2889 页下。

② 李焘:《续资治通鉴长编》卷五一,真宗咸平五年正月丙辰条,第 1112 页。

③ 李焘:《续资治通鉴长编》卷七四,真宗大中祥符三年七月丙申条,第 1681 页。

④ 李焘:《续资治通鉴长编》卷一〇四,仁宗天圣四年七月壬申条,第 2414 页。

⑤ 李焘:《续资治通鉴长编》卷七二,真宗大中祥符二年九月乙亥条,第 1635 页。

⑥ 《宋史》卷四三二《何涉传》,第 12843 页。

由于君主的率先垂范和积极引领,以及社会精英的积极呼应和热心参与,这种作为经筵制度重要内容之一的讲史活动便逐渐在社会各阶层、各领域蔓延开来。首先的一个突出表现就是各种"说书"官职的设置。经筵制度常设"崇政殿说书"这一职官,与此相应,针对太子的教育设有"资善堂说书",针对皇子、诸王府各置说书官,而国子监、地方州学亦各有自己的说书官,具体称为"国子监说书""州学讲书"。比如孙奭在任兖州知州时,就征召赵师民为"兖州说书";①王洙在任职国子监说书之前,曾被晏殊推荐为"应天府书院说书";②李觏经范仲淹两次极力荐举,赴太学教书,后被国子监奏荐为"太学说书"。③ 其次是讲史活动在各级各类学校中的普及。由于历史知识是科举考试的一个重要内容,故而各级各类学校都重视史书的宣讲研读,比如南宋淳熙年间的明道书院即在其《规程》中明确规定了"讲史"内容:"每旬山长入堂,会集职事生员授讲、签讲、复讲如规。三八讲经,一六讲史,并书于讲簿。每月三课,上旬经疑,中旬史疑,下旬举业。文理优者,传斋书德业簿。"④再加上宋代的三次兴学运动、科举道路畅通,各类官私学校由此遍布城乡。城市有国子学、州学、县学,广

① 《宋史》卷二九四《赵师民传》:"九岁能属文,举进士第,孙奭辟为兖州说书,领诸城主簿。"(第9823页)
② 范仲淹《代人奏乞王洙充南京讲书状》:"臣窃见贺州富川县主簿、充应天府书院说书王洙,于天圣二年御前进士及第,素负文藻,深明经义,在彼讲说已满三年。"范能濬编:《范仲淹全集》,凤凰出版社2004年版,第379页。
③ 李觏《李觏集》外集卷一《劄子四首》:"国子监奏:伏睹试太学助教李觏,素负才学,博通经史。……南方士流,皆宗师之。欲望朝廷特与注授一官,差充太学说书,所冀有裨痒序风化之职。"中华书局1981年版,第467页。
④ 陈谷嘉、邓洪波编:《中国书院史资料》,浙江教育出版社1998年版,第204页。

大乡村有村学、乡学、私塾、义学、家馆、冬学等各种办学方式，所有这些都为讲史活动的蔓延拓出了宽广的通道。再者，宋朝君主引领的讲史活动不但从经筵蔓延到城乡的各类学堂，还影响到了外域，比如北方的金国。完颜衮因与其兄金海陵王完颜亮不睦，被徙于外藩，曾因听"说书者"刘敏"讲演书籍至五代梁末帝以弑逆诛友珪之事"而拍案大怒，此事被家奴矫伪密告，后遭完颜亮斩杀。[1]　而金哀宗则于正大三年（1226）设立益政院，招学问渊博者担任经筵说书官，为其讲读《尚书》《资治通鉴》《贞观政要》等史书，[2]这应是受到汉地经筵讲史活动影响而兴起的制度和风气。

上述事实表明，经筵讲史对于当时社会从上到下参与历史讲读活动的调动、影响都是十分明确和巨大的。当然，社会各阶层能够乐于参与这种历史知识传播性质的讲史活动，除了因为帝王的示范与倡导所致的影响力，还因为讲史活动本身即讲求平易明畅、生动有趣的禀性所赋的吸引力。比如第一批任职"崇政殿说书"的贾昌朝即"长于讲说"，[3]南宋吴泳《陈公益授兼侍讲制》亦指出："昔贾昌朝于景祐元年说书崇政，四年侍讲天章阁，盖以其诵说明白耳。"[4]仁宗时孙甫精于唐史，

---

[1]　徐梦莘：《三朝北盟会编》卷二四三引《神麓记》，上海古籍出版社1987年版，页1748下—1749上。

[2]　刘祁《归潜志》卷七记："正大初，末帝锐于政，朝议置益政院官，院居宫中，选一时宿望有学者，如杨学士翼、史修撰公燮、吕待制造数人兼之轮值。每日朝罢，侍上讲《尚书》《贞观政要》数篇，间亦及民间事，颇有补益。"（上海古籍出版社2012年版，第48—49页）又见《金史》卷五六《百官志二》，第1280页。

[3]　《续资治通鉴长编》卷一三五：庆历二年二月，"丁丑，诏权御史中丞贾昌朝侍讲迩英阁。故事，台丞无在经筵者，上以昌朝长于讲说，特召之"（第3220页）。

[4]　吴泳：《鹤林集》卷七《陈公益授兼侍讲制》，《景印文渊阁四库全书》第1176册，台湾商务印书馆1983年影印本，页64下。

经筵讲史"每言唐君臣行事以推见当时治乱,若身履其间,而听者晓然如目见之,故时人言终岁读史,不如一日听孙甫论也"。[①] 当然,经筵讲史之所以如此讲求平易明畅,乃基于其面向的人群是非学者身份的君主,而讲史活动的这一禀性则客观上使得它能对更多社会群体具有吸引力,再加上帝王的躬亲表率和社会精英的积极响应所形成的影响力和推动力,讲史活动的热潮就自上而下地蔓延、贯穿到更多的社会阶层和领域,其讲求通俗平易的禀性也在这个过程中承续下来,尤其到了市井和乡村,讲史活动的内容、风格就更趋平民化、通俗化了。不过,面对不同的群体,讲史活动的通俗平易所负载的任务还是有差别的。

讲史活动在帝王经筵上出现,是帝王学习祖宗家法、镜鉴历史经验的重要方式,这就要求讲官能清晰、简明地讲解历史兴衰治乱的因果逻辑,以便让帝王能快速有效地领会、掌握治国理政的道理和方法,所以,经筵讲史虽然是一种文化活动,但它首先是一个政事活动。而在学校书院的讲堂上,讲史活动就被视为一种非常理想的传道方式,即胡三省所言:"夫道无不在,散于事为之间,因事之得失成败,可以知道之万世亡弊,史可少欤!"[②]这就赋予了学堂讲史偏重历史知识传授的教育活动属性。当然,经筵讲史与学堂讲史都属于文化活动,有教育功能,旨在"史以载道",但听讲者首先接触到的是负载各种"道"的历史故事。这一点对于市井民众来说尤其如此,他们更关注讲史内容的趣味性和方式的生动性,这一需求就更激发了讲史活动本已潜在的通俗平易的那一面禀性,从而把一种严肃的文化活动引向娱乐伎艺的领域。

---

① 李焘:《续资治通鉴长编》卷一八五,仁宗嘉祐正月己亥条,第4467页。
② 胡三省:《新注资治通鉴序》,《资治通鉴》,中华书局1956年版,序言部分第28页。

　　在这个讲史活动不断蔓延的过程中，其流播范围、面向人群、宣讲场合不断扩展。流播范围从宫廷的经筵、京城的国子监，扩展到各地方的官私学校；宣讲场合从帝王的宫廷、官员的厅堂、学校的讲堂而蔓延到市井的瓦舍勾栏；由此，讲史活动的面向人群也在不断扩展，从帝王宗室到文臣武将，从书院学子到市井大众以至乡野村民。当讲史活动的地点被设置在瓦舍勾栏，面向人群变换成市井民众时，具有一定文化修养的宣讲者被尊称为书生、解元、进士等名号，就是一件很自然的事情。而且，也确实有一些文人涉足这一伎艺领域从事"讲史书"，比如《梦粱录》提到的王六大夫，"元系御前供话，为幕士请给讲，诸史俱通，于咸淳年间敷演《复华篇》及中兴名将传，听者纷纷"；①又如北宋佚名《新雕文酒清话》（成书于北宋末、南宋初）提到的郓州人李成，"少亦曾学，长即贫困，乃□□初心，因而作场于市肆，（已）[以]说话为艺"。② 于是，原为政事属性、教育属性的讲史活动就像寺院僧侣的经讲、俗讲一样，被通俗化、娱乐化而成为了一门伎艺。唐代市井艺人的俗讲，虽与寺院僧人的俗讲同称"俗讲"，但已经不是严肃的宗教活动了；宋代瓦舍勾栏艺人的讲史，虽与经筵、学堂的讲史同称"讲史"，但已经不是严肃的教育活动了。

　　由此看来，讲史伎艺虽有它的伎艺渊源，但它在宋代能以专类伎艺的面目出现，并以"讲史""讲史书"赋名，这并非自然地直接从唐代的俗讲演变而来，俗讲中的历史题材一类也不能自发地演变出宋代瓦舍的讲史伎艺，即使它们之间有何亲

① 吴自牧：《梦粱录》卷二〇"小说讲经史"条，《东京梦华录》（外四种），第306页。
② 佚名：《新雕文酒清话》卷六"李成触忌"条，《续修四库全书》第1272册，上海古籍出版社2002年版，页336上。又参照《全宋笔记》第八编，大象出版社2017年版，第10册第121页。

缘关系,亦应需要一个直接因素的激发。而在伎艺讲史出现的宋代,恰有一种蔓延于多阶层、多领域的讲史活动,它在内容、方式、称名、宣讲者身份等方面都与伎艺讲史具有对应之处,尤其是宋代作为帝王政事活动的经筵讲史,它所体现的帝王对历史经验的重视态度,对讲史活动的热情程度,直接激励了知识界、伎艺界对于历史著述和讲说的兴趣。宋代经筵讲史引领的"讲史书"活动,随着面向人群的扩展,影响阶层的下沉,其本身具有的讲求通俗平易的禀性,直接诱发了伎艺领域借势对其娱乐化、伎艺化的思路。据此而言,伎艺讲史在宋代的出现,乃是经筵制度引领、激励的讲史活动在市井社会通俗化、娱乐化的结果。

二、经筵讲史—伎艺讲史关系 框架内外的通俗历史著述

经筵讲史—伎艺讲史的关系框架,不但存在着"讲史"这个文化活动在不同阶层、不同领域的对应关系,还寓含了宋世文化环境中涌动的一条历史知识普及脉线。如果我们跳出经筵讲史—伎艺讲史的关系框架,则会看到这条历史知识普及脉线还有一个更为广阔的背景或基础,其间仍然体现了经筵讲史对历史知识传播和通俗平易化的引领作用。

经筵讲读活动需要内容适合的经史教材,这引动了许多当职与不当职的文人致力于儒家经典、前代历史的著述阐发,由此而表现出经筵制度对于宋代经史著述内容、风格的引领作用,进而影响了经史学术发展方向的变化。① 比如《诗经》,

① 吴国武:《北宋经筵讲经考论》,《国学学刊》2009 年第 3 期;姜鹏:
《北宋经筵与宋学的兴起》第四章《经筵讲学对经学的影响》,上海古
籍出版社 2013 年版,第 133—134 页。

北宋庆历之前的《诗》学著述寥寥可数,而自庆历之后即有众多文人开始研习《诗经》,出现了许多有价值的研究成果,尤其是出现了一批专门面向经筵活动的《诗》学著作,较著名者如张纲《经筵诗讲义》、张栻《经筵诗讲义》、袁燮《絜斋毛诗经筵讲义》、徐鹿卿《诗讲义》等;而且,这些经筵讲《诗》还表现出经典诠释风格的转变,即《诗经》诠释方式从以名物为主的汉学一路逐步开始过渡到以诠释义理为主的宋学上来,以满足帝王读书择术的现实需求。最明显的表现就是不论皇帝还是讲官都在刻意地挖掘《诗经》中的'微言大义'。就现有仁宗时代的经筵讲《诗》资料来看,几乎没有对《诗经》字词的任何疏解,而全是人生修养或治国道理的阐发"。①

又如南宋真德秀的《大学衍义》,此书乃进献君主之作,因而在当时即誉满天下,并以它的诠释体例为典范出现了经典诠释的新模式——"衍义体",其表现之一就是经世化、通俗化:"为了方便君主阅读,增加阅读的快感,衍义体更加重视故事的体例。……故事体例在《大学衍义》中被广泛运用,在第十卷中,真德秀讲了一个汲黯以憨直冒犯汉武帝的故事,来说明'人臣之义,以忠直为本'的道理,并期望君主从中汲取经验教训。"②因此,《四库全书总目》认为衍义体"其于经文训诂,大都皆举史事以发明之,不免太涉泛滥,非说经家谨严之体",③但它对于儒家经典通俗平易的阐释方式和明白晓畅的诠释风格,则促动了经史著述通俗化、经世化一脉的发展,引领着儒

① 易卫华:《论宋仁宗时代的经筵讲〈诗〉》,《诗经研究丛刊》第24辑,学苑出版社2013年版,第282、288—289页。
② 朱人求:《衍义体:经典诠释的新模式》,《哲学动态》2008年第4期,第68页。
③ 《钦定四库全书总目·周易衍义提要》,中华书局1997年版,第37页。

学从内圣走向外王,从精英走向大众。

　　而在此过程中,经筵制度发挥了重要的引领、示范作用。与此相应,经筵制度对于当时历史著述的影响也表现出明显的历史知识普及化、通俗化思路。

　　所谓的历史知识普及化,指的是经筵制度有"进故事""进讲义"的要求,[①]以作为经筵讲读的阅读材料,这就直接促动了大量历史著述的出现,尤其是对本朝先皇圣政的总结和前代历史经验的阐释,大致有本朝国史、前代历史两大类。本朝国史,主要是指宋朝历代君主尤其是开国君主积累、总结下来的治国方略和执政经验。后世君主非常重视这些祖宗先训,因而编写了众多"宝训"(皇帝言论)、"圣政"(各朝重大政事),其中最著名者是成书于仁宗朝的《三朝宝训》《祖宗圣政录》。前代历史,主要是总结、梳理前代治乱兴衰的经验教训,以作为君主当下治国理政的重要参照。这一需求引动了众多文人致力于这类历史著述的编写,著名者如司马光的《资治通鉴》和范祖禹的《唐鉴》。《资治通鉴》的编写初衷是为了给皇帝提供一部可资借鉴的"历代君臣事迹",故而在全书未完成之时,其内容即被司马光用于经筵进讲的用书;而在问世之后,则成为经筵讲席上与儒家经典并列的必读教材。据《宋会要辑稿》,南宋孝宗朝,《资治通鉴》与《三朝宝训》"间日进读";光宗朝,此二书与《诗经》《尚书》《礼记》《春秋》《论语》《孟子》"分日更进"。[②] 至于范祖禹的《唐鉴》一书,则是对唐

———————————

①　神宗元丰元年起,规定讲读官在经筵上讲解古代经史时,一般要事先写好讲义或口义,在经筵前一日、当日或次日供进。哲宗元祐二年起,规定讲读官遇不开讲日,轮流进呈汉唐时故事关涉政体者两条,后来,录进者扩大到史官和学士,故事范围扩大到前代和本朝,数量也有一条至三条不等的变化。

②　徐松辑:《宋会要辑稿·崇儒七》,页2894上、2898下。

朝治乱兴衰的经验教训的总结，它与《帝学》同是范祖禹进献君主用于经筵的史著，作者明确指出其撰写目的是告诫统治者取鉴于前朝，取法于祖宗，才是永世保民之道。如此这类祖宗圣训、史鉴著述的大量出现，表明了经筵制度对于历史知识普及的重要引领作用。

　　而所谓的历史知识通俗化，指的是经筵讲读活动所包含的通俗平易需求，这是因为经筵进讲所服务的对象是非学者身份、非专业群体的帝王，由此经筵讲读的历史著述在内容和方式上从一开始就有一个通俗平易的思路。这个"通俗平易"包括三个方面的需求：一是讲清历史大事的发展脉络和因果关系，二是讲清历史治乱兴衰所蕴含的义理，三是把历史大事与义理讲清的方式。比如仁宗曾言："《春秋》自昭公之后，鲁道陵迟，家陪用政，记载虽悉，而典要则寡。宜删去蔓辞，止取君臣政教事节讲之。"又对宋绶等说："《春秋》经旨，在于奖王室，尊君道。丘明作传，文义甚博，然其闲录诡异，则不若《公羊》《穀梁》二传之质。"①这是要求经筵讲史只选取符合帝王理政需求的部分讲说，至于无足劝诫的部分则可略而不讲。又如高宗曾于绍兴二年七月十五日对辅臣说："儒臣讲读，若其说不明，则如梦中语耳，何以启迪？朕意将来开讲，欲令胡安国兼读《春秋》，随事解释，不必作义，朕将欲咨询。"②这是要求儒臣进讲应以简明易懂为旨，也正因如此，讲官们都会在进讲或著述时注重经史的内容、义理与讲述方式的通俗平易化。比如前文提到贾昌朝之所以能持续侍讲经筵，是因为"其诵说明白"；孙甫于经筵讲史"每言唐君臣行事以推见当时治乱，若身履其间，而听者晓然如目见之"；真德秀《大学衍义》为

---

① 李焘：《续资治通鉴长编》卷一二○，仁宗景祐四年十月甲午条，第2838页。

② 徐松辑：《宋会要辑稿·崇儒七》，页2885下。

使君主易读易懂,在义理阐述时广泛运用故事体例。因此,那些呈送君主、服务经筵的历史著述,为了合乎要求、合乎目的,就要遵循通俗平易、简明易懂的宗旨。《资治通鉴》这部史书在其立项目的、编写宗旨、使用影响上,都非常典型地体现了经筵讲史活动所需要的通俗平易化思路。

前文提到经筵制度有"进故事"的要求,仁宗于庆历元年(1041)即"诏两制检阅《唐书》纪传中君臣事迹近于治道者,录一两条上之",①以作为其治国理政的参考。这类规则促使当时专注"治道"的"君臣事迹"编写十分繁盛,而宋世更大篇幅的"君臣事迹"编写应属真宗时期的《册府元龟》和英宗时期的《资治通鉴》。

《册府元龟》最初的名称是《历代君臣事迹》,②旨在为帝王提供治国理政的参考。由此题名即可知它的内容是历史专题类材料汇编,这就决定了它的取材范围是历代正史中那些关于国家治理经验教训的君臣事迹,而不涉及那些与政事无关的生活百科杂类知识。这明显不同于宋太宗时期的类书《太平御览》,③此书着眼于分门事类的辑录,而于治道无益,只是百科知识的汇编。

《资治通鉴》同样基于为帝王提供治国理政参考而编作,最初于治平三年受英宗委托而立项时亦名为《历代君

---

① 李焘:《续资治通鉴长编》卷一三三,仁宗庆历元年八月乙酉条,第3161页。
② 李焘《续资治通鉴长编》卷六一记:真宗景德二年九月"丁卯,令资政殿学士王钦若、知制诰杨亿修《历代君臣事迹》。钦若请以直秘阁钱惟演等十人同编修"(第1367页)。
③ 日本内藤湖南《中国史学史》从"帝王学的变化"的角度讨论了《册府元龟》与《资治通鉴》之间的关联性,以及它们在史书编纂法上的变革意义,比如越来越重视历史事件对于帝王治道的参考作用。马彪译,上海古籍出版社2008年版,第158—159页。

臣事迹》,①后来神宗正式赐名《资治通鉴》。初名在编写思路
上体现了英宗对于前辈君主理政观念的承续,即为帝王汇编
"历代君臣事迹",以作治国理政的参照;更名则突显了神宗对
于此书编写的定位和期待,即元人胡三省所总结的"鉴于往
事,有资于治道"。正因如此,《资治通鉴》在内容展示的方式
和效果上都较《册府元龟》更契合宋代君主讲读史书以资治道
的需求,这一是体现在它以编年体形式清晰地梳理出历史事
件发展的因果关系,并明确表达出编者对于历史经验教训的
认识,而非像《册府元龟》那样只是简单地按类别罗列历史材
料;二是体现在它考虑到帝王的非学者身份,在历史事件的梳
理、表述上都作了有针对性的处理,以冀达到方便、快捷的接
受效果,相对于《册府元龟》来说,表现出了一种通俗平易的编
写思路。对此,司马光在《进〈资治通鉴〉表》中作了明确的总
结陈述,他认为历史繁杂细碎,前人史书亦难遍读,而君主"日
有万机,何暇周览",于是就"删削冗长,举撮机要,专取关国家
兴衰,系民生休戚,善可为法,恶可为戒者,为编年一书,使先
后有伦,精粗不杂"。② 按照这个思路和原则,司马光在编写
过程中,一是把漫无头绪的历史事件梳理出清晰、简要的因果
关系,二是把众说纷纭的历史经验教训提炼出有资于理政的
"治道",总之就是按主题理线索,剪繁冗,见机要,以便于君主
阅读和理解,使其能合于治道。《资治通鉴》的编写初衷虽是
进呈君主以提供治国理政的参照,但在达成目的的方向和方

---

① 《续资治通鉴长编》卷二〇八:治平三年四月,"辛丑,命龙图阁直学
士兼侍讲司马光编《历代君臣事迹》。于是光奏曰……诏从之,而令
接所述书八卷编集,俟书成取旨赐名"(第5050页)。又司马光《进
〈资治通鉴〉表》曰:"先奉敕编集《历代君臣事迹》,又奉圣旨赐名《资
治通鉴》,今已了毕者。"(《资治通鉴》,第9607页)
② 司马光:《进〈资治通鉴〉表》,《资治通鉴》,第9607页。

式上,则又显示出了历史知识普及化、通俗化的努力,以求历史叙述的明白晓畅、易读易懂。所以,宋元之际马端临对其非常推崇,称"司马温公作《通鉴》,取千三百余年之事迹,十七史之纪述,萃为一书,然后学者开卷之余,古今咸在"。①

司马光于《资治通鉴》的编写已秉持"删削冗长,举撮机要"的历史叙述之旨,但在他的另一部史著《稽古录》中,这一宗旨则体现得更为清晰、明确。他仍嫌《资治通鉴》卷帙繁重,遂又芟除繁乱,编撰了一部更为简明易读的二十卷通俗历史读物《稽古录》,于元祐元年(1086)呈进。此书实为自上古至宋英宗朝历史大事的一部简明历史读本,于关乎国家治乱兴亡者,但叙重要史实,记其大体。朱熹对此书甚为赞赏,认为它"极好看","可备讲筵官僚进读":"常思量教太子诸王,恐《通鉴》难看,且看一部《稽古录》。人家子弟若先看得此,便是一部古今在肚里了。"②《四库全书提要》亦认为"是编言简而义该,洵读史者之圭臬也"。③

这种讲述历史的通俗平易思路,在面向经筵的讲史、著史中一直存在,并由于经筵制度的引导力和《资治通鉴》的影响力而波及、贯穿到社会各个阶层的历史知识普及活动中。《资治通鉴》甫一问世即产生了巨大影响,"立于学官,与六籍并行",④在帝王的经筵、各级学校的讲堂、童蒙阅读的书本中,以及瓦舍勾栏的伎艺中,被社会各阶层广泛认可和使用。《资治通鉴》这部书的接受情况,体现了当时社会上历史知识普及的需求,也引导了历史知识普及的进一步深化,由此把讲史活

---

① 马端临:《文献通考·自序》,中华书局 2011 年版,序言部分第 1 页。
② 黎靖德编:《朱子语类》卷一三四,中华书局 1994 年版,第 3207 页。
③ 司马光:《稽古录》,《景印文渊阁四库全书》第 312 册,页 395 下。
④ 范祖禹:《范太史集》卷三七《告文正公庙文》,《景印文渊阁四库全书》第 1100 册,页 416 上。

动的面向人群从帝王而扩展到同样属于非学者身份的市井民众。在这个方向上,经筵讲史还激励了更多文人对于历史知识普及的参与和接力,由此而出现了针对不同层次人群的各类历史读物,以及一些致力于通俗平易地讲述历史的体例与手法,如通鉴类、节略类、注解类、韵诵类。

比如司马光进一步简化《资治通鉴》而编成的通俗历史读物《稽古录》,除了进一步贯彻了其"删削冗长,举撮机要"的著史思路,还激励和推动了其他同类节略、节要史书的出现。一是对《资治通鉴》的内容或体例予以简略思路上的改撰,代表者为朱熹的《资治通鉴纲目》和袁枢的《通鉴纪事本末》。朱熹很赞赏《稽古录》的编撰思路,也对《资治通鉴》作了更简要明畅的改撰,编成《资治通鉴纲目》,并贯穿以《春秋》惩劝之"义理",其目的是要为世人提供一部"以适厥中"的历史教科书。袁枢"常喜诵司马光《资治通鉴》,苦其浩博,乃区别其事而贯通之",①故撰《通鉴纪事本末》,在对历史事件原由、过程、结果的梳理上较《资治通鉴》更为清晰。二是对其他史书的内容或体例予以简略思路上的改撰,代表者如吕祖谦的《十七史详节》和王令的《十七史蒙求》。宋代有官府刊行的"十七史",吕祖谦对其内容予以节要,而成此删节备检之本;王令则仿唐代李翰《蒙求》的体例,采用四言韵语、四句对偶的格式,对"十七史"中的重要历史事件和典故韵诵成篇。这两部历史普及读物与《资治通鉴》虽然著史体例、表述手法不同,但同样体现了当时历史著述讲求通俗平易、简明晓畅的努力。

又如韵语咏史,即运用连篇的歌诀、诗歌等韵语形式来咏唱历史事件和历史人物,内容上依照历史发展顺序排列,句式上以四字韵语或五言、七言诗歌联缀成文,由此将繁杂的历史

---

① 《宋史》卷三八九《袁枢传》,第 11934 页。

事件浓缩在一首诗或一段韵词中,表现出历史发展概况,反映出历史发展规律,易记易诵,尤其便于儿童的理解和记诵。胡寅的《叙古千文》便是以四字韵语的形式,用一千字韵诵了上古至宋朝的历史。杨简的《历代诗》则从三皇五帝到宋代共编成二十首诗,均以朝代为题目歌咏当时的历史大事,有的使用五言,如《西汉》《西晋》等;有的使用七言,如《夏》《西周》《秦》等。黄继善的《史学提要》也是以四字韵语的形式讲述了从上古到北宋末的历史发展过程,因为没有字数的限制,故而能将历史发展主线完整地展现出来,更好地突显历史的兴衰更替变化,成为一部面向童蒙学习的简要通史。

上述这些历史读物在处理材料的方式与叙述体例的运用上,都体现了讲求通俗平易、易读易懂的努力,其间虽会因面向人群的不同(帝王、文人、儿童、市井民众)而有体例、手法上的不同,但其通俗平易的思路都是相同的。当然,这些通俗平易的书面编写思路和方式,并不限于当时的历史著述,而是当时整个书面编写领域存在的现象,比如佛经的白话翻译、理学大师的白话语录。如果放眼到元代的书面著述,这条讲求通俗平易的脉线仍然存在。比如面对蒙元皇帝,泰定年间的经筵讲官吴澄编写的《经筵讲义》以白话讲述历史,元仁宗年间的"说书臣"钱天祐则仿拟荀子"成相"体韵唱方式编写了介绍汉地历史的《叙古颂》,以冀为蒙古皇帝、皇子提供快速方便了解汉地历史文化的通俗历史读物:"但无琐碎繁茸之患,可以备诸巾箧,不烦检阅,而数千载行事大略可观,此则臣之鄙谌也。况陛下万机至众,岂可劳圣心于浩浩无涯之史册哉!"①而郑镇孙、贯云石更分别编写了面向普通民众的白话通史《直

---

① 钱天祐:《叙古颂表》,《全元文》第 37 册,凤凰出版社 2004 年版,第 107 页。

说通略》、白话翻译版《孝经直解》,"使匹夫匹妇皆可晓达,明于孝悌之道"。① 因此,在这个历史知识普及化、通俗化的风气流衍之下,人们用各种方式讲述着《资治通鉴》及其他历代书史文传,或者针对不同层次的人群而进行各种通俗历史读物的编写,就是十分自然的事情了。而它们在书面领域里的鱼贯而出、承前启后,也体现了经筵讲史所引领的历史知识普及化、通俗化思路,对于当时通俗历史读物繁盛簇生的影响之功。

由此可见,宋元之际的历史知识普及化、通俗化流脉,并不只是经筵讲史与伎艺讲史之间的单独现象,或者说并不只是存在于二者之间,由经筵讲史影响到伎艺讲史,而是多层次、多类型、多线条地存在、体现于经筵讲史—伎艺讲史关系框架的内外。经筵讲史本身已有历史知识普及化、通俗化的思路,由此而引导出社会上多领域、多层次、多类型、多方式的历史知识通俗化实践。口头形式者有帝王经筵的讲史书,有学校书院的讲史书,有瓦舍勾栏的讲史书,其间,经筵讲史所蕴含的通俗平易一脉在以娱乐为宗旨的伎艺讲史那里得到了最为明显、彻底的体现。而书面形式者则出现了针对帝王宗室、文人学者、童蒙学子、市井民众的各种类型的历史读物,它们之间关联着一条经筵制度引领的经史著述通俗化、经世化的发展脉线。这条脉线表现在历史领域,就是史书讲说、史著编写的不断通俗平易化实践,并因为有了学校的兴办、科举的畅通、印刷术的发达等保障条件所提供的方便通道,②从而导

① 贯云石:《孝经直解自序》,《新刊全相成斋孝经直解》,北京来薰阁书店 1938 年影印元刊本。
② 宋代地方学校教育发达,已渗透到平民阶层,这为社会培养了庞大的图书消费群体。而且,"宋代平民教育促成了书籍出版结构的全面性,即书籍内容、种类的通俗化、平民化,开发出版了平民化书籍,按照不同社会阶层、不同人生阶段策划出版书籍,从而全面开(转下页)

致了其面向人群由政治精英不断扩展、下沉，最终渗透到社会下层的普通民众。

而在这个历史知识普及的框架中，伎艺讲史、通俗历史读物只是历史知识普及风气分处于口头讲说领域、书面编写领域的两条脉线上的重要节点，或者说是宋代历史知识普及化、通俗化实践的两种表现形式，共同体现了宋代经筵讲史引领下的历史知识普及化、通俗化思路。

那么，有了宋代历史知识普及风气的引领，有了通俗历史读物的蔓延，有了讲史伎艺的繁盛，当此之时，"讲史平话"这种有着讲唱伎艺格式的白话历史读物能否出现呢？

三、书面编写领域主导的
讲史伎艺文本化

关于"讲史话本"的出现，若立足于伎艺领域的需求，就会推导出它与伎艺讲史的相互传导关系，视之为讲史伎艺的底本或书录本，这是基于伎艺与话本关系框架的认识。但是，讲史伎艺能够直接催生出这种有着讲唱伎艺格式的通俗历史读物吗？

讲史话本中那些源自说唱伎艺的程式、格套、语气等，原是因伎艺而生、而存的表述方式，在其未成为书面文本的表述体例时，只会出现在艺人的口头讲演之中，是艺人必备的基本艺能。艺人们在口演时会根据平时训练的艺能，针对一个故事梗概进行格套组合，临场发挥，此为"口头创作"，相对于那个故事梗概来说，这是一个"加伎艺格式"（或称"伎艺语境化"）的过程。南

（接上页）拓了书籍出版的社会空间，使得书籍成为一种具有大众媒介属性的社会化的教育与文化传播媒介"（田建平：《宋代出版史》，人民出版社 2017 年版，第 134—135 页）。

宋罗烨《醉翁谈录·小说开辟》描述了讲唱艺人的艺能:"论才词,有欧苏黄陈佳句;说古诗,是李杜韩柳篇章。举断模按,师表规模,靠敷演令看官清耳。只凭三寸舌,褒贬是非;略传万余言,讲论古今。说收拾寻常有百万套,谈话头动辄是数千回。"①《醉翁谈录》被视为说话艺人的参照资料,书中内容各作分类,包括那些可作"收拾""话头"的诗词歌赋和笑话诨语,以及那些节录自前代作品的文言故事,艺人即可平时据此于场下揣摩训练,临场时组合发挥,进行"口头创作"。即使延至现代,讲唱艺人仍遵循着这种"口头创作"的原则,需要依据没有唱词、宾白、舞台提示的故事概略,进行"口头创作"的临场表演。比如民国时扬州说书艺人刘荫良自用的脚本,"其中绝大部分是诗词歌赋赞,有几百首之多;一小部分是书词提要。……这些脚本,一种是提纲式的,记某书有多少回目,每个回目有哪些'关子',何处有插科打诨(指必须有的小插曲、小故事;至于在台上临机应变插进去的东西,则不在内)。一种是照录原书词,但由于文化限制,文字显得混乱"。② 湖南影戏艺人的演出底本也"极为简单,篇幅都不长,其结撰方式和内容都无特殊规制。……至于内容,一般都有人物、故事发生的地点、朝代,以及事件发展的主要过程,而没有唱词、宾白、舞台提示等"。③ 参照于此,讲史艺人即使有底本、书录本,亦当如《绿窗新话》《醉翁谈录》那样的文言语体的故事梗概,而无需呈现出伎艺讲唱的程式格套和白话语体,无需替艺人们框定如何开场、收场,如何使用格套赞语,以作为他们临场表演或艺能传授的依据。

---

① 罗烨:《醉翁谈录》,第 3 页。
② 陈午楼(署名思苏):《说书有无脚本》,《曲艺》1962 年第 4 期,第 44—45 页。
③ 李跃忠:《试析湖南影戏"桥本戏"的文本形态》,《武陵学刊》2013 年第 5 期。

　　而从民众阅读需要的角度来看,在伎艺格式未成为书面文本的表述体例时,民众接受讲史伎艺的方式只是通过艺人的口头讲演,而非文本的书面阅读。况且在当时的文化格局和书写体系中,讲史伎艺属于贱伎,它的表述方式和表演格套能够在文言体系的书面编写领域里得到落实、体现,进而成为书面编写的一种表述体例,并非仅仅简单依靠讲史伎艺繁盛这个因素即能达成。因为我们看到的现存所谓宋元"讲史话本"的编写思路和表述方式,并未超越那个时代的历史著述甚或整个书面编写领域的撰写体例。编写思路是指处理历史材料的方式,如根据现有文献材料进行抄录、节略或白话翻述。表述方式是指讲述历史故事的各种表达手段,如文白间杂、白话书写、韵语咏唱。

　　先看宋元时期史著的编撰情况。宋代重要的史著如徐梦莘《三朝北盟会编》、李心传《建炎以来系年要录》,皆大量抄录现成的原始文献材料和史书内容以成新编。而在《资治通鉴》之后,更出现了据其进行抄录、节略的改撰史著,以冀在内容、体例上进一步平易简明,晓畅易懂,比如司马光本人就据此编写了《稽古录》这样一部简明的通俗历史读物;朱熹、袁枢赞赏《资治通鉴》《稽古录》的编撰思路,亦分别对《资治通鉴》进行了内容或体例方面的简明改撰,以成《资治通鉴纲目》和《通鉴纪事本末》;而曾任职"国子监丞兼崇政殿说书"的吕中在南宋理宗朝也根据《资治通鉴》编成了一部历史教科书,"摘其切于大纲者,分为门类,集为讲义。场屋中用之,如庖丁解牛,不劳余刃",①因其简明实用,故在宋元读书人中风行一时,广有声誉。延至元代英宗年间,郑镇孙的《直说通略》,更在节略《资

---

① 吕中:《类编皇朝大事记讲义》(清道光钞本目录后之案语),王民信主编:《宋史资料萃编》第四辑,台湾文海出版社1981年版,第一册第29页。

治通鉴》内容的基础上,在语体方面进行了白话翻述,欲以"俚俗之言"来传达圣贤文章的蕴奥,①更显示出通俗历史著述的努力。

以此来对照讲史话本。《五代史平话》一书被认定为宋人编写而元人增益,宁希元、丁锡根曾将其与《资治通鉴》的五代史部分对勘后,认为其乃据《资治通鉴》改编而成,但编写又在体裁、语言和细节描写等方面受到民间讲史伎艺的影响。②比如《五代唐史平话》卷上叙李嗣源军队与契丹的幽州一战:

> 契丹以马军万人拒之于前,将士皆惊愕失色,李嗣源独将马军百余人先犯阵出马,免胄扬鞭,用胡语与契丹打话道:"是汝无故犯我边塞,晋王使我统百万之众,直趣西楼,灭汝种类。"说罢,跃马奋槌,三入契丹阵,斩讫酋长一人。后军相继杀进,契丹兵退却,晋军尽得出。李存审下令使军人各伐树木为鹿角,每一人持一枝,到止宿处,则编以为寨。契丹马军从寨前过,寨内军发万弩射之,人马死伤,积尸满路。③

对照《资治通鉴》相应叙述段落,④编写者是谨按史书而作白

---

① 郑镇孙:《直说通略自序》,《"国立中央"图书馆善本序跋集录·史部》(三),第1页。

② 宁希元:《〈五代史平话〉为金人所作考》,《文献》1989年第1期;丁锡根:《〈五代史平话〉成书考述》,《复旦学报》1991年第5期,第68页。

③ 丁锡根编:《宋元平话集》,上海古籍出版社1990年版,第80页。

④ 《资治通鉴》卷二七〇《后梁纪·均王贞明三年》记:"契丹以万余骑遮其前,将士失色;嗣源以百余骑先进,免胄扬鞭,胡语谓契丹曰:'汝无故犯我疆场,晋王命我将百万众直抵西楼,灭汝种族!'因跃马奋槌,三入其陈,斩契丹酋长一人。后军齐进,契丹兵却,晋兵始得出。李存审命步兵伐木为鹿角,人持一枝,止则成寨。契丹骑环寨而过,寨中发万弩射之,流矢蔽日,契丹人马死伤塞路。"(第8818页)

话翻述,由此知这类语言表述方式并不能说是来自讲史伎艺或其书录本。这样的情况在《五代史平话》中不止一处,在"全相平话五种"中亦存在,比如《秦并六国平话》卷下叙刘邦攻陷咸阳并与关中父老约法三章一节,即是根据《资治通鉴》卷九高祖皇帝元年所记相关内容的白话翻述(详见第六章第二部分)。

　　而有的讲史话本段落虽有伎艺体制的格式套语,但内容却是直接抄录史书原文。比如《秦并六国平话》多有以"话说"领起的文言叙述段落,此书卷下叙及田儋事迹一节:"话说田儋者,故齐王族也。儋从弟田荣、荣弟田横,皆豪杰人。陈王令周市徇地,至狄,狄城太守。田儋佯缚其奴之廷,欲谒见狄令,因击杀狄令,而召豪吏子弟曰:'诸侯皆反秦自立,齐,古之建国也。'田儋遂自立为齐王,发兵以击周市。周市军还去。田儋率兵东略齐地。"[1]此段叙述以伎艺口演体制中常用的格套语"话说"领起,其下相从者为纯正的文言叙述,考其来源,乃抄录于《资治通鉴》原文。[2]　这种情况亦见于《五代史平话》,此书常见以"话说""却说""话说里说"(此套语用于引领插叙段落)领起的文言段落,如《唐史平话》卷下叙述刘皇后一节:

　　　　却说那刘皇后生自寒族,其父以医卜为业,幼年被掳入宫,得幸从唐主。在魏时,父闻其贵,诣魏州上谒,后深耻之,怒曰:"妾去乡时,父不幸为乱兵所杀,今何物田舍

---

① 丁锡根编:《宋元平话集》,第 655—656 页。
② 《资治通鉴》卷七《秦纪·二世皇帝元年》记:"田儋者,故齐王族也。儋从弟荣、荣弟横,皆豪健,宗强,能得人。周市徇地至狄,狄城守。田儋详为缚其奴,从少年之廷,欲谒杀奴,见狄令,因击杀之,而召豪吏子弟曰:'诸侯皆反秦自立。齐,古之建国也;儋,田氏,当王!'遂自立为齐王,发兵以击周市。周市军还去。田儋率兵东略定齐地。"(第262 页)

翁敢至此!"命笞之宫门外。后性狡悍淫妒,专务蓄财,如
薪蔬果菜之属,皆贩卖以求利。及为后,四方贡献皆分为
二:一以献天子,一以献中宫。皇后无所用,惟以写佛经
布施尼僧而已。①

对照《资治通鉴纲目》卷五五相应段落,②"却说"领起的文言
部分与之高度重合,明显是据史书原文的抄录剪辑。

上面所列讲史话本的叙述内容皆属现成史著的原文抄
录、节略或白话翻述,但又简单地混合了"话说"、入话、散场诗
这些属于伎艺口演体制的成分。这种文本肯定不是讲史伎艺
口演内容的书录整理,而是属于原生性的书面编撰,是立足于
书面编写而取用了口头叙事伎艺的体制格套,并与现成的文
言史著内容混合而成的通俗历史编写本。

同样,《宣和遗事》二卷本(二卷本为原刊本,四卷本为后
出)也表现出了上述抄录、节略、白话翻述等处理书史文传材
料的方式。学者们普遍认为书中各节历史故事皆有其所本原
的野史杂传,属于经历南宋覆亡者对当时各种野史杂传笔记
材料的辑录汇编,汪仲贤曾明确指出它所抄录的书籍有《续宋
编年资治通鉴》《九朝编年备要》《钱塘遗事》《南烬纪闻》《窃愤
录》《皇朝大事纪讲义》等,并列举其转录书史文传材料的四种

---

① 丁锡根编:《宋元平话集》,第 99 页。
② 朱熹《资治通鉴纲目》卷五五"唐立刘夫人刘氏为后"条记:"后生于
寒微,其父以医卜为业。后幼被掠得入宫,性狡悍淫妒。从唐主在
魏,父闻其贵,诣魏上谒。时后方与诸夫人争宠,以门地相高,耻
之,怒曰:'妾去乡时,父不幸死乱兵,妾哭而去,今何物田舍翁敢至
此!'命笞之宫门。又专务蓄财,薪苏果茹皆贩鬻之。至是,四方贡
献皆分为二:一上天子,一上中宫。以是宝货山积,惟用写佛经、施
尼师而已。"《朱子全书》第 11 册,上海古籍出版社 2010 年版,第
3219 页。

方法：直录法、节录法、夹录法、译录法，①所以严敦易认为它
是元人杂采宋事而编纂的通俗笔记作品。② 当然，它并非只
是旧籍的"杂凑""钞撮"，而是在杂采野史杂传的基础上，作了
通俗化的处理与义理化的阐发。前者表现在语言表述上，后
者表现在全书的评判框架上，最明显的表现是其前后两集的
结尾皆剪辑了吕中《皇朝大事记讲义》的原文以作结。③ 前集
末尾部分有"吕省元做《宣和讲篇》，说得宣和过失，最是的当"
领起的一段七百字的段落。后集末尾则剪裁了此书的一段百
余字内容，指出君王荒政之失给国家与社会造成的灾难，这与
《宣和遗事》开篇列述的历代君王荒淫误国所体现的主旨相照
应。而且，这些或明或暗的评议文字的引用，表明编写者确实
受到了吕中《皇朝大事记讲义》（《宣和讲篇》是其中一部分）观
念的影响而形成了他编写"宣和遗事"的主旨。

　　由此看来，伎艺格式能够落实于这些所谓的"讲史话本"，
而成为一种书面文本的体制性因素和标志性特征，这是附属于
当时史著编写方式的总体发展脉络的，属于书面编写领域发生
的事，而非伎艺表演领域需要或发生的事。立足于书面编写领
域，这些"讲史话本"就是一种有着伎艺格式的通俗历史读物，④

① 汪仲贤：《宣和遗事考证》，郑振铎编：《中国文学研究》下册，商务印
　书馆 1927 年版。
② 严敦易《水浒传的演变》认为："这书并不能认为是一部说话的话本，
　它显然是钞撮旧籍而成，夹杂有语体和文言，参差不一。……所以，
　《宣和遗事》只是元人杂采宋事编纂成功的笔记式的一部书，相当通
　俗。"（作家出版社 1957 年版，第 93—94 页）
③ 吕中著，张其凡、白晓霞整理：《类编皇朝大事记讲义》，上海人民出
　版社 2014 年版，第 377、432—433 页。
④ 胡适《国语文学史》认为，《五代史平话》《宣和遗事》《三国志演义》，都
　是历史演义一类，"这种演义起初本是一种通俗历史教科书，后来放
　手做去，方才有不依据旧历史的历史小说"。欧阳哲生编：《胡适文
　集》（八），北京大学出版社 1998 年版，第 126 页。

它并不是为了服务于伎艺需求而要呈现伎艺格式和白话语体的,而是基于书面编写的需要而借用或模拟了伎艺的格式和内容。这应是宋元"讲史话本"最基本的文本属性,因而其文本才会体现出对来自书面领域、伎艺领域的历史故事和表述体例的组合形态。这就表明,单纯依靠讲史伎艺繁盛这个因素,是难以催生出民众对伎艺讲史内容的书面阅读需求的,我们需要立足于书面编写领域的需求来看待这些所谓的"讲史话本"及其出现问题。

既然讲史话本首先是一种通俗历史读物,那么,我们放眼宋元时期整个的书面编写领域,就会发现有一条经筵讲史引领的历史知识普及化、通俗化发展脉线,尤其在历史著述方面,出现了许多通俗平易的历史读物,著名者如宋代有司马光《稽古录》、王令《十七史蒙求》、胡寅《叙古千文》、黄继善《史学提要》,元代有吴澄《经筵讲义》、郑镇孙《直说通略》、钱天祐《述古颂》,等等,它们在内容编排、表述方式上皆有着通俗平易化的表现和努力,都是经筵讲史引领的历史知识普及风气中出现的历史读物。那么,在这种情况下,有了经筵讲史引领的历史知识普及风气,有了伎艺讲史的繁盛和通俗历史读物的示范,书面编写领域能否就可以激发出"讲史话本"这种文本呢?

其实,讲史话本的出现,肯定是因应了宋代经筵讲史引领的历史知识普及风气中的通俗历史读物编写,比如前文已指出那些"讲史话本"的编撰方式有据史书原文的抄录、节要和白话翻述,这些也同样是宋元历史著述常用的编写方式,而并非"讲史话本"处理材料、叙述故事的独立创制。但有一点值得我们注意,即像讲史话本那样叙述话语、人物话语皆使用白话表述的情况,却是宋代历史著述甚至整个书面著述领域所不具备的,两相比较,就提示我们书面白话著述的观念和能力,对于伎艺格式和讲唱内容能够落实于书面文本的重要意义。

　　宋代书面著述已经出现了不少的白话表述内容,但其属性都是人物话语,缘于对口讲内容的记录,而非原生性的撰写,这种情况有禅宗大师和理学大师的白话语录、历史人物的语言记录、宋朝官员出使辽金的行程录、官府案件的供词记录等。它们在书面文本中的出现,所遵循的乃是史家的实录求真观念,而非书面编写意义上的语言表述观念。所以,即使人物话语普遍使用口语白话,即使人物话语的白话表述内容再多,仍是被镶嵌在一个文言叙述的框架中,比如当时那些禅宗大师、理学大师们的白话语录,道原《景德传灯录》、张伯行《朱子语类辑略》、王守仁《传习录》等,皆有一个"某某曰""某某云"领起的文言叙述框架。在此,编写者仍是遵循着书面领域的文言表述规范,而不是把口语白话作为自己进行原生性书面编写的一种表述方式。

　　据此而言,宋代史著、笔记、白话语录中出现的那些数量不一的人物话语属性的白话表述内容,是在文言叙述框架内的白话使用,是以文言创作的立场或态度来使用白话,而不是以白话创作的立场或态度来使用白话。在这种情况下,即使这些书面著述中出现了白话内容,也没有超越那个时代对于书面语言的使用规范,也不是因为白话著述的地位有了提高,这是当时书面编写领域共同的观念和能力。基于此,在文言编写的体系中,伎艺表述方式不可能落实于书面文本的编写内容中,更不可能成为书面编写领域的表述体例。

　　但在元代,书面白话编写的观念、环境、实践出现了变革。首先是白话在书面领域的地位有了很大的提升,并非如张中行所说的那样品格低贱,为下层人所用。① 比如白话出现在

---

① 张中行《文言与白话》认为:在中国传统社会,"与文言有牵连的人大多是上层的,与白话(现代白话例外)有牵连的人大多是下层的。原因很简单,是在旧时代人的眼里,文言和白话有雅俗之分,庙堂和士林要用雅的,引车卖浆者流只能用俗的"(第159页)。

朝廷的公文(如圣旨、《元典章》、《通制条格》)、官修的正史(如脱脱等撰《宋史》)中。与此相应,元代处于社会顶层的蒙古权贵(皇帝和皇子、国子学蒙古生)主动地阅览白话著述,而受文言典籍严格训练、长期熏陶的汉地文人也自觉地使用白话来著述,如当时理学大儒有"南吴北许"之称的国子祭酒许衡、经筵讲读官吴澄都自觉地使用白话著述,当时文人如贯云石、郑镇孙明确表示了对许衡的白话著述的赞赏并有仿作(第三章有详述)。这些现象提示我们,元代之于白话著述的环境有了很大的改变,因为元代独特的社会状况确实改变了白话地位低下的观念,也改变了书面白话使用的环境,这为文人涉足白话文本的编写营造一个非常适宜的氛围。尤其是蒙古权贵这个特殊群体对于白话著述的阅览需求,引导了下层社会对于白话著述的需求,也激发了社会上更普遍人群对于白话文本编写、阅览的参与,比如上文所述许衡、吴澄这样的硕学大儒都涉足白话著述,就是一个很好的表率,这对于更多文人参与白话文本的编创,具有积极的激励、推动和示范作用,从而涌现出了立足于蒙古权贵、普通民众易晓易解的阅读需求而自觉编写的白话文本,其中有叙事的白话历史作品,也有非叙事的白话经籍作品;有面向蒙古皇帝的经筵讲义,有面向蒙古贵族的白话读物,也有面向普通民众的经史著作,比如贯云石的《孝经直解》和郑镇孙的《直说通略》。这类白话作品所标称的"直说",就是语言层面的表述方式,指向于著作内容、表述方式上的通俗平易风格。

这种白话编写立场上的文人著述,在书面编写领域中引起了两个方面的影响和促进。

其一,在观念上,冲击了文言编写的体例、规范,为更广范围的白话编写争得了空间。从这个意义上讲,许衡、吴澄等上层文人编写的白话作品,对"讲史话本"模拟伎艺表述方式的编写有着示范和推动作用。

其二，在方法上，白话编写立场的文人著述，必然会促使书面领域在文言编写的规范之外寻求新的表述方式。文人们进行这些白话作品的编写，必然会面临着材料内容、呈现方式的选择问题，比如郑镇孙、贯云石都明确指出在编写时是因为受到许衡取世俗之言以解说《大学》的启发，才有心仿效其"直说"方式以成白话著述，①不但人物语言使用白话，就连叙述语言也使用白话，这是宋代那些白话语录所不具备的。

这种书面编写领域的白话著述、白话叙事，并非起于讲史伎艺的影响，而是原于元代白话观念变化而引起的书面编写领域的变革——社会的上层、下层都有了白话阅览的需求，有了文人的躬亲参与，因而这些白话作品所代表的书面编写实践，关联了当时社会上存在的白话阅读需求，并为当时的下层社会营造了一个编写白话叙事作品的有利环境。正是在这种白话阅读、编写的需求环境中，那些面向下层的更为普及的书面白话编写，必然要面临着选择、借鉴、学习何种呈现方式的问题，也必然要寻求一些有力、有效的通俗表述方式。而在当时，白话叙述故事的能力、经验有两个来源：一是书面领域里文人据史书的白话翻述文本，二是伎艺领域里艺人的叙事性讲唱伎艺。前者是书面形态，后者是口演形态，这些都是书面编写领域通俗叙事、白话叙事可资借鉴的实践经验。《五代史平话》《宣和遗事》《全相平话五种》的编写就体现了这种借鉴伎艺领域口演体制因素的踪迹。只是由于处于草创阶段，这

---

① 贯云石在《孝经直解自序》中谈及编写缘起："尝观鲁斋先生取世俗之言，直说《大学》，至于耘夫荛子皆可以明之。……愚末学辄不自□，僭效直说《孝经》，使匹夫匹妇皆可晓达，明于孝悌之道，庶几愚民稍知理义，不陷于不孝之□。"（《新刊全相成斋孝经直解》，北京来熏阁书店 1938 年影印元刊本）

种来自于伎艺领域的口演表述体制并未能与文言体系的书面表述体制调适、融合得恰当妥贴,从而出现了伎艺体制与文言段落的混合形态,在作品整体叙述风格上存在着不协调、不融合的剥离感,这也正体现了伎艺体制因素处于文本化早期的过渡形态。

由上理析可见,"讲史话本"的出现,是在承续宋代以来历史知识普及化、通俗化发展脉线的基础上,又激励于元代书面编写领域出现的白话著述观念与能力的变革,由此而在书面白话著述的体系中,伎艺讲史白话表述的内容和格式落实于书面文本,才有了可以参照的方式示范和思想激励,于是,伎艺领域的历史故事和表述方式才得以出现在当时的通俗历史读物中,而书面领域亦随之有了模拟说话伎艺演述故事方式的观念和能力,并渐次形成了一种书面编写的表述体例,演化出一种不同于文言叙述体例的新型通俗历史读物。

结　　语

综上所述,宋元"讲史平话"出现的过程,并不是蜷缩于说话伎艺—讲史话本的关系框架中,而是呼应于经筵讲史—伎艺讲史的关系框架所蕴含的历史知识普及化风气与历史著述通俗平易化实践。正是承续于宋代经筵讲史引领的历史知识普及化、通俗化发展脉线,在通俗历史著述繁盛风气的促动下,在书面白话著述的观念和能力的支撑下,讲史伎艺的格式和内容落实于书面文本才有了可以参照的方式示范和思想激励,从而出现了书录或模拟讲史伎艺体制因素和故事内容的通俗历史读物。

在这个过程中,讲史伎艺能在宋代出现并以"讲史书"赋名,并非从唐代历史题材类俗讲变文自然演变而来,而是出自宋代经筵制度引领、激励的讲史活动在市井社会通俗化、娱乐化的结果;讲史伎艺的程式格套和表述方式出现在后世所谓的"讲史话本"中,并不是基于讲史伎艺繁盛和讲史艺人需求的激发所推动的结果,而是出自书面编写领域主导的讲史伎艺文本化的结果。所谓"主导",是指书面编写领域中历史知识普及风气的引领以及白话著述观念变革的推动,激励了历史著述通俗平易化实践的一步步深入和拓展,从叙事内容上的简明清晰到表述方式上的通俗平易,从而出现了对于讲史伎艺内容、格式的文本化需求。

第五章　宋元话本与说话 伎艺的文本化

　　谈到宋元话本,我们要面对的问题仍然不少,比如宋代有无"话本",早期话本如何出现,而"话本"的名义界定则是一个更为基础的问题,学界对此存在着不同的说法,如说话人的"底本",与说话伎艺有关的通俗故事书,书录伎艺性故事的文本。但无论如何界定,各家都承认话本与说话伎艺具有直接关系,也都注目于话本的说话伎艺来源。

　　对于话本小说、说话伎艺这两个关系体,如果我们不是立足于话本的来源,而是立足于说话伎艺的文本化,就会认识到所谓原于说话伎艺讲唱内容的文本并非只有话本小说一种,那些遗存有说话伎艺的情节、程式诸成分的文本要早于话本小说的出现,比如南宋罗烨《醉翁谈录》中的《小说引子》,也是话本小说的近亲同类,它们与那些典型形态的话本小说一样,同是来自于说话伎艺讲唱内容的书面作品,同属于说话伎艺文本化的结果,只是呈现的面貌不同而已。另外还有些口演内容在落实于文本之时被转换成了文言表述,这正如《汉书·艺文志》所说的那些出于街谈巷语的小说家言,乃经过了文言体系的转换,而非口语白话的记录。在文言作为书面编写的权威语言的环境中,这是口演内容文本化的习惯做法。

　　另外,我们还看到,元代有些话本如《清平山堂话本·蓝桥记》虽有入话、散场诗组合的程式框架，但正话内容却是以标准文言来表述。篇中入话、散场诗这些程式因素肯定是来自于说话伎艺，但它们并没有与口语白话的讲唱内容相结合而一同落实于文本中，而是与文言叙述内容相混合而成此书面作品，这表明说话伎艺口演内容的诸多成分存在着可以分离落实于文本的现象。

上述两种现象提示我们：（一）说话伎艺口演内容的文本化并不必定出现话本小说；（二）说话伎艺口演内容的文本化并不必定内容齐备。也就是说，说话伎艺讲唱内容落实于文本的结果并不必定出现同一形态的文本，也就不会必定出现我们所谓的话本小说；话本小说并不是说话伎艺文本化唯一的、必然的结果。基于这一认识，我们可以立足于说话伎艺的文本化，把那些缘于说话伎艺的书面作品置于说话伎艺文本化的过程中，进而思考早期话本的生成所基于的环境、观念问题，所展现的不同形态、面貌问题，所处于说话伎艺文本化的不同层面、阶段问题。

一、说话伎艺文本化的
书面编写立场

早期话本小说存在着说话伎艺格式单独落实于文本的现象，比如《秦并六国平话》卷下多有以"话说"领起的文言叙述，兹举二例：

> 话说田儋者，故齐王族也。儋从弟田荣，荣弟田横，皆豪杰人。陈王令周市徇地，至狄，狄城太守。田儋伴缚其奴之廷，欲谒见狄令，因击杀狄令，而召豪吏子弟曰："诸侯皆反秦自立，齐，古之建国也。"田儋遂自立为齐王，

发兵以击周市。周市军还去。田儋率兵东略齐地。①

此段文言叙述乃抄录于史书原文。② 又如《清平山堂话本·蓝桥记》的正话与《醉翁谈录·裴航遇云英于蓝桥》在文字叙述上几乎全同，且皆以文言表述（后文详析），只是《蓝桥记》在开头加了以"入话"领起的四句诗，在结尾加了以"正是"领起的两句散场诗。这种以说话伎艺格式框套文言叙述的文本编写体例，在语体、格调上并不协调，因为"话说"、入话、散场诗这样的格套属于伎艺口演体制的成分，此处却生硬地与文言叙述内容混合而成书面作品了。这一现象包含的问题很多，但我们首先可以判定，虽然这些文言叙述的内容不是来自说话伎艺的记录，但"话说"、入话、散场诗这些格套肯定来自于说话伎艺的讲唱程式，这是说话伎艺的口演格式单独落实于文本的一个实例。

立足于话本小说，我们会说它的情节、程式、套语、白话语体等各方面成分皆来自于说话伎艺。但对于《蓝桥记》这样的说话伎艺格式与文言叙述内容相组合的文本，我们明显不能说它整体上来自于说话伎艺口演内容的书录，然而其中的那些入话、散场诗格套则肯定是来源于说话伎艺，只是它们没有像典型话本那样与白话叙述内容整合在一起，而是脱离口演内容的整体而单独地落实于文本了。

这一现象为我们认识宋代说话伎艺的文本化形态提供了考察路径。

---

① 丁锡根编：《宋元平话集》，第 655—656 页。
② 《资治通鉴》卷七《秦纪·二世皇帝元年》记："田儋者，故齐王族也。儋从弟荣，荣弟横，皆豪健，宗强，能得人。周市徇地至狄，狄城守。田儋详为缚其奴，从少年之廷，欲谒杀奴，见狄令，因击杀令，而召豪吏子弟曰：'诸侯皆反秦自立。齐，古之建国也；儋，田氏，当王！'遂自立为齐王，发兵以击周市。周市军还去。田儋率兵东略定齐地。"（第 262 页）

　　宋代说话伎艺非常繁盛，但只有口演形态的呈现，王国维即指出："宋之小说，则不以著述为事，而以讲演为事。"故而"为著述上之事，与宋之小说无与焉。"①而说话艺人的口演乃属于将各种成分临场"捏合"的口头创作。说话艺人的场下训练、场上表演并不依赖那些程式、格套、情节等成分齐备、体例完整的白话文本，②而是在基本艺能训练的基础上，临场将各方面成分进行有效组合，随机应变即把情节、格套按说话伎艺的口演程式，予以口头创作的临场演述。这就是南宋吴自牧《梦粱录》所说的"能讲一朝一代故事，顷刻间捏合"，③或是近人陈乃乾在《三国志平话跋》中所说的"各运匠心随时生发，惟各守其家数师承而已"，④属于口头创作的性质。

　　南宋罗烨的《醉翁谈录》是一部为艺人讲说而准备的参考材料书，⑤反映了小说家说话人的艺能训练所需的各方面知识——有"演史讲经并可通用"的入话头回，有传奇、烟粉之类的故事梗概，有常用的诗词赋赞，有笑话、绮语之类的嘲调

---

① 王国维：《宋元戏曲史》，第 28 页。
② 卢世华《试论宋代说话人的底本》（《江汉大学学报》（社科版）2005 年第 6 期）认为，书会才人参与编写的为说话艺人所用的"底本"，如《醉翁谈录》《绿窗新话》，只是为艺人讲说而准备的参考材料，以文言出之，而非以白话出之，与后来的用于阅读的话本小说不同。
③ 吴自牧：《梦粱录》卷二〇"小说讲经史"条，见《东京梦华录》（外四种），第 306 页。
④ 陈乃乾在《三国志平话跋》中谈到了宋元说话伎艺与后世说书的不同："宋元之际，市井间每有业说话者，演说古今惊听之事，杂以诨语以博笑噱，托之因果以寓劝惩，大抵与今之说者相似。惟昔人以话为主，今人以书为主。今之说书人弹唱《玉蜻蜓》《珍珠塔》等，皆以前人已撰成之小说为依据，而穿插演述之。昔之说话人则各运匠心随时生发，惟各守其家数师承而已。"（《陈乃乾文集》，国家图书馆出版社 2009 年版，第 361 页）
⑤ 胡士莹：《话本小说概论》，第 152 页；董上德：《谈〈醉翁谈录〉的性质与旨趣》，《学术研究》2001 年第 3 期。

诨语,这些都是艺人口演时可以随机取用、临场组合的各种成分。而说话人的艺能训练则需要阅读历代史书文传,通晓各类诗词歌赋,掌握大量的格式套语,熟练各种口演技能,就像《醉翁谈录·小说开辟》所说的"说收拾寻常有百万套,谈话头动辄是数千回","讲论处不滞搭、不絮烦,敷演处有规模、有收拾。冷淡处提掇得有家数,热闹处敷演得越久长。曰得词,念得诗,说得话,使得砌"。① 说话人拥有了上面这些知识准备、素材积累,掌握了这些程式、套语、技巧,就能在口演时根据故事情境的需要,随意拈来组合,此即"顷刻捏合"。由此我们知道,说话人的口演内容是情节、程式、格套、语言等诸多成分的口头创作性临场组合。在说话人那里,这样的组合只存在于口演形态中,而不是存在于文本形态中。因此,艺人即使有"底本",也并不是后世用于阅读的话本形态。

那么,说话人的那些口演内容是怎样落实于文本的呢?胡士莹曾指出,南宋罗烨《醉翁谈录·小说开辟》所载的一百一十七种名目,都是口头的"话",而不是书面的"本"。② 这里所说的有"话"而无"本",是指没有后世那种带有口演格式的书面白话作品;再参以章培恒所论"宋代话本"不存在的观点,③则宋代说话伎艺并没有落实于文本而出现话本小说的情况。如此一来,代也就没有针对说话伎艺口演内容的格式齐备的文本化形态。那么宋代说话伎艺的口演内容是否存在其他形态的文本化情况呢?

① 罗烨:《醉翁谈录》,第 3、5 页。
② 胡士莹:《话本小说概论》,第 235 页。
③ 章培恒《关于现存的所谓"宋话本"》[《上海大学学报》(社科版)1996年第 1 期]认为,所谓的"宋代话本"并不存在,宋人并无针对文本形态的白话小说的编写和刊刻,我们至今无法确定宋刊白话小说文本的实物存在。

上文所述元代《秦并六国平话》《蓝桥记》的情况提示我们，说话伎艺口演内容的诸种成分并非一定要完整地、齐备地落实于文本，而是可以把某一成分分离出来，单独落实于文本，这也是说话伎艺文本化的一种形态。既然元代存在着说话伎艺的格式可以脱离口演内容的整体而单独落实于文本的情况，那么，在说话伎艺已经非常繁盛的宋代，说话伎艺口演内容的诸种成分（故事情节、表述语言、程式格套等），是否也存在着脱离整体而单独落实于文本的情况呢？

南宋罗烨《醉翁谈录》辛集卷一有《裴航遇云英于蓝桥》一篇，它与《清平山堂话本》中的《蓝桥记》讲述了同一个故事，二者皆以文言呈现，文字叙述几乎全同，并且二者与原作《传奇·裴航》的不同之处亦相互一致，如二作中樊夫人对裴航所言"然亦与郎君有小小因缘，他日必得为姻懿"，云英母对裴航所言"君若的欲要娶此女，但要得玉杵臼，吾即与之，亦不雇其前时许人也"，皆不见于原作，这说明二者之间有明显的承续关系，只是"清平山堂"版在开头有以"入话"领起的四句诗，结尾有以"正是"领起的散场诗。对照《传奇·裴航》（《太平广记》卷五〇），《醉翁谈录》版虽在叙述话语、人物话语上明显据原作节略编写，但也有改动或添加之笔，比如下面二例：

> 航拜揖。夫人曰："妾有夫在汉南，幸无以谐谑为意。然亦与郎君有小小因缘，他日必得为姻懿。"后使袅烟持诗一首答航，诗曰：……（《醉翁谈录·裴航遇云英于蓝桥》）
> 航再拜揖，愕眙良久之。夫人曰："妾有夫在汉南，将欲弃官而幽栖岩谷，召某一诀耳。深哀草扰，虑不及期，岂更有情留盼他人，的不然耶？但喜与郎君同舟共济，无以谐谑为意耳。"航曰："不敢。"饮讫而归。操比冰霜，不可干冒。夫人后使袅烟持诗一章，曰：……（《传奇·裴航》）

　　姬曰："君若的欲要娶此女，但要得玉杵臼，吾即与之，亦不雇其前时许人也。其余金帛，吾无所用。"(《醉翁谈录·裴航遇云英于蓝桥》)

　　姬曰："君约取此女者，得玉杵臼，吾当与之也。其余金帛，吾无用处耳。"(《传奇·裴航》)①

　　比较上述两组文字，可见《醉翁谈录》版的情节叙述乃来自于原作《传奇·裴航》，只是具体之处有所变异。例一叙裴航与樊夫人偶遇，樊夫人话语中"然亦与郎君有小小因缘，他日必得为姻懿"一句，并不见原作。例二云英母所言"君若的欲要娶此女"是对原作"君约取此女者"的改动，"亦不雇其前时许人也"一句则不见于原作，属于添加。至于这些异于原作的内容源于何处，就其表现出的语言风格，以及《醉翁谈录》属说话伎艺参考资料书的性质来说，当是来自于当时的讲唱伎艺，只是它在被落实于文本时作了文言体系的转换。

　　之所以这么认为，是因为南宋另一部说话艺人的参考资料书《绿窗新话》②中也有同题材的《裴航遇蓝桥云英》一篇，可资参照。《绿窗新话》中的篇章多为现成作品的节略，或书面，或口头。而此篇末尾有小注曰"出《传奇》"，其文字叙述简短，但裴航与樊夫人偶遇一段，樊夫人所言"幸无谐谑，与郎君少有因缘，他日必为配偶"一句，并不见原作，而是与《醉翁

---

① 周楞伽辑注：《裴铏传奇》，上海古籍出版社 1980 年版，第 54、55 页。
② 《绿窗新话》大概编写于南宋初年，因为它所收的绝大多数是北宋以前的作品。南宋罗烨《醉翁谈录·小说开辟》有"引倬底倬，须还《绿窗新话》"之语，据此而知《绿窗新话》是说话人必用的参考书"，"是供说话人据以敷演故事的资料汇编。参见程毅中：《宋元小说研究》，江苏古籍出版社 1998 年版，第 187、188 页。此前，胡士莹、陈汝衡都表达过相同的观点，参见《话本小说概论》第 150 页、《宋代说书史》第 91 页。

谈录》版同属于添加，意近而文不同，当是不同书录者对于同一内容的不同转述所致，但它们的材料来源是相同的，即当时的说话伎艺。

　　此例只是《绿窗新话》与当时讲唱伎艺关系密切之一斑。这部说话人参考资料书所收录的简略故事，其取材来源有二：一是前代的文言小说，二是当时说话伎艺讲唱的故事。

　　对于前代的文言小说，《绿窗新话》在辑录时作了删节，且删节得十分简略，并在篇末标有出处说明。而那些未标明出处的篇目，很多乃取自当时的说话伎艺，这从情节类型、语言风格方面可以看出，比如《杨生与秀奴共游》《章导与梁楚双恋》①《永娘配翠云洞仙》《孙丽娘爱慕蒋苇》《华春娘通徐君亮》《何会娘通张彦卿》《谢真真识韩贞卿》等篇，以及上卷《杨生私通孙玉娘》至《苏守判和尚犯奸》的连续十篇，其题材类型皆属于《醉翁谈录》所说的花判公案、私情公案，有的保留了宋元间市语，有的叙事有白话成分。

　　值得注意的是，即使《绿窗新话》中那些有着前代文言小说本事的篇目，其直接来源亦未必是文言小说，而是当时讲唱伎艺的口演内容。比如《张公子遇崔莺莺》一篇，其本事乃元稹的小说《莺莺传》，但其中张君瑞这个名字，则是原于宋代的讲唱伎艺。这种情况在《郭华买脂慕粉郎》和《张浩私通李莺莺》二篇中表现得更为明显（此二篇皆不注出处，虽然前代有其本事）。②

　　《郭华买脂慕粉郎》一篇虽前代有刘义庆《幽明录·买粉儿》作为本事，但《绿窗新话》中的男主角有了"郭华"这个姓

---

① 程毅中《宋元小说研究》认为此二篇"可能就是当时说话故事的纪要"（第187页）。
② 皇都风月主人编，周楞伽笺注：《绿窗新话》，上海古籍出版社1991年版，第51、61页。

名,情节则有了留鞋、吞鞋一段,此皆未见于《幽明录》,乃采自当时的讲唱伎艺。后来元人曾瑞《王月英元夜留鞋记》杂剧、宋元南戏《王月英元夜留鞋》,皆演此故事,与《绿》版相同,它们都是同一版本故事的演绎。

又《张浩私通李莺莺》一篇,前有刘斧《青琐高议》别集卷四《张浩》,①但对比二者,多有不同之处。(一)人名:李氏之名莺莺,老尼之名惠寂,皆不见于《青琐高议》。(二)地名:《青琐高议》中,张浩与李氏相遇于花园小轩,但未及"宿香亭"这一具体地点。(三)情节:张浩与李氏于花园中互赠信物,《青琐高议》版提及李氏"愿得一篇亲笔即可",而《绿窗新话》版有"女以拥项香罗,令浩题诗"情节。(四)对话:《绿窗新话》中,莺莺在花园中向张浩自表衷情("倘不嫌丑陋,愿奉箕帚"),老尼惠寂向张浩转达莺莺的致意("君之东邻李氏小娘子莺莺致意,令无忘宿香亭之约"),以及二人宿香亭相会后莺莺的告白("妾之此身,已为君有,幸终始成之")等语句,皆不见于《青琐高议》。值得注意的是,上述这些不同于《青琐高议》之处,皆见于《警世通言》卷二九《宿香亭张浩遇莺莺》,而此篇乃据宋元旧篇编成,如此,则在《绿窗新话》编成之前,当时艺人已有对这一故事的讲唱,《张浩私通李莺莺》即取自当时的说话伎艺,只是南宋的《绿窗新话》作了文言体系的述略,而明代的《警世通言》则作了白话体系的整理。

当然,有少量来自于说话伎艺的篇章在进行节略时保留了一些白话成分,而未作彻底的文言转换。比如:

一夕,月明,熊氏领妮子惠奴出帘前看月,问陈吉:"睡也未?"又问:"你前随官人入蜀,知他与谁有约?"吉

---

① 刘斧:《青琐高议》,上海古籍出版社 1983 年版,第 224—226 页。

曰："不知。"熊氏遂入，一夜睡不着。……熊氏乃进抱陈吉曰："我也不能管得。"遂为吉所淫。(《陈吉私犯熊小娘》)

（杨廷实与散乐妓汤秀奴）一见两情交契，海誓山盟。生亦不顾家有双亲妻子，行与秀奴比肩，坐则叠股，日夕贪欢，无时或弃。每相谓曰："我两个真正可惜，但愿生同鸳被，死同棺椁。"(《杨生与秀奴共游》)①

在这些篇章中，它们的叙述语言、人物语言都表现出了口语白话的特色（人物语言尤明显），这是在对口演内容作文本化时保留了口演语言的格调所致，而非出于书面编写而主动使用口语白话所致。如果我们对于《绿窗新话》中那些前代文言小说的节录者、当时说话伎艺的纪略者从语言的角度予以比较（包括人物语言、叙述语言），这种差别就能看得更为清晰。那些节录于前代文言小说的篇章，如《李娃使郑子登科》（出自《李娃传》）、《柳毅娶洞庭龙女》（出自《柳毅传》）、《封陟拒上元夫人》（出自《传奇·封陟》）、《钱忠娶吴江仙女》（出自《青琐高议》前集卷五《长桥怨》）、《周簿切脉娶孙氏》（出自《青琐高议》前集卷七《孙氏记》）等，它们的叙述话语乃据文言原文节录，人物话语是据文言原文照录或节录。而那些来自于当时说话伎艺的篇章，叙述话语、人物话语则有口语白话的格调，它们与《张浩私通李莺莺》一样都是对讲唱伎艺口演内容的纪略，并且或多或少经过了文言体系的转化，以及书面体例的编辑。

据此而言，宋代已经出现了说话伎艺的文本化现象，只是这一文本化是立足于书面编写的立场而对口演内容的选择性

---

① 皇都风月主人编，楞伽笺注：《绿窗新话》，第70、116页。

取用,具体来讲就是针对口演内容的故事情节这一成分进行文本化。这一现象表明,在说话伎艺的文本化路途上,说话伎艺口演内容的多种成分并不必齐备地落实于文本,而是可以与口演内容的整体相分离而单独落实于文本,这是对口演内容进行分解式文本化的一种形态,比如上述《绿窗新话》《醉翁谈录》中那些来自于说话伎艺的篇章所反映的文本化形态,就只是针对故事情节的节略,并作了文言体系的转换。由此可见,虽然说话伎艺口演内容的多种成分是互相适配的,比如它的叙事程式、口演格套是与白话讲唱相适配的,但它们并不一定要齐备地落实于文本,而是可以相互分离而单独落实于文本的,也就是说,人们可以选取口演内容的某一成分而把它落实于文本中。

二、书面编写对说话伎艺
口演内容的主动选择

　　上述《绿窗新话》《醉翁谈录》所反映的说话伎艺的文本化形态,是立足于书面作品的编写而对口演内容的吸纳、取用,但它们对口演内容作了情节上的节略,并在表述上作了文言体系的转换。这说明这个文本化实践包含了编写者的主动性,而且是立足于书面编写的主动性,即编写者在面对说话伎艺的口演内容时在材料取舍、呈现方式上的主动选择态度,比如对于口演内容、表述语言的选择。上文所述《绿窗新话》《醉翁谈录》中的那些篇章是选择了说话伎艺的故事情节进行文本化,并在文字表述上作了文言体系的转化。同样,作为说话伎艺文本化结果的《清平山堂话本·蓝桥记》,也表现出了这种书面编写的主动性,它在书面编写时取用了说话伎艺的入话、散场诗程式因素,用以框套那个作为正话的文言版蓝桥故事,因此呈现出了说话伎艺格式与文言叙述内容的组合形态。《蓝桥记》所表现出的这种书面编写的主动性是元代话本小说取材成篇的普遍现象。

《清平山堂话本》作为早期话本小说集,也是元代话本小说的代表作品。辨析其中诸篇话本小说的形态,颇有令人困惑之处,比如它有《简帖和尚》《合同文字记》这样典型的话本小说样式,其形态与元刻《新编红白蜘蛛小说》残页所示一致,有入话、散场诗组合的程式结构,有散体白话的叙述话语,有口演伎艺的格套语气。然而更需注意的是,《清平山堂话本》还有不同于此的两类话本形态:其一是文言叙述与说话程式组合的话本,如《蓝桥记》《汉李广世号飞将军》,虽有入话、散场诗组合的程式框架,但纳入其中的正话并不是带有说话格套、语气的散体白话叙述,而是深浅不一的文言叙述;其二是词文叙述与说话程式组合的话本,如《快嘴李翠莲记》《张子房慕道记》,虽有入话、散场诗组合的程式框架,但纳入其中的正话是以人物话语出现的大段词文。虽然上述三类话本的具体形态有如此差异,但它们都有一个入话、散场诗组合的程式结构框架(这样的格套或是出于编写者洪楩的编辑),由此而一同被统摄于"话本"名下。

这样的属性认定,即是把这三类作品置于"话本"的同一层面,从而有意无意地模糊了其间的文本层次差异、内容来源差异;如果进而依据"书录说"①来认识这些话本,则这个认识

---

① 周兆新《"话本"释义》(《国学研究》第二卷,北京大学出版社 1994 年版)通过对现存的一些话本的考辨,指出"它们都不是底本,而是依据说书艺人口述整理而成、专供广大群众案头欣赏的通俗读物"。纪德君《宋元"说话"的书面化与"说话"底本蠡测》(《广东技术师范学院学报》2009 年第 1 期)认为:"话本是纪录、整理、加工市井说话人的说话成果而形成的书面文本,主要供人案头阅读之需,似不宜简单地视为说话人的'底本'。"

在《蓝桥记》这类话本面前就显得颇为尴尬,也无法解释《清平山堂话本》所收话本的形态不一甚至有些杂乱的现象。比如,语言上,有文言的,有白话的;语体上,有散体的,有韵体的;故事来源上,有来自于小说家说话者,有来自诗赞体讲唱伎艺者,有来自书面作品者。

在语言方面,《简帖和尚》《合同文字记》《洛阳三怪记》等,是带有说话伎艺语气、格套的作品,属于典型的话本小说形态。而《蓝桥记》《羊角哀死战荆轲》《死生交范张鸡黍》《老冯唐直谏汉文帝》《汉李广世号飞将军》等,其正话则是文言叙述,虽然有的地方较为浅近,但仍属于文言体系。比如《汉李广世号飞将军》正话中夹杂了许多文言语句,尤其是人物话语。

> 广留军陆续进发,先与长子李敢引五千骑长驱大进,正与匈奴左贤王军马相迎,胡兵十万,旗幡蔽日而来,汉军大恐。广与子李敢曰:"汝可持刃以遏其后,如军士退者立斩。吾当以身先之。"左贤王乘大纛车,于军中调遣。广引千余骑先冲入阵中。匈奴掩面大呼曰:"飞将军又来也!"李敢随军士攻击,胡兵四败奔走。①

而在语体方面,《刎颈鸳鸯会》的叙述中夹杂了十首商调【醋葫芦】曲,"因成商调【醋葫芦】小令十篇,系于事后,少述斯女始末之情",并以"奉劳歌伴,先听格律,后听芜词"或"奉劳歌伴,再和前声"这样的套语领起这十首【醋葫芦】曲。而《快嘴李翠莲记》《张子房慕道记》两篇的叙述话语是散体,但人物话语皆以大量的韵体词文来呈现,比如张良的话语中多有"臣

---

① 洪楩编:《清平山堂话本》,第 156 页。

有诗存证""有诗为证""有词存证"等字样,它们领起的诗词内容起到了回答汉高祖问话的作用。

> 高祖曰:"卿要归山,你往那里修行?"张良曰:"臣有诗存证:放我修行拂袖还,朝游峰顶卧苍田。渴饮蒲萄香醪酒,饥餐松柏壮阳丹。闲时观山游野景,闷来潇洒抱琴弹。若问小臣归何处? 身心只在白云山。"……
>
> 高祖曰:"卿若年老,寡人赐你俸米,月支钱钞,四季衣服,封妻荫子,有何不可?"张良曰:"蒙赐衣钱米,老来如何替得? 有词存证:老来也,百病熬煎。一口牙疼,两臂风牵。腰胯难立,气急难言。吃酒饭,稠痰倒转;饮茶汤,口角流涎。手冷如钳,脚冷如砖。似这般百病,直不得两个沙模儿铜钱。"①

至于故事来源,《清平山堂话本》中的大部分作品是来自于当时的小说家说话伎艺,而《刎颈鸳鸯会》《快嘴李翠莲记》《张子房慕道记》这样的包含韵体叙述内容的作品,其内容则是来自于诗赞体的讲唱伎艺,只是在落实于文本时过于简略,有的文字段落组织未善,以致情节不完整、逻辑不合理,由此可以看出当时人们在书面白话叙事上的经验不足。比较而言,那些文言叙事的作品在情节安排、语言表述方面的表现则显得妥贴周全,这是因为其内容是根据前代书面作品的抄录,比如《蓝桥记》的正话内容即是来自于《醉翁谈录·裴航遇云英于蓝桥》或其他同类书面作品。

但是,无论文本形态如何杂乱,这些早期话本的叙述风格皆较为质实简朴,甚至有些情节不完整,逻辑不周全,完全没

---

① 洪楩编:《清平山堂话本》,第58—59页。

有《醉翁谈录·小说开辟》所描述的说话人口演风采:"讲论处不滞搭、不絮烦;敷演处有规模、有收拾。冷淡处提掇得有家数,热闹处敷演得越久长。"①据此而言,这些早期话本明显不符合说话伎艺口演内容的书录结果这样的结论,也不适合说话艺人用以作为临场口演所依凭的底本。

另外,从总体上来看,除了几篇首尾残缺的话本,《清平山堂话本》中各篇的程式结构是统一的,开篇有"入话"领起的诗词,结尾有"正是"领起的散场诗,无论是白话叙述的话本,还是文言叙述的话本皆是如此。即使《洛阳三怪记》一篇没有"入话"二字标识,但它实际上仍有作为"入话"的四句七言诗作为开篇。如果这些文本是艺人所用,则入话、散场诗本为艺人口演的格式,只呈现于艺人的口演形态之中,完全不必在他们参考的底本中出现。况且,宋元时期的说话艺人并不需要这种格式齐备的底本。因为当时社会对于说话伎艺的接受是场上讲听而非文本阅览;艺人的场下训练、场上表演亦不需要格式齐备的底本,甚至底本不会是白话形态,而是罗烨《醉翁谈录》那种文言形态的文本。② 然而我们看到的这些早期话本,即使它们的表述语言不统一、正话形态不统一,但入话、散场诗的框架格式却是统一的,这说明这些早期话本并非据口演内容书录而成,而是经过了书面文本的有意识地统一编辑所致。正因为如此,在正话的形态不一致的情况下,其入话、散场诗组成的框架格式才会如此地统一,这也体现了编写者在说话伎艺文本化过程中的主动性。

---

① 罗烨:《醉翁谈录》,第3页。
② 卢世华《试论宋代说话人的底本》[《江汉大学学报》(社科版)2005年第6期]认为,书会才人参与编写的为说话艺人所用的"底本",如《醉翁谈录》《绿窗新话》,只是为艺人讲说而准备的参考材料,以文言出之,而非以白话出之,与后来的用于阅读的话本小说不同。

编写者的这个主动性，是立足于文本编写对故事材料、呈现方式等方面的选择，由此出现了对讲唱伎艺的内容、格式的取用，而非出于记录、整理说话伎艺口演内容的目的而要把某一讲唱伎艺口演内容落实于文本。如此，我们就会理解早期话本是基于通俗文本编写而要面对各种材料（口头的、书面的，文言的、白话的，散体的、韵体的）的选择了，而它们所表现出的表述语体不一、故事来源不同，即是编写者对各种材料主动选择后的结果。

当然，立足于话本小说，称其内容的诸种成分与说话伎艺有关联是大致不错的，因为话本小说中的情节、程式、格套、语体等因素确是来自于说话伎艺。但我们不能以此作为充分证据，简单地推定一篇话本的内容在整体上或者其中某一成分就是直接书录说话伎艺的口演内容而成：一者，因为口演内容的诸种成分是可以脱离整体而单独落实于文本的；二者，因为说话伎艺的文本化具有多种形态，"书录说"无法解释这些早期话本形态杂乱的现象。但如果我们从说话伎艺的文本化这一角度来考察话本小说内容诸种成分的来源问题，就会理解早期话本的形态杂乱现象了。因为这些早期话本并非基于说话伎艺繁盛的影响而对说话伎艺口演内容的被动记录、整理，而是基于通俗故事文本的编写而出现了对口演内容诸种成分的主动吸纳、取用。当然，编写者要面对的材料，不只有说话伎艺的口演内容，还有各种书面作品。《清平山堂话本》中那些正话形态杂乱而框架体例统一的话本，即是这一主动的材料选择、文本编辑后的结果。这种基于书面编写而取用口演内容的编写行为，与《绿窗新话》节略说话伎艺口演内容而作文言转换的编写行为一样，都体现了书面编写对说话伎艺口演内容的主动性文本化意识。

三、早期话本生成的书面
白话编写观念与环境

上文所述《绿窗新话》《醉翁谈录》中那些来自于说话伎艺的篇章，以及《清平山堂话本》中的元代话本皆属于说话伎艺文本化的结果，它们分别处于说话伎艺文本化的不同阶段、不同层面。虽然它们在编写时选择的说话伎艺的成分不同，最终呈现的书面文本的形态不同，但对于说话伎艺来说，都表现了相同的说话伎艺文本化的属性，以及编写者在这个文本化过程中基于书面编写的主动性。具体看《清平山堂话本》中的这些早期话本，编写者是立足于书面编写而要面对各种材料（口头的、书面的，文言的、白话的），并要作出选择，其中就有说话伎艺的入话、散场诗格式，编写者用它们组构成一个框架格式，进而在文本形态上统一了语体不同、故事来源不同的叙述内容，客观上形成了一种书面编写的体例规范。这种文本形态虽与说话伎艺的繁盛有关，但最终是要通过编写者的书面编写而起作用的，是编写者基于通俗文本编写的主动选择，而不是出于对说话伎艺口演内容的被动记录。

所以，当我们着眼说话伎艺文本化的不同形态的结果，考察是何因素促动这个文本化的演进时，应该考虑到这个文本化的书面编写的主动性。具体而言，对于话本这种通俗故事文本，就要考虑到各种物质文化因素是要通过这个书面编写的主动性而起作用的，比如一般论及宋元话本的出现问题时所要列出的那些条件——市民阶层的壮大、市井文化的兴盛、印刷业的发达等。这是因为，话本的出现是在一个各种因素不断累加的动态过程中完成的，而这些因素能影响到这个文本化进程，并最终落实于书面文本中，是需要相应的适合条件的，而并不是有了这些影响因素，说话伎艺口演内容就会被落实于文本中而呈现为话本这种书面文体形态。比如上文论及话本并不是口演内容文本化的唯一形态，也不是最初结果，所以说话伎艺的文本化并不会因为说话伎艺繁盛、市民阶层壮大、印刷业发达这些因素的存在，就能必然地催生出阅读之用的话本，否则，在宋代说话伎艺如此繁盛的情况下，同时还出现了来自于说话伎艺口演内容的文本编写，为何没有后世所谓话本小说的出现呢？又比如白话作为说话伎艺口演的表述语言，是说话伎艺文本化一开始就要面对的内容要素，但口语白话在文本化过程中，并非一开始就能落实于书面作品中，因为在当时的文化环境中，白话在书面编写领域中地位不高，民众也没有白话阅读的需求，编写者自然缺少白话著述的动力、经验和能力，所以，《绿窗新话》在面对说话伎艺的口演内容而进行文本呈现时就作了文言体系的转化。那么，又是什么因素促使编写者在这种通俗文本编写时取用了白话语体、讲唱格式等口演伎艺的因素呢？

我们知道，在说话伎艺的文本化过程中出现的不同形态、不同结果，乃是出于书面编写的主动性选择。编写者面对说话伎艺口演内容而作文本呈现时是拥有选择权的，而他在面对说话伎艺口演内容时以何种语体、何种格式呈现，这个选择则要根由编写者的观念以及当时环境对其观念的影响和促动。因此，在考察什么条件的促进才会有话本的出现时，就涉及一个基本问题：这样的文本谁需要，又为何需要？因为如果社会没有这种需求，则无人会涉足此域来编写、刊印，话本小说也就不会出现。而在文言著述和文言阅读已成习惯思维的环境中，阅读、编写都是遵循文言的思维习惯，自觉立场的书面白话著述的出现并非易事，文人们涉足此领域需要相应观念的推动，相应环境的激发，否则不会有动力来涉足白话文本的编写,也不会有能力来从事白话文本的编写,即使那些来源于口讲的白话书录文本的出现,亦需要适合的观念、环境的支持。

在宋代,口讲内容的文本化现象并不只表现在那些来源于说话伎艺的书面作品中,我们还看到了不少非伎艺属性的口讲内容落实于文本的情况,这也是宋代文化、文学具有俗化倾向的一种表现。比如,有些口讲内容落实于文本时会作文言体系的转换,《夷坚志》即往往在篇末注明"某某说",这就表明洪迈是依据耳闻记录——耳听口语白话,手记为文言,由"语"而成"文",其间存在一个由口语白话转换为文言的过程。这种做法,在文言占绝对优势的文化环境中,是书面领域对于口讲内容进行文本化的习惯思维。

又如,宋代那些禅宗大师、理学大师们的白话语录,道原《景德传灯录》、张伯行《朱子语类辑略》、王守仁《传习录》等可为代表,这是当时书面著述保留人物口语白话的极致做法,但其中所记录的大量白话讲说内容,仍要以"某某曰""某某云"来领起,实际上此语录文本仍有一个大的文言叙述的框架。因此,这类作品的语言无论如何的通俗浅易,口语白话无论保留得量多量少,皆处于文言叙述的框架之中,即使大段的白话语录,也是以"某某曰"领起,其表述的整体框架仍是文言的,其著述的立场、态度仍是文言的,而白话在其中的出现、使用,乃是以文言著述为立场的人物形象塑造的修辞考虑,或是对史家求真实录观念的追求。而且,无论这些白话语录的篇幅如何长,仍属于口语讲说的文本记录,并非阅览之用的白话文本创作,也就不是意在白话著述了。所以,这类文本中的白话使用,是在文言框架内的白话使用,是以文言创作立场或态度来使用白话,而不是以白话创作立场来使用白话,无论它的白话成分如何多,亦不属于自觉的白话著述或白话作品。

　　但也需要注意,虽说白话语录是记录口讲内容的白话文本,但并不是所有的讲说者的口语讲说都会被这样记录为白话语录。我们看到,无论是禅宗大师的白话语录,还是理学大师的白话语录,它们的内容都有教义上的权威性、严肃性,在信众眼里,这些口讲内容已成为思想学说的经典,并因而得到信众的信奉和尊重。虽说这些白话语录的存在有史家求真实录观念的支持,但更主要的是人们基于对讲说者及其讲说内容本身的尊崇和信仰,才会记录大师们的白话讲说内容,以成白话语录。所以,这些白话口讲内容能落实于文本,仍是处于文言编写的思维和架构之中,而白话内容只是处于这个架构中的一部分,是文言编写思维下的补充。

　　因此,在宋代,虽然说话伎艺繁盛,但对于这种末技的、娱乐的说话伎艺,是不会有人以口语白话来书录其内容的,况且当时人们对于说话伎艺的接受,也是口耳之间的传播关系。即使艺人自身,亦不需要这样的有讲唱格式的白话文本。所以,在宋代说话伎艺十分繁盛的情况下,虽然也有来自伎艺口演内容的文本编写,但并没有话本小说的出现,就是因为在面对口演内容时,编写者能被激发、示范以话本小说形态呈现的观念、环境并未出现。比如白话在书面叙事中的使用,就需要书面白话使用的观念、书面白话著述的经验和能力、社会对于书面白话作品的需求等因素的促进。而当时没有书面白话编写、阅读的适宜观念和环境,自然也就不会出现书面白话文本的编写了。至于说话伎艺所负载的程式、格套、白话等因素,在文言编写的思维习惯与表述体例面前,也就不可能在文本形态中得到落实、呈现。在这种情况下,即使那些记录讲说内容的书面作品,也是不得不作了文言体系的转换。比如《绿窗新话》采纳讲唱伎艺的情节内容,也是纳入文言叙述的框架中,或是作了文言体系的转换。而在文言体系的转换中,在文言编写的体例中，那些口演伎艺的白话语体、程式格套是无法立足的。

但在元代，书面白话的编写、阅读的观念和环境发生了很大的变化，从而改变了白话地位低下的观念，也改变了书面白话使用的环境，这为文人涉足白话文本的编写营造了一个非常适宜的氛围（详见第三章第四部分）。许衡、吴澄这样的硕学大儒涉足白话著述，这对于更多文人参与白话文本的编创，具有积极的激励、推动和示范作用，从而涌现出了立足于普通民众易晓易解的阅读需要而自觉编写的白话文本。比如郑镇孙的《直说通略》、贯云石的《孝经直解》就是受此影响而面向下层社会的白话著述。这些白话著述来自于蒙古权贵的需要，来自于硕学大儒的参与，体现了当时知识界对于白话著述价值的认可，这不但激励了更多的文人涉足其间，而且还把它引入到面向下层民众的思想教化、知识普及之中，这对于当时白话作品的编刻既具有精神上的激励作用，也具有方法上的示范作用。这些因素的相互累积、推拥，共同营造了编刻、阅览白话作品的良好氛围，从而促进了当时社会编写、刊刻白话作品的潮流兴起。

元代出现的早期话本，作为面向普通民众阅读的通俗文本，即是在这样的文化环境中出现的，它们的编写、刊印即得益于这一白话地位提升、白话著述自觉的文化环境的滋养。

在白话阅读的环境中，元代的蒙古权贵对于白话阅读的需求，以及上层文人的书面白话文本的编写实践，激发了下层社会对白话文本阅读、编写的诉求，白话故事文本即是其中一大宗。立足于白话故事文本的编写需求，必然会面临着选择何种材料内容、表现方式的问题。而在当时，白话叙述故事的能力、经验有两个来源：一是文人据史书的白话翻译文本，二是艺人的叙事性讲唱伎艺。前者是书面形态，后者是口讲形态。前者典型的作品如郑镇孙的《直说通略》、吴澄的《经筵讲义》。它们还被有的学者视为受讲史伎艺影响而出现的"平话体"作品，①实际上与讲史伎艺并没有直接的影响关系（详见第六章第一部分），但它们作为服务阅读而编写的白话历史作品，密切关联了当时社会上存在的白话阅读的需求，也为当时的下层社会营造了一个编写白话故事作品的氛围。在这个激发编写、阅读白话故事文本的有利环境中，那些有着深厚民众基础的口演故事就引起了编写者的注意，于是社会上渐趋出现了把伎艺口演内容文本化的需求，这就激发了有人来编写、刊刻这类来自说话伎艺的文本作品。

　　但同样是把口演内容落实于文本，由于书面白话编写的观念与环境有了很大的改变，元代的编写者已不再像《绿窗新话》的"皇都风月老人"那样要作文言体系的转换，而是可以直接以伎艺口演时所使用的白话语体来作文本呈现了。这样的白话文本编写，因为是以伎艺口演时使用的白话语体为文本编写的语言，这对于当时文言编写的习惯思维、体例规范必定有所冲击，并为伎艺讲唱格式的文本化提供了条件，由此，在这种书面白话编写的体例中，伎艺口演时的程式、格套也就有了落实于文本的可能。如此一来，说话伎艺文本化而形成的书面作品，即保留了伎艺口演的程式和语气，这不但体现了这种来自伎艺口演内容的文本的特色，而且也渐次成为通俗叙事文本的一个模式，甚至是一种体例，就像元刻《红白蜘蛛》那样的标准形态的话本小说，有伎艺口演的结构程式、白话语体

---

① 中国艺术研究院曲艺研究所编《说唱艺术简史》认为："元代讲史在当时社会上造成极大影响，它超出了文艺的范畴，成为讲说历史通用的体裁和语言形式。据记载，当时的道学先生吴澄在给皇帝讲《通鉴》，监察御史郑镇孙摭录《资治通鉴》编写《直说通略》，都采用了这种受欢迎的平话体。"（文化艺术出版社1988年版，第83页）

以及格套用语。

　　但是,在这类文本的具体呈现上,编写者有时并不打算严格按照这种模式、体例来编写一篇话本,有时为了贪图方便,会直接把文言故事段落套入这种讲唱程式中以结构成篇,由此出现了文言段落框套伎艺结构程式的话本小说。如《蓝桥记》,它有入话、散场诗这样的通用程式,但叙述话语、人物话语皆用文言表述。当然,这些文言故事段落也多来自于一些与说话伎艺关系密切的书面作品,如《绿窗新话》《醉翁谈录》这样的说话人的参考资料书,它们本就是与说话伎艺关系密切的故事文本。

　　在当时的社会文化环境中,这种通俗故事文本的编写成为一种风尚,而它们所呈现的表述体例也渐次成为通俗故事文本编写的一种通用模式。于是,在这种编写通俗故事作品的风尚中,那些非"小说家"讲唱伎艺的口演内容也会被落实于文本,有人即以这种通行的表述体例把非"小说家"讲唱伎艺的口演内容予以书面呈现。虽然这些话本正话的语体不是"小说家"说话的格调,但就我们所见到的文本来看,它们整体结构的表述体例与"小说家"话本是一致的,如《快嘴李翠莲记》《张子房慕道记》的正话是人物对话形式的大段韵体词文,又如《刎颈鸳鸯会》在白话叙述中夹杂了鼓子词伎艺的十首商调【醋葫芦】曲文。明显地,它们不是来自"小说家"说话伎艺,但在文本化时,编写者即以当时通俗故事文本惯用的表述体例把这些非"小说家"伎艺的口演内容予以书面呈现了。

　　上述元代这些早期话本的出现,表明了说话伎艺的文本化在宋代之后有了进一步的深化,而这种深化是伴随着元代书面白话编写的观念、环境的变化而进行的。因为文人自觉的书面白话著述的出现,打破了文言体系的书面著述的思维、规则和体例，为书面编写开掘出另一种路径，由此，书面编写可以在文本中呈现、接纳的内容和成分就有了变化：一是，人们在书面呈现说话伎艺的口演内容时，可以不用作文言体系的转换，而直接以伎艺口演时的语体、词汇、格套等来表述；二是，书面白话著述的出现，冲击了文言编写的体例、思维的禁锢，编写者可以在白话文本编写时吸收新的质素。这些条件为讲唱伎艺格式落实于书面文本提供了观念上的支持，营造了良好的生成环境，由此锻炼出了不同于文言编写的叙事文本体例。

结　　语

在文言编写的思维和体例一统天下的环境中，说话伎艺的口演内容落实于文本，需要进行文言体系的转换，而它所负载的讲唱程式、格套等伎艺因素则在文言表述体例中没有立足之地。只有书面白话文本的编写有了存在的可能，以破除文言编写的习惯思维和固定体例，才能激发说话伎艺口演内容的诸种成分进一步落实于文本。因此，宋元说话伎艺的文本化演进，并非简单地依凭讲唱伎艺兴盛、印刷业发达、市民阶层壮大这些物质文化条件就能够促成，还需要书面白话著述的阅读、编写所关联的观念变革和环境变化的进一步激发、促进，也就是说，宋元说话伎艺的文本化乃基于书面编写领域的变革的推动。在这一过程中，说话伎艺口演内容的文本化，并非一蹴而就，能够齐备地落实于书面文本而出现话本小说，而是会基于不同的条件形成不同的文本化形态，由此出现不同性质的文本化结果。

《绿窗新话》《醉翁谈录》中那些来自于说话伎艺的篇章，节略了说话伎艺的故事情节，并作了文言体系的转换。

元刻《新编红白蜘蛛小说》及《清平山堂话本》中《简帖和尚》《合同文字记》这样的典型的话本小说样式,对说话伎艺的情节、程式进行文本化,并以散体白话呈现。

《清平山堂话本》中《蓝桥记》《汉李广世号飞将军》这样的文言叙述内容与说话伎艺程式组合而成的话本小说,是基于通俗故事文本的编写而取用了现成的文言故事和伎艺程式。

《清平山堂话本》中《快嘴李翠莲记》《张子房慕道记》这样的韵体词文叙述内容与说话伎艺程式组合而成的话本小说,是基于通俗故事文本的编写而取用了非"小说家"伎艺的口演内容和说话伎艺的讲唱格式。

上述这些文本各处于说话伎艺文本化的不同阶段、不同层面,而它们所勾连起的说话伎艺文本化的进程,对于故事讲唱形态来说,是出现了从口头到文本的生存状态的变化;对于书面编写方式来说,则是出现了从文言到白话的编写体例的变化。那些典型的"小说家"话本作品的文本体例和叙述程式,对于其他讲唱伎艺的文本化具有示范、引导作用。比如有人把其他讲唱伎艺的口演内容落实于文本时,也使用了这种为人们所熟悉的叙述体例,《张子房慕道记》《快嘴李翠莲记》《刎颈鸳鸯会》即如此。

因此,宋元时期那些具有伎艺讲唱格式的故事文本,并非就是来自说话伎艺口演内容的直接记录、整理,它们的生成情况并不一致,但都牵涉到说话伎艺文本化的演化进程,都是与说伎艺口演格式向书面表述体例的演化脉络上的产物。基于此,我们现在所见到的这些与说话伎艺有关联的文本资料,并不能先验地把它们放在同一层面上来看待,而是要看到它们是处于说话伎艺文本化过程的不同阶段、不同层面的文本。这样才能认识到它们之间所蕴含的说话伎艺的文本化进程及其关联的书面白话著述的观念、环境变革问题。如果认为说话伎艺的文本化只是简单的"书录"这一形态,则就难免会忽视这一文本化过程所牵连的众多文本的阶段、层面、属性问题,由此也就不可避免地会对早期话本的出现、性质、形态有认识上的偏差或误解。

第六章　元代平话文本的生成

　　"平话"在元代文本作品的题名中首见,学界普遍用以指称元代的讲史伎艺或讲史话本。① 关于元代"平话文本"的出现,现有两种认识:一,书录平话伎艺的讲说内容以成白话文本;二,历史题材的通俗文本编写,因受当时繁兴的平话伎艺的影响而吸收了它的内容和格式。这些认识的前提是当时存在着一种名为"平话"的讲唱伎艺,且对元代题名"平话"的白话文本有直接的影响。

　　然而,元代是否存在名为"平话"的伎艺,并无确证。其一,迄今无文献证明元代有名为"平话"的讲唱伎艺,元人亦无文献直接或间接提示"平话"的含义与性质;②其二,不能以后

---

① 胡士莹《话本小说概论》的观点颇具代表性,他认为:"平话的名称,不见于宋代文献,从现有资料看,'平话'大概是元人称讲史的一种习语。""元代的'平话',即宋代的'讲史',是'讲史'的发展。……'平话'则是'讲史'这一伎艺到了元代的名称,也是元代长篇话本的名称。"(第164、167页)

② 目前常用以推证元代平话的文献并不妥当。元末南戏《赵氏孤儿记》第十出"张维讽谏"有"张维会说评话"之语,但此剧现存版本(富春堂本、世德堂本)皆非元刊,而是明人改订本。明人长谷真逸辑《农田余事》卷上记元惠宗至元二年(1336)丞相伯颜当国,在江南"禁戏文、杂剧、评话等项",语中所述虽指向元代,但此书为明人所编,叙述中多有"前元"之语。而且,二书所言"评话",乃明人常用语汇,指称一种讲说伎艺。

律前，以今例古，简单用明时的"评话"概念逆推元时的"平话"概念；①其三，元人对于"平话"的使用，目前文献所及只出现于六部历史题材的白话文本的标题中，②而"平话"在其题名中的标举，是指向于伎艺讲唱特征，抑或文本编写方式，倘可斟酌。③

因此，我们且不必先验地把这些白话文本置于宋元讲史与明代评话的承接链上，视其为平话伎艺或讲史伎艺的衍生品，但可以确认的是，元代存在着题名"平话"的白话文本。那么，一个基本的问题是，当时社会为何会出现这种白话文本。因为在文言著述和文言阅读已成习惯思维的文化环境中，平话文本作为书面读物的出现，并非简单依凭讲唱伎艺的繁兴即可促成，它还需要关于书面白话编写的环境、观念和能力。这个问题是我们考察元代平话文本之所以出现的重要基础，也是厘定平话文本的属性以及"平话"含义的前提。

一、平话文本需要的书面
白话编写环境与观念

关于元代题名"平话"的通俗文本，无论是源于讲说内容

---

① 在明清人那里，"平话"与"评话"混用，即使谈及元代，亦多称"评话"，则当时即存在以今例古、以后律前的失误。而"评话"在当时作为习用语汇，指的是一种口头讲唱故事的曲艺形式。

② 元代的"平话文本"现存六部：元刻"全相平话五种"和《五代史平话》，但可推知的不只此六部。其中，《五代史平话》以"平话"标题，且叙述中有元代印迹，胡士莹推其"实宋人旧编而为元人所刊印"（《话本小说概论》，第712—713页）；顾青《说"平话"》认为"这'平话'二字很可能是元人刊印此书时按当时的习称新加的"（《中国古代小说研究》第1辑，第54页）。

③ 鲁迅《中国小说史略》把"平话"落实于文本编写，认为市井社会中"以俚语著书，叙述故事，谓之'平话'，即今所谓'白话小说'者是也"（第71页）。

的书录,还是基于白话文本的编写,它们的出现,皆非讲史伎艺(甚至说话伎艺)影响所致这么简单。

如果说元代有平话伎艺的繁兴,影响所及,有人书录其讲说内容而有平话文本。那么,当时是何因素推动了平话伎艺口讲内容的文本化呢?要知道,当时社会对于讲史伎艺的接受是场上讲听而非文本阅览;艺人的场下训练、场上表演亦不需要格式齐全的底本,甚至底本不会是白话形态,而是罗烨《醉翁谈录》那种文言形态的文本。①

如果说有人在编写历史题材的白话文本时,基于平话伎艺的影响,而取用了它的内容和格式,从而出现了这些平话文本。那么,首要问题是,为何会出现这类白话文本的编写?因为在文言著述和文言阅读已成习惯思维的环境中,自觉的书面白话作品的出现并非易事,文人们涉足此域需要相应观念的推动、相应环境的激发,否则不会有动力来涉足白话文本的编写,也不会有能力来从事白话文本的编写,即使那些来源于口讲的白话书录文本的出现,亦需要观念、环境的支持。

所以,这类白话文本的出现,无论是出于口讲内容的书录,还是出于书面文本的编创,都面临着一个基本的问题:是何因素推动了平话文本的出现,激励了时人参与平话文本的编写?这就牵涉到书面白话使用的环境和观念问题。若没有针对书面白话使用的有利的环境和观念,则不会有人需要阅览这样的白话文本,也不会有人参与这类白话文本的编写。

对于这个问题,我们可考察一下元代的白话著述《直说通略》(郑镇孙)、《经筵讲义》(吴澄)所关联的书面白话使用的观

---

① 卢世华《试论宋代说话人的底本》[《江汉大学学报》(社科版)2005 年第 6 期]认为,书会才人参与编写的为说话艺人所用的"底本",如《醉翁谈录》《绿窗新话》,只是为艺人讲说而准备的参考材料,以文言出之,而非以白话出之,与后来的用于阅读的话本小说不同》。

念和环境。之所以选取它们，一是因为二书皆是历史题材的白话著述；二是因为二书的作者都是当时有着相当社会地位的文人，有明确材料表明他们参与此类白话著述的动因；三是因为有的学者认为二书是受讲史伎艺影响而出现的"平话体"作品。

　　元代严禁说唱词话，以讲说时事新闻为主的"小说"一家，似乎已经衰落而逐渐归入讲史中去了。说书人为了不抵触功令，都纷纷去讲说历史故事。影响所及，当时的道学先生吴澄给皇帝讲《通鉴》时也用语录体，还有一位监察御史郑镇孙撷采了《资治通鉴》的内容写了一部白话体的《直说通略》。①

　　元代讲史在当时社会上造成极大影响，它超出了文艺的范畴，成为讲说历史通用的体裁和语言形式。据记载，当时的道学先生吴澄在给皇帝讲《通鉴》，监察御史郑镇孙撷录《资治通鉴》编写《直说通略》，都采用了这种受欢迎的平话体。②

　　上文提及的《直说通略》是郑镇孙于元英宗至治元年(1321)编成的一部通俗性白话通史，共十三卷。所谓"通略"，意即《资治通鉴》之大略；所谓"直说"，乃指一种表述方式，语言上表现为俗语白话，即郑镇孙在自序中所强调的以"俚俗之言"来传达出圣贤文章的蕴奥(详见下文)。而吴澄之讲说《资治通鉴》，乃指他于元泰定年间(1324—1327)任职经筵讲官时所编写的白话文本《经筵讲义》。兹列二书演述刘邦入咸阳与父

---

① 胡士莹：《话本小说概论》，第 703 页。
② 中国艺术研究院曲艺研究所编：《说唱艺术简史》，第 83 页。

老约法三章一节,以见其白话叙事之形态。

> 子婴遣将敌沛公,秦兵大败,沛公遂入关,到霸上。子婴素车白马,颈上系着传国宝,出路傍投降。子婴立四十六日,秦亡。……太祖高皇帝受秦降时,未曾登位,只称沛公。西入咸阳,召众父老每、众豪杰每,抚谕他约法三章(杀人的死,伤人及盗抵罪),除去秦时不好的法度。百姓每喜欢,都将牛羊酒食管待军马,沛公不受,百姓越喜。(《直说通略》卷三《秦·子婴—西汉·太祖高皇帝》)①

> 汉高祖姓刘名邦,为秦始皇、二世皇帝的时分好生没体例的勾当做来,苦虐百姓来,汉高祖与一般诸侯只为救百姓,起兵收服了秦家。汉高祖的心只为救百姓,非为贪富贵来。汉高祖初到关中,唤集老的每、诸头目来,说:"你受秦家苦虐多时也,我先前与一般的诸侯说,先到关中者王之。我先来了也,与父老约法三章:杀人者死,伤人及盗者随他所犯轻重要罪过者,其余秦家的刑法都除了者。"当时做官的、做百姓的,心里很快活有。②

由此可见,此二书皆是以俗语白话述史的作品,就其历史题材、白话语体、编写时间来看,它们与现知编印于元英宗至治年间(1321—1323)的《全相平话五种》皆可视为同一时期用白话编成的历史题材通俗文本。但郑、吴二作之选择历史题材作白话文本编写,并非受到讲史伎艺的影响,而是另有其渊

---

① 郑镇孙:《直说通略》,国家图书馆古籍部藏明成化庚子重刊本。
② 吴澄:《吴文正集》卷九〇,《景印文渊阁四库全书》第 1197 册,页 840 下。

源和类属。

元英宗至治元年(1321),郑镇孙在《直说通略序》中叙及此书的编写缘起:

> 　　鲁斋许先生为《朱文公大学直说》《唐太宗贞观政要直说》,皆以时语解其旧文,使人易于观览。愚尝以为《大学》一书,发明本末始终、修齐治平之事,紫阳《集注》至矣,尽矣,固未易以俚俗之言为能尽圣贤之蕴奥也。······两浙运使世杰公俾愚辑是编,乃撷《资治通鉴》之文,且以《外纪》诸书推衍上古之事加诸前,而以宋朝及辽金之录附于后,皆从而略节之,名曰《直说通略》,分为一十三卷。①

在此,郑镇孙明确指出《直说通略》是受到元初理学大家许衡(号鲁斋)"直说"《大学》《贞观政要》的启发而有"直说"《通略》之编。当时,像郑镇孙这样追慕许衡"以时语解其旧文"而有仿作者并非个例,在郑作之前即有贯云石的《孝经直解》于尾题中标称"北庭成斋直说孝经"(贯以成斋为号,以北庭为郡望),并在自序中言及编写缘起:

> 　　尝观鲁斋先生取世俗之言,直说《大学》,至于耘夫荛子皆可以明之。······愚末学辄不自□,僭效直说《孝经》,使匹夫匹妇皆可晓达,明于孝悌之道,庶几愚民稍知理义,不陷于不孝之□。②

---

① 郑镇孙:《直说通略自序》,《"国立中央"图书馆善本序跋集录·史部》(三),第1页。
② 贯云石:《新刊全相成斋孝经直解》,北京来熏阁书店1938年影印元刊本。

　　由此可见,贯云石与郑镇孙同样是看到了许衡的直说之作,受此启发,才有心仿效其"直说"方式以成白话著述;而且二人还明确在题名中标举"直说"二字,以示追慕许衡之意。贯、郑二人在自序中提到的许衡的"直说"之作,有《大学直说》《贞观政要直说》,现仅前者存,题《直说大学要略》,①乃以俗语白话阐述经史义理,意在通俗易晓。但是,许衡作为一代大儒,自有长期的文言创作训练,如何会涉足白话著述呢? 我们知道,《直说大学要略》是他在国子学任职时编写的白话讲义文本。② 他一生以研习、传授程朱理学为己任,热心于讲学育才,为此而编写的讲义文本不在少数。但讲学之书大可不必非以白话出之,如他的《小学大义》即以文言出之,此乃"甲寅岁,在京兆教学者,小学口授之语",③而他于《直说大学要略》却要使用白话来著述。这一选择除了说明他进行白话著述的有意和自觉,还透露了他主动使用白话著述的缘起和动力,乃基于他的这类著述所要面对的人群有了变化。据《元史》卷一五八《许衡传》记:

　　　　甲寅,世祖出王秦中,以姚枢为劝农使,教民畊植。又思所以化秦人,乃召衡为京兆提学。秦人新脱于兵,欲学无师,闻衡来,人人莫不喜幸来学。郡县皆建学校,民大化之。世祖南征,乃还怀,学者攀留之不得,从送之临潼而归。……

----

① 明正德十三年(1518)刻本《鲁斋全书》、清同治五年(1866)正谊堂全书本《许鲁斋集》、乾隆四十六年(1781)《四库全书》本《鲁斋遗书·提要》,皆题为《直说大学要略》。另钱大昕《补元史艺文志》卷一(经类之"礼类")著录为《大学要略直说》。
② 明郝绾《大学要略序》指出:"是编,乃先生直言以教人者,其言切近精实,人所易晓。"王成儒点校:《许衡集》卷一四,第353页。
③ 王成儒点校:《许衡集》卷一三《考岁略》,第315页。

帝久欲开太学,会衡请罢益力,乃从其请。(至元)八
年,以为集贤大学士,兼国子祭酒,亲为择蒙古弟子俾教
之。衡闻命,喜曰:"此吾事也。国人子大朴未散,视听专
一,若置之善类中涵养数年,将必为国用。"①

这里记述了许衡任职京兆提学、国子祭酒的两段经历。
蒙古宪宗四年(1254),他在秦地讲学,讲授对象为汉人,编写
的讲义《小学大义》即使用文言;而至元八年(1271),他被任为
国子祭酒,教授蒙古贵族子弟,为了方便这些初涉汉文汉籍的
蒙古生的理解、接受,许衡自觉地使用白话表述方式,编写了
一批面向蒙古生的白话讲义文本,如《直说大学要略》《贞观政
要直说》《大学直解》《中庸直解》②《孝经直说》③。以《直说大
学要略》为例,其中渗透有明显的蒙式汉语的词汇(如"呵"
字),即是因面向人群变化而使用白话表述方式的明证。

同样是针对蒙古权贵的接受能力和习惯,吴澄面向蒙古
皇帝而编写的《经筵讲义》也使用了俗语白话。吴澄的《经筵
讲义》现仅存《帝范君德》《通鉴》二篇,属于讲解《帝范》《资治
通鉴》的白话著述。这是吴澄任职经筵时编写的白话文本。
所谓"经筵",是"儒家的传统制度,即著名学者向皇帝讲解经
典要义及其与日常事物关系的皇室咨询活动"。④ 据《元史》
卷二九《泰定帝本纪》:"(泰定元年二月)甲戌,江浙行省左丞
赵简,请开经筵及择师傅,令太子及诸王大臣子孙受学,遂命

① 《元史》卷一五八,第3717、3727页。
② 《四库全书》本《鲁斋遗书·提要》指出:《大学直解》《中庸直解》"皆
课蒙之书,词求通俗,无所发明"。《景印文渊阁四库全书》第1198
册,页274上。
③ 钱大昕:《补元史艺文志》卷一"经类·孝经类",《丛书集成初编》第
14册,第11页。
④ [德]傅海波、[英]崔瑞德编:《剑桥中国辽西夏金元史》,第546页。

平章政事张珪、翰林学士承旨忽都鲁都儿迷失、学士吴澄、集贤直学士邓文原，以《帝范》《资治通鉴》《大学衍义》《贞观政要》等书进讲，复敕右丞相也先铁木儿领之。"①由于泰定帝不懂汉语，经筵讲官要通过翻译向他讲解经典，所以，吴澄的经筵讲义基本上是将文言的原文转换为通俗浅近的白话，再通过蒙古语翻译讲给泰定帝听，由此使得蒙古君主初步了解一些汉地的政治观点和历朝史事。这样的白话文本虽与经筵讲读活动关系密切，但并不是据讲说内容记述的白话语录，而是需要先成文稿以方便翻译，并呈交备览。王祎《经筵录后序》曾指出："故事：讲文月凡三进，每奏一篇，天子既以置诸左右，比三岁，又总每月所进为录以献，以备乙夜之览。"②在这种制度下，经筵讲读官的进呈文本数量当应很大，只是少有留存。

元代出现的这类立足于文本阅览的白话著述（下文通称为"直说作品"），与宋代白话语录的属性明显不同。我们知道，宋代就出现了一些白话语录，如道原《景德传灯录》、张伯行《朱子语类辑略》、王守仁《传习录》、朱熹《朱子语类》等，皆为禅宗大师、理学大师们口讲内容的记录、编辑文本。而禅宗大师、理学大师的白话讲说内容之所以能被记录以成文本，乃是基于人们对于讲说者及其讲说内容本身的尊崇和信仰，而那些艺人们的口演内容则是难以有书录文本的。③

----

① 《元史》卷二九，第 644 页。
② 王祎：《王忠文公集》卷三，《丛书集成初编》第 2422 册，第 65 页。
③ 宋人说话伎艺并不依赖于文本形态的话本而存在、流传，南宋罗烨《醉翁谈录·小说开辟》所载的 117 种名目，可以认为都是口头的"话"，却未必是书面的"本"。参见胡士莹《话本小说概论》，第 235 页。所谓的"宋代话本"并不存在，宋人并无针对文本形态的白话小说的编写和刊刻，我们至今无法确定宋刊白话小说文本的实物存在。章培恒：《关于现存的所谓"宋话本"》，《上海大学学报》(社科版)1996 年第 1 期。

元代的书面白话著述则与此白话语录有明显变化。其一，已非口讲内容的记录，而是立意于阅览之用的书面著述。虽然亦有与口讲有关者，但那并非口讲内容的书录，而是口讲前的文本编写以备阅览。到了郑镇孙、贯云石那里，则是为了纯粹的阅览而编写了。其二，不但人物语言用俗语白话，叙述语言亦用白话。宋人书录禅宗大师、理学大师们的口讲内容以成文本，乃出于忠实传达他们的宏旨大义，这是史家实录观念的体现。但实录观念只体现于人物语言，白话语录仍有一个文言的叙述框架，常以"某某曰"出之，虽然它在总量上比人物语言要少得多。其三，元代文人参与白话文本的编写，不是如白话语录那样遵从讲说者之意的忠实传达需要，而是出于照顾接受者的理解能力而有白话文本的主动编写。许、吴二作取用俗语白话作为书面著述的表述语言，间而带有当时蒙式汉语的词汇句法特征，即是出于服务蒙古权贵阅览需要而力尽平易的语言修辞手段，而非来自于仪式性白话讲说的书录。

元代的直说作品与宋代白话语录的这些不同，昭示了元代关于白话的品格、地位的观念有了变化，关于书面白话使用、著述的环境也有了变化：其一，元代的蒙古皇帝和皇子、国子学蒙古生都在主动地阅览白话文本；其二，当时有"南吴北许"之称的理学大儒国子祭酒许衡、经筵讲读官吴澄都自觉使用白话著述；其三，当时文人如贯云石、郑镇孙明确表示他们赞赏许衡的白话著述并有仿作。这些表明，文人涉足白话著述有了内在的动力（这个动力来自于蒙古权贵的需求），白话在元代的地位有了很大的提升，并非如张中行所说的那样品格低贱，为下层人所用。①

---

① 张中行认为：在中国传统社会，"与文言有牵连的人大多是上层的，与白话（现代白话例外）有牵连的人大多是下层的。原因很简单，是在旧时代人的眼里，文言和白话有雅俗之分，庙堂和士林要用雅的，引车卖浆者流只能用俗的"（《文言与白话》，第159页）。

与此相应,处于社会顶层的蒙古权贵主动地阅览白话著述,受到文言典籍严格训练、长期熏陶的文人自觉使用白话著述,而且,白话还出现在朝廷的公文(如圣旨、《元典章》、《通制条格》)、官修的正史(如脱脱等撰《宋史》)中。① 这些现象提示我们,元代白话著述的环境有了很大的改变。对此,胡适曾经将其归因于元时科举废止的促进,②事情当然不会如此简单,但元代独特的社会状况确实改变了人们使用白话著述的环境和观念。

一方面,蒙古权贵在入主中原的过程中,以及混一四海之后,为了有效地征服与统治,非常重视自身的汉语言、汉文化教育,尤其是儒家经典和汉地历史的学习。但蒙古人的汉语言、汉文化水平低下,而文言又艰深难懂,这阻碍了蒙古人对汉文化的快速、有效接受,因此不但需要简要方便的汉文化知识读本,也需要易于接受和理解的表述方式。我们看到元代出现了不少汉文经史典籍的节略本,以及有着或轻或重的蒙式汉语的白话本,就是这一需求的反映。

另一方面,在蒙元统治下,明显存在的民族歧视政策,造成了严格的种族等级之分,以及社会权力分配的不平等,进而强化了以蒙古人为中心的社会心理。因此,面对蒙古权贵的快捷有效地学习汉文化的需求,汉族文人也在思考这些蒙古

---

① 元泰定帝的即位诏书即用俗语白话(《元史》卷二九,第 638—639 页)。元代白话碑皆为元代蒙古语公牍的白话译文,其中相当一部分是元朝皇帝颁布给道观寺院的圣旨。参见蔡美彪编《元代白话碑集录》,科学出版社 1955 年版。赵翼《陔余丛考》卷一四《史传俗语》指出:"史传中有用极俗语者,《唐书》以前不多见,……此数语皆以俗吻入文,此外不更见也。至宋、辽史乃渐多,……《宋史》俗语尤多。"(第 263 页)

② 胡适《国语文学史》指出:"元朝把科举停了近八十年,白话的文学就蓬蓬勃勃的兴起来了;科举回来了,古文的势力也回来了,直到现在,科举废了十几年了,国语文学的运方才起来。科举若不废止,国语的运动决不能这样容易胜利。"欧阳哲生编:《胡适文集》(八),第 2 页。

人的接受能力,考虑怎样用最少日力向这个统治群体输入儒家思想。许衡、吴澄以理学大儒的身份,在面向蒙古人的知识传授时弃文言而用白话,就说明了汉人知识界的这种思考与实践。

所以说,元代文人主动自觉地涉身经史内容的白话著述,是在白话地位升高,蒙古统治者学习汉文化的大背景下出现的。蒙古人存在着快捷有效地了解汉文化的需求,汉人知识界也存在着向蒙古人快捷有效地输入汉文化思想的意图。在这种情况下,白话被视为易于接受和理解的表述方式,既符合接受群体的需要,也符合输送群体的需要。许、吴、贯、郑等人以俗语白话"直说"经史典籍,就是因为当时有使用白话著述的环境——既有使用白话著述的基础,也有使用白话著述的必要。

由此可见,元代的社会环境确实改变了白话使用的环境,也改变了白话地位的观念,这为文人涉足白话文本的编写营造一个非常适宜的氛围,促使文人自觉使用白话以成著述。尤其是上层社会存在着阅览白话著述的环境,许衡、吴澄这样的硕学大儒又涉身白话著述,这对于更多文人参与白话文本的编创,具有积极的激励、推动和示范作用,从而涌现出了立足于普通民众易晓易解的阅读需要而自觉编写的白话文本。郑、贯之作就是受此影响而面向下层社会的白话著述。这些白话著述来自于蒙古权贵的需要,来自于硕学大儒的参与,体现了知识界对于白话著述的价值的认可,不但激励了更多的文人涉足于此,而且还把它引入到面向下层民众的思想教化、知识普及之中,这对于当时白话作品的编刻既具有精神上的激励作用,也具有方法上的示范作用。这些因素的相互累积、推拥,共同营造了编刻、阅览白话作品的良好氛围,从而促进了当时社会编写、刊刻白话作品潮流的兴起。

　　元代的平话文本，作为历史题材的通俗作品，即是在这样的文化环境中出现的，它们的编写、刊印即得益于这一白话地位提升、白话著述自觉的文化环境的滋养。之所以这么说，一是因为它们与上述"直说作品"在同一时期出现，同是白话文本，同样是对经史典籍作通俗浅易的阐述，甚至在《全相平话五种》之前，直说作品已有面向普通民众阅览之用的白话文本，尤其是《直说通略》这样的历史题材者；二是因为平话文本所表现的据史书作通俗浅易化文本编写的思路和手法，与直说作品有着明显的相通相同之处；三是因为平话文本在题名格式上表现出与直说作品相同的思路和涵义。下面详加论析。

二、平话文本的据史书
编写的方式与成分

　　平话文本与直说作品一样，亦表现出据史书作通俗浅易性文本编写的宗旨、思路以及方式。

　　据经史典籍作通俗阐述，是元人编写直说作品的常规手法，具体的编写方式是据经史典籍进行通俗浅易的剪辑简化或白话翻译、阐述。这种思路和方式在贯云石《直说孝经》中表现得最为直白，即先列《孝经》原文，再作白话的翻译或阐述，以冀达到他在自序中所说的"使匹夫匹妇皆可晓达"。当然，郑镇孙《直说通略》、吴澄《经筵讲义》虽无原文的罗列，但其白话阐述之文亦隐有经史典籍的参照，比如《经筵讲义》现存《帝范君德》《通鉴》二篇，属于讲解《帝范》《资治通鉴》的白话著述；郑镇孙标题"直说通略"，意指对《资治通鉴》的略要予以"直说"，简言之即"按鉴直说"，明显有一个据史书作"直说"的思路。那么，《直说通略》如何依据"通略"作通俗浅易的演述呢？这就涉及对史书内容的处理方式了，最基本的就是语

言上的通俗浅易化处理,即郑镇孙在自序中所说的"以时语解其旧文""以俚俗之言为能尽圣贤之蕴奥",突出表现为"按鉴"作白话翻述。

一方面,按鉴直译,即谨按《资治通鉴》的相关内容进行白话直译。如:

> 侠累与濮阳人严仲子有仇,仲子听得轵人聂政有勇力,将黄金百镒送与政母亲上寿,欲为报仇。聂政说道:"老母在,政的已身未敢许人。"及至母卒,仲子遂使政。侠累正在府上坐的,兵卫甚严,聂政直入,刺杀侠累,政遂自裂了面皮,剜了眼睛,破肚出肠。韩人将聂政尸首暴露街市上,挨问,皆无人识认。政的姐姐前去哭他,说道:"这是深井里聂政,为我在这里的上头,自绝了踪迹。我怎生爱惜已身埋没了贤弟的名。"遂死在尸的边头。(《直说通略》卷二《韩国》)

此段叙战国时期聂政刺杀韩相侠累一事,对照《资治通鉴》卷一《周纪·安王五年》所记,[①]《直说通略》无论是叙述语言,还是人物语言,皆是谨按《通鉴》的白话译述。

另一方面,"按鉴"剪裁并作白话转述,即对《资治通鉴》的相关内容进行剪裁编辑后再作白话译述,这在《直说通略》中最为普遍。比如卷三述子婴杀赵高以及楚怀王遣刘邦西征一节:

> 赵高既弑二世,欲立子婴。子婴设计不肯去,赵高亲自来请,子婴遂使人刺杀高,灭三族。子婴立,称秦王。先时楚怀王与诸侯相约,先入关的教他为王。此时秦兵

---

① 司马光:《资治通鉴》卷一,第24—25页。

强,诸将皆不可先去,惟有项羽怨秦兵杀项梁,欲与沛公
先入。众老的每都说项羽为人慓悍猾贼,只有沛公宽大
长者,遂令沛公先去。(《直说通略》卷三《秦·子婴》)

此段叙述的史实,《资治通鉴》已作了很好的编排,情节简
洁,线索清晰,系于卷八之二世皇帝二年、三年,以及卷九之太
祖高皇帝元年。《直说通略》即据此编写,一是对叙述顺序作
了调整。在《资治通鉴》卷八中,先叙二世皇帝二年楚怀王与
众诸侯约定,先入关中者为王,后叙二世皇帝三年子婴设计刺
杀赵高;而《直说通略》则先叙子婴设计刺杀赵高,后以"先时"
插叙楚怀王与众诸侯的约定。二是对情节内容作了剪裁、简
化,继以俗语白话出之。所有这些都反映出编写者依据史书
内容作通俗浅易化编写的意图和努力。

需要指出的是,在普遍的白话叙述中,《直说通略》仍有少
量内容是以文言出之。这有两种情况,一是直接抄录《通鉴》
的原文,如卷九叙隋太子杨勇曰:"帝使太子勇参决政事,时有
损益,帝皆听从。太子性宽厚,凡事任意,并无矫饰。"又同卷
叙李世民曰:"世民为人聪明勇决,识量过人,见隋朝国乱,有
志安天下。"①二是剪裁《通鉴》内容以文言叙述,如卷三项羽、
刘邦陈兵对峙一节:"项羽诸侯军四十万,亦欲西入关,军在鸿
门。沛公军十万,在霸上。范增劝项羽急击沛公,项羽叔项伯
与张良有旧,星夜到沛公军里报与张良得知,因与沛公相见,
约做婚姻。"即是对《通鉴》卷九太祖高皇帝元年所系相关内容

---

① 《资治通鉴》卷一七九《隋纪·高祖文皇帝》开皇二十年记:"上使
太子勇参决军国政事,时有损益,上皆纳之。勇性宽厚,率意任
情,无矫饰之行。"(第5573页)卷一八三《隋纪·恭皇帝》义宁元年
记:"世民聪明勇决,识量过人,见隋室方乱,阴有安天下之志。"(第
5728页)

的节略。

　　另外，郑镇孙"直说"《通略》虽以"按鉴"为基础，但依循通俗浅易的编写宗旨，内容上兼取传说和小说材料，并间有少量的虚构发挥。如上文所引子婴投降刘邦一节："子婴素车白马，颈上系着传国宝，出路傍投降。"即把《通鉴》卷九中"秦王子婴素车白马，系颈以组，封皇帝玺、符、节，降轵道旁"的叙述，作了富有民间趣味的虚构发挥，让子婴脖子上挂着皇帝玺符，伏道投降。而卷一叙周穆王事："世人传说穆王到瑶池上遇西王母，同宴，喜欢，忘了归来。"卷二晋国一节叙介子推事："子推躲在绵上山中，文公使人烧山，要他出来，子推终是不肯出来，被烧死了。"卷四蜀汉后主一节叙诸葛亮死时天有异象："亮病，有大星光芒赤色坠落亮营中，不多时亮在营中薨。"皆采自民间传说。至于卷三西汉一节叙孝元皇帝"选后宫妇女王嫱赐与单于"，言及昭君不贿画工毛延寿，使汉元帝误选其和亲匈奴，以及后来服药而死等情节，皆不见于《通鉴》或其他史载，而是取用了葛洪《西京杂记》、蔡邕《琴操》之小说家言。①

　　《直说通略》依据史书内容的文言抄录、白话直译，体现了它对史书材料的依赖；而它"按鉴"剪辑并作白话转述，又在史书的叙事框架中间作民间趣味的虚构发挥，并兼取传说和小说材料，则体现了它据史书作通俗浅易化编写的思路和方式。此即郑镇孙《直说通略》"按鉴直说"的基本形态，既有内容取材方面的，也有表述方式方面的。

　　直说作品所表现的这些依据史书、杂取众材以作通俗浅易化编写的思路和方式，也体现在元代的平话文本中。

　　关于元代平话文本的据史书编写的事实、思路，前人在探

---

① 葛洪：《西京杂记》，中华书局 1985 年版，第 9 页；吉联抗辑：《琴操》，人民音乐出版社 1990 年版，第 20 页。

析其取材来源时已有涉论,①即使《三国志平话》《七国春秋后集》被普遍认为是说话伎艺特征明显、传奇色彩显著、民间趣味浓厚,其中亦有书史文传的抄录段落,甚至尽引原文,不加增饰。程毅中即指出:"《七国春秋后集》的幻想成分很多,可是又有一些段落照抄了《孟子》和史书。如《孟子至齐》一节直抄自《孟子·梁惠王》上,《孙子回朝》一节也抄自《孟子·梁惠王》下;《燕王筑黄金台招贤》一节则大体上抄自《战国策·燕策》和《史记·燕召公世家》。"②而《三国志平话》结尾处刘渊复汉一节叙刘渊之子刘聪"骁勇绝人,博涉经史,善属文,弯弓三百斤,京师名士与之交结,聚英豪数十万众";叙刘渊称帝,"改元元熙,追尊刘禅为孝怀皇帝,作汉三祖五宗神主而祭之。立其妻呼延氏为后",皆谨按《通鉴》卷八五《晋纪·孝惠皇帝》永兴元年的记述抄录。③ 这些来源于史书的文言叙述部分是平话文本据史书编写的有力证明。

　　当然,元代平话文本的形态表现比较复杂,语体上,有白话,有文言;取材上,有史书,有讲唱伎艺、民间传说;表述上,有史书叙事的体例,有讲史伎艺的程式,这是元代平话文本所表现出的基本形态。其中,语体上存在的文言叙述、白话叙述,是判断平话文本的题材来源或文本性质的最直观的依据,

---

① 关于《五代史平话》《秦并六国平话》《武王伐纣书》《前汉书续集》的分析,可参见胡士莹《话本小说概论》(第 713、721、725 页)、程毅中《宋元小说研究》(第 291、270、272 页)、李梦生《秦并六国平话·前言》(古本小说集成本)、周贻白《武王伐纣平话的历史根据》(沈燮元编:《周贻白小说戏曲论集》,齐鲁书社 1986 年版)。

② 程毅中:《宋元小说研究》,第 269 页。

③ 《资治通鉴》卷八五记:"渊子聪,骁勇绝人,博涉经史,善属文,弯弓三百斤;弱冠游京师,名士莫不与交。……(刘渊)于是即汉王位,大赦,改元曰元熙。追尊安乐公禅为孝怀皇帝,作汉三祖五宗神主而祭之。立其妻呼延氏为王后。"(第 2698、2702 页)

比如白话叙述的内容、讲唱伎艺的格套，是其与讲史伎艺相关的最有力证据；文言叙述的内容，是寻找其据史书编写的有效指引。需要注意的是，现存六部元代平话文本在文言叙述的数量上并不一致，《五代史平话》于抄录史书原文方面甚为明显，《三国志平话》的白话叙述最为普遍，但即使如此，它也有明显抄录于史书的文言叙述内容，《秦并六国平话》则居此二者之间。比如《秦并六国平话》卷下叙述田儋事迹一段：

> 话说田儋者，故齐王族也。儋从弟田荣，荣弟田横，皆豪杰人。陈王令周市徇地，至狄，狄城太守。田儋佯缚其奴之廷，欲谒见狄令，因击杀狄令，而召豪吏子弟曰："诸侯皆反秦自立，齐，古之建国也。"田儋遂自立为齐王，发兵以击周市。周市军还去。田儋率兵东略齐地。①

此段叙述以"话说"领起，其下相从者为纯正的文言段落，考其来源，见于《史记·田儋列传》或《资治通鉴》卷七（二世皇帝元年），而更近后者，②明显是据史书原文的抄录和剪辑。如此，文中"话说"这种说话伎艺特有的格套语，就不能充分说明此平话文本是来自于讲史伎艺口演内容的书录或底本；而平话文本的文言叙述部分也就不是讲史伎艺口演内容的书录，而是依据史书的文本编写，如果具体到所据史书为《通鉴》，则即可视为"按鉴编写"，这当是后世"按鉴演义"的先导。

---

① 丁锡根编：《宋元平话集》，第 655—656 页。
② 《资治通鉴》卷七《秦纪·二世皇帝元年》记："田儋者，故齐王族也。儋从弟荣，荣弟横，皆豪健，宗强，能得人。周市徇地至狄，狄城守。田儋详为缚其奴，从少年之廷，欲谒杀奴，见狄令，因击杀令，而召豪吏子弟曰：'诸侯皆反秦自立。齐，古之建国也；儋，田氏，当王！'遂自立为齐王，发兵以击周市。周市军还去。田儋率兵东略定齐地。"（第 262 页）

　　至于平话文本的白话叙述部分，一般认为是来自于讲史伎艺的口演内容，但《秦并六国平话》（卷下）中"话说"领起的纯正文言段落，提示我们这类有着说话伎艺风格的内容，并不是编写者依据说话伎艺口演内容的书录，而是书面编写立场上的模拟或借用，这正如《宣和遗事》中的梁山泊故事一节，乃是编写者在杂取众材进行书面编写立场上取用了民间说话的材料，故而会在普遍的文言叙述中插入这段具有说话伎艺风格的白话叙述内容。另外，如果具体梳理平话文本的材料来源，便会发现其白话叙述部分有相当数量者乃出于依据史书的白话翻译。如《秦并六国平话》卷下叙刘邦受降秦王子婴及与关中父老约法三章事。

　　　　子婴为秦王四十六日，沛公破秦军，至灞上，子婴以系颈以组，白马素车，奉天子玺符，到轵道旁，归降沛公。当时，诸将请杀子婴。沛公道："始怀王遣我，故以我为人宽容大度。且它人已降服，杀降不祥，吾不为也。"乃以子婴属吏。沛公西入咸阳，还兵灞上，召父老豪杰，来与之约。问父老曰："尔等苦秦苛虐之法已久，诸侯当来约：先入关者，得为王。今吾先入关，当为关中王。今与尔等约法令三章：有杀人者，教尔者如杀；伤人底及做盗贼底，各以其罪治之。其余秦王严法，一回除去。凡我之兴师此来，为诛无道秦，与尔父老除害，非敢有所侵夺，尔父老每休怕惧。"父老听得此言，喜欢之甚。各牵牛扛酒，来沛公军前犒军，只怕沛公不来关中为王也。①

　　对照《通鉴》卷九之太祖高皇帝元年所记，②这段白话叙

①　丁锡根编：《宋元平话集》，第661页。
②　司马光：《资治通鉴》卷九，第296—299页。

述中，子婴降刘一节基本上是谨按史书的白话直译，而刘邦与关中父老约法三章一节则是依据史书剪裁、编辑后的白话翻述。这两种据史书编写的方式在现存六种元代平话文本中占有相当数量。据此我们可以看到，平话文本中的白话叙述部分有许多是依据史书内容的白话翻述，而非原于讲史伎艺的书录。

由此可见，元代的平话文本明显存在着白话叙述和文言叙述的混杂现象，其中那些来源于史书的文言叙述部分是平话文本据史书编写的有力证明；至于白话叙述部分，则存在着据史书原文的白话直译或剪辑后的白话翻译。这些据史书原文的抄录、剪辑、白话翻译内容，表明平话文本存在着据史书作通俗阐述的意图，其依循史书者有情节内容、语句表述，甚至叙事框架，①于此可见其据史书编写的思路和方式。

而这些据史书编写的思路、方法的存在，则说明平话文本有着据史书作通俗文本编写的成分。若不论平话文本与直说作品之间存在的文学属性、史学属性的区别，它们首先皆可视为历史题材的通俗浅易性文本编写，有着明显的据史书编写的成分。如此一来，平话文本对历史典籍的通俗浅易化阐述，就与直说作品有诸多相同相通之处：语言上追求通俗浅易，内容上对经史典籍作通俗浅易化改造，基本的方法包括文言剪辑、白话翻译，间有取材传说或小说，并作民间趣味的发挥，这些皆体现出当时文人致力于书面白话叙事的努力。

正因如此，一直有学者认为元代的平话文本具有通俗史著的性质，可归属于通俗史著的范畴。周兆新即认为《五代史

---

① 胡士莹指出讲史话本的体制特点有三，其一为"断代编年的叙事方法"（《话本小说概论》，第 710 页）；丁锡根指出《五代史平话》"主要内容皆取材《通鉴》，其结构脉络亦多依傍《通鉴》的体例"[《〈五代史平话〉成书考述》，《复旦学报》（社科版）1991 年第 5 期]。这是平话文本据史书编写的思路、方式在叙事结构上的体现。

平话》"在很大程度上带有通俗历史读物的性质。也就是说，它还不能算作纯粹的文学作品，而是处在由历史著作向文学作品过渡的中间状态"；①更有学者认为这些平话文本就是一种平民化的通俗史学作品，胡适即认为从《五代史平话》到《三国志演义》"起初本是一种通俗历史教科书"，②舒焚《两宋说话人讲史的史学意义》一文更明确认为，讲史是一种史学的普及活动，讲史话本是一种通俗史学作品，"说话人的讲史，他们以及与他们有着密切联系的文人的抄录和编写讲史话本，就不仅仅是一种文艺活动，同时也是一种史学活动"。③ 这种观点虽遭批评，但一直有支持者。④ 这些解读虽有偏颇，但也说明，这类面向下层民众阅览之用的白话文本编写活动，与当时文人阶层中更为流行的直说作品有着直接的关联，类同于《直说通略》那样的面向广大民众普及历史的白话文本。

三、"平话"词义及其蕴含的 平话文本生成信息

　　上文探析了元代平话文本的据史书编写的思路、方式和属性，我们可在此基础上讨论一下"平话"词义与这种通俗文

---

① 周兆新：《讲史话本的两大流派》，程毅中编：《神怪情侠的艺术世界——中国古代小说流派漫话》，中共中央党校出版社 1994 年版，第 121 页。
② 胡适：《国语文学史》第七章，见欧阳哲生编《胡适文集》（八），第 126 页。
③ 舒焚：《两宋说话人讲史的史学意义》，《历史研究》1987 年第 4 期，第 99 页。
④ 李小树：《宋代商业性讲史的兴起与通俗史学的发展》，《史学月刊》2000 年第 1 期；钱茂伟：《从庙堂之高到江湖之远：历史知识在民间的传播》，《光明日报》2000 年 9 月 1 日；邓锐：《宋元讲史平话的史学史研究价值》，《江淮论坛》2008 年第 4 期。

本的关联。

本文开头即指出，平话文本这种通俗文本的出现，通常被认为是与当时存在的一种名为"平话"的讲唱伎艺有着直接的关联。于是，这些白话文本与其题名中的"平话"一词之间就被认为存在着内容题材或格式体制的关联；"平话"一词就被认为是指向口传伎艺的讲唱方式，释为"不加弹唱的讲演"。①在此基础上，许多学者还把"平话"置于宋代讲史伎艺、明代评话的发展链上，视其为讲史伎艺的别称，或讲史话本的通称，这主要基于以下两点：一是平话文本中存在着说话伎艺格式、白话叙述语言和讲史伎艺内容，二是明清人基于平话、评话混用而对元代平话的认识。然而这一推定的依据和思路存在可商可量之处，吴小如即曾指出不能以明清时期的"评话"来推论元代的"平话"。②

在明清人那里，平话与评话混用，即使谈及元代，亦多称评话，这是以当时的评话概念来推知元代的平话。《四库全书总目·史部十·杂史类·存目三》在叙录明郭子章《平播始末》时有注："案《永乐大典》有平话一门，所收至夥，皆优人以前代轶事敷衍成文，而口说之。"③然其所言"《永乐大典》有平话一门"，《永乐大典目录》明确作"评话"——明姚广孝等编《永乐大典目录》卷四六"话"字部有"评话"凡二十六卷（卷17636至卷17661），惜未列出作品名目。④ 二者的这一抵牾，

---

① 程毅中认为："宋元讲史话本通称为'平话'。……'平话'的得名可能指平说的话本，也就是不加弹唱的讲演，与诗话、词话相对而言。"（《宋元小说研究》，第258页）

② 吴小如：《古典小说漫稿·释"平话"》，上海古籍出版社1982年版，第18页。

③ 永瑢等编：《四库全书总目》卷五四，中华书局1965年版，页485上。

④ 姚广孝等编：《永乐大典目录》，《四库全书存目丛书补编》第58册，齐鲁书社2001年版，第546—547页。

　　显示出明清人对平话、评话的混用，而评话在当时作为习用语汇，指的是一种口头讲唱故事的曲艺形式。我们不能以后世的评话来简单逆推元代的平话，因为古代通俗文艺的称名所指代的概念、范畴常常界定不清，多有变化，这在中国古代文艺史上属于常见现象。具体看宋元时期，"小说"一词既指作为说话伎艺的小说，也指代"史之余""史之补"的小说，但皆不是现代意义的小说概念；这时的"说书"[①]既不是说话伎艺，也不是后世作为故事讲唱伎艺的"说书"；而这时的说话伎艺也不能以后世的"说书"来简单地类推。[②] 可见，同一称名的所指，在不同时代或不同领域使用，意指常有不同；至于名称相近者，更不宜作主观类推了。所以，虽然有些明清文献述及的是平话甚至是元代平话，但使用的是明清人的观念和意指，既无元人文献说明的呼应，也与元人平话文本的实际情况有异，当然不能作为推定元人"平话"概念的充分依据。故而，对于元代"平话"的认识，我们可以依靠的最基本、最确切的文献还是现知的六部题名"平话"的白话文本。

　　前文所析元代平话文本表现出的据史书编写方式，表明平话文本有着书面编写的属性，它在编写时既采用了书写的历史著述、诗文作品，也采用了口传的讲史伎艺、民间传说等

---

① 宋时的"说书"指代一种严肃的讲学活动，也是一种职官名称，参见龚延明《中国历代职官别名大辞典》，上海辞书出版社 2006 年版，第 561页。元代亦有此职官，如钱天祐于延祐三年(1316)曾"充皇太子位下备员说书"，其《中书省进叙古颂状》即署名"说书臣钱天祐"，参见解缙等纂《永乐大典》卷一〇八八八，页 4487 下、4488 上。

② 陈乃乾《三国志平话跋》指出："宋元之际，市井间每有业说话者，演说古今惊听之事，杂以诨语以博笑噱，托之因果以寓劝惩，大抵与今之说书者相似。惟昔人以话为主，今人以书为主。今之说书人弹唱《玉蜻蜓》《珍珠塔》等，皆以前人已撰成之小说为依据，而穿插演述之。昔之说话人则各运匠心随时生发，惟各守其家数师承而已。"《陈乃乾文集》，国家图书馆出版社 2009 年版，第 361 页。

众多材料，进而对相关历史进行了通俗浅易化的书面演述。所以，我们看到的平话文本，既有据史抄录、剪辑的书面编写风格，也有说话伎艺的口讲风格或趣味。据此而言，平话文本应被视为书面编写意义上的依傍史书、杂取众材的历史题材白话作品，其对历史题材的通俗浅易性文本编写活动，并不牵涉伎艺讲唱内容的直接书录。故而，平话文本叙述中的那些说话伎艺的格式和语气，应是编写者在依据史书、杂取众材的文本编写时对不同来源材料汇辑、勾连而未致融合的形态；或是基于通俗浅易的编写宗旨而取用、借鉴了当时流行的说话伎艺表述方式，以作为通俗平易叙事的修辞手段。这些说话伎艺格式、讲史趣味情节的存在，与取材民间传说、据史白话翻述、民间趣味发挥等方式一起，共同构成了平话文本对历史作通俗浅易性演述的宗旨和原则。编写者即据此宗旨、原则来选取材料，处理材料，改造材料。

参照直说作品的据史书编写情况，平话文本所表现出的依据史书、杂取众材以作通俗浅易化编写的思路和方式（依据史书的剪辑、翻译或民间趣味的虚构发挥），即与《直说通略》的“按鉴直说”之法非常一致。那么，对于平话文本中存在的按史书编写的成分来说，即可称之为“按史书平话”，再具体到那些所据史书为《资治通鉴》的个案，就是“按鉴平话”，它指向于对历史作通俗浅易性演述的宗旨和原则。

据此而言，元代平话文本所表现出的据史书编写的文本属性、编写方式，与其题名格式所表达的内涵也是相适配的。元代的平话文本皆分卷而述，各卷有首题、尾题。兹列诸本各卷之首题如下：

《五代史平话》分叙梁、唐、晋、汉、周五代历史，如“梁史平话”卷上首题为“新编五代梁史平话卷上”，其他各卷之首题的格式皆如此。

　　《三国志平话》共分三卷,各卷的首题皆为"至治新刊全相平话三国志"。

　　《武王伐纣书》共分三卷,各卷的首题皆为"新刊全相平话武王伐纣书"。

　　《七国春秋后集》共分三卷,各卷的首题皆为"新刊全相平话乐毅图齐七春秋后集"。

　　《秦并六国平话》共分三卷,卷中、卷下的首题皆为"新刊全相平话秦并六国",卷上的首题为"新刊全相秦并六国平话"。

　　《前汉书续集》共分三卷,各卷的首题皆为"新刊全相平话前汉书续集"。

　　在这些题名中,历史题材内容、据史编写思路、图文配合格式这些特征皆有所体现。比如"至治新刊全相平话三国志",其中"三国志"是作为题材内容的标示,"全相"强调的是以图配文的特征,意指以"全相"方式对《三国志》进行通俗性的辅助展现。那么,"平话"在这些题名中出现,亦应与文本的某一特征或属性有关。考察上文所列平话文本的标题,普遍表现为"平话史书"的格式,如"平话三国志""平话武王伐纣书"。如果"平话"作为伎艺名或文体名而在标题中列于题材之前,这不符合当时的题名原则,如变文、话本、诗话、词话、诸宫调、小说,它们若在题名中出现决不会列于题材之前,作"变文孟姜女""诸宫调西厢记"之类的题名。考虑到题名与文本内容相适配的基本原则,并参照直说作品的题名格式与文本表述特征的对应关系,①以及平话文本所表现出的依据史书作通俗浅易性演述的文本属性和编写方式,这个"平话史书"的格式,当如题名中"全相"的标榜意图一样,是对平话文本的

————————

① 比如许衡《直说大学要略》、郑镇孙《直说通略》,以及贯云石《孝经直解》尾题标称"北庭成斋直说孝经"。

某一特征或属性的指示,具体来说即意指对所取史书作"平话"方式的演述。

　　至于"平话"一词涵义为何,元人没有解释说明,可能它在当时正如"直说"一样,非常普通,并无特别含义,是故没有必要作出解释。当然,基于这几部平话文本的珍贵价值,后来学者对元代"平话"的内涵阐释付出了努力,众说纷纭,虽然多囿于文本的白话叙述、讲说格式,囿于明清人立足当时评话属性的类推,但有一些认识已触及元代平话的内涵、属性的实质。如浦江清认为:"平话者平说之意,盖不夹吹弹,讲者只用醒木一块,舌辩滔滔,说历代兴亡故事,如今日之说大书然。"①吴小如则进一步解释称平话之"平"与"白"二词义同,指"纯用口语,不加歌唱的意思";②尤其鲁迅把"平话"落实于文本编写,认为市井社会中"以俚语著书,叙述故事,谓之'平话',即今所谓'白话小说'者是也"。③虽然他们最终的立场仍把"平话"定为伎艺称名或讲史底本,但这些解释还是颇具启发意义的:一是平话是平说之意,二是平话文本属于"以俚语著书"。再根据上文所析平话文本所表现出的对历史作通俗浅易性演述的宗旨和原则,则所谓的"平话"史书,即是通俗浅易地演述历史。其中的"平话"一词,则与贯云石、郑镇孙等人题名其白话著述的"直说"一样,乃指向于这种文本编写的通俗浅易表述方式,不只体现在俗语白话上,还体现在题材内容和叙述格式上。也就是说,这"平话"并不单指语体特征上的俗语白话,还包括那些说话伎艺的格套、民间传说的材料、讲史趣味的情

---

① 浦江清:《浦江清文录·谈〈京本通俗小说〉》,人民文学出版社 1989
　年版,第 207 页。
② 吴小如:《古典小说漫稿·释"平话"》,上海古籍出版社 1982 年版,
　第 19 页。
③ 鲁迅:《中国小说史略》,第 71 页。

节、民间趣味的发挥,以及依据史书的白话翻述等内容材料或表述方式,它们皆是其通俗浅易表述方式的组成部分,也是为了达成其通俗浅易性文本编写宗旨而选取的材料内容或表述方式,这些因素共同体现了"平话"历史或"平话"史书的内涵,也共同构成了"平话"一词的含义,即通俗平易地演述,而"平话三国志"即是通俗浅易地演述《三国志》这一史书。

所以,"平话"在元代这几部白话文本的题名中出现,不是指向于讲史伎艺或其他的伎艺性讲说活动,而是指向于书面编写活动,标举的是这类白话文本编写的通俗浅易表述方式,包括语言、题材、叙述格式等因素。为达此目标,编写者吸收了当时可用的材料,借鉴了当时可能的经验,尤其是当时在长篇故事叙述方面的实践经验,而当时这方面的经验,一是口传的讲史伎艺,它提供了历史题材的丰富内容;二是书面的直说作品,它提供了白话文本编写的具体示范。在白话进入文人的书面著述之时,那种来自上层需求、并有知名文人参与的白话作品更能为文人阶层所认同,对于当时下层社会的白话文本编写、刊刻、阅读也有积极的促进作用。所以,我们看到平话文本在文本形态上表现出内容、趣味、格式、语体上的混杂不一,既有明显的谨按史书作通俗编写的方式,也有民众喜欢、熟悉的民间传说、讲史伎艺的内容或格式,这说明编写者虽然杂取众材、杂采众体而未作有效的融合与统一。

结　　语

绾结上述,元代的平话文本与直说白话一样,是在白话地位提升、白话著述自觉的文化环境中出现的。在元初理学大儒许衡的书面白话著述活动的激励、示范下,贯云石、郑镇孙等人把"直说"之法引入到面向普通民众阅览文本的编写,一些下层文人或书商更把这种通俗浅易性文本编写引入到历史题材的通俗作品编写领域。只不过,直说作品属于文人主导的经史典籍阐释之作,即使有人致力于面向下层社会阅览之用的通俗读物编写,也不能过于脱离经史典籍阐释的学术领域。而平话文本的编写者因为设想的阅览对象不是学子,从而使用了民间讲唱伎艺的内容和格式,由此在通俗浅易的方向上走得更远,明显不打算谨守史学著述的规范,无论是其所取的内容材料,还是其所用的表述方式,皆倾向于取用民众喜爱、熟悉的民间传说、讲史伎艺的内容或格式,虽然因勾连铺述、未作融合而表现出语体、趣味等混杂不一的形态,但由于契合当时讲史伎艺的发展潮流,并有文学创作的成分,从而把面向普通民众阅览之用的白话文本编写活动引入到了文学领域,进行书面创作意义上的"平话历史",具体做法就是依傍史书、杂取众材而作通俗浅易性文本编写,甚至具体到如郑镇孙"按鉴直说"那样来"按鉴平话"。这也正如《宣和遗事》的编写,材料上采自当时的野史笔记及口讲伎艺的内容,而作了通俗文本的编写,而又因为这些材料负载了相关的叙述体制,由此在叙述方式上,既有文言的形态,也有白话的形态;既有文言笔记的体制,也有口讲伎艺的叙事程式。只是,《宣和遗事》不以"平话"题名,《直说通略》是以"直说"标榜,而这些通俗文本则以"平话"来标榜了这种编写方式。

据此而言,元代的平话文本是以通俗浅易为宗旨的书面编创立场上的历史题材作品,而非说话人口讲活动的书录或底本;其题名中的"平话"一词,并不指向于这种白话文本的题材、格式来源,也不是某一讲唱伎艺、某一小说文体的必然标志,元代尤其如此;它作为一种以通俗浅易为宗旨的书面编写的表述方式的标榜,小说可以用之,非小说亦可用之。

需要说明的是,元代这些书面编创意义上的平话文本,后人可以据此来进行讲唱伎艺的表演，进而指称这一伎艺表演为"说平话""讲平话"，乃至直接称之为"平话"，在这种情况下，"平话"一词已是指向于一种伎艺活动，这与元人对于"平话"一词的初始使用含义已经不同了。当然，我们现在也可以用"平话"来指称这些文本，或者一类作品、一种文体，但前提是要明白元代平话文本的性质，以及元人于此题名"平话"的含义和指代，不能以后世的概念来简单类推元人的使用含义，只有这样，才能把握它们在文学史上的真正价值，才能在相关"平话"问题上不作臆测、牵强之论。比如成书于古代朝鲜成宗四年（明成化九年，1473）的汉语教材《训世评话》，因其题名中的"评话"一词而被普遍视为运用"评话"形式编著的小说，并作为评话（平话）影响深远的有力证据。但从其文本形态、题材来源、作者自述来看，它一不取材于评话小说，二无所谓"评话体"叙述形式，只是选录了六十五则中国和朝鲜的民间故事、历史故事，并按照先列原文、后作译文的格式，译成当时标准的汉语白话。① 这是一部非常严肃的汉语教材，其题名中的"评话"并不是小说文体或讲史评话的标志，而是表示它的编写乃选取材料以作通俗浅易的翻述。这说明在明时平话与评话混用的观念下，元人所使用的"平话"一词的指代含义仍然存在。

---

① ［古朝鲜］李边《训世评话序》言："乃采劝善阴骘诸书中可为劝戒者数十条，与平昔所闻古事数十，总六十五条，俱以译语翻说，欲令学汉语者并加时习。"汪维辉编：《朝鲜时代汉语教科书丛刊》（四），中华书局2005年版，第1702页。

第七章 从伎艺话本到
文体话本

　　宋元时期那些可以归类于"话本"的书面文本在形态、体制上并不一致,甚至相互抵牾,有文言的,有白话的;有散文的,有韵文的;有讲唱体制的,无讲唱体制的。这些话本的属性认定,有的是着眼于文本的功用,有的是着眼于文本的体制;有的被认为是底本,有的被认为是录本,但无论如何,它们都纠缠着书面领域、伎艺领域的格式体例因素,这也是话本一直关涉的两个领域,即使到了"二拍"这样的个人独创型话本时期,仍然保留着来自说话伎艺的体制因素。当然,这些话本所体现的伎艺、书面两个领域的关系状态(多少、疏密、隐显)是不同的,比如所谓的底本、录本,并不必有说话伎艺的表述体制,它们之所以归属话本,乃因其为伎艺而作,或由伎艺而来;而所谓的拟编本,即使故事未经伎艺口演,即使语体不是口语白话,但因其表述体制有说话伎艺的程式格套,亦被归为话本。前者着眼于话本的故事情节用于或来自说话伎艺,可称之为"伎艺话本";后者着眼于话本的叙述体制取用自说话伎艺,可称之为"文体话本"。

　　从伎艺话本到文体话本,有一个长期累积、演进的过程,出现了不同形态、不同阶段的书面作品,它们并非处于话本小说发展进程的同一层面或同一阶段,我们不能如"底本说""录本说"那样把它们置于同一层面、同一属性来认识。立足于话本一端,我们会说话本文体的体制因素来自于说话伎艺,宋元说话伎艺的繁盛是导致话本小说兴起的直接原因;这表明说话伎艺的表述手段、体制因素已经从伎艺表演领域进入到书面编写领域。可是,伎艺口演内容进入书面领域后,是否就能整体、齐备地落实于文本,是否就会必然地出现所谓的宋元话本,就会走向一个书面文体的生成呢? 基于这一思考路径,本文即立足于伎艺一端,重新梳理一下宋元时期形态纷杂的话本小说与说话伎艺的关系,进而考察伎艺口演内容进入书面编写领域而进行的"文本化",是如何把口演内容落实于书面文本的,又是如何能够走向一个书面文体的生成路径的。

一、从伎艺话本到文体话
本的三种文本形态

　　讨论话本问题时,会涉及文本与伎艺的关系。在话本的学术史上,最通行的底本、录本两种说法都是立足于这个关系框架,而针对的都是话本的出现问题:一者,指出了文本的来源(而不是文体的来源),即这些文本是因为说话伎艺而出现的;二者,指出了文本的功用(而不是文本的体制),即这些文本是缘于说话伎艺而存在的(或为伎艺而编写,或据伎艺而书录)。① 所以,底本、录本这两个名称,是站在书面领域的话本一端,着眼于这些文本的功用,而非这些文本的体制;着眼于"伎艺话本"的属性,而非"文体话本"的属性。可是,在话本的讨论框架中,底本、录本却又都指向于同一种文体意义上的话本形态,这是把宋元时期的话本作品视为同一层面、同一属性

---

① 胡士莹指出:"话本本身原不是说话,它是按照'说话'的艺术形式记录下来的。……它开始被写下来的目的,不是为了文学,而是为了职业,为了实用。"(《话本小说概论》,第 131 页)

的文本了。如此一来,这两种说法就不得不面对一些作品属性归类上的尴尬,因为对于通行看法的"宋元话本"来说,若视之为"底本",则必须面对《醉翁谈录》《绿窗新话》中那些文言表述的故事,因为它们是专门为伎艺编写的文本;若视之为"录本",则必须面对《清平山堂话本·蓝桥记》那样的文言表述的作品,然而它明显不是来自于伎艺讲唱内容的记录。

实际上,宋元时期,从"伎艺话本"到"文体话本"之间有很大的发展空间,出现了多种文本形态,按照它们与说话伎艺的结缘形态,有底本、录本、拟编本三种类型,①代表了从伎艺话本到文体话本的三种文本属性。

(一) 底本

底本是缘于说话伎艺而出现的,服务于说话伎艺的文本。但艺人需要底本提供什么呢? 这就涉及艺人如何使用底本的问题了。艺人的伎艺表演属于口头创作,他需要按照伎艺的程式格套,进行场上的口头表演。这一环节属于伎艺领域,而非书面领域,即书面领域不提供伎艺领域的因素。鲁迅《中国小说史略》谈到"宋之话本"时说:"说话之事,虽在说话人各运匠心,随时生发,而仍有底本以作凭依,是为话本。"②语中称说话艺人"各运匠心,随时生发",就指出了

---

① 这三种话本形态的划分及其拟名,参照了前辈学者的相关论述。胡士莹在谈到话本的出现时认为:"初期的话本,并不是书面的著述,而只是说话人所说故事的书面记录或底本。"(《话本小说概论》,第131页)石昌渝言及话本小说的生成时指出:"书面化的'说话'就是话本小说。话本小说不是说话人的底本,而是摹拟'说话'的书面故事。它最初是记录'说话'加以编订,发展下去它同时也采集民间传闻进行编写,还选择一些传奇小说和笔记小说的某些作品加以改编。"(《中国小说源流论》,第230页)

② 鲁迅:《中国小说史略》,第73页。

说话伎艺的口头创作属性,它讲究的是艺人遵守伎艺的口演体制,把程式格套、故事情节进行当场捏合,而不是照搬现成的书面文本来演述,即陈乃乾所说的"以话为主","各守其家数师承而已"。①

如果艺人的表演如鲁迅所说的"有底本以作凭依",那么又是依凭底本的什么呢? 鲁迅是最早提出"底本"概念的,他依据的文献是吴自牧《梦粱录》(成书于南宋末年)卷二〇"百戏伎艺"条有关"话本"的记述:"凡傀儡,敷衍烟粉、灵怪、铁骑、公案、史书历代君臣将相故事,话本或讲史,或作杂剧,或如崖词。……大抵弄此多虚少实,如巨灵神、姬大仙等也。……更有弄影戏者,……杭城有贾四郎、王升、王闰卿等,熟于摆布,立讲无差。其话本与讲史书者颇同,大抵真假相半,公忠者雕以正貌,奸邪者刻以丑形,盖亦寓褒贬于其间耳。"②另外,早于此书的《都城纪胜》(成书于南宋理宗端平二年,即公元 1235 年)亦有相类记述。③ 鲁迅据此把话本解释为"说话艺人的底本",而学界普遍把这"底本"理解成具有口演体制的书面作品。其实,这种伎艺底本性质的"话本"在当时的傀儡戏、影戏、杂剧、讲史、崖词等伎艺中都存在着,它们题材相通,形态相近,各家

---

① 陈乃乾《三国志平话跋》言:"宋元之际,市井间每有演说话者,演说古今警听之事,……大抵与今之说书者相似,惟昔人以话为主,今人以书为主。……昔之说话人则各运匠心,随时生发,惟各守其家数师承而已。"(《陈乃乾文集》,第 361 页)指出宋代"演说话"者有"话"而无"本",而"话"指代故事的口头讲演形态或口头讲演形态的故事。

② 孟元老等:《东京梦华录》(外四种),第 304、305 页。

③ 《都城纪胜》"瓦舍众伎"条言:"凡傀儡敷演烟粉灵怪故事,铁骑公案之类,其话本或如杂剧,或如崖词,大抵多虚少实,如巨灵神、朱姬大仙之类是也。影戏,凡影戏乃京师人初以素纸雕镂,后用彩色装皮为之,其话本与讲史书颇同,大抵真假相半,公忠者雕以正貌,奸邪者与之丑形,盖亦寓褒贬于市俗之眼戏也。"(孟元老等:《东京梦华录》(外四种),第 86 页)

伎艺即据此而按各自的体制规范进行口头创作性质的加工、表演。上述两则笔记所说的"话本或讲史，或作杂剧，或如崖词""其话本与讲史书者颇同"，着眼的就是这些伎艺底本在故事内容上"大抵多虚少实""大抵真假相半"这一相同的题材性质，而不是指它们的伎艺底本体现出了相同相类的形式体制（实际上各家伎艺的形式体制也不可能相同）。因为在当时，伎艺口演体制还未成为书面领域的表述体制因素，而只是伎艺领域的表述体制因素，是艺人的基本艺能——艺人要按照伎艺的体制规范来进行口头创作，而伎艺底本不需要也不可能负载这些伎艺领域的格式成分。所以，底本不需要呈现伎艺口演的形式体制，其形态并非后世作为书面文体的话本小说样式。

至于底本是什么形态的呢？南宋罗烨《醉翁谈录·小说开辟》提到了说话艺人要熟悉《太平广记》《夷坚志》《琇莹集》等故事类作品，如此一来，它们在伎艺领域也就相应地具有了底本的功用。但它们又皆非为伎艺准备的作品，不能视为真正意义上的说话艺人使用的"底本"。而真正的底本乃是那些专门为伎艺编写的资料书。石昌渝即认为："说话人有一些是瞽者，他们只能靠耳闻心受，依赖不了底本，即使有底本，那底本也不会是今天看到的话本小说的样子，大概只是一个故事提纲和韵文套语以及表演程序的标记。"①周兆新也指出："如果我们认为说书艺人有底本，那么这种秘本就是底本。秘本的内容大致包括两部分：一是某一书目的故事梗概，二是常用的诗词赋赞或其他参考资料。"②根据这样的认识，有的学者即直接指出南宋皇都风月主人《绿窗新话》、罗烨《醉翁谈

① 石昌渝：《中国小说源流论》，第 230 页。
② 周兆新：《"话本"释义》，《国学研究》第二卷，北京大学出版社 1994 年版，第 197 页。

录》就是这类为说话伎艺编写的资料书,①而卢世华更明确提出,宋代书会才人参与编写的用于说话伎艺的"底本",如《醉翁谈录》《绿窗新话》,只是为艺人讲说而准备的参考材料,以文言出之,而非以白话出之,与后来的用于阅读的话本小说不同。② 但无论如何,它们都有一个共同的文本属性,就是不提供伎艺范畴的口演体制因素。

(二) 录本

录本也是缘于说话伎艺而出现的一种话本形态,只是它来自伎艺的记录,是由说话伎艺口演内容记录、整理而来的书面文本。那么,"录本"记录伎艺口演内容的什么? 形态又如何?

在话本小说的讨论框架中,录本被用以指向所谓的宋元话本小说,即宋元话本小说被认为是由说话伎艺口演内容的记录而来。胡士莹指出:"话本本身原不是说话,它是按照'说话'的艺术形式记录下来的。"③周兆新认为宋元话本"都不是底本,而是依据说书艺人口述整理而成、专供广大群众案头欣赏的通俗读物"。④ 基于这种话本即"录本"的认识,胡士莹、章培恒认为宋代并无话本小说,章培恒认为,所谓的"宋代话

---

① 程毅中《宋元小说研究》指出,"《绿窗新话》是说话人必用的参考书","是供说话人据以敷演故事的资料汇编"(第 187、188 页)。董上德《论〈醉翁谈录〉的性质与旨趣》(《学术研究》2001 年第 3 期)一文认为,《醉翁谈录》"是一部专供'小说'和'合生'艺人参考使用的、以男女风情为旨趣的故事与资料的类编"。此外,胡士莹、陈汝衡都表达过相同的观点,参见《话本小说概论》,第 150、152 页;《宋代说书史》,第 91 页。
② 卢世华:《试论宋代说话人的底本》,《江汉大学学报》(社科版)2005年第 6 期。
③ 胡士莹:《话本小说概论》,第 131 页。
④ 周兆新:《"话本"释义》,《国学研究》第二卷,第 202 页。

本"并不存在,宋人并无针对文本形态的白话小说的编写和刊刻,我们至今无法确定宋刊白话小说文本的实物存在;①胡士莹指出《醉翁谈录·小说开辟》所列举的 117 种名目指的是伎艺性故事,并没有与之相对应的书面形态,所以,宋代有口头的"话"而无书面的"本"。②

　　但是,站在说话伎艺一端,对于伎艺口演内容的记录,则并非必然是后世话本小说的样式,故而话本小说在宋代不存在,但录本肯定是存在的。胡士莹认为早期话本是对艺人口头讲唱内容的记录,但又特作强调:"在记录时,不可能是故事的全部,往往是较为主要的精采部分,内容简要,有的只是一个故事的轮廓而已。"③按照这种思路,我们应该认识到,这个记录伎艺口演内容的书面文本,并非是把艺人的口演内容整体、齐备地落实于文本,而是选取伎艺口演的部分内容落实于文本,基本的原则是剪辑故事情节,甚至要作文言语体的转化。

　　《绿窗新话》是南宋初年编辑的短篇文言小说集,它被普遍认为是说话人必用的资料汇编,程毅中即认为"其中有不少是已知话本的素材,还有一些故事可能就是当时说话故事的纪要"。④ 比如《郭华买脂慕粉郎》《杨生与秀奴共游》《章导与梁楚双恋》等,就是来自于伎艺口演内容的故事文本,只是经过了文言语体的转换。当然,有的故事文本在人物语言上保留了口语白话,即使如此,它们仍有一个简略的文言叙述框架,而更为普遍的做法是要进行文言语体的转换,这是当时文言编写环境中书面呈现口传故事的常规做法,唐代白行简的文言小

① 章培恒:《关于现存的所谓"宋话本"》,《上海大学学报》(社科版)
　　1996 年第 1 期。
② 胡士莹:《话本小说概论》,第 235 页。
③ 同上书,第 131 页。
④ 程毅中:《宋元小说研究》,第 187 页。

说《李娃传》以及宋代洪迈《夷坚志》中的许多作品皆如此。

南宋罗烨的《醉翁谈录》是另一部被视为说话人使用的资料书、参考书，其《小说开辟》一篇所载录的 117 种说话名目中，有一些在此书中有相对应的文言故事，比如《李亚仙不负郑元和》（癸集卷一）之于《李亚仙》，《红绡密约张生负李氏娘》（壬集卷一）之于《鸳鸯灯》，《王魁负心桂英死报》之于《王魁负心》，《乐昌公主破镜重圆》（癸集卷一）之于《徐都尉》，《韩翊柳氏远离再会》（癸集卷二）之于《章台柳》，等等。然而，说话名目只是表示当时存在着流传于艺人口头的伎艺故事，属于活态的口演故事，并不指代书面作品。而这些叙述简短的文言故事文本，对于说话伎艺来说，可以是一个底本，这与《醉翁谈录》总体上的底本性质资料书相适配；而溯及它们的内容渊源，则应是来自当时活态的口演故事。也就是说，这些文言故事文本属于伎艺口演故事的录本，只是作了情节内容的简略，并予以文言语体的转化表述了。

与底本一样，这些录本同是缘于说话伎艺而出现的，但二者与说话伎艺的关系并不相同，底本指向于伎艺表演，而录本则指向于书面阅览。在伎艺领域，艺人在底本基础上，有一个"加伎艺语境"的过程，即按照说话伎艺的程式规范作口头创作的表演。在书面领域，编写者在伎艺口演内容的基础上，有一个"去伎艺语境"的过程，因为说话伎艺的表述规范还没有成为书面编写领域的表述规范，尤其在录本出现的早期。所以，录本不一定要把伎艺口演的全部内容记录下来，也不一定就呈现出后世话本小说的样式。故而这些录本在故事情节上，有的是详细的描述，有的是简略的剪辑；在表述语言上，则有白话、文言的不同，有的使用说话伎艺的语言风格，有的转换成当时书面编写通用的文言语体。如此一来，那些书录说话伎艺口演内容的文本，就不会形态一致了，就会出现经过情节剪辑并转化为文言表述、无口演格式的文本,虽然这不是后世话本小说的样式,但不能否认它是由说话伎艺口演内容记录而来的文本。

(三) 拟编本

拟编本是摹拟说话伎艺形态的书面故事文本。所谓的摹拟说话伎艺形态,摹拟的是说话伎艺的口演体制,而非底本、录本这样的话本体制。那么,这个"拟编"是否如胡士莹所说的"依照说话的口气、方法,写成一个概略"呢?①

根据现知相关文献来看,拟编本并非必须在整体上按照典型的说话伎艺形态(故事情节、表述语言、体制格套等)来摹拟编写,因为有的拟编本并未采用说话伎艺的故事情节,只是在体制格套上摹拟说话伎艺,或者只是在叙述语言上摹拟说话伎艺。

元代刊刻的《五代史平话》一书,宁希元、丁锡根将其与《资治通鉴》的五代史部分对勘后,认为它是依据《资治通鉴》改编而成,但其编写又在体裁、语言和细节描写等方面受到民间讲史伎艺的影响。② 比如《五代唐史平话》卷上叙李嗣源军队与契丹的幽州一战:

---

① 胡士莹认为记录说话伎艺的口讲内容而出现话本,又说:"说话人原来口头娴习的成套的老故事,已不能适应广大市民的要求,于是出现了文学市场,一些文士们组织了书会,专门替说话人编撰话本(也有说话人自编的)。他们多方搜罗历史故事、民间传说和当代新闻,自出机杼编造一些故事,依照说话的口气、方法,写成一个概略,提供给说话人,说话人凭着自己的生花妙舌,添枝添叶,在书场上献技。"(《话本小说概论》,第131页)
② 宁希元:《〈五代史平话〉为金人所作考》,《文献》1989年第1期;丁锡根:《〈五代史平话〉成书考述》,《复旦学报》(社科版)1991年第5期,第68页。

契丹以马军万人拒之于前，将士皆惊愕失色，李嗣源独将马军百余人先犯阵出马，免胄扬鞭，用胡语与契丹打话道："是汝无故犯我边塞，晋王使我统百万之众，直趣西楼，灭汝种类。"说罢，跃马奋檛，三入契丹阵，斩讫酋长一人。后军相继杀进，契丹兵退却，晋军尽得出。李存审下令使军人各伐树木为鹿角，每一人持一枝，到止宿处，则编以为寨。契丹马军从寨前过，寨内军发万弩射之，人马死伤，积尸满路。①

对照《资治通鉴》相应叙述段落，②编写者是谨按史书而作说话伎艺表述风格的白话翻译。这样的情况在《五代史平话》中不止一处，在《全相平话五种》中亦存在，比如《秦并六国平话》卷下叙刘邦攻陷咸阳并与关中父老约法三章一节，即是根据《资治通鉴》卷九高祖皇帝元年所记内容的白话翻述（详见第六章第二部分）。

同样是摹拟说话伎艺的部分因素，有的拟编本只是体制格套来自于说话伎艺。《清平山堂话本》中有《蓝桥记》一篇，它与南宋罗烨《醉翁谈录》辛集卷一《裴航遇云英于蓝桥》讲述的是同一个故事，且二者皆以文言呈现，文字叙述几乎全同，并且二者与原作裴铏《传奇·裴航》的不同之处亦相互一致。只是《蓝桥记》框套了说话伎艺的入话、散场诗格式，在开头加了以"入话"领起的四句诗："洛阳三月里，回首渡襄川。忽遇

---

① 丁锡根编：《宋元平话集》，第 80 页。
② 《资治通鉴》卷二七〇《后梁纪·均王贞明三年》记："契丹以万余骑遮其前，将士失色。嗣源以百余骑先进，免胄扬鞭，胡语谓契丹曰：'汝无故犯我疆场，晋王命我将百万众直抵西楼，灭汝种族！'因跃马奋檛，三入其陈，斩契丹酋长一人。后军齐进，契丹兵却，晋兵始得出。李存审命步兵伐木为鹿角，人持一枝，止则成寨。契丹骑环寨而过，寨中发万弩射之，流矢蔽日，契丹人马死伤塞路。"（第 8818 页）

神仙侣，翩翩入洞天。"在结尾加了以"正是"领起的两句散场诗："玉室丹书著姓，长生不老人家。"

与此类似，有的拟编本则是在正话的叙述段落中框套了说话伎艺格式。比如《秦并六国平话》多有以"话说"领起的文言叙述段落，此书卷下叙及田儋事迹一节："话说田儋者，故齐王族也。儋从弟田荣，荣弟田横，皆豪杰人。陈王令周市徇地，至狄，狄城太守。田儋佯缚其奴之廷，欲谒见狄令，因击杀狄令，而召豪吏子弟曰：'诸侯皆反秦自立，齐，古之建国也。'田儋遂自立为齐王，发兵以击周市。周市军还去。田儋率兵东略齐地。"①此段叙述以伎艺口演体制中常用的格套语"话说"领起，其下相从者为纯正的文言叙述，考其来源，乃抄录于《资治通鉴》原文。② 这种情况亦见于《五代史平话》，此书常见以"话说""却说""话说里说"（此套语用于引领插叙段落）领起的文言段落，如《唐史平话》卷下叙述刘皇后一节：

　　却说那刘皇后生自寒族，其父以医卜为业，幼年被掳入宫，得幸从唐主。在魏时，父闻其贵，诣魏州上谒，后深耻之，怒曰："妾去乡时，父不幸为乱兵所杀，今何物田舍翁敢至此！"命笞之宫门外。后性狡悍淫妒，专务蓄财，如薪蔬果菜之属，皆贩卖以求利。及为后，四方贡献皆分为二：一以献天子，一以献中宫。皇后无所用，惟以写佛经

---

① 丁锡根编：《宋元平话集》，第 655—656 页。
② 《资治通鉴》卷七《秦纪·二世皇帝元年》记："田儋者，故齐王族也。儋从弟荣，荣弟横，皆豪健，宗强，能得人。周市徇地至狄，狄城守。田儋详为缚其奴，从少年之廷，欲谒杀奴，见狄令，因击杀令，而召豪吏子弟曰：'诸侯皆反秦自立。齐，古之建国也；儋，田氏，当王！'遂自立为齐王，发兵以击周市。周市军还去。田儋率兵东略定齐地。"（第262页）

布施尼僧而已。①

对照《资治通鉴纲目》卷五五相应段落，②"却说"领起的文言部分与之高度重合，明显是据史书原文的抄录。

上面所列话本的主体故事皆来自于现成的文言作品，但又简单地混合了"话说"、入话、散场诗这些属于伎艺口演体制的成分。据此而言，这种话本肯定不是伎艺口演内容的记录，而是属于前文注引中石昌渝所说的"摹拟'说话'的书面故事"，是立足于书面编写而取用了伎艺的体制格套，并与现成的文言作品混合而成的拟编本。

另外，《蓝桥记》一篇立足于书面编写而取用伎艺格式的文本属性，又引导我们看到了《清平山堂话本》所反映出的更多的拟编本方式。

《清平山堂话本》所辑多为早期的话本，各篇正话的文本形态颇为杂乱。一者，各篇正话的语体样式并不一致，有的是文言表述（《蓝桥记》《汉李广世号飞将军》），有的韵文表述（《快嘴李翠莲记》《张子房慕道记》），有的则是白话散体表述（《简帖和尚》《合同文字记》）；二者，各篇正话的故事来源并不一致，有的来自前代的书面作品，有的来自伎艺的口演内容（或是现成的伎艺故事的录本），但来源的伎艺又不单一，或是小说家说话伎艺（《简帖和尚》《合同文字记》），或是词文类伎

---

① 丁锡根编：《宋元平话集》，第 99 页。

② 朱熹《资治通鉴纲目》卷五五"唐立刘夫人刘氏为后"条记："后生于寒微，其父以医卜为业。后幼被掠得入宫，性狡悍淫妒。从唐主在魏，父闻其贵，诣魏上谒。时后方与诸夫人争宠，以门地相高，耻之，怒曰：'妾去乡时，父不幸死乱兵，妾哭而去，今何物田舍翁敢至此！'命笞之宫门。又专务蓄财，薪苏果茹皆贩鬻之。至是，四方贡献皆分为二：一上天子，一上中宫。以是宝货山积，惟用写佛经、施尼师而已。"（《朱子全书》第 11 册，第 3219 页）

艺(《快嘴李翠莲记》《张子房慕道记》)。

　　然而,无论各篇正话的文本形态如何不一致,从总体上来看,除了几篇首尾残缺的作品,《清平山堂话本》各篇皆框套了同一种伎艺口演体制的结构程式——开篇有"入话"领起的诗词,结尾有"正是"领起的散场诗,无论是白话叙述者还是文言叙述者皆此,即使《洛阳三怪记》一篇没有"入话"二字标识,但它实际上仍有作为"入话"开篇的四句七言诗。这说明这些话本并非由记录伎艺口演内容而成篇,而是有意识地取用伎艺口演体制而作书面拟编,而且体现出了对伎艺口演格式的有意识地选择,比如对入话、散场格式的有意识地使用。这表明《清平山堂话本》中那些正话形态杂乱而框架体例统一的文本,即是立足于书面编写而统一取用了伎艺格式以作文本拟编后的结果。

　　具体来看《蓝桥记》这样的拟编本,其故事来自于现成的文言作品,而非对说话伎艺口演内容的记录,这已然属于作家立足于书面编写而摹拟伎艺体制格套的一次文学创作实践。立足于拟编本一端,我们追索其叙述体制的诸种成分的来源,虽然仍要溯至说话伎艺的口演体制,但拟编本中的伎艺体制因素已不是出自对伎艺口演体制的直接抄录式的模拟,而是经过了此前录本阶段对于伎艺口演体制的过滤、改造、调适,最后形成了一种故事文本编写的书面表述方式,这正是拟编本据以进行反复编写实践的文体规范和依凭。所以,底本、录本、拟编本三种文本形态,一同关联了说话伎艺体制因素文本化形态的演变进程。

　　那么,说话伎艺的口演体制是如何成为书面文体的标志性特征的呢? 拟编本的叙述体制中那些原本属于伎艺范畴的成分,又是如何成为书面领域的表述方式、编写体例的呢? 这个问题值得深加探讨,因为它关乎一个书面文体生成的基本逻辑,以及伎艺口演内容进入书面编写领域后的演化轨迹。

二、录本、拟编本是说话伎艺
文本化的两种形态

　　根据上文分析，底本、录本、拟编本三种话本形态皆与说话伎艺的诸种因素有着或多或少的关联。其中，底本是服务于伎艺口演，艺人各守规范，根据它进行口头创作和表演，如此，从书面的底本到伎艺的口演，有一个书面内容的"伎艺化"问题，这是伎艺领域的事；而录本、拟编本，皆针对说话伎艺的某些口演成分而作书面呈现，如此，从伎艺的口演到书面的文本，有一个口演内容的文本化问题，这是书面领域的事。

　　立足于书面领域，我们看到话本具有源于伎艺的故事情节、叙述体制和语言格套，只是应注意到，并不是话本的全部成分都来自于说话伎艺。比如拟编本的叙述体制来源于伎艺，但故事及其文本并不一定来自伎艺；即使较拟编本更为近缘于伎艺的录本，说它是记录伎艺口演内容而成，但这个记录的忠实度也不会很高，并且不会必然出现口演内容整体性地落实于文本的情况。因为对于伎艺的口演内容，录本是要按书面编写的表述规范来呈现的，甚至要经过文言语体的转换。

　　我们知道，伎艺口演内容是艺人按伎艺规范来呈现的，如果艺人有底本作为依凭，则有一个对底本的伎艺化过程，需要一个"加伎艺语境"的环节。而伎艺口演内容如何落实于书面文本，则需要按照书面编写规范来呈现口演内容，这是一个"文本化"的过程，其间要面对的问题就是伎艺口演内容在口头形态、书面形态之间生存状态的变化，以及伎艺语境的内容与书面呈现的体例之间的矛盾冲突。因为那些伎艺范畴的体制因素，如讲唱语气的白话表述、程式化的套语、入话正话的叙述体制，皆是因口头创作而生成，因口头讲唱而存在的。而书面编写的体例则是按照书面语言的表述规范而形成的,它不会天然地与口头表演的格式、体制相调适,相融合。所以,在伎艺口演内容落实于文本的过程中,口演内容不可能一步到位地适应书面领域的各种表述规范和文本体例,其间有对伎艺语境的口演内容的排斥、接纳、改造过程,《清平山堂话本》中那些形态杂乱不一的话本就是这种伎艺口演内容与书面编写规范相互调适的结果。据此而言,话本中的录本、拟编本所负载的说话伎艺口演内容诸种成分的文本落实,并不是整体的、齐备的,而是局部的、分离的,存在着一个分解式落实于书面文本的过程,其间蕴含着口演内容从口头形态转化为书面形态的矛盾冲突与碰撞调适。

具体来看,宋代就已出现了话本的录本形态,这说明当时已经出现了说话伎艺的文本化现象,只是这一文本化是立足于书面编写的立场而对口演内容的选择性取用,具体来讲,就是针对口演内容的故事情节这一成分进行文本化。所以,虽然录本的故事肯定来自于伎艺,但文本体例、叙述体制就不一定使用伎艺的方式、按照伎艺的规范了。上述《绿窗新话》《醉翁谈录》中那些来自说话伎艺的篇章所反映的文本化形态,就只是针对故事情节的文本落实,并在表述上作了文言语体的转换。

即使那些未作文言转换而以伎艺口演风格表述的话本,也并非记录了伎艺口演的全部内容。这有两种情况:一是录本中那些在人物语言上保留口语白话的文本,如《绿窗新话》中《陈吉私犯熊小娘》《杨生与秀奴共游》(下文详述);二是拟编本中那些具有伎艺口演风格的正话,当是来自于现成的节略录本,而被拟编本所采用,如《清平山堂话本》中《柳耆卿诗酒玩江楼记》《阴骘积善》《曹伯明错勘赃记》等。它们有些情节不完整,逻辑不周全,完全没有《醉翁谈录·小说开辟》所描述的说话人口演风采:"讲论处不滞搭、不絮烦;敷演处有规模、有收拾。冷淡处提掇得有家数，热闹处敷演得越久长。"①
这些故事文本明显不符合记录说话伎艺口演内容这样的属性
认定。另外，在拟编本中还出现了单独摹拟伎艺体制格套的
情况，比如上文提及的《清平山堂话本·蓝桥记》；或者单独摹
拟伎艺叙述语言风格的情况，比如上文提及的《五代唐史平
话》。这些都体现了基于书面编写而对说话伎艺体制因素的
分解式文本落实。

　　再者，即使那些既作伎艺风格的白话表述，又有伎艺风格
的叙述体制的话本，也不会是对伎艺口演内容的整体性文本
落实。比如《清平山堂话本·刎颈鸳鸯会》一篇，整体上有一
个入话、结语的叙述框架，而入话小故事是唐末皇甫牧《非烟
传》的文言节略版，正话则是说话伎艺风格的白话语体故事。
此篇明显是一个拟编本，它以现成的文言小说内容与伎艺口
演内容的白话录本相混合，又镶嵌在一个入话、结语构成的叙
述框架之中。这对于说话伎艺口演内容的整体、全部来说，仍
是分解式的文本化形态。

　　上面的梳理表明，在说话伎艺文本化的路途上，伎艺口演
内容的诸种成分并非完整、齐备地落实于文本，而是可以与口
演内容的整体相分离而单独落实于文本的。从录本最初表现
的故事情节单独落实于文本，到拟编本表现的程式格套、表述
语体单独落实于文本，都说明了这个文本化不是伎艺领域的
口演内容与书面领域的话本作品两端的静态关联，也不是口
演内容诸种成分因素在书面文本上的一一对应的落实，而是
一种分解式的文本落实。

　　这样一个伎艺故事从口头讲演到书面呈现的落实过程，
对于说话伎艺的文本化来说，是分解式的文本落实；而对于书

────────
① 罗烨：《醉翁谈录》，第 3 页。

面编写的内容取材来说,则是书面编写对伎艺口演内容的选择性取用。所以,这个伎艺口演内容的分解式文本化,首先是作为一种方式,让我们看到了一个立场,那就是说话伎艺的文本化蕴含着来自于书面编写领域的主动性。

说话伎艺口演内容的诸种成分因素是互相适配的,比如它的叙述程式、讲演格套与口语白话是基于伎艺讲唱而融合在一起的,但它们在进入书面领域后却并非能彼此伴随而齐备地落实于文本中。因为在书面领域,伎艺口演内容如何落实于文本,并不是伎艺领域的事,而是需要遵循书面编写的表述规范,也不得不面对书面编写的体例局限,编写者只好遵从这些规范、局限,选取口演内容的一种或几种成分把它们落实于文本中。这表明说话伎艺的文本化从一开始就寓含了一个来自于书面领域的基本立场——书面编写的主动性,即编写者在面对伎艺口演内容时在材料取舍、呈现方式上的选择态度,比如对于故事情节、叙述体制、语言风格等因素的选择。

上文所述《绿窗新话》《醉翁谈录》中的那些篇章是选择了说话伎艺的故事内容进行文本化,并在文字表述上作了文言语体的转换。同样作为说话伎艺文本化结果的《清平山堂话本·蓝桥记》,也表现出了这种书面编写的主动性,它选取了说话伎艺的入话、散场诗程式因素,用以框套那个作为正话的文言版蓝桥故事文本。编写者的这个主动性,是立足于书面编写而面对故事材料、呈现方式等方面的选择问题时,表现出的对伎艺口演内容诸种成分因素的取用,而不是基于记录、整理伎艺口演内容的目的而要把某一伎艺口演内容落实于文本。据此分析,我们即可认识到,这些话本中伎艺因素的存在,乃基于书面编写而对伎艺口演内容诸种成分的吸纳和取用,而这些话本所表现的表述语体不一、故事来源不同,则是出于编写者对他所面对的各种材料主动选择后的结果(编写者面对的材料有口头的、书面的，文言的、白话的，散体的、韵体的）。《清平山堂话本》中那些正话形态杂乱而框架体例统一的文本，即是这一主动的材料选择、文本编写后的结果。这种基于书面编写而取用伎艺口演内容的编写行为，与《绿窗新话》节略说话伎艺口演内容而作文言转换的编写行为一样，都体现了书面领域对伎艺口演内容的主动性文本化意识，即基于书面编写而对伎艺口演内容的有意识的文本化。

其次，这个伎艺口演内容的分解式文本化，作为一个过程，则让我们看到了一个方向。

说话伎艺口演内容可以相互分离从而单独地落实于文本，从一部或一类话本来说，是一个文本化的方式；从不同时期、不同类别的话本来说，则体现出一个文本化的过程——伎艺口演内容的诸种成分被逐步落实于文本中，一个个被书面呈现，并渐趋与书面表述体制调适、融合而成为书面文体的标志性因素，其间即存在着一个分解式文本化的过程。所以，这个分解式文本化，不但是一种方式，也是一个过程，一个复杂的、长期的累积演进过程。从录本阶段把口演内容的故事情节落实于文本，到拟编本阶段不依傍伎艺故事而进行伎艺体制因素的文本化，就是这个累积演进过程的两个重要节点，其间涌动着一个重要的文本化发展方向——从伎艺故事负载的文本化向着伎艺体制负载的文本化转变。

上文提到的《绿窗新话》《醉翁谈录》所体现的录本阶段说话伎艺的文本化形态，是针对伎艺故事情节的文本落实，并在语言表述上作了文言语体的转换，这属于伎艺故事文本化主导的书面编写。但有些录本并未作彻底的文言转换，而是保留了口语白话成分。比如：

　　一夕，月明，熊氏领妮子惠奴出帘前看月，问陈吉：

"睡也未?"又问:"你前随官人入蜀,知他与谁有约?"吉曰:"不知。"熊氏遂入,一夜睡不着。……熊氏乃进抱陈吉曰:"我也不能管得。"遂为吉所淫。(《陈吉私犯熊小娘》)

(杨廷实与散乐妓汤秀奴)一见两情交契,海誓山盟。生亦不顾家有双亲妻子,行与秀奴比肩,坐则迭股,日夕贪欢,无时或弃。每相谓曰:"我两个真正可惜,但愿生同鸳被,死同棺椁。"(《杨生与秀奴共游》)①

在这些篇章中,它们的叙述语言、人物语言都表现出了一些口语白话的特色,尤其在人物语言中多见,亦尤为明显,但总体上仍是夹杂在文言叙述框架之中。在伎艺故事文本化总体上要作文言语体的转换的情况下,这些录本中出现的口语白话,是在书面呈现伎艺故事时对其语言表述风格的保留,而非基于书面编写而有意识地模拟伎艺格调的口语白话所致。所以,这些录本中零散出现的白话表述,是负载于伎艺故事的文本化之中的,因为要把伎艺故事落实于文本,而顺便保留了其表述方式。这样的说话伎艺文本化结果,应是附庸于伎艺故事的文本化之中,属于伎艺故事文本化负载的口演表述方式。

但是,有些拟编本中出现的白话表述,已不是附庸于伎艺故事的文本化之中了,因为它们的故事并非来自于伎艺讲演。比如元代的平话文本中就出现了据史书作白话翻述的现象,虽然其语言表述的风格来自于伎艺,但故事情节明确来自现成的文言作品。与此类似的情况还有拟编本中出现的伎艺程式格套,比如平话文本中"话说"领起文言段落的现象,以及《清平山堂话本·蓝桥记》那样以入话、结语程式框套文言叙

---

① 皇都风月主人编,周楞伽笺注:《绿窗新话》,第70、116页。

述段落的作品,它们的故事情节也明确不是来自于伎艺。这说明伎艺体制因素已经不是作为书面呈现伎艺故事的附属品而出现在文本中了,而是脱离了伎艺故事,单独作为一种成分进入书面领域,成为书面编写的一种表述方式了。那么,这些拟编本即属于伎艺体制文本化主导的书面编写。如此一来,这些伎艺格调的语言表述、讲唱套语就不是负载于伎艺故事的文本化之中了,而是基于书面编写而模拟了说话伎艺的体制格式,有的取用了伎艺的语言表述风格,有的取用了伎艺的叙述程式格套。所以说,这些伎艺体制因素在拟编本中的出现,已不是附属于以伎艺故事为宗旨的文本化了,而是出于以伎艺体制为宗旨的文本化所致,属于伎艺体制文本化负载的口演表述方式。

伎艺故事负载的文本化出现于说话伎艺文本化的早期阶段,这是以伎艺故事为主体、为目标的文本化,其文本呈现要遵从书面领域的体例规范,而零散的口演表述方式只是伎艺故事落实于书面文本过程中的附庸,负载于以伎艺故事为宗旨的文本化之中。

至于伎艺体制负载的文本化,则是以伎艺体制为目标的文本化。由此,那些伎艺体制因素就可以从口演内容中分解出来,作为这个文本化的主体,被单独用来作为书面编写的表述方式,于是,那些口演形态的程式格套开始与书面编写的体例规范相调适、融合,渐趋成为书面领域的表述方式、体制因素。这说明说话伎艺的叙述体制已经可以独立地进入到被书面领域接纳、改造的轨道,能够单独落实于文本而成为书面编写的一种表述方式。如果沿着这个方向发展,说话伎艺的文本化就会走向书面文体的生成了。因为随着伎艺体制因素分解式地落实于文本,不同的伎艺体制因素一一落实于文本,在书面领域里逐步地被调适、被改造、被融合,渐趋形成了一种书面编写的表述方式甚至体例规范,而这些原来因伎艺口演而存在、适配于伎艺故事表述的各种伎艺体制因素,在进入书面领域之后就被改造成一个书面文体的构成要素、标志特征了。在此过程中,拟编本所表现出的伎艺体制负载的文本化方向的确立是个非常重要的关键环节。

这个伎艺体制负载的文本化发展方向的确立情况,我们可以据《清平山堂话本》收录的作品稍窥一斑。

细勘《清平山堂话本》中的作品,形态有三:(1)有《简帖和尚》《合同文字记》这样的典型的话本小说样式,其形态与元刻《新编红白蜘蛛小说》残页所示一致,有入话、散场诗组合的程式结构,有散体白话的叙述话语,有口演伎艺的格套和语气;(2)文言叙述与说话程序组合的文本,如《蓝桥记》《汉李广世号飞将军》,虽有入话、散场诗组合的程式框架,但纳入其中的正话不是带有说话格套、语气的散体白话叙述故事,而是深浅不一的文言叙述故事;(3)词文叙述与说话程式组合的文本,如《快嘴李翠莲记》《张子房慕道记》,虽有入话、散场诗组合的程式框架,但纳入其中的正话是以人物话语出现的大段词文。而且,这些作品还表现出明显的文本形态差异、内容来源差异,比如,语言上,有文言的,有白话的;语体上,有散体的,有韵体的;故事来源上,有来自"小说家"说话者,有来自诗赞体讲唱伎艺者,有来自文言或白话书面作品者。

需要强调的是,虽然上述三类文本的具体形态有如此差异,但它们都有一个入话、散场诗组合的程式结构框架。最值得关注的是《蓝桥记》《汉李广世号飞将军》这样的文言叙述内容与说话伎艺程式组合的文本,明显是基于书面编写而混合了现成的文言故事文本和伎艺讲唱格式。在此,入话、散场诗叙述体制已经作为一种书面编写时反复套用的叙述体制,初步表现出一种书面编写的体制规范,既使用在有说话伎艺语气的白话故事文本中,也使用在无说话伎艺格调的文言故事文本中,而且还对其他讲唱伎艺的文本化具有示范、引导作用。比如有人把其他讲唱伎艺的口演内容落实于文本时,也使用了这种为人们所熟悉的口演叙述程式,《张子房慕道记》《快嘴李翠莲记》《刎颈鸳鸯会》即如此,这样的韵体词文叙述与说话伎艺程式组合的书面编写,就是基于通俗故事文本的编写而取材非"小说家"伎艺的口演内容,并套用了这种已在书面编写中相对定型的伎艺叙述体制。这表明入话、散场诗叙述程式已经从伎艺故事中被剥离出来,成为一种书面编写的表述体制,被用来对各种不同伎艺来源的口演内容进行书面呈现了。

通过以上分析,我们可以看到,在说话伎艺的文本化过程中,伎艺口演内容的诸种成分因素在书面文本上的分解式落实情况。正因如此,这个分解式文本化会出现不同的文本化方向,由此出现了各种不同的文本化结果,形成了各种不同形态的文本作品,故而说话伎艺的文本化落实,并非一开始就会出现整体性的文本化形态,也不会必然地出现整体性的文本化形态,从而出现后世话本小说样式的书面作品。虽然伎艺口演内容诸成分在伎艺领域是相互适配而融合呈现的,但这并不是它们进入书面领域而能够整体性书面呈现的必然形态。因为书面领域接受伎艺口演内容的何种成分,要取决于书面领域的接受观念、表述能力和体例规范,而并非伎艺领域的成熟程度和影响力度所能决定的。

另外,我们还应注意,在这个文本化的过程中,伎艺口演内容的诸种成分落实于书面文本,不是一蹴而就、一步到位的,上面所说的各种分解落实于文本的形态就是这个长期、复杂的文本化过程的各种结果,我们把它们归类于录本、拟编本。对于这些文本化的结果,如果站在话本作品一端,我们可以笼统地说它们来自于说话伎艺，只是要注意它们并不是全部、整体地来源于说话伎艺的内容；而如果站在说话伎艺一端，我们可以看到它们把伎艺口演内容落实于文本的程度并不一致，性质并不相同，阶段并不同步，由此有形态呈现上的差异，也有出现时间的差异，由此而处于这个文本化过程的不同节点。《绿窗新话》中那些经过文言转述的伎艺故事节略，《蓝桥记》那样的文言叙述与伎艺格式相混合的文本编写，《刎颈鸳鸯会》那样的文言叙述、白话叙述与伎艺格式相混合的文本编写，就是这些不同节点的体现。

由此我们知道，录本、拟编本的各种形态不同的文本作品，是这个文本化过程中的一个个文本化结果，处于这个文本化过程中的不同节点。虽然站在话本一端，我们会说它们与说话伎艺有关联，有结缘，但当我们笼统地这么说时，需要警醒，作为说话伎艺的文本化结果，它们并不是处于同一层面的文本，而是处于这个文本化不同层面的书面编写，而且是处在这个文本化过程的不同阶段。它们呈现出的不同形态，乃由它们所处说话伎艺文本化的不同阶段、不同层面所致。

三、说话伎艺文本化朝向文体话本发展的促动因素

拟编本作为说话伎艺文本化的一个结果，它以及它所负载的书面表述体制是在这个文本化过程中出现的。因此，对于拟编本的出现，对于拟编本所负载的书面表述体制的出现，我们应该放在这个文本化过程中来考察，而不是放在文本与伎艺的因果框架中，说它是受说话伎艺影响而形成的，或是记录说话伎艺口演内容而生成的。因为说话伎艺的影响并不是这个文本化的主动因素、直接动力；说话伎艺进入书面领域后

也不会必然地朝着拟编本这个方向发展,而是存在着不同的发展方向。那么,在这个文本化过程中,朝着拟编本发展的文本化方向是怎么出现的呢?是什么因素促成了这个文本化朝着文体话本的方向发展,从而促成拟编本这个结果出现的呢?

录本是说话伎艺进入书面领域后的第一个文本化形态,它以伎艺故事的文本化为目的(而不以伎艺体制的文本化为目的),即要把口演的故事内容呈现于书面文本,但其语言表述总体上还是遵循书面领域通用的文言编写规范,具体表现出两种情况:一是转换为文言语体表述,二是叙述语言为文言语体,而在人物语言中保留零散的口语白话。因此,人物语言中出现的这些口语白话,并不是以文言编写立场或白话编写立场"写"出来的,而是以文言编写立场"录"下来的。

其实,录本所体现的这两种文本化形态,与当时口传故事普遍的文本化形态是一致的,并没有超越这个时代对于书面表述语言的使用观念和水平。

朱熹论古人文章,分"说"出来和"做"出来两种:"古人文章,大率只是平说而意自长,后人文章,务意多而酸涩。如《离骚》,初无奇字,只恁说将去自是好。后来如鲁直,恁地着力做,却自是不好。"①由此而言,"说"出来的文章就是对口讲内容的记录,而"做"出来的文章就是用书面文字进行的书面创作。那么在当时,故事的呈现也可分为"说出来"的和"写出来"的两种,两者各有表述规范,前者是口头呈现,用口语白话表述;后者是书面呈现,用书面文言表述。那些"说出来"的故事,有伎艺性的,如说话伎艺;更多的是日常性的,这类故事被书面记述者亦不在少数,比如唐传奇《李娃传》即是对口传"一

---

① 张伯行编:《朱子语类辑略》卷八"论文"条,中华书局 1985 年版,第273 页。

枝花"故事的书面记述,而宋代的历史著述、白话语录、文人笔记更多有例证。书面领域对于这些"说出来"的故事的呈现,总的观念是"录",在表述语言上,或是整体上转换成文言语体,或是在人物语言中保留口语白话,但即使如此,这些白话表述成分也是书面呈现意义的"录",而非书面创作意义的"写",也就是说,这些白话成分并不是作为书面编写时使用的表述语言。比如下面对五代梁太祖朱温的两段记述:

> 朱全忠尝与僚佐及游客坐于大柳之下,全忠独言曰:"此树宜为车毂。"众莫应。有游客数人起应曰:"宜为车毂。"全忠勃然厉声曰:"书生辈好顺口玩人,皆此类也。车须用夹毂,柳木岂可为之!"顾左右曰:"尚何待!"左右数十人捽言为车毂者,悉扑杀之。①

> 一日,忽出大梁门外数十里,憩于高柳树下。树可数围,柯干甚大,可庇五六十人,游客亦与坐。梁祖独语曰:"好大柳树。"徐遍视宾客,注目久之。坐客各各避席,对曰:"好柳树。"梁祖又曰:"此好柳树,好作车头。"末坐五六人起对:"好作车头。"梁祖顾恭、翔等,起对曰:"虽好柳树,作车头须是夹榆树。"梁祖勃然厉声言曰:"这一队措大,爱顺口弄人。柳树岂可作车头? 车头须是夹榆木,便顺我也道柳树好作车头。我见人说秦时指鹿为马,有甚难事!"顾左右曰:"更待甚?"须臾,健儿五七十人悉擒言柳树好作车头者,数以谀佞之罪,当面扑杀之。②

---

① 《旧五代史》卷二《太祖本纪》,中华书局 1976 年版,第 38 页。
② 张齐贤:《洛阳搢绅旧闻记》卷一"梁太祖优待文士"条,《丛书集成初编》本,第 3 页。

这两段文字叙写了关于朱温的同一个传奇故事，应是来自于民间口传。对于这个口传故事，《旧五代史》在书面呈现时整体上转换成文言表述，而北宋初年的《洛阳搢绅旧闻记》则在人物语言中保留了口语白话，既有"措大""顺口""弄人"等口语词汇，也有白话语体的句式，这样的语言格调符合朱温这个出身贫寒、文化低劣的草莽英雄形象，既描摹得生动活泼，也符合生活事实。但需要注意的是，第二段文字在人物语言中保留白话表述，乃出于对史家实录求真观念的遵循，或是文言编写立场上对人物身份、性格刻画的修辞考虑，而非基于书面编写意义上的语言表述观念的重要转变，所以，即使人物语言普遍使用口语白话，仍是被镶嵌在一个文言叙述的框架中。这正如当时禅宗大师、理学大师们的白话语录，如道原《景德传灯录》、张伯行《朱子语类辑略》、王守仁《传习录》等，亦有一个"某某曰""某某云"领起的文言叙述框架。在此，编写者仍是遵循书面领域的文言表述规范，而不是把口语白话作为自己进行书面编写的一种表述方式，如此一来，那些"说出来"的口传故事在进入书面领域后，就被按照书面领域的文言表述规范予以呈现，即使人物语言中保留口语白话，也是基于实录求真的观念而对口传内容的"录"，而非基于书面白话编写立场的"写"。因为按照文言编写的规范，那些口传领域"说"的表述方式不可能被用作文言编写立场的"写"的表述方式。

这种日常性口传故事的文本化形态，同样存在于当时的伎艺性口传故事的文本化之中，这是当时口头内容落实于书面文本的普遍规范。我们看到，录本中出现的白话语体的人物语言，是缘于伎艺故事负载的文本化对口演话语的保留，它附庸于伎艺故事的文本化。而伎艺口演内容进入书面领域后的录本阶段，总体上是要遵循文言编写的体例和规范，因为录本仍是文言编写立场的著述，而非白话编写立场的著述；在文言编写的规范中,伎艺口演体制是外在于书面领域的表述方式,它不可能与文言表述规范兼容,而被用作文言编写立场的一种表述方式。

但元代普遍出现的拟编本则较此发生了明确的变化,出现了伎艺体制因素与伎艺故事内容相分离而单独落实于文本的现象,这种伎艺体制负载的文本化在《清平山堂话本·蓝桥记》《五代史平话》《全相平话五种》中表现得甚为典型、明显。一是出现了白话编写立场的文本,二是把伎艺体制作为书面编写的一种表述方式。在此,伎艺体制已经作为说话伎艺文本化的主导、主体因素,而不再是附庸于伎艺故事的文本化之中了,这样的拟编本就是有意识地取用伎艺体制因素而进行的书面编写。

需要强调的是,这些服务于艺人口演的伎艺体制因素,从伎艺故事的表述体制发展到书面故事的表述体制,从伎艺领域的表述方式发展到书面领域的表述方式,并不是一蹴而就的直线对接,也不是点对点的垂直对应,而是有一个与书面表述规范碰撞、调适的过程。在录本阶段,它是伎艺故事文本化的附庸,是负载于伎艺故事文本化之中的。而在拟编本阶段,它已经开始成为说话伎艺文本化的主体了,而伎艺口演内容的文本落实也表现出以伎艺体制为目标的文本化形态,由此出现了一种不以伎艺故事为目标的文本化形态。这表明,伎艺口演体制已经不是书面落实伎艺故事的附属,而是一个可以从伎艺口演内容中分离出来而单独进入书面领域的表述体制。于是拟编本所表现出的伎艺体制负载的文本化,即开始确立了说话伎艺文本化的一个方向——朝着话本文体形成的方向演进。这就是伎艺体制负载的文本化所具有的重要意义。

那么,拟编本是如何得以出现的呢? 或者说是什么因素促使它出现的呢? 是来自伎艺领域的动力,还是来自书面领域的动力？

　　口演领域、书面领域本无多少交集，它们各有自己的创作规范、表达手段、发展方向。伎艺领域的发展方向，肯定是伎艺的口演；书面领域的发展方向，肯定是书面的编写。说话伎艺按着自己领域的发展方向、实现目标前行，它本不负责、也不关心书面领域对自己口演内容的呈现，不会以落实书面文本作为自己的发展目标。这是因为，其一，艺人不需要这种口演内容的文本落实。说话艺人的口演属于将各种成分临场"捏合"的口头创作，而熟悉口演的体制、格套是艺人们的基本素质，其场下训练、场上表演并不依赖那些程式、格套、情节等成分齐备完整的白话文本。南宋罗烨的《醉翁谈录》是一部为艺人讲唱表演而准备的参考资料书，反映了艺人的艺能训练所需要的各方面知识——有"演史讲经并可通用"的入话，有传奇、烟粉之类的故事梗概，有常用的诗词赋赞，有笑话绮语之类的诨语，这些都是艺人口演时需要临场组合的各种成分，以便在口演时根据故事情境的需要，随手拈来以作口头创作性质的临场组合。在说话人那里，这样的组合只存在于口演形态中，而不是存在于文本形态中。其二，当时社会以讲—听作为说话伎艺的接受方式，而且这个讲—听方式的传播渠道畅通，民众对伎艺领域里书面落实口演内容没有产生需求，因此，伎艺领域自然不会出现参与书面落实口演内容以为阅览之用的动力。其三，说话伎艺在当时是末技，地位卑下，难有影响书面领域的力量；况且，伎艺领域生成、使用的口演体制规范，与书面领域的文本编写规范没有直接关系，故而说话伎艺的发达繁盛程度，对于书面领域的主动影响也极为有限。

　　当然，说话伎艺的繁盛发达肯定会引动人们的关注说话伎艺而出现对其口演内容的文本化，但在伎艺口演内容进入书面领域而有了文本化这个大的方向的过程中，这个文本化一直存在着书面领域的主动意识，即基于书面编写而对伎艺口演内容的有意识的文本化。如此一来，这个文本化虽与说话伎艺的繁盛有关，但最终是要通过书面领域的主动接受意识来起作用的，而不是出于对说话伎艺口演内容的被动记录。在这个过程中，其他各种物质文化与非物质文化因素的促进，比如市民阶层的扩大、市井文化的兴盛、印刷业的发达等，也是要通过这个文本编写的主动性而起作用的。上文已经提到，说话伎艺的白话表述方式，以及入话、结语叙述格式，都是说话伎艺文本化一开始就要面对的伎艺因素，但口语白话并非一开始就能落实于书面作品，而拟编本也不是这个文本化进程的最初结果、唯一形态。因为在当时的社会文化环境中，书面领域缺少对伎艺口演体制因素的接受观念、能力和经验。只有书面领域出现了对说话伎艺表述方式的接受观念、接受能力的变革，上述各种因素的促进作用才能得以落实到这个文本化进程中，进而在书面领域酝酿出说话伎艺表述方式落实于文本而成为书面叙述体制的一步步深化。

　　拟编本体现出的对伎艺体制因素的有意识的取用，即是这一文本化的主动意识的典型表现。在此，伎艺体制因素作为一个表述方式已单独进入书面编写领域，于是，伎艺体制因素就不只服务于伎艺表演，还服务于书面编写；不只是伎艺故事的表述方式，还是书面故事的表述方式。拟编本中的《清平山堂话本·蓝桥记》《五代史平话》《全相平话五种》等元代作品，即尤为典型、明显地表现出了书面编写立场上表述方式的这一变化。

　　与此变化相应的是，比较于宋代，元代的书面领域也出现了重要的变化，即在文言编写立场的"写""录"之外，出现了白话编写立场的"写"。这主要得力于白话在书面编写领域的观念变化和地位提升。

　　在文言著述和文言阅读已成习惯思维的社会环境中,阅读、编写都是文言的思维习惯、文言的接受立场。宋代的史著、笔记、白话语录中出现了多多少少的白话表述(主要在人物语言中),是在文言叙述框架内的白话使用,是以文言创作的立场或态度来使用白话,而不是以白话创作的立场来使用白话,在这种情况下,无论它的白话成分如何多,亦不属于自觉的白话著述。所以,自觉的书面白话作品的出现并非易事,文人们涉足此领域需要相应观念的推动、相应环境的激发、相应阅读需求的促进,否则文人们不会有动力来涉足白话文本的编写,也不会有能力来从事白话文本的编写。

　　但在元代,自觉的书面白话编写的观念、环境和实践出现了。这是因为元代独特的社会状况确实改变了白话地位低下的观念,也改变了书面白话使用的环境,这为文人涉足白话文本的编写营造了一个非常好的氛围(详见第三章第四部分)。尤其是蒙古权贵这个特殊群体对于白话著述的阅览需求,引导了下层社会对于白话著述的需求,也激发了社会上更普遍人群对于白话文本编写、阅览的参与,当时许衡、吴澄这样的硕学大儒都涉足白话著述,①就是一个很好的表现,这对于更多文人参与白话文本的编创,具有积极的激励、推动和示范作用,从而涌现出了立足于普通民众易晓易解的阅读需要而自觉编写的白话文本,其中有叙事的白话历史作品,也有非叙事的白话经籍作品。

　　比如吴澄的《经筵讲义》、郑镇孙的《直说通略》就是这样两部具有典型意义的白话故事文本,兹列举两个段落,以见其一斑。

----

① 许衡在国子学任职时编写了一批面向蒙古生的白话讲义文本,如《直说大学要略》《贞观政要直说》《大学直解》《中庸直解》《孝经直说》,以俗语白话阐述经史义理。吴澄于元泰定年间(1324—1327)任职经筵讲官时,为了讲说《资治通鉴》而编写了白话文本《经筵讲义》。

汉高祖姓刘名邦，为秦始皇、二世皇帝的时分好生没体例的勾当做来，苦虐百姓来，汉高祖与一般诸侯只为救百姓，起兵收服了秦家。汉高祖的心只为救百姓，非为贪富贵来。汉高祖初到关中，唤集老的每、诸头目每来，说："你受秦家苦虐多时也，我先前与一般的诸侯说，先到关中者王之。我先来了也，与父老约法三章：杀人者死，伤人及盗者随他所犯轻重要罪过者，其余秦家的刑法都除了者。"当时做官的、做百姓的，心里很快活有。①

　　却值渊与突厥战不利，心里烦恼。世民乘时对渊说道："主上无道，百姓穷困，晋阳城外都是战场，不如顺民心，起义兵，转祸为福。"渊大惊，说道："恁怎生说这般言语，我拿恁去告县官。"取纸笔要写表。世民说道："孩儿觑着天时人事如此，以此发言。父亲必欲告呵，不敢辞死。"渊说道："我那里便肯告你，你再休胡说。"第二日，世民又对渊说道："如今盗贼满天下，父亲受诏讨贼，贼人怎能勾得灭，终不免罪，人都道李氏当应图谶。父亲纵灭尽诸贼，功高不赏，身更危险，只有昨日的话，可以求祸。这是万全计策，父亲休要疑惑。"渊说道："我一夜寻思恁的言语，也好生有理。今日破家亡身也由你，变家为国也由恁。"(《直说通略》卷九《唐·高祖神尧大圣光孝皇帝》)②

这是两部完全基于白话编写立场的历史著作，二书所蕴含的各方面意义比较丰富，但就书面白话编写的意义而言，主

────────────

① 吴澄：《吴文正集》卷九〇，《景印文渊阁四库全书》第 1197 册，页 840 下。
② 郑镇孙：《直说通略》卷九，国家图书馆古籍部藏明成化庚子重刊本，叶 12A－B。

要有三：一是它们的作者是有相当社会地位的文人，吴澄是元代的理学大儒，郑镇孙曾为监察御史；二是它们都有着明确的面向人群，吴澄是任职经筵讲读官时面向蒙古皇帝而有此编写，郑镇孙是面向下层的历史知识普及而编写此白话史著，"以时语解其旧文，使人易于观览"；三是它们都有明确的编写原由，关联着当时一个阅览白话文本的社会需求，以及编写白话文本的社会动力。吴澄是出于服务蒙古皇帝的阅览需要而力尽语言平易，以便向他们传播一些汉地的政治、历史知识；郑镇孙是受元初理学大家许衡白话解说《大学》《贞观政要》的启发而编写《直说通略》，"以俚俗之言为能尽圣贤之蕴奥"，如此则"世代兴衰，往事因革，直而言之，亦差胜于间阎小说耳"。①

对于这两部白话著述，有的学者把它们放在话本小说的研究框架中，站在讲史伎艺影响深远的立场上，把它们视为借鉴讲史伎艺体制的作品，视为受讲史伎艺影响而出现的"平话体"作品。② 其实，这种书面编写领域的白话表述、白话叙事，并非起于讲史伎艺的影响，而是因为元代书面白话观念的变化而引起的书面编写领域的变革——社会的上层、下层都出现了白话阅览的需求，由此促动了文人涉身参与其间，而这些白话作品所代表的书面编写实践，又关联了当时社会上存在的白话阅读需求，并为当时的下层社会营造了一个编写白话作品的氛围。

这种白话编写立场上的文人创作，在书面领域引起了两

---

① 郑镇孙：《直说通略自序》，《"国立中央"图书馆善本序跋集录·史部》（三），第1页。

② 中国艺术研究院曲艺研究所编《说唱艺术简史》认为："元代讲史在当时社会上造成极大影响，它超出了文艺的范畴，成为讲说历史通用的体裁和语言形式。据记载，当时的道学先生吴澄在给皇帝讲《通鉴》，监察御史郑镇孙摭录《资治通鉴》编写《直说通略》，都采用了这种受欢迎的平话体。"（第83页）

个方面的影响和促进。

其一,在观念上,冲击了文言编写的体例规范,为更广范围的白话编写拓开了空间。从这个意义上讲,许衡、吴澄等上层文人编写的白话作品对话本中拟编本的编写有着示范和推动作用。

其二,在方法上,白话编写立场的创作,必然会促使书面领域在文言编写的规范之外寻求新的表述方式。文人们进行这些白话作品的编写,必然会面临着材料内容、呈现方式的选择问题。比如郑镇孙、贯云石都明确表示自己是因为受到许衡取"世俗之言"以解说《大学》的启发,才有心仿效其"直说"方式以成白话著述,①不但人物语言使用白话,就连叙述语言也使用白话,这是宋代那些白话语录所不具备的。

其实,当时文人在编写这类通俗作品时,都会考虑到面向人群的阅读能力,并且认真、严肃地求索简单、有效的表述方式,于是,那些有着深厚民众基础的口演故事及其表述方式就引起了他们的注意。比如元仁宗延祐五年(1318),钱天祐面向蒙古皇帝、皇子编写的介绍汉地历史的通俗作品《叙古颂》二卷,就取用了荀子"成相"体的韵唱方式。

唐之季,阉寺炽,藩镇强梁制主势。阃司衮职,干弱枝强本根蹶。

起神尧,讫僖昭,巍巍宫阙帝黄巢。克用逐之,朱温嗜炙士民号。

温狂踬,行污秽,身服鹿廛见子弑。怀玺七年,残骸

---

① 贯云石在《孝经直解自序》中言及编写缘起:"尝观鲁斋先生取世俗之言,直说《大学》,至于耘夫荛子皆可以明之。……愚末学辄不自□,僭效直说《孝经》,使匹夫匹妇皆可晓达,明于孝悌之道,庶几愚民稍知理义,不陷于不孝之□。"(《新刊全相成斋孝经直解》,北京来熏阁书店1938年影印元刊本)

仅获败毡痤。

庄狎媒，行不厌，新磨遽前批其颊。矢石勤劳，一朝灰烬堕前业。

闵敬塘，赂强方，穷庐丈人许石郎。再传一主，历年士一遂以亡。

叹汉刘，用妇谋，帝羓还塞主中州。嗟哉二主，四年之后即归周。

周之咸，膺明资，奉法利民无所私。天将厌乱，衮服三载传褰儿。

嗟世宗，处季终，谋为举措有帝风。乱极思治，畀之孤寡腾英雄。①

《四库全书总目》卷八九言《叙古颂》"词意鄙俚，殊不足采"，②钱天祐本人也承认"俗言浅语，无所发明"。他与许衡、吴澄涉足编写白话文本一样，都是希望能为蒙古皇帝、皇子提供快速、有效地了解汉地文化、历史的通俗读本："无琐碎繁茸之患，可以备诸巾箧，不烦检阅，而数千载行事大略可观，此则臣之鄙谌也。况陛下万机至众，岂可劳圣心于浩浩无涯之史册哉！"正是出于这个目的，钱天祐"采摭经史成言，效荀卿《成相》之体，叶为声韵之辞，著为一编"，如此，"既可以讴吟歌咏，又掇前史于片纸之间"。此前，钱天祐还于延祐元年（1314）进献过《大学直解》，延祐二年进献过《孝经直解》，都是"俗言浅语，无所发明"之作，而且《孝经直解》还被皇帝降旨命翰林官书写镂板印行，广加传布，所以钱天祐也希望自己的《叙古颂》还能被皇帝降旨颁行，"使自朝廷而乡人，而邦国，咸

---

① 解缙等纂：《永乐大典》卷一〇八八八，页 4498 上—4499 下。
② 永瑢等编：《四库全书总目》卷八九，页 759 上。

资用焉"。① 由此可见,上层社会的阅读需求以及大力推动,对于钱天祐涉身此类通俗文本的编写是一个极大的激励和促动,这也必然会激励、推动当时更多文人参与白话文本的编写,上述那些文人编写的白话作品的出现即可为明证。

正是在这种白话阅读、编写的需求环境中,那些面向下层社会的更为普及的白话编写,与钱天祐编写《叙古颂》一样,也必然要面临着选择、借鉴、学习何种呈现方式的问题,也必然要寻求一些有力、有效的通俗表述方式。而在当时,白话叙述故事的能力、经验有两个来源:一是书面领域里文人依据史书的白话翻译文本,二是伎艺领域里艺人的叙事性讲唱伎艺。前者是书面形态,后者是口演形态,这些都是书面编写领域通俗叙事、白话叙事可资借鉴的实践经验。《清平山堂话本·蓝桥记》《五代史平话》《秦并六国平话》的编写就体现了这种借鉴伎艺领域口演体制因素的踪迹。只是由于处于草创阶段,这种来自于伎艺领域的表述体制并未能与文言体系的书面表述体制调适、融合得恰当,从而出现了伎艺体制与文言故事的混合形态,由此在作品整体叙述风格上存在着不协调、不融合的剥离感,这恰恰反映了伎艺体制处于文本化进程早期的过渡性形态。

虽然如此,这些拟编本已经把伎艺体制当作书面编写领域的一种表述方式、表述体制了。在当时的社会文化环境中,这种镶嵌着伎艺体制因素的故事文本还成为了一种示范,它们所具有的表述体例也渐而成为书面编写的一种习见格式,被通俗故事文本编写一次次地套用着,而填充其中的故事材料则五花八门,或者取用现成的文言作品直接框套,或者取用

---

① 钱天祐:《叙古颂表》《中书省进叙颂状》,《全元文》第37册,第107、110页。

史书作品进行白话翻述,或者取用已有的说话伎艺的"录本"。此外,那些非"小说家"讲唱伎艺的口演内容在落实于文本时,也会以这种通用的表述体例予以书面呈现,有的如《快嘴李翠莲记》《张子房慕道记》,其正话中的人物话语为大段的韵体词文,这明显不是"小说家"说话的格调;还有的如《刎颈鸳鸯会》,正话部分在白话叙述中夹杂着韵语唱诵,此篇即夹杂了十首商调【醋葫芦】曲,这是取用了鼓子词伎艺的讲唱格式,但无论如何,它们都有一个入话、散场诗的叙述框架。由此可见,当时的一些非"小说家"说话伎艺的口演内容在文本化时,也被按照一个通用的叙述框架予以书面呈现。这一情况表明,那些来自于说话伎艺的叙述体制在书面领域已经开始成为一个独立的、通用的表述体例了,据此而来的书面编写,就打破了文言体系书面著述的思维、规则、体例,从而为书面编写开掘出文言编写体例之外的另一条路径。

结　　语

通过上述理析,我们可以看到,元代文人参与的白话编写立场的白话著述,冲击了文言编写立场的体例、思维的禁锢,激发了白话编写吸收新异质素的需求。这些条件为说话伎艺体制因素落实于书面文本提供了观念上的支持,也营造了良好的生长环境,由此锻炼出了不同于文言编写的叙事文本体例。

如此一来,书面编写可以在文本中接受、呈现的内容就有了变化,人们在书面呈现说话伎艺的口演内容时,可以不用作文言语体的转换,也可以接受伎艺口演格调的白话词汇、程式格套来作为书面编写的表述方式。在这种情况下,伎艺体制因素就不只服务于说话伎艺表演,还进入了书面编写领域,在书面编写实践中被一步步地改造、调适、消化、融合,渐趋成为一种立足于书面故事编写而使用的表述体制。这就是说话伎艺文本化走向文体话本的基本逻辑和路径。沿着这条道路前行，那些源自说话伎艺的体制因素，就被改造成为书面叙事的构成要素和文本体例，由此而朝着文体话本这个书面文体生成的方向走去。

第八章　元杂剧"一人主唱"
体制的生成

　　陈村的短篇小说《一天》在"一天"的叙事时间层面上，缀合了主人公张三不同人生阶段的经历：清晨，少年张三要起床去工厂当学徒，但在去工厂的路上则讲到他已娶妻成家；上午到工厂后又交代他师傅已经退休并留给他一个高脚凳，午饭后开工即说他收了徒弟，之后，便渐渐感到体力不济，想着自己将要退休；而晚上徒弟们一起送他回家，此时他已光荣退休了。作者就是如此把张三从少年到老年不同时期的生活材料，压制到一个叙事层面上，匠心独运，形成了这篇小说作品。

　　这种把不同时期材料压制在同一层面的"做法"，在元杂剧与其文艺渊源因素的关系中也存在。只不过，对于小说《一天》来说，这是一个值得琢磨的有意味的叙事手法，而对于元杂剧来说，这是一个值得琢磨的认识元杂剧的探寻路径。

　　在元杂剧的文体剧本中，那些纷繁复杂的体制因素，或来自不同时期，如早期的套曲体式、后期的分折体例；或来自不同领域，如伎艺领域的科介、书面领域的曲文。这些来自不同层面的因素在不同阶段落实于书面文本，经过种种调和，最后压制在文体剧本这个层面上，形成了我们现在看到的元杂剧剧本形态。我们对于元杂剧表演体制的探讨，往往要依据这些成熟、典型的剧本来作为样例。但是，那些处于同一剧本层面的体制因素，原是来自于不同层面的文艺类型，既涉及表演格式和剧本格式，又关联了伎艺领域和书面领域，这就需要我们在探讨元杂剧体制的渊源与生成问题时，应谨慎对待其演述体制与亲缘文艺之间、其剧本体制与伎艺程式之间的关系问题。比如元杂剧体制中有明确的散曲因素，二者使用了同一种套曲体式，按照现代的文体观念，二者分属于戏剧和诗歌两个不同的文类；而按照金元的词曲观念，二者同属于"曲"的范畴，只是使用方式和雅俗品格不同而有乐府、俚歌之分。那么，二者的这个亲缘关系，如果置于演剧形态发展的框架来看，我们往往会说元杂剧吸收或借用了散曲艺术成就而创造了新的艺术形式；但若置于曲唱形态演进的框架来看，元杂剧则是散曲套数配合以脚色扮演体制的艺术呈现形式，而在这一观察路径上，元杂剧的代言体就不是如王国维所言乃经由宋之大曲、金之诸宫调的叙述体变化而来；[①]元杂剧对于散曲艺术成就的吸收或借用，就不仅包括曲体、曲唱方面，还包括曲文叙事体制。这个问题较为直接、直观的表现就是元杂剧"一人主唱"体制的生成和确立。

一、"一人主唱"体制的两个层面：脚色扮演体制和曲文叙事体制

　　元杂剧的一人主唱体制是它作为一种戏剧样式最独特、最核心的要素，关系到元杂剧的脚色体制、叙事体制和剧本体制。因为曲词由一个脚色负责演唱，则有主唱脚色与其他脚色的特异配合关系。因为曲词是元杂剧的重要表述手段，则主唱人物掌握了叙事的节奏和视角。因为曲词是元杂剧演述

[①]　王国维《宋元戏曲史》(第 62 页)认为：宋金杂剧使用了叙事体的大曲、诸宫调，而元杂剧之较前代戏曲进步有二，一是乐曲上"视大曲为自由，而较诸宫调为雄肆"，二是"由叙事体而变为代言体"。

内容的主体,则一人主唱体制造成了元杂剧剧本以曲文为重而以宾白为轻的形态。

对于这个"一人主唱"的含义,学界有过长期的争议,各有解释:一个人主唱、一个演员主唱、一个角色主唱、一个脚色主唱。其中被普遍认可的解释是一个脚色主唱,如此则"一人主唱"中的"一人"指代的是"一个脚色"。其实,这只是表演体制层面的理解,而对于曲文本身来说,这"一人"则另有指代。

如果一个人、一个演员,他要负责元杂剧曲文的演唱,那么,当他穿上戏袍装扮好的时候,就具有了两种身份,一是杂剧脚色的一个行当(正末或正旦),二是杂剧故事的一个人物(主人公或非主人公)。如此以来,这"一人主唱"就包含了不同层面的两个意指:一是指一个脚色主唱,一是指一个人物主唱。

一个脚色主唱,属于元杂剧的脚色体制范畴。虽然这个脚色体制后来也体现在元杂剧的剧本形态中,但在初期肯定只属于伎艺表演领域,是因伎艺表演而生成、存在的体制因素。所以,这种一个脚色主唱的体制,就不但确定了一本杂剧的主唱脚色,还确定了主唱脚色与其他脚色的配合关系。

其一,一本杂剧的主唱脚色只能是正末或正旦,其他脚色无唱词任务,由此而杂剧剧本分为"末本""旦本",也就是说,"末本""旦本"之说是因为一个脚色主唱的体制而来的。比如《窦娥冤》由正旦扮窦娥来主唱四大套曲词,《汉宫秋》由正末扮汉元帝来主唱四大套曲词,即使如《单刀会》在四折中主唱的具体故事人物存在变化(第一折是乔国老,第二折是司马徽,第三、四折是关羽),但他们都是由正末这个脚色来扮演的,所以还是"末本";又如《柳毅传书》的第一、三、四折主唱的人物是龙女,第二折是电母,但她们都是由正旦这个脚色来扮演的,所以还是"旦本"。由此可知这"正"指向的是脚色行当,而非故事人物;在具体的作品中,"正末""正旦"可扮演主要人物,亦可扮演次要人物,可以扮一个人物,亦可扮多个人物。

其二,由于曲词是元杂剧的主要表述手段,元杂剧的主体即由四大套曲词组成,如此则在元杂剧的表演中,主唱脚色处于主位,而无唱的脚色只能处于副位,配合着主唱脚色的曲词唱演。如何配合呢? 一是用宾白,二是用动作。金圣叹在《水浒传》第三十三回的回前评中对此有过一个简洁明了的表述:元杂剧的体制是"每一篇为四折,每折止用一人独唱,而同场诸人,仅以科白从旁挑动、承接之"。[①] 无唱的脚色"从旁挑动、承接",就是为了让主唱脚色的曲词唱述出来。比如尚仲贤《单鞭夺槊》第四折以正末扮探子向徐茂公唱述了李世民与单雄信的激烈打斗过程,徐茂公这个人物的任务就是反复地用"你慢慢地说一遍咱""端的是谁输谁赢,再说一遍"之类的话语,来"从旁挑动、承接"探子的曲词唱述。当然,无唱的脚色也会以动作来配合主唱脚色的曲词唱述,比如《刘行首》第三折正末扮马丹阳对刘行首发疯动作的描述:

【么篇】他将那头面揪,衣服扯,则见他玉佩狼籍,翠钿零落,云髻歪斜。[②]

又如《襄阳会》第二折正末扮王孙对刘备骑马跳檀溪的动作描述:

【圣药王】他将那天地祈,咒愿祷,欠彪躯整顿了锦征袍,将玉带兜,金镫挑,三山股摔破了紫藤梢。(刘备做

① 金圣叹评点:《第五才子书施耐庵水浒传》,中州古籍出版社1985年版,第543页。
② 臧晋叔编:《元曲选》,中华书局1989年版,第1329页。

跳过檀溪科)（正末唱）则一跳恰便似飞彩凤，走潜蛟。①

那么，在舞台表演中，无唱脚色所扮的刘行首、刘备肯定会做出一些象征意味的舞蹈动作，以配合主唱脚色对其动作的曲词描述。

当然，在舞台表演中，这些主唱的正末、正旦脚色必须要化身为杂剧故事中的一个人物形象，如此则"一个脚色主唱"就体现为一个故事人物主唱了。也就是说，"一个脚色主唱"，最终要落实到"一个人物主唱"。

一个人物主唱，属于元杂剧的叙事体制范畴，虽然这要涉及元杂剧整体的叙事，但考虑到元杂剧的主体是曲文，而主唱人物要独自承担全部曲文的唱述，则"一个人物主唱"首要的、核心的指向是曲文叙事体制。这个体制决定了曲文本身的讲述人须是虚构故事域中的一个人物，而作者须要以其身份、视角为立场来构思曲文的内容，因为曲文是主唱人物的重要表述手段，也是杂剧表演内容的主体。如此一来，选择哪个人物来负责曲文的演唱，就决定了呈现杂剧故事的立场和视角。比如马致远的《汉宫秋》是以汉元帝担当主唱人物，由其视角叙写了他在匈奴单于逼索、大臣苦苦劝谏的情况下，自己身为大汉皇帝，竟无力保护自己妃子的痛苦、无奈和愤懑情绪，这是前代《昭君变文》等以昭君为叙事立场的作品所没有的内容。由此看来，这个曲文叙事体制更有利于切近主唱人物的心灵和精神，深入刻画出他的性格和形象，这是"一个人物主唱"在文学表达上最诱人、最值得开掘的地方。

只是有些杂剧未能守住或守好"一个人物主唱"的立场和视角，有悖于主唱人物的身份或故事情节的逻辑。比如马致

---

① 隋树森编：《元曲选外编》，中华书局 1996 年版，第 151 页。

远《汉宫秋》中的汉元帝仅仅因为单于的逼索和大臣的劝说，就要奉送自己妃子昭君出外和番，而且他对手下的大臣只是一味地哀求；更明显的是康进之的《李逵负荆》，主唱人物李逵本是个正直而鲁莽的武夫形象，但他下山时赏阅山景的曲词，不仅引经据典，激扬文字，还有着诗人的情趣和敏感。二剧对于主唱人物的如此处理，其实是作者自己诗人情趣的注入，让人物表达出自己所希望的情绪，故而不惜违背生活和历史的逻辑，不惜破坏人物的性格和形象。

　　由此看来，"一个人物主唱"的曲文虽然非常有利于故事人物的情感抒发，但也难免要负载作者自己的抒情表意欲望，而他于此叙述故事的意图则更为明显。元刊本《单刀会》第一折的主唱人物是乔国老，第二折的主唱人物是司马徽，他们在第三、四折关羽出场前分别讲述了关羽的丰功伟绩和蜀方君臣的勇猛善战。而元刊本《气英布》第四折的主唱人物变换为探子，这个人物根本没有个性化的语言、性格和形象，只是一个作者视角的代言人，出场只是为了讲述在舞台上难以表现的战斗场面，但无论如何，这套曲文仍是由虚构故事域的一个人物讲述出来的。这种探子类曲文唱述在元杂剧中属于常见现象，他如《单鞭夺槊》第四折、《存孝打虎》第四折、《飞刀对箭》第三折等，皆是主唱人物变换为探子；有时这种"探子"式主唱人物会被赋予明确的身份，比如《火烧介子推》第四折的樵夫、《柳毅传书》第二折的电母、《渑池会》第四折的蔺相如、《哭存孝》第三折的莽古歹，等等。可见，以主唱人物身份呈现出来的这个讲述人设置，无论是故事的主人公还是非主人公，是负责全部四套曲唱还是负责一套曲唱，都是有着故事叙述的考虑的，像《单刀会》那样变换具体的主唱人物，并不是为了丰富杂剧的表现方式或叙述手段，也不是为了塑造更多的人物形象，而是为了更方便、更有利于叙述故事。

应该说,元杂剧曲文叙事所体现出的这些优势、缺陷和潜力,都是由其"一个人物主唱"的体制所决定的。需要说明的是,这种"一个人物主唱"的曲文体制是具有独立属性的,虽然它的表演指向伎艺领域,但它的编写则出自书面领域。作家要按照这个主唱人物的立场、视角来编写曲文,最后呈现出来的就是代言体的曲文叙事。所以,元杂剧曲文的"一个人物主唱"体制,自然就蕴含了曲文的叙述人设置和代言体思路。这是"一个人物主唱"体制最具文学创造力的地方,也是它最具文体意义的内涵(后文详述)。

既然元杂剧的"一人主唱"体制所包含的两个意指(一个脚色主唱,一个人物主唱),分属于脚色扮演体制、曲文叙事体制这两个不同的层面,由此而各自分属于伎艺表演领域和书面编写领域,那么,对于元杂剧"一人主唱"体制的确立而言,二者之中,何者具有决定意义呢? 即何者主导了"一人主唱"体制的确立。如果是脚色体制先确立了一人主唱,则属于伎艺扮演领域的事;如果是曲文体制先确立了一人主唱,则属于书面编写领域的事。

二、一个脚色主唱的体制非由脚色体制本身生成

脚色体制是戏曲的核心要素,对于元杂剧亦如此,但它实质上是一种表述手段。作为一种表述手段,脚色体制确实体现了戏曲作为一种戏剧类别的特性。而且,它有着自己相对独立的发展轨迹,其生成并不必定为了表述故事,其本身也不会天然地生成"一人主唱"的体制。

元杂剧最为亲缘的戏剧类伎艺是金院本。元初的胡祗遹《赠宋氏序》说:"乐音与政通,而伎剧亦随时所尚而变。近代教

坊院本之外,再变而为杂剧。"①元末的陶宗仪《南村辍耕录》说:"金有院本、杂剧、诸宫调;院本、杂剧,其实一也。国朝院本、杂剧始厘而二之。"②它们的脚色行当配置相似,但脚色间的配合关系则大为不同。金院本的脚色体制有五人:副净、副末、引戏、末泥、装孤,故有"五花爨弄"之称。这五人体制乃沿用自宋杂剧,也同样是以副净、副末为主,《南村辍耕录》说:"院本则五人:一曰副净,古谓之参军。一曰副末,古谓之苍鹘,鹘能击禽鸟,末可打副净,故云。"③则此二脚色在宋杂剧、金院本中的配合关系及表演格调,乃承自唐代的参军戏,它们以滑稽调笑为务的表演宗旨亦一脉相承。这些状况,我们可以根据元人杂剧中遗存的院本片段以及明人编写的"拟院本",略窥其概貌。

王实甫《西厢记》和刘唐卿《降桑椹》都插演有"双斗医"的情节,而《双斗医》是《南村辍耕录》卷二五"院本名目"条所录"诸杂大小院本"类中的一个院本名目。弘治本《西厢记》第三本第四折叙张生病重,崔母嘱咐法本长老请个太医诊治,此处有一句"洁引净扮太医上,双斗医科范了"的科介说明。"洁"指法本长老,由外末这个脚色扮演。因此,这句科介说明是指此处要插演一段由外末、净两个脚色表演的"双斗医"情节,惜《西厢记》未作具体铺述,不过《降桑椹》第二折有一大段"双斗医"表演,铺述详细,可资参照。蔡顺因母亲有病,请医诊治,于是正净扮宋太医、净扮胡太医上场,以说白、打闹形式对各自的医术既有自我调侃,又有互相戏弄,共同表演了一段戏闹打诨的情节。另外,明初朱有燉《吕洞宾花月神仙会》杂剧第二折穿插了付末、付净、捷讥、末泥表演的《长寿仙献香添寿》

---

① 俞为民、孙蓉蓉主编:《历代曲话汇编》(唐宋元卷),黄山书社 2006 年版,第 217 页。
② 陶宗仪:《南村辍耕录》,文化艺术出版社 1998 年版,第 346 页。
③ 同上。

院本,皆有唱有白,其中付净负责戏闹打诨,而付末则对其斥责击打。稍后的李开先所编《园林午梦》院本与此形态相似,二者都是滑稽调笑的短剧,在体制上诸角皆唱,曲词非联套、非同宫调,以打诨情节为主体,以滑稽戏乐为格调。由此参照而看《南村辍耕录》所列金院本名目,可知金院本当如上述例证所示,虽然有一定的故事性,但并不以塑造人物、演述故事为目的,而是夹杂歌舞杂技内容、以戏谑打诨为宗旨的短剧伎艺。这也正是南宋吴自牧《梦粱录》中所论宋杂剧的“全以故事,务在滑稽”特点;①孙楷第曾总结宋杂剧、金院本“虽敷演事状,而以诨谐为主”,“扮演之重要脚色为副净,副末次之”。② 这说明从唐参军戏到宋杂剧、金院本一直走着滑稽戏弄的路线,相应的脚色体制也以调笑打诨的净脚为主,这种脚色配合关系乃由其调笑戏谑的题材性质和表演宗旨决定的。

元杂剧对金院本的脚色行当有所继承,但二者在脚色的配合关系和表演格调上都有很大的差别。元末夏庭芝《青楼集志》关于院本与杂剧的关系以及院本五人脚色体制,与前文所引《南村辍耕录》的表述相同,然后指出:“院本大率不过谑浪调笑,杂剧则不然。”③元杂剧以唱叙一个长大故事为目的,以联套曲词为主要表达手段,这就决定了它的脚色体制不能以净脚的说白、打闹为主,而应依重其他脚色以呈现美妙的曲唱,传达长大的剧情。至于金院本使用的那种脚色体制本身,是不可能确立起元杂剧这种脚色行当的表演格调和配合关系的。

实际上,作为一种表述手段,脚色体制并非只为叙事服

---

① 孟元老等:《东京梦华录》(外四种),第302页。
② 孙楷第:《近世戏曲的唱演形式出自傀儡戏影戏考》,《沧州集》,第179页。
③ 夏庭芝著,孙崇涛、徐宏图笺注:《青楼集》,中国戏剧出版社1990年版,第44页。

务,并非专为元杂剧准备,也并非专一朝着元杂剧的方向发展,它从来都是为了适应表演内容而形成脚色之间配合关系的,而不是其本身有什么自然的、必然的脚色配合关系的限定性,比如金院本的副净、副末亦白亦唱,同时期的南戏众脚皆可唱,而元杂剧则只能一个脚色主唱。这表明脚色体制本身并不能生成一个脚色主唱的表演体制,应是有一个外力因素促使脚色体制确立了元杂剧那样的脚色配合关系,即一个脚色主唱的体制。这个外力因素,目前的普遍观点是元杂剧之前的说唱艺术,许多学者更具体地说是诸宫调。

郑振铎认为:"如果没有宋、金的诸宫调,世间便也不会出现着元杂剧的一种特殊的文体的。""元人杂剧,在体制上所受到的诸宫调的影响,是极为显著的。"首先就表现在元杂剧一人主唱体例上:"如果元剧的旦或末独唱到底的体例是有所承袭的话,则最可能的祖祢,自为与之有直接的渊源关系的诸宫调。"[1]这一观点远承明代胡应麟,[2]又不断得到后来学者的强调和论证。比如吴国钦就进一步论析了这个观点的理由:"元杂剧与诸宫调都产生于北方,唱的是北曲,有着共同的音乐系统,由于杂剧篇幅较短,只有四折一楔子,其演唱任务就像诸宫调那样落到一个主要演员的身上,因此形成'旦本'或'末本'。"[3]由此可知,这一观点的逻辑推导是基于元杂剧与诸宫调同为北曲联套的音乐系统和叙事方式,且元杂剧的曲文中存在着许多具有说唱伎艺叙事思维的例证。根据这个逻辑,元杂剧就是把说唱艺人的叙事体唱词,交付于正旦或正末来

---

[1]　郑振铎:《中国俗文学史》,商务印书馆 2005 年版,第 378、373 页。

[2]　胡应麟《少室山房笔丛》卷四一《庄岳委谈下》:"今世俗搬演戏文,盖元人杂剧之变。而元人杂剧之类戏文者,又金人词说之变也。"(上海书店出版社 2009 年版,第 424 页)

[3]　吴国钦:《中国戏曲史漫话》,上海文艺出版社 1980 年版,第 93 页。

演唱,于是,这个主唱脚色就相当于诸宫调的那个说唱艺人;于是,诸宫调"专以一人摡弹并念唱之"①的"一人"便转换成元杂剧中的主唱脚色,诸宫调的叙事体表述形式也就演变成了元杂剧最基本的代言体演述形式,如此一来,就出现了负载于正末或正旦一个脚色身上的代言体曲词演唱了。

　　然而,这样的认定和推论不得不面对以下事实基础上的质疑。

　　关于元杂剧与诸宫调在曲体方面的关系。诸宫调采用了套曲形式叙事,并且用的是北曲,这是上述观点追溯元杂剧演述体制渊源至诸宫调的重要前提。但赵义山指出诸宫调与北曲套数体制之间并无渊源关系,"唱赚一体,是北曲套数之体式的源头,甚而可以说北曲套数是对唱赚体式的直接借用",②后又进一步强调:"现存北曲杂剧以套为单位的演唱体制,实际上就是宋杂剧与覆赚一体的融汇结合,与诸宫调其实并无任何体制上的关系。……如果一定要说诸宫调对杂剧有什么影响,那就是像《西厢记诸宫调》唱本被王实甫改编成《西厢记》杂剧之类,它属于某个故事题材在不同的艺术品类之间的相互改编,但这仅仅属于个案,属于演唱的内容,与各自演唱的曲式结构无涉。"③对于这个问题,李昌集也认为"诸宫调本身对北曲之形成无任何意义","诸宫调本无'联套'之观念和事实。元杂剧之'联套'的根源别有出处,绝非从诸宫调而来,因此,作为'入曲说唱'而本质为传奇之文体的诸宫调,其

----

① 毛奇龄《西河词话》卷二:"金章宗朝,董解元不知何人,实作《西厢摡弹词》,则有白有曲,专以一人摡弹并念唱之。……至元人造曲,则歌者舞者合作一人,使勾栏舞者自司歌唱,而第设笙笛琵琶,以和其曲,每人场以四折为度,谓之杂剧。"(唐圭璋编:《词话丛编》,中华书局1986年版,第582页)

② 赵义山:《元散曲通论》,巴蜀书社1993年版,第32、37页。

③ 赵义山:《百年问题再思考——北曲杂剧音乐体制渊源新探》,《文学评论》2016年第4期。

本身对北曲之发生、形成无实质性的影响和意义"。①

　　关于元杂剧的"一人主唱"与诸宫调的"专一人念唱"。虽然二者最显层的表现都是一个人演唱,都是一人专唱,但二者的内涵与属性是不同的。在伎艺表演这个层面上,诸宫调的"一人"是个演员,元杂剧的"一人"也是个演员,但后者的"一人"还具有一种表演体制的属性,他身处一个负责曲唱的脚色行当,并且他处于这个脚色,就要做一种代言体的曲唱;而前者的"一人"只是演唱人数量上的统计和描述,并未触及表演体制层面的意义,也不具有代言体的属性,因为这个"一人"一直处于他所要讲述的虚构故事域之外,进行叙事体的讲唱。在这种情况下,如果把说唱艺人的叙事体唱词交付于脚色体制中的某一脚色来演唱,并不会自然地生成代言体的曲文;如果把诸宫调等说唱伎艺的"专一人念唱"任务交付于一个脚色,也不会自然地出现代言体的扮演,而是会出现叙事体的扮演,就像金代的连厢词、元代的"扮词话"那样的伎艺,虽然都有脚色扮演的因素,但实质上属于叙事体讲唱式的伎艺表演。② 所

---

① 李昌集:《中国古代散曲史》,华东师范大学出版社 1996 年版,第 65、66 页。

② 乔健等《乐户:田野调查与历史追踪》指出:宋元以来民间迎神赛社所演的院本、杂剧,没有曲牌体杂剧的影子,而是"直接承袭宋金杂剧的'诗赞体'杂剧,相类于宋元间的词话搬演,其表演形态上仍属宋金时期的原始形态,而绝非较规范成熟的曲牌体杂剧"(江西人民出版社 2002 年版,第 274 页)。比如池州傩戏《陈州粜米记》即是依据叙事体的词话,作讲唱式的戏剧表演,虽把叙述体唱词分付于角色人物,但这种分角色讲唱词话,实乃一人讲唱方式的分解形态,其"唱词不必尽用第一人称,演员可以随时跳出角色,用第三人称对情节和人物进行解说和描述","全剧不分出,只分五'断',全部为叙述体,七言唱词,夹有说白。与其说它是剧本,不如说是地道的唱本"(王兆乾:《池州傩戏与成化本〈说唱词话〉》,《中华戏曲》第 6 辑,山西人民出版社 1988 年版,第 137、156 页)。

以,诸宫调等说唱伎艺并没有为元杂剧准备出代言体的曲文体制,也没有准备出代言体的扮演体制,如果把诸宫调等说唱伎艺的"专一人念唱"格式置于脚色扮演中呈现,首先会出现叙事体讲唱式的戏剧形态,而非代言体扮演式的戏剧形态。

据此而言,元杂剧一人主唱体制所包含的代言体曲词唱演方式,并不是简单地将曲词交付给一个演员、一个脚色行当就可以确立的。在现代学术的文体观念中,我们往往会以"叙事体"和"代言体"来区分小说、说唱文学与戏剧之间的不同文体属性,认为戏剧是以代言体来扮演故事的。学者们在谈论元杂剧的曲文演述体制生成时,也会特别关注代言体的问题。但是,这个代言体是指脚色扮演层面的,还是指曲文叙述层面的呢? 如果像"扮词话"那样的由演员装扮成故事人物但又唱述着叙事体的词话,那就只是脚色扮演层面的代言体。而故事人物身份立场的曲文表述才是元杂剧一人主唱体制所含代言体的本质,王国维指出元杂剧视前代戏曲的进步之处有二:一是乐曲上之进步,二是由叙事体而变为代言体,由此具备了"真戏曲"的条件,①此处所指即是曲文叙述层面的代言体。两相对照,曲文叙述层面的代人物立言更具代言体的本质,对元杂剧代言体扮演属性更具实质意义和主导意义。虽然元杂剧的一人主唱体制,无论从脚色扮演层面还是从曲文叙述层面,都包含着代言体的属性,但这个体制的确立并非是把说唱艺人的叙事体唱词交付给某一脚色即可完成的,因为元杂剧代言体曲词叙事的精神内核,不是脚色行当身份立场的曲文表述,而是故事人物身份立场的曲文表述,这一点也是它颇具文学创造力的地方(后文详述)。

正因如此,对于何种因素促成了元杂剧一人主唱体制的

---

① 王国维:《宋元戏曲史》,第 62—63 页。

确立,各家虽然解释不同,但都立足于元杂剧的曲文,以曲文体制为参照来立论分析。比如吴国钦从文艺渊源角度来分析,说是元杂剧吸收说唱艺术尤其诸宫调一人说唱后的创造,因为元杂剧的曲唱与诸宫调有着共同的音乐系统;[①]徐慕云从有利于展示演唱者功力与增强听赏效果来分析,认为"杂剧既以四折为限,若各角分唱,于支配上固不经济,而主角唱词减少,聆者不得细辨其味,亦兴会有所未足与";[②]曾永义从元杂剧的剧团人员构成来看,认为"元杂剧一般剧团只有一个正末或正旦,因此正末或正旦独唱,即一个演员独唱,亦即一人独唱",于是,元杂剧继承了说唱文学一人独唱的规律,不只是"一脚独唱",而且是"一人独唱";[③]洛地从元杂剧曲唱的"以文化乐"("以字声行腔")属性立论,认为其放唱人物总只是同一名演员,乃因为"以字声行腔"造成了每一个唱者唱起来差异很大,别的艺人难以与其"对唱",只好由一名演员放唱。[④]总之,无论哪一种说法,都追索了曲文及其唱演方式对于元杂剧一人主唱体制的重要性和主导性,而且元杂剧曲文的套曲体式、叙事体制皆非来自脚色体制本身,而是另有其渊源与轨迹。那么,对于元杂剧"一人主唱"的体制,我们亦当转换视线与思路,需要从其"一个人物主唱"的层面来探寻。

三、一个人物主唱的体制来自
散曲套数的曲文叙事体制

元杂剧的一个故事人物立场的联套曲词叙事体制从何而

---

① 吴国钦:《中国戏曲史漫话》,第93页。
② 徐慕云:《中国戏剧史》,上海古籍出版社2001年版,第52页。
③ 曾永义:《戏曲源流新论》,中华书局2008年版,第265—266页。
④ 洛地:《戏曲与浙江》,浙江人民出版社1991年版,第145、137页。

来呢？普遍的说法是，元杂剧在继承说唱文学一人专唱传统的基础上创造而成的，比如唱赚、诸宫调等，尤其是诸宫调，因为它所具备的北曲、联套、叙事等因素正与元杂剧曲文相同。

从曲体来讲，北曲联套体式的成熟，是元杂剧形成的先决条件。对照此点，唱赚、诸调宫这样的说唱艺术都是采用套曲形式叙事的。赚词是把同一宫调的乐曲联成一套，前有引子，后有尾声；诸宫调是把同一宫调的乐曲联成短套后，再把不同宫调的短套联成长篇。因此，"元杂剧正是吸收了以上两种说唱艺术联套的特点，创造了它自己的联套形式"。① 但有些学者已经指出这种联套形式并非出于元杂剧的创造，前文即提到赵义山指出北曲套数体制与诸宫调之间并无渊源关系，而是对唱赚体式的直接借用。更重要的是，这样的北曲联套体式是在元杂剧形成之前的散曲套数中就已确立，元杂剧即是直接"借用"了散曲套数的套曲体式，这并不需要元杂剧对散曲套数予以"变化"，也不存在元杂剧继承散曲套数之后予以"创造"，因为"散曲套数与杂剧套数是同一种套曲体式"。② 所以，形成元杂剧的曲体条件在散曲套数中就已奠定了。

顺着这个路径进一步考察，我们会发现，元杂剧的曲文，不仅其联套体式来自于散曲套数，就是其叙事体制也来自于散曲套数。

散曲讲究叙事，任半塘即指出散曲"曲文本身尽可纪言叙动"的叙事性，③而散曲套数就是用套曲形式来叙事。散曲的

---

① 邓绍基主编：《元代文学史》，人民文学出版社 1991 年版，第 30 页。
② 赵义山：《元散曲通论》，第 145—146 页。
③ 任半塘《散曲概论》"内容第八"指出："重头多首之小令，与一般之套曲中，固有演故事者，即寻常小令之中，亦有演故事者。……散曲并不须有科白（如剧曲所有）或诗文（如秦观【调笑】、赵令畤【蝶恋花】等所有）以为引带，但曲文本身，尽可纪言叙动，初无害于其文字之工也。"（曹明升点校：《散曲丛刊》，凤凰出版社 2013 年版，第 1078 页）

叙事,重视对故事的过程交代,追求情节叙述的完整与连贯,所以叙事的散曲无论篇幅长短,皆着意于叙述一个事件的过程,致力于把它首尾完整、情节连贯地表述出来。而且,散曲的叙事方式有其特别之处,或说创造之处,就是叙述人身份的设置:其一,散曲的叙述人是虚构故事域的人物,且多为主人公,而不是如敦煌变文、宋元话本、金元诸宫调那样是讲唱者的化身;其二,散曲的叙述人是外在于作者的人物,而不是如抒情诗歌的抒情主人公那样是作者情志抒发的代言者。因此,散曲曲文叙事体制中的这个叙述人可称之为"叙事主人公"。这种叙事主人公的设置,就使得散曲形成了以故事人物立场进行曲词表达手段的虚构叙事体例。比如金末元初杜仁杰的【般涉调·耍孩儿】《庄家不识勾栏》:

> 风调雨顺民安乐,都不似俺庄家快活。桑蚕五谷十分收,官司无甚差科。当村许下还心愿,来到城中买些纸火。正打街头过,见吊个花碌碌纸榜,不似那答儿闹攘攘人多。
>
> 【六煞】见一个人手撑着椽做的门,高声的叫请请,道迟来的满了无处停坐。说道前截儿院本调风月,背后么末敷演刘耍和。高声叫,赶散易得,难得的妆哈。
>
> 【五】要了二百钱放过咱,入得门上个木坡,见层层叠叠团圞坐。抬头觑是个钟楼模样,往下觑却是人旋窝。见几个妇女向台儿上坐,又不是迎神赛社,不住的擂鼓筛锣。
>
> ……
>
> 【一】教太公往前那不敢往后那,抬左脚不敢抬右脚,翻来复去由他一个。太公心下实焦懆,把一个皮棒槌则一下打做两半个。我则道脑袋天灵破,则道兴词告状,

划地大笑呵呵。

　　【尾】则被一胞尿，爆的我没奈何。刚揰刚忍更待看些儿个，枉被这驴颓笑杀我。①

　　这个套数写了一个乡民因要买些纸火而来到城中，又被吸引到城中勾栏观戏的故事。它用第一人称叙事，以乡民的行进地点变化（城中的街道、勾栏的门、勾栏内的木坡）来构建情节发展的过程，并把叙述勾栏演出的过程纳入这个情节框架中，以此串起了乡民的动作变化以及乡民视角中众多人物的言行，既交代了乡民"正打街头过"时被诱导进了勾栏门，上了个木坡，入座观戏，最后被演出逗笑得憋不住尿而离去的过程，又描述了勾栏演戏过程中令他感到新鲜可笑的各种细节。

　　这样的叙事散曲并非个例，在整个元代散曲中比比皆是，著名者如马致远【般涉调·耍孩儿】《借马》、睢景臣【般涉调·哨遍】《高祖还乡》、高安道【般涉调·哨遍】《皮匠说谎》、董君瑞【般涉调·哨遍】《硬谒》；即使在杜仁杰前后的那个年代业已演成体例，比如关汉卿的【双调·新水令】（"楚台云雨会巫峡"）和他朋友王和卿的【大石调·蓦山溪】《闺情》都是叙事主人公"我"讲述的爱情故事，前者是一个痴情男子的甜蜜回忆，后者是一个闺中少妇的训夫纪略。更著名的是关汉卿的套数【南吕·一枝花】《不伏老》，它被普遍理解为关汉卿的个人抒情言志作品，但更恰当、切实的属性应是一篇虚构叙事作品，其中的"我"是一个外在于作者的故事人物，在一个对话语境中以自负的口吻对风月场上那班年轻子弟慷慨陈词："我是个普天下郎君领袖，盖世界浪子班头。"你们都是"初生的兔羔儿乍向围场上走"，很容易钻入"千层锦套头"，不像我久经风月

――――――――――

① 隋树森编：《全元散曲》，中华书局 1964 年版，第 31—32 页。

场,惯熟各种套路阵势,"是个蒸不烂、煮不熟、捶不扁、炒不爆响当当一粒铜豌豆"。① 虽然这个人物形象寓含有关汉卿个人的情绪寄托和生活投射,但这个散曲套数最基本的属性就是按照这个"浪子班头"的身份、性格、情绪来组织语言、设计情节的,由此而塑造了一个"浪子"形象。

值得注意的是,这类散曲的叙述人都是一个外在于作者的人物形象,作者即按这个人物的身份、性格来设计其情感、语言和行动。比如杜仁杰的《庄家不识勾栏》,这个套数的叙述人身份是乡民,他是这个散曲故事的主人公,也是这个散曲故事的叙述人,作者就是用一个外在于自己的乡民形象来叙述一件事的前后过程。这种一个故事人物立场和视角的唱叙方式,决定了曲文叙事的代言体属性。但它最具文学意义的地方并不是为了让人物代作者发言,不是让演唱艺人化装来讲述故事,而是在于以这个人物的立场进行个性化语言、情感的故事讲述,并在此过程中让他按照其身份、性格的特征和逻辑来行动、说话,由此而塑造出这个人物的形象。这种故事人物立场的个性化的情感抒发和故事叙述,才是代言体的精神内核,它要比诸宫调的"专一人念唱"的叙事体更接近元杂剧的曲文叙事体制。因为元杂剧一人主唱体制的内涵,无论从脚色扮演层面还是从曲文叙事层面,都是以代言体为基础的,但诸宫调这类说唱艺术的"专一人念唱"不具有代言体的属性,并且这个"一人"只有在诸宫调的唱演层面才能体现出他的意义,而在诸宫调的曲文层面则不具有脚色行当身份或故事人物身份。与其不同,叙事散曲的讲述人本身就是一个故事人物形象,至于元杂剧"一人主唱"体制中的"一人",则既具有脚色行当身份,也具有故事人物身份。

① 隋树森编:《全元散曲》,第172—173页。

　　对于这种一个故事人物立场上的曲文叙事方式,如果说是元杂剧吸收了说唱艺术的叙事思路和格式而创造了"一人主唱"体制,那么,它更应吸收的当是与它更为亲缘的散曲套数的曲文叙事体制。因为就在诸宫调、唱赚行世的同时,被称为"词之余"的散曲也已兴起了。散曲的联套叙事是有其自身发展轨迹和承传系统的,它不是来自脚色体制的规范和引导,而是在词之民间传统一路的发展线脉上,吸收了当时的曲词叙事经验,在唱赚、诸宫调这些民间形式的"成套词"①进行套曲形式叙事之际,在诸宫调用北曲进行叙事体讲唱之时,就已经确立了以一个故事人物为立场和视角的曲文叙事体制,它的场上唱演形态就呈现出"一个人物主唱"的体例。如果把它放在元杂剧的脚色扮演中呈现,非常方便,体制上并无违碍。即使单从曲词叙事体例上看,散曲套路与元杂剧的曲文同样具备了北曲、联套、叙事尤其是叙事主人公的设置等因素。

　　更重要的是,杂剧套数与散曲套数是同一种套曲体式,是一条线脉上的血亲,只是使用场景和表演方式不同,所以对于元杂剧的曲文,更应在词曲演进的框架中考察。元时的观念即把散曲和杂剧套曲同归于"曲"的范畴,周德清《中原音韵》举例即同取散曲和杂剧套曲,统称以"乐府",如自序中"六字三韵"的样例取王实甫《西厢记》第一本第三折【幺篇】之"忽听、一声、猛惊",正文中【仙吕金盏儿】之定格取马致远《岳阳楼》为例,【中吕迎仙客】之定格取郑光祖《王粲登楼》为例,【中吕四边静】之定格取王实甫《西厢记》为例。② 而我们习惯把

---

① 任半塘《词曲通义》着眼于配乐演唱情况,把词分为散词、联章词,大遍、成套词和杂剧词,而"成套词"包括鼓吹词、诸宫调和赚词三种。商务印书馆 1931 年版,第 6—7 页。

② 张玉来、耿军:《中原音韵校本》,中华书局 2013 年版,第 11、71—73 页。

散曲和杂剧套曲分属于不同的文体类别,这是按照现代学术观念的文体分类对它们的切割。其实在当时,杂剧套曲即被视为散曲中的套数,只是散曲的套数是清曲、散套,而元杂剧的套数是戏曲、剧套,它们的区别就在于被置放的伎艺框架不同,或者说被呈现的表演方式不同。

正因为杂剧套曲与散曲有如此的亲缘关系,所以在当时人眼中,它们同属于"曲"的范畴;在后人眼中,它们同被称为"元曲",甚至元杂剧的套曲能被归属散曲、当成散曲演唱,都被视为一种特殊的艺术规制了。明末清初的周亮工即感叹:"元人作剧,专尚规格,长短既有定数,牌名亦有次第。……元人体裁,其曲分视之则小令,合视之则大套,插入宾白则成剧,离宾白亦成雅曲,不似今人全赖宾白为敷演也。"[1]其意是说,元人杂剧套曲可以非常方便地置于散曲和杂剧两种伎艺框架中呈现,这是因为元人作剧是依赖曲文敷演故事的,而不似明清人作剧全赖宾白敷演故事。至于杂剧套曲可以当成散曲演唱,康保成《酒令与元曲的传播》即根据元人曹绍编制的《安雅堂酒令》,指出元代已经出现在酒宴中歌唱杂剧中一折套曲的表演形式,"此类歌唱,由于角色扮演性质被淡化,戏曲与散曲之间的界限也相对模糊"。[2]

对于金元时期散曲和杂剧曲文的这种亲缘关系,如果我们从戏剧唱演形态发展的立场,会说元杂剧借用、吸收了散曲的联套叙事形式,或脚色扮演体制使用了散曲的艺术成就和表述方式。这是戏剧中心主义的思维,以这种思维,自然就会立足于戏剧的框架,说元杂剧借用了说唱艺术的词曲叙事思路,说脚色体制取用了说唱艺术的表述方式。但如果跳出戏

---

① 周亮工:《因树屋书影》卷一,《周亮工全集》(三),凤凰出版社 2008 年影印本,第 145—146 页。
② 康保成:《酒令与元曲的传播》,《文艺研究》2005 年第 8 期,第 63 页。

剧中心主义的思维,回到元杂剧一人主唱体制未出现之前的伎艺族群生态,当诸宫调、唱赚"专一人念唱"方式行世之时,当脚色体制没有一人主唱的规范之时,散曲已经形成了以一个人物为立场和视角的曲文叙事体制,它的书面编写形态就是一个人物立场的联套体叙事曲文,它的场上唱演形态就是一个人物主唱的联套体曲词唱演。那么,如果从散曲唱演形态的演进路线来看,元杂剧这种伎艺便可被视为散曲套数唱演与脚色扮演方式相配合的表演形态。清人梁廷枏《藤花亭曲话》即着眼于诗词曲发展演变的线脉,立足于散曲自身完备的表述规范,认为元杂剧是散曲的再发展:"作曲之始,不过止被之管弦,后且饰以优孟。"[1]其意是说,散曲的唱演本来只有管弦的伴奏,后来被缘饰以脚色扮演方式,即梁氏所说的"饰以优孟"。在这一考察路径上,我们可以看到元杂剧的"一人主唱"体制,就是散曲套数"一个人物主唱"体例在脚色扮演伎艺框架中的呈现,由此,散曲的一个故事人物立场的曲词叙事体制"一个人物主唱",就被置于脚色扮演体制中而表现为"一个脚色主唱"了。在元杂剧的曲文叙事层面上,这是一个人物主唱;而在元杂剧的脚色配合关系层面,则是一个脚色主唱。据此而言,元杂剧的"一人主唱"体制是来自于散曲套数的"一个人物主唱"体例,并由此主导了脚色扮演层面的"一个脚色主唱"体制的生成和确立。

结　　语

　　金元之际的叙事散曲,承续民间词的发展线脉,在金院本还是科白打诨、滑稽调笑之时,在唱赚、诸宫调等套曲伎艺还

---

① 梁廷枏:《藤花亭曲话》,《中国古典戏曲论著集成》(八),第 278 页。

是叙事体讲唱之时,就在吸收当时词曲叙事伎艺经验的基础上,确立了一个人物立场的曲文叙事体制、一个人物主唱的曲文唱演体制。

这种曲文叙事体制虽不是元杂剧创造出来的,但元杂剧利用这种体制创造出了许多优秀的作品,利用的方式就是以脚色扮演来呈现这种曲词叙事体制,或者说是把这种曲文叙事体制放在脚色扮演中来呈现,如此一来,曲文叙事层面的"一个人物主唱",在脚色扮演层面就表现为"一个脚色主唱"了;而这两个层面的累加,才是元杂剧"一人主唱"体制的内涵真义,由此也牵涉了两个层面的文艺渊源。这个"一人主唱"体制,如果立足于从叙事体到代言体演进的框架,会被认为是元杂剧在吸收唱赚、诸宫调这类套曲叙事体讲唱伎艺的基础上创造或变化而成的;但若立足于散曲唱演形态的演进框架,则并不具有创造的意味,而是元杂剧借用了散曲套数"一个人物主唱"体例在脚色扮演中的呈现,由此而出现了"一个脚色主唱"的元杂剧表演体制,以及后来落实于元杂剧剧本的书面文体因素。

对于元杂剧"一人主唱"体制生成或确立问题的考察,无论是立足于后世文体观念的框架,还是当时词曲观念的框架,这其间已有的观点认定和思考路径,都对我们认识元杂剧及其文艺渊源问题具有启发性的参照。然而,我们需要注意的一个基本认识是,在谈论元杂剧的文艺渊源或文体构成时,要涉及的因素非常繁杂,要涉及的问题也非常复杂,一是它的发展跨越了伎艺领域和书面领域,二是它的体制指代了表演体制和剧本体制,三是它的剧本包含了来自口头和书面不同层面、不同属性的因素。尤其当我们在现代学术框架中来谈论它的文体剧本生成和构成时,立足于明编本、元刊本或早期剧本,得出的结论是不同的。比如在元杂剧发展的初期,脚色扮演体制这样的只属于伎艺表演领域的表演方式,是不可能出现在书面编写领域的剧本中的;而如果我们在此节点上预设一个明刊本那样的体制框架,就会想当然地由此剧本体制推导出它的表演体制及其诸多艺术创造性,但放眼元杂剧表演体制、剧本体制的确立所涉及的文艺渊源因素、所面对的伎艺族群生态,即使它的那些指标性体制因素,也可能并非是由元杂剧创造而成或整合而成的。在这个问题上,我们应该警惕囿于一域或一隅而造成的以偏为正,以支为主,以流为源,以果为因,也应该注意元杂剧体制形态在伎艺领域和书面领域之间存在的不对应之处。学术史上关于元杂剧"一人主唱"体制生成的讨论就非常典型地体现了上述这些问题。

第九章　金元叙事散曲与早期杂剧剧本的编写形态

——以散曲的叙事主人公与杂剧的主唱人比较为中心

清人梁廷枏《藤花亭曲话》卷四在论及汉魏乐府、唐诗、宋词、元曲的承变脉络后，有这样一段话："诗词空其声音，元曲则描写实事，其体例固别为一种，然《毛诗》'氓之蚩蚩'篇综一事之始末而具言之，《木兰诗》事迹首尾分明，皆已开曲伎之先声矣。作曲之始，不过止被之管弦，后且饰以优孟。"①梁氏此论，一是把散曲置于诗歌发展线上，二是把元杂剧置于散曲发展线上。前者是历代考察金元散曲的普遍、常规思路，后者则启人深思，它涉及了金元散曲与北曲杂剧表演体制、早期杂剧剧本编写形态的关系问题。

关于散曲与杂剧的关系问题，学界的普遍说法是：元杂剧吸收、借用了散曲的发展成就。这个"吸收""借用"之论，是立足于元杂剧演述体制的认识，即把散曲放在元杂剧的生成史上、发展史上来认识二者的关系。这一持论所基于的前提是散曲与剧曲在曲乐、曲体、曲文方面并无体制上的割裂与超越，比如散曲套数与杂剧套数即属于同一种套曲体式。

---

① 梁廷枏：《藤花亭曲话》卷四，《中国古典戏曲论著集成》（八），第278页。

　　当然，散曲并不是在元杂剧的吸收、借用之后才生发出套曲形式的，它与脚色扮演体制一样有着自己独立的发展系统和演进线脉。

　　散曲乃承接诗词递进发展，终成一代之文学。历来研究者对它的探讨，在诗歌发展线上，会谈到它的叙事性；在叙事文学发展线上，会谈到它的代言体；而在代言体作品发展线上，会谈到它形成了自己独特而完备的表述规范，即梁廷枏所谓"其体例固别为一种"，由此散曲与元杂剧有了体制上的关联，二者当时即被统称为"曲"，共享一代文学之誉。但这"曲"的统称是基于散曲与杂剧曲词的文学编写与音韵声律方面的属性，并没有顾及元杂剧作为脚色扮演伎艺方面的属性。

　　如果按照后世的文体分类系统来切割这个"曲"，则散曲归属于诗歌，剧曲归属于戏曲。如此一来，立足于杂剧演述故事的体制来看，元杂剧应是在脚色扮演体制中吸收了散曲这一表达手段，而把散曲的套曲格式纳入伎艺表演领域的脚色扮演体制中来使用的。

　　如果不以后世的文体分类系统来切割这个"曲"，而是按照金元时期的曲观念和曲创作情况，会通看待后世所谓的散曲、剧曲，则它们在当时只是"曲"在伎艺表演上的两种不同使用方式；散曲的演唱，剧曲的扮演，也可视为"曲"的两种场上呈现方式，即上文梁廷枏所说的"被之管弦"与"饰以优孟"。正是着眼于"曲伎"的这两种场上表演方式，立足于散曲自身完备的表述规范，梁廷枏认为元杂剧是散曲的再发展。发展了什么呢？就是散曲在进行唱演呈现时被缘饰以作为杂剧伎艺本质要素的脚色扮演体制，即梁氏所说的"饰以优孟"，需要注意的是，这一"曲伎"表演方式上的演进之路，是在伎艺领域里进行的。这种认识提示我们思考一个问题：在书面编写领域，元曲既然是与唐诗宋词相承而为一代之文学，剧曲与散曲当时能够被统称为"曲",那么,剧曲的代言体叙事格式是否承自散曲,二者在曲词表述规范、曲词文本体制上是否并无本质的逾越或割裂? 我们知道剧曲是主唱人立场的联套曲词叙事,而早于元杂剧生成了完备书面表述体制和文本形态的散曲,[①]在诗词之后也发展出了自己的组套曲词叙事体制,并且表现出叙事主人公立场的代言体叙事特性,这是否就是散曲发展出来的、适合脚色体制演事方便借用的核心要素和独特功能呢? 这个问题的探讨不仅可以见出金元时期的散曲、杂剧在书面编写领域、伎艺表演领域的亲缘关系,亦可由此思索早期杂剧剧本的编写情况与文本形态。

一、散曲的叙事主人公及其身份设置

人们谈及散曲,通常是把它放在诗歌这条发展线上,说它是承续诗词而来的诗体,进而会在诗歌发展史的框架内指出它与诗词的不同,比如李泽厚《美的历程》认为:"诗境深厚宽大,词境精工细巧,但二者仍均重含而不露,神余言外,使人一唱三叹,玩味无穷。曲境则不然,它以酣畅明达、直率痛快为

---

① 周贻白《中国戏曲发展史纲要》指出:"元代散曲的撰作,实在使用北曲作杂剧之前。"(上海古籍出版社 1979 年版,第 149 页)赵义山《元散曲通论(修订本)》指出:"从元明有关文献对散曲与杂剧的记载来看,是散曲的兴起在前而杂剧的兴起在后的","从现存之早期散曲与杂剧文献来看,也是北(散)曲在前,北曲杂剧在后的"(第 143、145 页)。而李昌集则确定套数(散曲形式之一)在金代已相当成熟:"从金代诸宫调中大量采用这种形式这一事实,完全可以断定:套数在金代已经产生并相当成熟,至迟在董《西厢》时期(金章宗时),套数在曲艺中已相当流行。"(《中国古代散曲史》,华东师范大学出版社 1991 年版,第 54 页)

能事。诗多'无我之境',词多'有我之境',曲则大都是非常突出的'有我之境'。"① 任半塘《散曲概论》指出:"词仅可以抒情写景,而不可以记事,曲则记叙抒写皆可,作用极广也。……重头多首之小令,与一般之套曲中,固有演故事者,即寻常小令之中,亦有演故事者。……散曲并不须有科白(如剧曲所有)或诗文(如秦观【调笑】、赵令畤【蝶恋花】等所有)以为引带,但曲文本身,尽可纪言叙动,初无害于其文字之工也。"② 前者所论是着眼于作者与诗词曲作品内容的关系,后者所论是着眼于词曲作品对事的处理方式,并指出了散曲"曲文本身尽可纪言叙动"的叙事性。

关于散曲别立于诗词体例的叙事性,我们可以看一下它对事的处理方式。虽然诗词曲都可以关联一个"事"(可以是一个事件、一个情节、一个故事),但散曲与诗词对事的处理方式是不同的,诗词讲究咏事,而散曲讲究叙事。

诗词的咏事不以表述完整的故事情节为目的,它追求的是故事基础上情感和意志的抒发,所谓感事而兴、缘事而发,故而在其所咏所感中也会牵动着相关的故事情节。但是咏事不以情节的完整与连贯为务,而重在事对情感的启动和铺垫,往往是抓住一个情节片段,据此兴起一种情感来着意咏叹;或是拼接几个情节片段,据此贯穿一种情感来着意咏叹。《诗经》中就有很多这种感事而兴、缘事而发的诗篇。在这类歌诗中,"事件的因果链条如草蛇灰线般若隐若现,不欲求其完整,而情感的起伏转折和奔腾流淌却成为贯穿诗篇的逻辑线索"。③ 在此,我们可以体会一下《秦风·无衣》和《邶风·静女》对事的这种情感化处理思路。《无衣》以"王于兴师,修我

---

① 李泽厚:《美的历程》,天津社会科学院出版 2001 年版,第 304 页。
② 任半塘:《散曲概论》"内容第八",《散曲丛刊》,第 1077—1078 页。
③ 傅修延:《先秦叙事研究》,东方出版社 1999 年版,第 118 页。

戈矛"这一生活片段反复咏叹,而没有展开对整个战争过程的叙述,贯穿全诗的是士兵们同仇敌忾的斗志。《静女》也没有叙述故事的完整情节,而是截取了三个情节片段("俟我于城隅""贻我彤管""自牧归荑"),以此作为情感抒发的起点和铺垫,而贯穿这三个片段的是那位男子对心爱姑娘的绵绵深情。二诗都截取了故事的情节片段,以此为契机生发出情感的绵绵流溢,而隐去了故事前因后果的叙述交代。这种感事抒情之作在《诗经》中俯拾皆是,可以说是"诗三百"用事的标志性特征,同时也是中国古典诗歌中大量存在的一种用事形态。由此可见,诗词的咏事是把故事放置于情感抒发的启动处或背景处,关注于事对作者个人情志的启动能力,而并不以表述完整的故事情节为目的,不重视对这个故事的过程交代。

至于散曲的叙事,则重视对故事的过程交代,追求情节叙述的完整与连贯,所以叙事的散曲无论篇幅长短,皆着意于叙述一个事件的过程,致力于把它首尾完整、情节连贯地表达出来,即使表述过程中焕发出强烈的抒情色彩,也是附属于对事的过程交代这一目的,其叙述行为的完整性基本上不受情感抒发的干扰,相反,情节演进与情感抒发相得益彰,共同拧成一条贯穿全篇的双股线索。兹以高克礼【越调·黄蔷薇过庆元贞】《燕燕》、杜仁杰【般涉调·耍孩儿】《庄家不识勾栏》为例分析。

> 燕燕别无甚孝顺,哥哥行在意殷勤。三纳子藤箱儿问肯,便待要锦帐罗帏就亲。唬得我惊急列蓦出卧房门,他措支剌扯住我皂腰裙,我软兀剌好话儿倒温存:"一来怕夫人情性哏,二来怕误妾百年身。"①(《全元散曲》,第1082页)

---

① 本书所引元代散曲皆依据隋树森编《全元散曲》。

风调雨顺民安乐,都不似俺庄家快活。桑蚕五谷十分收,官司无甚差科。当村许下还心愿,来到城中买些纸火。正打街头过,见吊个花碌碌纸榜,不似那答儿闹穰穰人多。

【六煞】见一个人手撑着椽做的门,高声的叫请请,道迟来的满了无处停坐。说道前截儿院本调风月,背后幺末敷演刘耍和。高声叫,赶散易得,难得的妆哈。

【五】要了二百钱放过咱,入得门上个木坡,见层层叠叠团圞坐。抬头觑是个钟楼模样,往下觑却是人旋窝。见几个妇女向台儿上坐,又不是迎神赛社,不住的擂鼓筛锣。

【四】一个女孩儿转了几遭,不我时引出一伙,中间里一个央人货,裹着枚皂头巾顶门上插一管笔,满脸石灰更着些黑道儿抹。知他待是如何过?浑身上下,则穿领花布直裰。

【三】吟了会诗共词,说了会赋与歌,无差错。唇天口地无高下,巧语花言记许多。临绝末,道了低头撮脚,爨罢将幺拨。

【二】一个妆做张太公,他改做小二哥,行行行说向城中过。见个年少的妇女向帘儿下立,那老子用意铺谋待取做老婆。教小二哥相说合,但要的豆谷米麦,问甚布绢纱罗。

【一】教太公往前那不敢往后那,抬左脚不敢抬右脚,翻来复去由他一个。太公心下实焦燥,把一个皮棒槌则一下打做两半个。我则道脑袋天灵破,则道兴词告状,划地大笑呵呵。

【尾】则被一胞尿,爆的我没奈何。刚揎刚忍更待看些儿个,枉被这驴颓笑杀我。(《全元散曲》,第31—32页)

　　套曲《庄家不识勾栏》写了一个乡民因要买些纸火而来到城中，又被吸引到城中勾栏观戏的故事。它以这个乡民为叙述人，以这个乡民行进地点的变化(城中的街道、勾栏的门、勾栏内的木坡)来构建情节发展的过程，并把叙述勾栏演出的过程纳入这个情节框架中，以此串起了乡民的动作变化以及乡民视角中众多人物的言行，既交代了乡民"正打街头过"时被诱导进了勾栏门，上了个木坡，入座观戏，最后被演出逗笑得憋不住尿而离去的过程，又描述了勾栏演戏过程中令他感到新鲜可笑的各种细节。

　　即使《燕燕》这样的只曲小令，也非常注重过程的描述。这个故事中有恋人关系的燕燕、哥哥两个人物，哥哥生病，燕燕去探望，没想到哥哥莽撞急切，"锦帐罗帏就亲"，吓得燕燕抬脚就要走，哥哥却死乞白赖地扯住燕燕的裙子不放，燕燕只得以情以理地好言相劝。这个小令虽然只叙述了一个情节片段，但也生动地写出了一次恋人间戏闹的情趣，有叙述人燕燕对哥哥的动作描述，更有自己因应对哥哥动作而起的言行、心情交代。整个作品有事件的因果，有人物的承应，虽然篇幅短小，但人物形象鲜活饱满，情节叙述简洁生动。

　　由此分析可见，对于事的处理方式，诗词的咏事以情运事，致力于对故事的情感化处理，它关注故事对情感的触动，重视那些对情感具有启动力的情节，并把人物的情感和意绪深植其中，毫不在意故事表述的完整连贯；而散曲的叙事则以事寓情，致力于对故事的情节化处理，它关注故事本身的逻辑发展，因果推动；注重故事表达的完整连贯。与此相对应，诗词中担任咏事的人物不会以情节表现为职责，而是着意于据事表达自己的情感或意志；散曲中担任叙事的人物则是以情节表现为职责，着意于交代情节演进的前后过程。现代文学理论认为文学有三大文类：抒情诗、戏剧和叙事文学，若以叙述人作为区分此三大文类的依据,则"抒情诗有叙述人但没有故事,戏剧有场面和故事而无叙述人,只有叙事文学既有故事又有叙述人"。① 叙事散曲既有故事又有叙述人,则更接近于叙事文学。

当然,在叙事文学这条发展线上,散曲的叙事方式也有其特别之处,原因就在于其叙述人的身份设置。

其一,散曲的叙述人是故事的主人公。我们知道,无论是叙事诗、说唱文学,还是来源于杂史杂传的文言小说,来源于口头说唱的白话小说,都有一个超然于故事之外的叙述人,这个叙述人以第三人称的叙事框架来构建故事,即使人物要为作者代言,即使人物的话语再多,也要纳入这个叙述人所主导的故事叙述框架之中,比如乐府诗《东门行》《陌上桑》,敦煌讲唱《燕子赋》《茶酒论》,宋元话本小说《快嘴李翠莲记》。而且,编写者们是不会把这个叙述人当作故事中的人物那样进行性格刻画、形象塑造的。但是,叙事散曲则与此不同,它的叙述人就是故事的主人公,所以,他要交代自己的动作、话语、情感、志趣,以及与其他人物的言行上的交流,通过这些,散曲就能够表现出叙述人的性格、形象,比如套数《庄家不识勾栏》中那个朴实风趣的乡民,小令《燕燕》中那个矜持可爱的燕燕。当然,叙事诗中也出现过身为故事主人公的叙述人,比如《卫风·氓》即以故事的女主人公"我"为叙述人,叙述了自己被氓求婚至遗弃的过程,故事完整,叙述晓畅,已不是情节片段的拼接,而是情节的连贯叙述;已不是事件的粗疏勾勒,而是过程的细致交代,显示了民间叙事的能力和成就。后来诗歌虽有承续,如唐代张籍的《节妇吟》、杜甫的"三别",但也属于吉光片羽,而绝大多数是第三人称的叙事诗,篇幅长大的如乐府

①［美］浦安迪讲演:《中国叙事学》,北京大学出版社 1996 年版,第18 页。

诗《孔雀东南飞》《陌上桑》《木兰辞》，杜甫的"三吏"，白居易的《琵琶行》《长恨歌》；即使篇幅短小、着意于情节片段的短诗令词亦如此，如杜牧《清明》、贾岛《寻隐者不遇》、朱庆馀《闺意》、欧阳修《南歌子》（"凤髻金泥带"）。这些叙事诗词，与以小说为代表的叙事文学一样，都有一个外在于故事的叙述人，而散曲的叙述人则是一个内在于故事的人物，而且是故事的主人公。

　　其二，散曲的叙述人是外在于作者的人物，而不是如敦煌变文、宋元话本、金元诸宫调的叙述人那样是讲唱者或编写者的化身，也不是如抒情诗歌的抒情主人公那样是作者情志抒发的代言者。比如杜仁杰的《庄家不识勾栏》、睢景臣的《高祖还乡》，作者就是用一个外在于自己的乡民形象来叙述一件事的前后过程，这就是通常所说的"代言体"。但代言体与代言手法是有差异的，从作品的创作过程来说，二者都运用了作者代人物立言的方式，比如宋元话本的编写者需要为其作品的人物立言，但话本小说肯定不是代言体，乐府诗《陌上桑》的作者要代罗敷"夸夫"立言，《东门行》的作者要为那个愤而为盗的男子立言，也不是代言体，而是代言手法；比较而言，戏剧的作者要从整体上为剧中所有人物立言，而且戏剧就是要以人物的话语作为建构叙事的主要表现手段，这就是代言体。当然，代言体并不只在戏剧中使用，诗词中早已有之，比如诗词中普遍存在的作者个人的"自叙"，以及香草美人式的"代拟"，从表现方式上讲都是代言体，前者的第一人称"我"是真实的作者自己，后者是作者戴着"面具"的抒怀言志。从作品的表达目的来说，诗词的代言体运用，是为了借人物之口来抒发作者的情志，实际上是让人物代作者发言，所以人物会带有作者的品格和情感，也会以作者的语言格调来表述。而叙事散曲的代言体运用，并不是为了让人物代作者发言，而是选择这个人物来承担故事叙述的任务，并在执行这个叙述任务的过程中按其形象、性格的特征和逻辑来行动、说话,因此,这个人物就能够有着不同于作者的独立品格和情感,成为一个外在于作者的虚构故事域中的人物形象。

缩结上述,从代言体的表达作用来说,诗歌的香草美人传统是借所代之人抒发作者的思想感情,深植其中的是作者的情感和意绪;戏曲表演的代言体是用脚色行当来装扮剧中人物,并以各个人物第一人称的曲白承应来展现故事的演进;而叙事散曲则完全是以一个故事人物作为叙述人来展现出事件的演进与过程,其间融合了这个人物的动作交代和情感抒发,以及这个故事叙述中的人物交流与时空变换。由此看来,虽然说“代言体是散曲能够形成自身特色的因素之一”,①但这个因素并不能有针对性地指出叙事散曲不同于诗歌、戏剧的核心性、特质性所在。

前文提到李泽厚以“有我之境”“无我之境”来论析作者与诗词曲作品内容的关系。如果这个“我”指的是作者,而“有我”“无我”,强调的是诗词曲作品是否直接表露或抒发作者的情感、思想,是否通过自然景物的客观描写来表达作者的情志,那么,散曲恰恰最能体现“无我之境”。其实,诗词曲皆有一个内在于故事的人物“我”,只是“我”的作用各不相同。诗词咏事中的“我”是作者,他来主导诗词的感事而发;散曲叙事中的“我”不是作者,而是故事的主人公,他来主导散曲的故事叙述。诗词重抒情,深植其中的是“我”(作者)的情感和意绪,那么,这个“我”就是作品的抒情主人公;散曲重叙事,既有故事又有叙述人,而且这个叙述人就是故事的主人公,如此则可称之为“叙事主人公”,他是以一个外在于作者的人物形象出现在散曲的故事情境之中的。

---

① 李昌集:《中国古代散曲史》,华东师范大学出版社 1991 年版,第224 页。

　　而且,这个叙事主人公的叙述能力也是值得称道的,他在完成一个事件、情节的过程交代的基础上,不但要描写景物、场面,要叙述自己的相貌、动作、话语、心情,还要叙述别人的相貌、动作、话语、心情;或者说,他既要负责塑造自己的形象,也要负责塑造他人的形象。

　　他要叙述自己的动作、心情,如杨果【仙吕·翠裙腰】、王伯成【般涉调·哨遍】《项羽自刎》、孔文卿【南吕·一枝花】《禄山谋反》、乔吉【南吕·梁州第七】《射雁》、董君瑞【般涉调·哨遍】《硬谒》。

　　他要叙述其他人物的动作、心情,如奥敦周卿【南吕·一枝花】《远归》、高安道【般涉调·哨遍】《皮匠说谎》、王和卿【大石调·蓦山溪】《闺情》。

　　他要叙述其他人物的话语,如马致远【般涉调·耍孩儿】《借马》、关汉卿【双调·新水令】、杜仁杰《庄家不识勾栏》、高克礼《燕燕》。

　　他还要描述景物、场面,如睢景臣【般涉调·哨遍】《高祖还乡》、高安道【般涉调·哨遍】《嗓淡行院》、无名氏【南吕·骂玉郎过感皇恩采茶歌】《鏖兵》。

　　由此可见,叙事散曲是在一个故事情境中设置了一个叙事主人公,并以其身份、立场、视角来叙述故事的发展过程。更为重要的是,这个叙事主人公的存在,是叙事散曲作为诗词类、曲唱类叙事文学作品或代言体作品的特殊之处,而且是本质性的、核心性的要素。

二、散曲的叙事主人公与元杂剧的主唱人

　　在叙事文学这条发展线上,我们看到了金元叙事散曲与

诗词、小说的区别。另外,在叙事文学这条线上还有稍后跟上散曲脚步的北曲杂剧这种戏剧表演形式,二者在元代相互伴行,共同繁兴,被统称为"元曲",这一关系引导我们去关注二者的诸多共性因素。

金末元初时出现的北曲杂剧(通常称之为"元杂剧")是一种表演伎艺,这是着眼于它呈现故事的脚色扮演体制,而如果着眼于它处理故事的思维和方式,则是一种叙事文学,尤其是其主唱人的曲词。元杂剧的演述体制有一个重要的特征——"一人主唱"。这"一人"是指一个脚色,"一人主唱",就是指一本元杂剧的曲词只能由一个脚色来负责演唱,要么是正末,要么是正旦。而这个脚色要对应于杂剧故事中的一个人物形象,很多情况下就是故事的主人公,比如关汉卿《窦娥冤》中的正旦是窦娥这个人物,她来主唱全本杂剧的曲词;马致远《汉宫秋》中的正末是汉元帝这个人物,他来主唱全本杂剧的曲词。因此,一本杂剧的全部曲词都是为正末或正旦所扮演的那个人物而拟编的,他需要负责一本杂剧的全部曲词演唱,也是这个曲词所要呈现的故事的主人公。主唱人在虚构故事域中所处的主人公地位及其需要负责曲词演唱的功用,与散曲的叙事主人公所承担的故事叙述任务是一致的。二者的这种一致,指示着我们看到了他们所唱演的曲词在叙事功用上的诸多相同、相通之处。

比如,我们发现有不少叙事散曲的叙事主人公是乡民形象,前文所析杜仁杰的《庄家不识勾栏》就是以乡民的视角戏谑地描述了勾栏表演的场面,而无名氏的【南吕·骂玉郎过感皇恩采茶歌】《鏖兵》则是以乡民的视角叙述了一次战争的场面。

　　　牛羊犹恐他惊散,我子索手不住紧遮拦。恰才见枪刀军马无边岸,吓的我无人处走,走到浅草里听,听罢也向高阜处偷睛看。

　　吸力力振动地户天关,吓的我扑扑的胆战心寒。那枪忽地早刺中彪躯,那刀亨地掘倒战马,那汉扑地抢下征鞍。俺牛羊散失,您可甚人马平安。把一座介丘县,生纽做枉死城,却翻做鬼口关。

　　败残军受魔障,德胜将马顽犇,子见他歪刺刺赶过饮牛湾。荡的那卒律律红尘遮望眼,振的这滴溜溜红叶落空山。(《全元散曲》,第 1678—1679 页)

　　这首散曲的叙事主人公是"我",他正在野外放牧牛羊,偶遇一次两军交兵,牛羊被惊散,自己也被惊吓得慌忙钻进浅草里,后来又忍不住爬到高阜处偷看,于是他看到了战争的场面、过程以及结果。在这段曲词中,环境的变化引起了人物的一系列反应,战争的发生引起人物的一系列动作,在此,人物和环境之间的互动即时而紧密。

　　在元代散曲中,更为有名的乡民形象来自于睢景臣【般涉调·哨遍】《高祖还乡》,他是刘邦居乡未达时的小伙伴。

　　社长排门告示,但有的差使无推故。这差使不寻俗,一壁厢纳草也根,一边又要差夫,索应付。又言是车驾,都说是銮舆,今日还乡故。王乡老执定瓦台盘,赵忙郎抱着酒胡芦。新刷来的头巾,恰糨来的绸衫,畅好是妆么大户。

　　【耍孩儿】瞎王留引定火乔男女,胡踢蹬吹笛擂鼓。见一彪人马到庄门,匹头里几面旗舒:一面旗白胡阑套住个迎霜兔,一面旗红曲连打着个毕月乌,一面旗鸡学舞,一面旗狗生双翅,一面旗蛇缠胡芦。

　　【五煞】红漆了叉,银铮了斧,甜瓜苦瓜黄金镀。明晃晃马镫枪尖上挑,白雪雪鹅毛扇上铺。这几个乔人物,拿着些不曾见的器仗,穿些大作怪衣服。

【四】辕条上都是马,套顶上不见驴,黄罗伞柄天生曲。车前八个天曹判,车后若干递送夫。更几个多娇女,一般穿着,一伴妆梳。

【三】那大汉下的车,众人施礼数,那大汉觑得人如无物。众乡老展脚舒腰拜,那大汉那身着手扶。猛可里抬头觑,觑多时认得,险气破我胸脯。

【二】你须身姓刘,您妻须姓吕,把你两家儿根脚从头数。你本身做亭长耽几盏酒,你丈人教村学读几卷书。曾在俺庄东住,也曾与我喂牛切草,拽坝扶锄。

【一】春采了桑,冬借了俺粟,零支了米麦无重数。换田契强秤了麻三秤,还酒债偷量了豆几斛。有甚胡突处,明标着册历,见放着文书。

【尾】少我的钱,差发内旋拨还;欠我的粟,税粮中私准除。只道刘三,谁肯把你揪捽住?白甚么改了姓更了名唤做汉高祖!(《全元散曲》,第543—545页)

刘邦高登帝位,衣锦还乡,"大风起兮云飞扬,威加海内兮归故乡",他这首即席唱颂的《大风歌》,就很好地渲染了这场还乡盛会所洋溢的壮怀激烈、意气风发、豪气干云景象。而睢景臣此曲却以一个乡民的视角给我们提供了刘邦衣锦还乡盛况的另一种解读。这个乡民对这次盛大的迎圣事件抱有一连串的不情愿和不理解,先是对社长的差拨摊排,后是对迎接队伍中同村人郑重其事的姿态,再是对花里胡哨的皇帝仪仗,最后是对摇身一变而为汉高祖的刘三。作品即以乡民视角对这个迎圣事件予以陌生化处理,直把刘邦荣归故乡、大展威风的场面,摆弄得荒诞不堪、戏谑杂乱、啼笑皆非。

这种以乡民的视角对盛大事件、场面(战争、集会、宴乐)的叙述、描写,在元杂剧中随处可见,属于描述场面的惯常手法。比如无名氏《黄鹤楼》第二折以禾倈为主唱人对社火场景的描述：

> 【叨叨令】那秀二姑在井口上将辘轳儿乞留曲律的搅，瞎伴姐在麦场上将那碓白儿急并各邦的捣，小厮儿他手挈着鞭杆子他嘶嘶飕飕的哨，那牧童儿便倒骑着个水牛呀呀的叫，一弄儿快活么哥，一弄儿快活么哥，正遇着风调雨顺民安乐。①

而更长篇幅的场面描述，则是杨景贤的《西游记》杂剧，它用一折篇幅以村姑为主唱人描述了长安城朝廷官员为国师唐三藏西天取经的送行场面（第六出"村姑演说"）。对于战争打斗的场面描写和过程叙述，元杂剧选用了许多"探子"式人物作为主唱人，他们出场就是为了描述在剧中无法表现的场面，如《单鞭夺槊》第四折的探子、《存孝打虎》第四折的探子、《飞刀对箭》第三折的探子、《气英布》第四折的探子。当然，"探子"式主唱人物有时也被赋予更明确的身份，如《柳毅传书》第二折的电母、《火烧介子推》第四折的樵夫、《哭存孝》第三折的莽古歹、《渑池会》第四折的蔺相如，等等。兹列尚仲贤《气英布》元刊本第四折探子描述项羽与英布对阵厮杀的场面：

> 【黄钟】【醉花阴】楚汉争锋竞寰宇，楚项藉难赢敢输。此一阵不寻俗，英布谁如，据慷慨堪推举。
> 【喜迁莺】多应敢会兵书，没半霎儿，嗓，出马儿熬翻楚霸主。他那壁古刺刺门旗开处，楚重瞳阵上高呼。无徒，杀人可恕，情理难容，相欺负，厮耻辱。他道我看伊不

① 隋树森编：《元曲选外编》，第841页。

轻,我负你何辜。

【出队子】咱这壁先锋前部,会支分,能对付。咪咪咪响飕飕阵上发金镞,哕哕哕各臻臻坡前排士卒,呀呀呀扑剌剌的垓心里骤战驹。

【刮地风】咚咚咚不待的三声索战鼓,火火火古剌剌两面旗舒,脱脱脱扑剌剌二马相交处,喊震天隅。我子见一来一去,不当不堵,两匹马两个人有如星注。使火尖枪的楚项羽,是他便刺胸脯。

【四门子】九江王那些儿英雄处,火尖枪轻轻早放过去,两员将各自寻门路。踊彪躯,抡巨毒,虚里着实,实里着虚,厮过谩各自依法度。虚里着实,实里着虚,呵,连天喊举。……①

　　从元杂剧的整个故事来看,村姑、禾俫、探子这些人物并不是杂剧故事的主人公,他们的出现只是为了完成对难以在舞台上表现的场面或事件的叙述交代,是一个功能性的人物。这种配角人物被设置为主唱人,最为有力地表明了元杂剧主唱人乃为叙事而设。需要说明的是,这类人物虽然不是杂剧故事的主人公,但在他主唱的这一套曲词中则肯定是主人公,而且这个主人公在这套曲词中担负了叙事的任务,则亦属于"叙事主人公"。

　　当然,那些身为杂剧故事主人公的主唱人更是担负了叙事的任务:

　　他要描述故事所发生的环境(景物、场面)。如《西厢记》第四本第三折中莺莺送别张生的那段著名景色描写:"碧云天,黄花地,西风紧,北雁南飞。晓来谁染霜林醉? 总是离人

———————————
① 徐沁君校点:《新校元刊杂剧三十种》,第304—305页。

泪。"《替杀妻》第一折张千于上坟途中对春色的描绘,《李逵负荆》中李逵下山时对梁山美景作了富有诗人情怀的描述。

他要叙述事情的经过。如《西厢记》第五本第三折红娘向郑恒讲述张生下书解围一事,《窦娥冤》第四折窦娥的鬼魂向窦天章讲述她含冤受屈的始末。

他要交代自己的外貌、神态,甚至心情。《汉宫秋》第四折、《梧桐雨》第四折都有主唱人大段叙述其心绪的唱词,无此则观众难以明了人物当时的心情。

他要交代他人的外貌、神态,甚至心情。《抱妆盒》第一折有陈琳对李美人相貌的描述,《哭存孝》第二折以邓夫人作为主唱人讲述了李存孝的内心情感,而《隔江斗智》第二折则以孙夫人的视角检阅了刘备的将士:

> 【普天乐】我则见玳筵前,摆列着英雄辈,一个个精神抖擞,一个个礼度委蛇。那军师有冠世才,堪可称龙德,觑他这道貌非常仙家气,稳称了星履霞衣。待道他是齐管仲多习些战策。待道他是周吕望大减些年纪。待道他是汉张良还广有神机。
>
> 【十二月】看了他(指张飞。笔者注)形容动履,端的是虎将神威。想我那甘宁凌统,比将来似鼠如狸,可知道刘玄重兴汉室,却元来有这班儿文武扶持。
>
> 【尧民哥】呀! 我见他(指关羽。笔者注)曲躬躬双手捧金杯,喜孜孜一团儿和气蔼庭闱。不由我不立钦钦奉命谨依随,拼的个醉醺醺满饮不辞推。我今日须也波知周瑜你好没见识,怎不的观时势。①

---

① 臧晋叔编:《元曲选》,第 1308—1309 页。

　　此外,他不但要叙述自己的动作,也要叙述他人的动作。《碪砂担》第三折主唱人东岳太尉对自己动作的交代:"【呆骨朵】我将这唾津儿润破窗儿盼,我探着手将小鬼揪翻,三吊脚捉腰,两个指可便掐眼,只一拳直打的他天灵烂。这一回倒做的我浑身汗。"《刘行首》第三折马丹阳对刘行首动作的叙述:"【么篇】他将那头面揪,衣服扯,则见他玉佩狼籍,翠钿零落,云髻歪斜。"①《襄阳会》第二折主唱人王孙有对自己偷盗刘备的卢马的描述:

　　　　【金蕉叶】恰拌上一槽料草,喂饲的十分未饱,悄声儿潜踪蹑脚,我解放了缰绳绊索。

也有对刘备骑马跳檀溪的动作的描述:

　　　　【圣药王】他将那天地祈,咒愿祷,欠彪躯整顿了锦征袍,将玉带兜,金镫挑,三山股摔破了紫藤梢。(刘备做跳过檀溪科)(正末唱)则一跳恰便似飞彩凤,走潜蛟。②

　　可见,元杂剧的曲词与叙事散曲一样具有很强的叙事功能,虽说它在杂剧的脚色体系中体现了代言体属性,在杂剧的整体叙述架构中含纳了代言的手法,但其本身却表现出明显的叙事思维和叙事结构。而承担这些曲词叙述的主唱脚色,虽然对应于杂剧故事中的一个人物,却没有局限于自己的身份限制和视角限制,他的身份在虚构故事域内外跳来跳去,他的眼睛在剧中人物之间扫来扫去,他所唱演的曲词承担了故

①　臧晋叔编:《元曲选》,第398—399、1329页。
②　隋树森编:《元曲选外编》,第150、151页。

事的叙述任务。这些现象充分表明，元杂剧在总体上来说并不是通过人物的对话和动作来推动情节的发展，而是要借助于主唱人的曲词叙述来呈现故事的演进过程，主唱人即以第一人称身份扮演故事中的人物而做代言体的曲唱，但这曲词并不是戏剧体制的展示性演事，而是有情节交代、有叙述人说明的表现性叙事。

由此分析可见，元杂剧的曲词是为叙事而设的，承担这曲词唱演的主唱人也是为叙事而设的，他对应了杂剧故事中的一个人物，而这个人物作为这段联套曲词的主人公，既要负责曲词的唱演任务，又要承担故事的叙述任务，自然就成为杂剧曲词的"叙事主人公"了。因此，杂剧曲词的主唱人与散曲的叙事主人公一样，"将心理流动与动作的描绘浑融为一体，将抒情与叙事打成一片"，①叙述着故事，塑造着自己；不但塑造着自己，而且塑造着他人。

综上所述，叙事散曲的叙述人与杂剧曲词的主唱人都是叙事主人公，他们唱述的曲词让我们看到了二者在叙事思维、方式上的同质同用——承担着对事件、场面以及自己与他人的动作、话语、形貌、心情等的叙述任务。二者的这些相同质素，决定了他们各自所在的文本的属性及其亲缘关系。

三、叙事散曲与早期杂剧剧本形态

叙事散曲与杂剧曲词都是以叙事主人公为立场拟编的曲词，那么二者的不同是什么呢？二者最本质的不同就是杂剧曲词要纳入到一个脚色扮演体制中，而这个脚色扮演体制是元杂剧能归属于戏剧的本质要素。如果搁置这个脚色扮演体

---

① 李昌集：《中国古代散曲史》，第 298 页。

制,而单以曲词编写的立场来考虑,则二者都是在一个故事情境中以叙事主人公的立场来拟编的组套体叙事曲词。因此,这些曲词虽然只是推出了叙事主人公来负责曲词的表述,但它们都关联了一个故事情境,其中隐含了虚构故事域中其他人物的言行,这是能够启动叙事主人公相应言行的直接因素,也是叙事主人公所要面对的具体情境。这种呼应关系在元杂剧中是以明确的脚色配置来体现的,而散曲的曲词虽无明确的脚色配置关系来体现,但它以叙事主人公出之,也关联了其他人物的言行及其与叙事主人公言行的承应关系。这种关系状态在关汉卿【双调·新水令】、王和卿【大石调·蓦山溪】《闺情》、高安道【般涉调·哨遍】《皮匠说谎》、王伯成【般涉调·哨遍】《项羽自刎》、马致远的【般涉调·耍孩儿】《借马》、睢景臣【般涉调·哨遍】《高祖还乡》等曲作中都有很好的体现。比如关汉卿的【双调·新水令】:

　　　　楚台云雨会巫峡,赴昨宵约来的期话。楼头栖燕子,庭院已闻鸦,料想他家,收针指晚妆罢。

　　【乔牌儿】款将花径踏,独立在纱窗下,颤钦钦把不定心头怕。不敢将小名呼,咱则索等候他。

　　【雁儿落】怕别人瞧见咱,掩映在酴醾架。等多时不见来,则索独立在花阴下。

　　【挂搭钩】等候多时不见他,这的是约下佳期话,莫不是贪睡儿忘了那?伏冢在蓝桥下。意懊恼却待将他骂,听得呀的门开,蓦见如花。

　　【豆叶黄】髻挽乌云,蝉鬓堆鸦,粉腻酥胸,脸衬红霞;袅娜腰肢更喜恰,堪讲堪夸。比月里嫦娥,媚媚孜孜,那更撑达。

　　【七弟兄】我这里觅他,唤他,哎!女孩儿,果然道色胆天来大。怀儿里搂抱着俏冤家,揾香腮悄语低低话。

【梅花酒】两情浓,兴转佳。地权为床榻,月高烧银蜡。夜深沉,人静悄,低低的问如花,终是个女儿家。

【收江南】好风吹绽牡丹花,半合儿揉损绛裙纱。冷丁丁舌尖上送香茶,都不到半霎,森森一向遍身麻。

【尾】整乌云欲把金莲屦,纽回身再说些儿话:"你明夜个早些儿来,我专听着纱窗外芭蕉叶儿上打。"(《全元散曲》,第180—181页)

此散曲的叙事主人公是"我",一个要去与恋人约会的青年男子。故事的时间由傍晚时分流转到月上高天,故事的地点由纱窗下转移至荼蘼架下,随着这时空的变化,男子的动作也由"等候"转到"蓦见"、欢爱,并由此构建起这个散曲故事的发展过程。其间,有叙事主人公对恋人相貌、装扮、动作、话语的描述,也有对自己动作、心理变化的交代,而见到恋人后的一系列动作、话语交流,则是挑动叙事主人公相应动作、话语的直接因素。

这种情况还可参看与关汉卿多有交往的王和卿的【大石调·蓦山溪】《闺情》:

冬天易晚,又早黄昏后。修竹小阑干,空倚遍寒生翠袖。萧郎宝马,何处也恣狂游。

【么篇】人已静,夜将阑,不承望今番又。大抵为人图甚么,况彼各青春年幼。似恁的厮禁持,寻思来白了人头。

【女寇子】过一期,胜九秋,强拈针线,把一扇鞋儿绣。蓦听的马嘶人语,不甫能盼的他来到,他却又早醺醺的带酒。

【好观音】枉了教人深闺候,疏狂性惯纵的来自由。

不承望今番做的漏斗,衣纽儿尚然不曾扣。等的他酒醒时将他来都明透。

【雁过南楼煞】问着时节只办的摆手,骂着时节永不开口。我将你耳朵儿揪,你可也共谁人两个欢偶。我将你锦片也似前程,花朵儿身躯,遥望着梅梢上月牙儿咒。(《全元散曲》,第47—48页)

此散曲的叙事主人公是一名女子,夫君恣游未归,致使她夜中深闺无聊苦等,由怨生恨。"蓦听的马嘶人语"——夫君归来,这立刻引动了女子一连串的动作、言语反应,先是"问",后是"骂",再是"揪耳朵"。叙事主人公的这一连串言行反应,乃是那个夫君的晚归引起的,而女子的这些打骂言行,也必有那个夫君的言行来应和,所以叙事主人公才会说:"问着时节只办的摆手,骂着时节永不开口。我将你耳朵儿揪,……"这其间应该有配角人物的话语、动作来承应。如此曲词表述,如果放在杂剧的脚色配合关系中,体制上并不违碍。

正如上述例证所示,叙事主人公的曲词,一般会隐含着其他一个或数个人物来配合着它的表述,并承应着叙事主人公的动作、心情、话语的变化过程。

那么,杂剧曲词的叙事主人公与剧中其他人物又是如何配合的呢?他所负责的曲词表述在脚色行当体系中又是怎样的使用情况呢?

元杂剧作为戏剧的本质要素是脚色扮演体制,它所拥有的脚色行当体系,其本质内涵就是脚色配合关系。在这一点上,杂剧曲词就与叙事散曲不同了,因为元杂剧是用脚色行当体系来体现故事叙述的代言体属性的。那么,元杂剧的配角人物与主唱人的功能配合关系是怎样的呢?按照戏剧的一般原则,元杂剧应当通过剧中人物的对话和动作来推动故事的进展,需要主唱人与其他配角人物共同完成叙事任务。然而这种认识并不完全符合元杂剧演述体制的实际情况。

对于一部元杂剧作品来说,讲述一个故事是其最基本的目的,各种伎艺表现手段都需含纳、融合在这个故事演述的架构之中。这个叙事任务本应由剧中所有脚色共同承担,但元杂剧"一人主唱"的体制限制了其他脚色的叙事能力的发展,而突出了主唱人的叙事功能及其在杂剧故事演述中的地位。主唱人需要叙述情节,描述场面,也交代自己或他人的动作、心情和相貌,而其他脚色的作用就是配合主唱人把叙事性的曲词表述出来。那么,如何配合呢? 金圣叹对此有过一个简洁明了的表述:元杂剧体制是"每一篇为四折,每折止用一人独唱,而同场诸人,仅以科白从旁挑动、承接之"。① 配角人物的"从旁挑动、承接",就是为了让主唱人的曲词表述出来,完成杂剧曲词的叙事任务。比如尚仲贤《单鞭夺槊》第四折以探子报告的形式向徐茂公讲述了李世民与单雄信的激烈打斗过程,徐茂公这个角色人物的任务就是反复地用"你慢慢地说一遍咱""端的是谁输谁赢,再说一遍"之类的话语,来"从旁挑动、承接"探子的曲词叙述,而并不是要用探子的言行来激发出徐茂公的一系列动作、话语,徐茂公也没有起到推动故事情节演进的作用。前文提及那些描述战争、集会场面的探子式人物的曲词皆是如此方式的呈现,这就是元杂剧主唱人与剧中其他人物相互配合以成曲词叙事的典型例子。

当然,上面这些例证作品是元杂剧经过了后世编辑改订后的阅读本的表现,《元刊杂剧三十种》被认为是元代艺人使用的演出本,更接近于元杂剧的文本原貌,比如元刊本《气英

---

① 金圣叹评点:《第五才子书施耐庵水浒传》第三十三回回前评,第543页。

布》第四折只有正末扮演探子唱叙英布、项羽的战斗场面,全
无配角人物的宾白承应(详见上文),如果艺人使用这个本子,
则需要像《单鞭夺槊》那样安排其他脚色人物来承应探子的这
些唱词叙述,比如明编本就添加了张良这个人物来对探子的
曲词予以挑动和承接。但也正是因为主唱人的曲词需要配角
人物来挑动或承接,有时候配角人物的添加,就是简单地为了
完成这个任务而颇显生硬凑合,也因而导致了配角人物用来
承应主唱人的宾白常常不合逻辑。比如《单刀会》要在关羽出
场前交代其大智大勇的英雄形象,于是第一折、第二折安排了
乔国老和司马徽为主唱人叙述了关羽的大大小小英雄业绩。
以第一折为例,元刊本设定的配角人物是“驾”和“外末”,对应
的人物是东吴的孙权、鲁肃,主唱人乔国老的唱词则是诉说关
羽的功业,以劝说孙权不要对关羽轻举妄动而招惹祸端,其间
有这么一段人物承应:

　　(等云了。)(正末唱:)
　　【那吒令】收西川白帝城,把周瑜送了。汉江边张翼
德,把尸灵挡着。船头上把鲁大夫,险几乎间唬倒。将西
蜀地面争,关将军听的又闹,敢乱下风雹。
　　(外末云住)(正末云)你道关将军会甚的。(唱:)
　　【鹊踏枝】他诛文丑骋粗躁,刺颜良显英豪,向百万
军中,将首级轻枭。那赤壁时相看的是好。……①

　　【那吒令】曲词前有“等云了”三字,意指主唱人乔国老需
要等候配角人物的宾白挑动之后,才可进行【那吒令】曲词
的唱演,但此处并未标明具体哪个配角人物来承担这个宾白

————————
① 徐沁君校点:《新刊元刊杂剧三十种》,第60页。

挑动的任务；如果根据下文的"外末云住"，则知此处承担这
个宾白挑动任务的应是鲁肃，明编本即把第一折挑动、承接
乔国老唱词的人物统一为鲁肃了，那么，按照鲁肃在明编本
此折中挑动乔国老唱词的套路，元刊本"等云了"处就应是
"收西川一事，我不得知，你试说一遍"之类的宾白。但根据
曲词中"船头上把鲁大夫，险几乎间唬倒"一句，可知鲁肃是
参加了收西川一战的，那么明编本又如何能让鲁肃说出"收
西川一事，我不得知"这句话呢？因为这明显与乔国老所唱
曲词的内容相矛盾。而且，该剧中这种人物承应的不合逻辑
并非个例，比如明编本第一折中鲁肃说关羽兵微将寡，乔国
老与之有这样一段对话：

> 【油葫芦】你道他弟兄虽多兵将少。（云）大夫，你知
> 博望烧屯那一事么？（鲁云）小官不知，老相公试说者。（末
> 唱）赤紧的将夏侯惇先困了。（云）这隔江斗智你知么？（鲁
> 云）隔江斗智，小官知便知道，不得详细，老相公试说则。
> （末唱）则他那周瑜、蒋干是布衣交，那一个股肱臣诸葛施
> 韬略，亏杀那苦肉计黄盖添粮草。……①

就历史实际或故事逻辑而言，鲁肃作为与蜀军对阵的一
个东吴军事首领，不知关羽的英雄业绩是不可能的。据此而
知，剧中鲁肃的"小官不知，老相公试说者"之语，完全是从故
事叙述设置出发，以便挑动主唱人乔国老叙述出关羽的英雄
业绩来。于是以这种不合人物身份和历史逻辑的方式，配角
人物鲁肃就配合着主唱人乔国老完成了杂剧故事的叙述任
务，向观众叙述了"隔江斗智""赤壁之战""取西川""诛文丑"

---

① 隋树森编：《元曲选外编》，第 59 页。

"斩颜良"等情节,而且乔国老作为东吴重臣,不但扬他人志气,灭自己威风,还表现出浓厚的蜀汉意识,在政治立场上站在了蜀汉一边。对于这种配角宾白与主唱人曲词间的生硬配合现象,如果我们了解到元杂剧主唱人与配角人物间的挑动、承接关系,就能认识、理解这种宾白承应的不合逻辑乃是艺人演出时根据杂剧的脚色配合套路而生硬添加所致。

　　由此可见,元杂剧中配角人物的宾白设置起到了辅助、配合主唱人曲词演述的作用,基本的方式就是以少量简单的话语来挑动、承接主唱人的曲词。所以,李开先《词谑》在指出郑德辉《王粲登楼》"白处太繁"时有言:"词外承上起下,一切应答言语,谓之白。"①意指宾白的作用是勾联曲词的,不必太繁琐。而李渔则认为:"北曲之介白者,每折不过数言,即抹去宾白而止阅填词,亦皆一气呵成,无有断续,似并此数言亦可略而不备者。"②李渔的这一认识就是基于主唱人的曲词承担了整折甚至整剧绝大部分的故事叙述,而宾白尤其是配角人物的宾白只能从旁对主唱人的曲词予以承接勾连。元杂剧的这一脚色配合体制,从根本上限制了宾白的发展,从而也强调了杂剧曲词的叙述作用,以及主唱人的叙述功能及其在杂剧故事叙述中的重要地位。所以说,元杂剧主要是依靠主唱人的曲词叙述、描摹来呈现故事的,并非是由脚色人物共同的话语、动作来完成故事的叙述;而叙事主人公的曲词与杂剧脚色扮演体制的关系,就是把叙事主人公的曲词纳入到这个脚色扮演体制中,让一些配角人物来挑动、承接叙事主人公的曲词,以达成叙事主人公的曲词叙述目标。

　　杂剧曲词的主唱人关联着脚色配合关系,散曲的叙事主

---

① 李开先:《词谑》,《中国古典戏曲论著集成》(三),第 297 页。
② 李渔:《闲情偶寄》卷三《词曲部·宾白第四》,上海古籍出版社 2000年版,第 61 页。

人公也关联了他与其他人物之间潜隐的互动关系，并由此构建了一个与杂剧曲词同样的多人共存、互相关联的戏剧场境。因此，这两类叙事主人公的曲词，虽然表面上是一人独唱的情境，但这一人独唱的情境却暗含着另一个人物的存在，只是散曲没有纳入脚色体制中，这个配角人物不出现；剧曲则明确要纳入脚色体制中，这个配角人物会出现。而且杂剧中出现的这个配角人物，其作用是挑起或承接叙事主人公的曲词，而不是相反。

所以说，叙事主人公的曲词（包括叙事散曲、杂剧曲词），如果有杂剧伎艺的脚色配合关系，就是在一个故事情境中以正末或正旦的立场表述出来，成为杂剧的一部分，如此则具有了剧曲的属性；如果没有杂剧伎艺的脚色配合关系，就只是在一个故事情境中以叙事主人公的立场表述出来，如此则具有了叙事散曲的属性。

但在戏曲史的发展线上，剧曲、散曲之分，只是考虑到了曲词在伎艺表演中的不同使用场境，这是现代学术观念为区别二者所属文体的说法，而在元代的曲观念中则把二者统称为"曲"。"曲"在元代是一个表达手段，人们编撰小令、套数、杂剧曲词甚或诸宫调都是用"曲"来组构成篇的。杂剧曲词，是在一个故事情境中以正末或正旦的立场来拟编曲词。叙事散曲，是在一个故事情境中以叙事主人公的立场来拟编曲词。二者的本质区别在于有无脚色配合关系。① 如果没有脚色行当体系，它们都是需要作者在一个故事的情境中，以叙事主人公的立场来拟编叙事性质的曲词，即如任半塘所说的那样：

---

① 任半塘《散曲研究》指出："散曲二字，自来对剧曲而言。……然则欲为散曲下一定义，或者曰：凡不须有科白之曲，谓之散曲。当较为妥帖矣。"见任半塘著、金溪辑校《散曲研究》，凤凰出版社 2013 年版，第 7 页。此语又见任半塘《散曲概论·名称第三》。

"为欲极情尽致之故，乃或将所写情致，引为自己所有，现身说法，如其人之口吻以描摹之；或明为他人之情致，则自己退居旁观地位，以唱叹出之，以调侃出之。"①由此可见，无论是叙事散曲，还是杂剧曲词，这些叙事主人公立场的曲词，其本身并没有体制上的鸿沟或超越，所以，赵义山认为："散曲套数与杂剧套数是同一种套曲体式，并非散曲套数不同杂剧套数，还需要'变化'一下才能为杂剧使用。"因此，不是"散曲套数化为杂剧套数"，而应当是"散曲套数为杂剧所借用"。② 可以说，如果没有脚色行当体系，杂剧曲词本就属于叙事主人公立场的散曲，只是在元杂剧的脚色行当体系中，这个叙事主人公立场的散曲被付于其中的正末或正旦了；而且需要说明的是，这个脚色行当体系原本属于伎艺领域的表述手段。

元杂剧作为一种表演伎艺，其脚色扮演体制是因伎艺而生成，为伎艺而存在的。当这种脚色扮演体制还没有成为书面文体因素的时候，它就只是伎艺领域的一种表述手段，是艺人们必备的艺能——艺人要熟悉脚色行当的基本技能，要清楚脚色行当的配合关系，要熟悉伎艺表演的程式格套，如此他们就可以根据故事内容进行口头创作、场上表演了。现在有人推定某一书面文本为剧本之后，便会按照后世文体意义上的剧本体制来补充、改编它（如对《诗经》作品、乐府诗、敦煌曲子词的属性认定及内容补充），但在作为表演伎艺的杂剧领域，尤其是早期，这个创作环节是在伎艺领域内由艺人来完成的，艺人们会在自己熟悉的杂剧脚色行当体系中来使用这些叙事主人公的曲词，而不是由书面编写的文本作品来呈现、提供给艺人们来遵照表演。也就是说，配置脚色行当

---

① 任半塘：《散曲概论》"作法第七"，《散曲丛刊》，第1071页。
② 赵义山：《元散曲通论》，第147页。

诸如此类的伎艺因素并不是书面领域的曲词编写的任务,至少在金元杂剧发展的早期是如此。

而在书面领域,编写者只是在一个故事情境中以叙事主人公的立场来拟编曲词,至于这个曲词如何放在脚色行当体系中,让哪个配角人物来挑动、承接它的表述,那是伎艺领域里艺人们的事,他们会在杂剧表演的脚色行当体系中来使用这些叙事主人公的曲词的。① 所以,王骥德说:"元人诸剧,为曲皆佳,而白则猥鄙俚亵,不似文人口吻,盖由当时皆教坊乐工先撰成间架说白,却命供奉词臣作曲,谓之填词。"②此语点出了元杂剧的一种创作程式:艺人提供情节架构,文人据其情境拟编曲词。如果元代杂剧曲词是按照这样的创作程序而来的,那么,这与叙事散曲编写的构思程式是一致的。作者在编写叙事散曲时,也需要心中先有一个情节架构,然后在这个情节架构所提供的故事情境中设置一个叙事主人公,并按照这个叙事主人公的立场来拟编曲词。在这个问题上,本文开头所引清人梁廷枏"作曲之始,不过止被之管弦,后且饰以优孟"之言也给了我们很好的提示,可有两种理解:其一,从编写者与表演者的配合关系来看,曲词的编写者只按曲词的编写规范来创作,只考虑它如何合律歌唱即可,至于这曲词如何被脚色体制扮演出来,那是伎艺领域的事;其二,从元杂剧脚色扮演方式的生成来看,起初的曲词编写,只是为了歌唱表演,即"被之管弦",后来添加了脚色扮演方式,以作为曲词演

---

① 李渔《闲情偶寄·词曲部》论及元杂剧宾白时认为,元人北曲"初时止有填词,其介白之文,未必不系后来添设"(第61页)。明代臧晋叔《元曲选序》也提及一种相类的说法:"主司所定题目外,止曲名及韵耳,其宾白则演剧时伶人自为之,故多鄙俚蹈袭之语。"(序部分第3页)

② 陈多、叶长海注释:《曲律注释》卷三《杂论上》,上海古籍出版社2012年版,第245页。

唱活动的辅助手段,即"饰以优孟",于是便有了元杂剧这种戏剧表演形态。但无论哪一种理解,都是说,书面领域负责曲词的编写,而伎艺领域负责脚色配合关系的安排,如此才会有元杂剧脚色扮演体制的曲唱表演。

结　　语

叙事散曲、杂剧曲词共有的这种文本属性和编写情况,也提示我们,早期杂剧剧本的编写就如叙事散曲一样,作者是以叙事主人公为立场来拟编曲词,之后的发展情况是:在伎艺领域,曲词被艺人纳入到脚色行当体系中来使用,或是曲词的唱演活动借用了脚色扮演体制来予以辅助、配合,于是便有了"一人主唱"体制的杂剧表演;而在书面领域,脚色扮演体制渐被落实于书面表述体例中,成为书面编写的一种表述方式,于是出现了具有元杂剧脚色体制因素的文本编写,出现了具有戏剧文体意义的杂剧剧本。这个过程是渐进而漫长的,其间的推动因素是累积而混杂的,但核心轴线是编写者在书面领域的文本编写立场上对伎艺领域脚色扮演体制的文本化。而散曲作为一种表述手段,它被纳入、吸收到元杂剧的脚色扮演体制中来使用,才能成为元杂剧的伎艺表演或书面编写的一个成分,才能进入元杂剧的伎艺表演或书面编写的发展演变轨道。在这种情况下,散曲才具有了刘永济所说的"诗余之流衍,而戏曲之本基"①的戏曲史意义。

因此,笔者认为金元杂剧的早期剧本,应该就是与组套体叙事散曲相类的文本形态,它承续了宋代就已出现的书面编

① 刘永济:《元人散曲选序论》,《宋代歌舞剧曲录要　元人散曲选》,中华书局 2007 年版,第 133 页。

写的"杂剧词",①而不是《元曲选》那样的阅读本形态,也不是《元刊杂剧三十种》那样的艺人演出本形态。这个问题还需要、也值得再做进一步的探讨。

---

① 郑振铎《中国俗文学史》第一章谈到宋代瓦子里流行的"俗文学"种类繁杂,于"小说"等外,又有"唱赚""杂剧词""转踏"等;又在第七章《宋金的杂剧词》指出:"在杂剧词中大约以大曲为最多,实际上恐怕最大多数是歌词,而不是什么有戏剧性的东西。"(第11、245页)任半塘《词曲通义》从音乐表演方式着眼,将词体分为散词、联章词、大遍、成套词和杂剧词五种(第6—7页),吴丈蜀《词学概说》谈及词的体裁时取用了任半塘的说法,并解释杂剧词"有用法曲的,有用大曲的,也有用诸宫调的,没有专为配合杂剧演唱的独立的杂剧词"(中华书局2009年版,第39—42页)。

第十章　我们能读到怎样的
元代杂剧

——"依相叙事"形态演进路径
上的元杂剧考察

我们能读到怎样的元代杂剧,这要取决于元人编写什么样的剧本,又留下什么样的剧本。然而元人留下的剧本实在太少了,《元曲选》中的那类剧本已经过明人戏剧观念的过滤与增益,属于明人编改后的元杂剧阅读本;①《元刊杂剧三十种》虽然确为仅存的元人刊刻本,但对它的文本属性又存在节略本、演出本、单脚本等不同说法,如此一来,"元刊本"的存在一方面证明了元代确有文体属性的"元杂剧"剧本,另一方面又勾起了后人对"元杂剧"剧本的诸多疑惑:说它们是元代晚期的剧本,那么元代早期的剧本又是怎样的? 说它们是节略本,那么完整本又是怎样的? 说它们是艺人演出本,那么文人编写本又是怎样的?

"节略本"之说,意指元杂剧原有曲白科介完备的编写本,后在坊间刊刻时被删减了科白信息。"演出本"之说,意指"元刊本"科白简略或缺失,需要艺人在表演时临场添加。二说立论皆参照于《元曲选》中的那类剧本,而着眼于

---

① [荷兰]伊维德:《我们读到的是"元"杂剧吗——杂剧在明代宫廷的嬗变》,《文艺研究》2001 年第 3 期。

"元刊本"科白内容的简略或残缺，也就是元杂剧那些戏剧体制因素的简略或残缺——前者着眼于科白内容在文本呈现时存在删减，后者着眼于科白内容在舞台呈现时需要增加，二者皆有意无意地导向了元杂剧剧本另有原貌的设定。这就牵涉到一个重要的问题，即元杂剧之曲白科介俱全的演述形态，到底初始存在于何处？是处于伎艺表演领域，还是处于书面编写领域？是处于元杂剧发展的早期，还是处于元杂剧发展的晚期？是处于文人们的手里，还是处于艺人们的手里？

　　我们之所以执着于对元杂剧剧本形态问题的追索，一个重要的逻辑前提是：剧本是戏剧样式发展成熟的重要标志，角色扮演则是戏剧表演和剧本不可或缺的体制性内容。这两个戏剧的基本要素被普遍认为存在于元杂剧的生成发展进程中。然而，需要注意的是，元杂剧作为一种表演艺术，它首先应属于伎艺范畴，其书面形态和伎艺形态肯定会存在一定程度上的不对应。比如它的角色扮演体制乃原生于伎艺表演领域，并非因书面编写而产生，亦非天然地就能成为元杂剧的剧本体例。当角色扮演还只是一种伎艺体制因素而未被剧本编写考虑以成为书面表述方式时，元杂剧的剧本到底采用怎样的表述方式和编写体例呢？如果元杂剧存在着一个没有"文体剧本"的发展阶段，就像元代的"搬唱词话"那样，表演时虽有角色扮演形态，但采用的却是那些没有戏剧文体格式的"词话本"，那么《元刊杂剧三十种》的文本属性就不是什么残本、节略本或单脚本，而是增益本了。因此，"我们能读到怎样的元代杂剧"这个问题的讨论，就不可避免地要涉及元杂剧的演述方式及其所面对的伎艺族群生态，而元杂剧的演述方式在戏剧范畴里的基本体制和特异形态，又皆缘于其曲词叙事与角色扮演的配合关系。

一、"扮词话"与"扮乐府"：两种 词曲叙事的角色扮演形态

元代初年，当北方的城市勾栏里正热闹地上演着关汉卿的《窦娥冤》《单刀会》这类曲牌体杂剧时，偏远农村的乡民们也在迎神赛社的庙台上自娱自乐地搬演着"脸戏"《吊掠马》这类诗赞体杂剧。[①]

《吊掠马》"脸戏"（即面具戏）的出场表演者分两组：一组是长竹，即"掌竹"之意；另一组是面具角色，扮演着故事中的人物。他们的配合方式是，"面具角色一般只舞蹈，没有唱词念白等。唱词由一个叫（长）[掌]竹的在台口一侧吟唱"。[②]所以，这个长竹不是"脸戏"的角色人物，只是引戏人和曲词唱念者，类似宋代乐舞演出中的"竹竿子"，指挥着面具角色上下场和动作表演。这段"脸戏"《吊掠马》是河北固义大型傩戏《捉黄鬼》中的一个古剧剧目，被认为是宋元民间演剧形态的遗存。[③] 这种保留于乡村迎神赛社仪式的演剧样式，明显不同于那些在城市勾栏里表演的曲牌体杂剧。虽然它们都表现出了词曲叙事与角色扮演的配合关系，但配合的方式却大为

---

① 金末元初杜仁杰有《庄家不识勾栏》套数，以一个乡民的口吻讲述了他初次进城看到勾栏杂剧演出，发现与他熟悉的乡村演剧不同，感到非常新鲜有趣，因此发出了"又不是迎神赛社"的疑惑。程民生《〈庄家不识勾栏〉创作年代、地点新考》（《中州学刊》2017 年第 1 期）一文认为，该套曲是杜仁杰早年在汴京居住期间创作的作品，所反映的不是元朝而是金朝末期，不是东平而是汴京的杂剧演出情形。
② 杜学德：《固义大型傩戏〈促黄鬼〉考述》，《中华戏曲》第 18 辑，山西古籍出版社 1996 年版，第 146、157 页。
③ 李金泉：《固义队戏确系宋元子遗小考》，麻国钧等主编：《祭礼·傩俗与民间戏剧》，中国戏剧出版社 1999 年版，第 136 页。

不同。在《吊掠马》中，全剧的唱词（包括讲述话语和人物话语）皆由"长竹"这个故事域外的艺人负责唱诵，而面具角色不唱不说，只以动作表演来配合"长竹"的曲词唱诵。值得注意的是，"长竹"的唱词，在词曲类型上是诗赞体，在表述方式上是叙述体，在表演方式上是讲唱式。以现知民间古剧遗存来看，即使这个唱词由角色人物自唱自念，亦表现为这种叙述体、诗赞体的形态。比如同样是固义大型傩戏《捉黄鬼》中的一个剧目，赛戏《夺状元》乃演述岑彭、马武二人在王莽面前争夺武状元的故事，其角色人物不戴面具，登场边舞边唱，岑彭的唱词有："昔日有个临潼会，出了好汉子胥能。力举千斤王害怕，一十八国胆战惊。虽然不比子胥勇，岑老爷今科（壮）[状]元公。左手撩衣右手举，千斤铜鼎晃太阳。左转三遭气不（断）[短]，右转三遭不当忙。铜鼎落在教武场，岑老爷今科（壮）[状]元郎。"①岑彭的唱词称自己为"岑老爷"，这依然是一种叙述体、讲唱式的演剧形态。

这种戏剧表演形态在现有民间古剧遗存中并非仅见于一地一域，山西上党的迎神赛社演剧《十样锦诸葛论功》、贵州的地戏《罗成擒五王》、安徽池州的傩戏《陈州粜米记》等，皆是依据叙事体的词话而作讲唱式的戏剧表演。比如池州傩戏《陈州粜米记》，其剧本之唱词、说白即与明成化刊本《新刊全相包龙图陈州粜米记》的前半部分《打弯驾》几乎完全相同，"全剧不分出，只分五'断'，全部为叙述体，七言唱词，夹有说白。与其说它是剧本，不如说是地道的唱本"。②

上述民间古剧所显示的这种演剧形态，一般被认为是承

---

① 杜学德：《固义大型傩戏〈捉黄鬼〉考述》，《中华戏曲》第 18 辑，第 170 页。
② 王兆乾：《池州傩戏与成化本〈说唱词话〉》，《中华戏曲》第 6 辑，第 137 页。

自元代文献中所说的"搬唱词话"。①《元典章》是元英宗时地方官吏纂辑的示范性法令文书汇编,记载了元世祖以来五十余年间一些具有典型性、普遍性的案例,其中至元十一年(1274)十月有这样一个案件:

> 顺天路束鹿县镇头店,见人家内聚约百人,自搬词传,动乐饮酒。为此,本县官司取讫社长田秀井、田拗驴等各人招状,不合纵令侄男等攒钱置面戏等物,量情断罪外,本司看详:除系籍正色乐人外,其余农民、市户、良家子弟,若有不务本业、习学散乐、搬说词话人等,并行禁约,是为长便。②

此案件另见载于同是编定于元英宗朝而稍早的《大元通制》的"条格"部分,记为"般唱词话"。③ 二书所提到的"搬说词话"或"般唱词话"伎艺,曾引得当时的元朝官府颁令禁止,说明它在当时北方乡村的盛行之实,惜未留下具体的演剧描述,但由"般唱""搬说""习学散乐""面戏"之语,可知它是一种不同于元杂剧的表演形态。田中一成即认为它"属于'词曲'和'假面'相结合的戏剧",并把它比类于现存江西萍乡、婺源等县流传的追傩舞蹈中"花关索和鲍三娘"一段叙述体

---

① 乔健等《乐户:田野调查与历史追踪》指出:宋元以来民间迎神赛社所演的院本、杂剧,没有曲牌体杂剧的影子,而是"直接承袭宋金杂剧的'诗赞体'杂剧,相类于宋元间的词话搬演,其表演形态上仍属宋金时期的原始形态,而绝非较规范成熟的曲牌体杂剧"。江西人民出版社 2002 年版,第 274 页。

② 陈高华等点校:《元典章》卷五七《刑部一九·杂禁》"禁学散乐词传"条,中华书局、天津古籍出版社 2011 年版,第 1938 页。

③ 方龄贵校注:《通制条格》卷二七《杂令》"搬词"条,中华书局 2001 年版,第 641 页。

假面演剧形态。① 由此可知，"般唱词话"（或"搬说词话"）与上文所述"脸戏"《吊掠马》的表演形态相类，应是金元之际与曲牌体杂剧同时并行于世的一种戏剧样式。后世称这样的演剧样式为"诗赞体杂剧"，是着眼于它所使用的词曲体制，非套曲，无曲牌，纯属讲唱式的诗赞体词话；而元时称它为"般唱词话"（或"搬说词话"），则是着眼于它对词话的别样的唱演呈现方式，即相对于单纯的说唱词话而言，它在词话说唱之上添加了角色扮演，故可称为"扮词话"。

　　就"扮词话"的唱演形态来看，它之所以能归属于戏剧范畴，乃因为它有角色扮演的因素存在；而它在戏剧范畴里的特异形态，则缘于其词曲叙事与角色扮演的配合方式。词曲演唱和角色扮演，是戏曲的两个核心的体制要素和表达手段，也是其于剧本形态、表演形态皆需体现的两个核心要素：角色扮演能保证它有戏曲之实，词曲演唱能确定它有戏曲之名。在元代的戏剧领域里，扮词话、南曲戏文和北曲杂剧同时存在，皆表现出了词曲演唱与角色扮演的配合关系，也于此表现出了各自的特性。除了南戏能与后世典型性戏曲的形态大致相同，元杂剧和扮词话在词曲唱演与角色扮演的配合方式上皆显得颇为特异。

　　比照于"扮词话"，元杂剧在戏剧范畴里的标志性特征"一人主唱"，尽管也是由词曲唱演与角色扮演的配合关系来体现的，但与"扮词话"不同的是，这里的"一人"乃指一个脚色（正末或正旦），他在元杂剧里的职责，最基本的是要扮演杂剧故事域中的人物，最重要的是要负责全剧曲词的演唱。比如关汉卿《单刀会》这部杂剧，在故事的主人公关羽于第三折出场

<hr>

① ［日］田中一成著，云贵彬、于允译：《中国戏剧史》，北京广播学院出版社 2002 年版，第 81—82 页。

之前,正末在第一折扮演乔国老,在第二折扮演司马徽,分别
夸述了关羽的胆识和威风,劝说孙权、鲁肃不要对关羽轻举妄
动而招惹祸端。乔国老面向配角人物"驾"和"外末"的唱述方
式在元刊本中如下所示:

　　　　(等云了。)(正末唱:)
　　　　【那吒令】收西川白帝城,把周瑜送了。汉江边张翼
　　德,把尸灵挡着。船头上把鲁大夫,险几乎间唬倒。将西
　　蜀地面争,关将军听的又闹,敢乱下风雹。
　　　　(外末云住。)(正末云:)你道关将军会甚的?(唱:)
　　　　【鹊踏枝】他诛文丑骋粗躁,刺颜良显英豪,向百万
　　军中,将首级轻枭。那赤壁时相看的是好。
　　　　……
　　　　【金盏儿】上阵处三绺美须飘,将九尺虎躯摇,五百
　　个爪关西簇捧定个活神道。敌军见了,唬得七魄散,五魂
　　消。你每多披取几副甲,剩穿取几层袍。您的呵敢挡翻
　　那千里马,迎住那三停刀。①

　　乔国老所演唱的曲词就这样讲述了关羽的功绩和蜀军的
威猛(博望烧屯、隔江斗智、赤壁鏖兵)。就词曲叙事的呈现方
式来说,那些关于关羽丰功伟绩、英勇无敌的曲词,是从正末
所扮演的乔国老这个人物口中唱述出来的,而不是像"脸戏"
《吊掠马》那样由故事域外的专职讲唱人"长竹"来负责的。另
外,这段词曲叙事是处于一个简单的对话场景中,由配角人物
承应、挑动着主唱人物唱述出来的。上面引文中的"等云了"
"外末云住"标识,明编本的对应之处则是配角人物鲁肃的宾

　　① 徐沁君校点:《新校元刊杂剧三十种》,第60—61页。

白"收西川一事,我不得知,你试说一遍"和"他便有甚本事",
而明编本第一折中还有鲁肃的对于博望烧屯"小官不知,老相
公试说者"、对于赤壁鏖兵"小官知道,老相公再说一遍者"之
类的宾白。[①] 就历史实际或故事逻辑而言,鲁肃作为与蜀军
对阵的一个东吴军事首领,不知关羽的英雄业绩是不可能
的,所以,配角人物鲁肃的这类宾白完全是从故事的叙述需
要来设置的,为的是挑动主唱人物乔国老那些关于关羽英雄
业绩的词曲唱述。依此方式,元刊本第一、二折即在外末鲁
肃的宾白挑动下由乔国老、司马徽唱述了关羽的功绩和蜀军
的威猛,第三、四折则在关平、鲁肃的宾白挑动下由关羽唱
述了自己的超凡业绩和单刀赴会、据理力争的豪气。这样的
词曲唱演叙事方式,要比"脸戏"《吊掠马》那样的面具角色
不唱不说而由"长竹"专职唱述的方式显得更为形象生动,
但无论如何,两者都体现了以角色扮演配合词曲叙事的唱演
呈现思路。

　　应该说,《单刀会》所体现的词曲叙事与角色扮演的配合
关系,普遍存在于元杂剧作品的演述体制中。

　　按照元杂剧的规制,一部杂剧的曲词唱演任务要付于正
末或正旦这一个脚色,他可以是故事主人公,也可以不是;
可以在剧中只扮演一个人物,也可以每折变换而扮演多个人
物,但无论怎样他都要负责这四大套曲的唱演任务,讲述着
自己或他人的故事、情感和动作,而其他角色人物只是以宾
白或动作配合主唱角色把曲词唱演出来。主唱角色独享曲
词唱演之便,当然非常有利于他所扮演的那个人物的形象塑
造,因为全剧的曲词都是唱述他的经历和见闻、情感和思
想,比如《窦娥冤》《汉宫秋》《梧桐雨》,它们的主唱角色都是

———————
① 隋树森编:《元曲选外编》,第 59 页。

杂剧故事的主人公,且四套曲词只付于一个人物。但在很多
情况下,元杂剧的曲词并非必附于故事主人公,也不只付于
一个故事人物,比如《千里独行》的主唱人非关羽,《隔江斗
智》的主唱人非诸葛亮或周瑜,《薛仁贵衣锦还乡》的主唱人
非薛仁贵,《哭存孝》的主唱人非李存孝,《襄阳会》的主唱人
非刘备,《陈季卿悟道竹叶舟》的主唱人非陈季卿。至于某
一折的主唱人非主人公的现象则更为常见,比如《黄鹤楼》
第二折以禾俫为主唱人来描述社火场景,《气英布》第四折
以探子为主唱人来描述项羽与英布对阵厮杀的场面,其他还
有《单鞭夺槊》第四折的探子、《存孝打虎》第四折的探子、
《飞刀对箭》第三折的探子;有时这种探子类主唱人物会被
赋予明确的身份,如《火烧介子推》第四折的樵夫、《柳毅传
书》第二折的电母、《渑池会》第四折的蔺相如、《哭存孝》第三
折的莽古歹,等等。这些人物并非杂剧故事的主人公而被安
排成主唱人物,很明显不是为了他们的人物塑造和性格刻画,
而是因为以其立场的曲词唱演可以方便故事叙述,尤其那些
探子类人物,完全是个功能性人物,他们的曲词唱演就是为了
完成舞台上难以表现的盛大事件、繁杂场面(战争、集会、宴
乐)的描述任务。

　　至于元杂剧的曲唱部分,它通常是由四个不同宫调的套
曲组成的,曲词这个表达手段在元杂剧中的核心地位,无论是
在表演形态还是在剧本形态,无论是在科白缺少的元刊本还
是在科白齐备的明编本,皆非常明显。元杂剧的四大套曲所
具有的叙事能力和叙事属性,表明它与"扮词话"一样,都是以
词曲唱演为表述手段和内容主体,只是"扮词话"使用的是诗
赞体词话,而元杂剧使用的是曲牌体套曲。但无论是词话还
是套曲,都是当时业已存在的唱演伎艺的通用手段,并且各有
其对应的、成熟的唱演伎艺,比如元杂剧的套曲体式就直接借

用自散曲套数，①二者"不但在曲体结构上是一样的，而且在文辞、文章笔法上也是一样的，或是相近、相通的"。② 那么，站在散曲唱演形态的立场，元杂剧就是把散曲套数置于角色扮演中予以唱演呈现的一种表演形式。

当然，比照于"扮词话"，元杂剧所表现出的词曲叙事与角色扮演配合关系，要比"扮词话"所表现的简单混合状态显得复杂成熟，元杂剧所使用的代言体、曲牌体套曲与"扮词话"所使用的叙述体、诗赞体词话明显不同，但这只是它们表面上的区别，二者在词曲叙事与角色扮演的配合关系上则是精神相通、思路一致的。就这种配合关系而言，如果立足于戏剧的表演形态，就是角色扮演使用了词曲叙事手段；如果立足于词曲的表演形态，则是词曲歌唱借助了角色扮演方式，如此一来，角色扮演就成了辅助、配合词曲叙事的手段了。作为同时并存的角色扮演伎艺，元杂剧和"扮词话"虽然在角色扮演格式上存在着差别，但那只是粗糙与精致、简单与复杂的差别，而在借助角色扮演以求生动形象地呈现词曲叙事的宗旨与思路方面则是相同的。因此，立足于词曲叙事的表演形态，我们即可看到二者在角色扮演以配合词曲叙事的属性、思维和格式上存在着共同质素。

对照于词话说唱，"扮词话"是词话说唱辅助了角色扮演。

对照于散曲清唱，元杂剧则是散曲清唱融入了角色扮演。由于元杂剧乃直接借用了散曲套数的艺术成就，二者在曲乐、曲体、曲文方面有着血缘的承续性和一致性（后文详述）；再参照元

---

① 赵义山《元散曲通论》指出："散曲套数与杂剧套数是同一种套曲体式，并非散曲套数不同杂剧套数，还需要'变化'一下才能为杂剧使用。"（第 147 页）因此，不是"散曲套数化为杂剧套数"，而应当是"散曲套数为杂剧所借用"。
② 洛地：《戏曲与浙江》，第 71 页。

人无"散曲"之称名,散曲通常被称为"乐府",①因此清唱者可称为"唱乐府",而元杂剧是以角色扮唱之,故可称为"扮乐府"。

无论是"扮词话",还是"扮乐府",皆为词曲叙事表演的呈现方式,由此体现了借助角色扮演以成词曲叙事生动形象呈现的思路和规制。那么,词话说唱而借助角色扮演以成"扮词话",散曲清唱而借助角色扮演以成"扮乐府",其间的启导思维和动力机制又从何而来呢?

二、"依相叙事"与散曲唱演形态
演进线上的一人主唱体制

元杂剧之"扮乐府"属性所涉及的词曲叙事、角色扮演两个核心要素,皆指向元杂剧的故事呈现目标,皆可视为达成这个目标的表述手段;二者于元杂剧体现的配合方式,置于戏曲领域中,确实形态特异,但若立足于词曲叙事的唱演方式来看,倒也其道不孤,当时即有伴行者如"扮词话"。如果我们不囿于戏曲领域而放眼于宋元唱演伎艺,这种以形象体(角色扮演属其一种)辅助词曲唱演叙事的思路和方式,早前亦有先行者,并非"扮乐府"的孤明先发,比如宋金时期的大曲歌舞和连厢词,其中皆有词曲唱诵叙事而配合以真人扮演的形态。

连厢词是金代一种说唱与歌舞相互配合的表演伎艺。杨荫浏称其"有歌唱,有伴奏,分角色,也有表演;但还不是戏曲,而是一种有表演的说唱"。②根据毛奇龄《西河词话》的描述,其唱演的基本规制是把词曲叙事与角色扮演的任务分付于司

---

① 赵义山:《元散曲通论》,第 78 页。
② 杨荫浏:《中国古代音乐史稿》,人民音乐出版社 1981 年版,第 327 页。

唱者、司舞者这两组人,他们各司其职,"舞者不唱,唱者不舞";司唱者列坐台侧,"代勾栏舞人执唱",司舞者则"入勾栏扮演,随唱词作举止"。① 如此一来,对于一个故事的讲唱任务来说,扮演者是辅助,"随唱词作举止",其动作表演必须悉遵讲唱者的唱词说白而动止相应。至于宋代大曲歌舞的唱演形态,同样是《西河词话》所谓的"舞者不唱,唱者不舞"的体现者,比如其规制有"竹竿子"一职,专司致语祝赞以勾队上场、遣队下场。当大曲歌舞开始唱演故事时,"竹竿子"即负责简单交代情节的任务,司舞者则配合着"竹竿子"和司唱者的故事讲唱而作舞蹈动作的表演。王国维在《宋元戏曲史》之"宋之乐曲"一章所列南宋史浩的《剑舞》大曲即为这种唱演形态的典型例证。②

如果角色扮演里的形象体不限于真人出场,则先行者更多,也更早,可溯至唐代的变文讲唱。变文的配图讲唱是一个明显而重要的唱演体制,前辈时贤谈到变文的演述特征时,在论及变文对后世唱演伎艺的影响时,在追索后世唱演伎艺的渊源时,都不会忽略变文的配图讲唱形态。讲唱者负责故事情节的叙述和"变相"图画的调度,通常会在关键人物、情节或场景的描述处展现图画,以利用图画的形象直观性来吸引听众,从而增强其讲唱的艺术感染力。

变文讲唱的这一格式对于宋元时期的故事唱演伎艺如影戏、傀儡戏产生了深刻的影响。孙楷第即指出,变文讲唱时所利用的图像手段乃专为讲唱而设,"其由用图像改为纸人皮人者,谓之影戏"。③ 只是影人、傀儡早已存在,初始出现时并非为故事讲唱而生,后来亦不只为故事讲唱所用。二者皆萌生

① 毛奇龄:《西河词话》卷二,唐圭璋编:《词话丛编》,第 582 页。
② 王国维:《宋元戏曲史》,第 34—36 页。
③ 孙楷第:《傀儡戏考原》,第 63 页。

于巫术、幻术，后虽为各种伎艺所取用，以达成宗教宣传、逞显巧技或调笑逗乐的目的，此之谓"弄影人""弄傀儡子"，但还未用于故事讲唱，不能称之为戏剧意义上的影戏、傀儡戏。北宋时，二者才开始被取用以辅助故事讲唱。李家瑞认为，早期影戏就是"叙述故事的说书"，影人的功用只是辅助说唱故事而已，①如此一来，影戏可被称为"弄影人"讲唱故事。而"弄傀儡"伎艺则在调笑、炫技风格的滑稽表演或杂技表演之外，发展出了以傀儡作为辅助故事讲唱工具的表演伎艺，成为了"一种正式的戏剧"，②它的最重要的演剧特征就是艺人为了故事讲唱的形象性和趣味性而调动了"弄傀儡"伎艺，概言之即提傀儡讲唱故事。

综上所析，我们可以看到这些唐宋元时期的故事唱演伎艺在思维和表演方式上所具有的承续关系。我们即把这种利用形象体辅助故事讲唱的思路和格式，概称为"依相叙事"。所谓"相"，一是取"变相"之"相"，即变文唱演时配合的图画；二是取形象之义，指故事唱演时所取用的形象体。

影戏、傀儡戏以影人、傀儡辅助故事讲唱表演的方式，与俗讲变文的配图讲唱格式，有着思维上的相通性。孙楷第即认为它们虽称戏剧，但与说话伎艺相比较，"唯增假人扮演为异，其话本与说话人话本同，实讲唱也"，可称之为"扮唱故事"。③ 至于连厢词，则可视作以真人替代影人、傀儡的故事唱演伎艺。李家瑞立足于角色扮演认为，打连厢是"一种用人做傀儡的戏剧"。④

---

① 李家瑞：《由说书变成戏剧的痕迹》，王秋桂编：《李家瑞先生通俗文学论文集》，第33、34页。
② 李家瑞：《傀儡戏小史》，王秋桂编：《李家瑞先生通俗文学论文集》，第9页。
③ 孙楷第：《傀儡戏考原》，第118、119页。
④ 李家瑞：《北平俗曲略》，第54页。

他在《由说书变成戏剧的痕迹》一文中进一步指出："打连厢是用一人说唱一段故事，而另以若干人扮演故事中人物的举动，实在就是说书人用人作傀儡以表现他所说的书里的人物。"①而元杂剧的"一人主唱"体制，则被清人梁廷枏视为"连厢之法未尽变也"，②亦即毛奇龄所认为的连厢词唱演方式的进化形态：由连厢词之"舞者不唱，唱者不舞"，进化到元杂剧之"歌舞合作一人，使勾栏舞者自司歌唱"。③但其间更深层的"连厢之法"应是依相叙事思维促动下动作表现者与故事讲唱者之间在形态、功能上的配合关系。

　　应该说，元杂剧的"扮乐府"属性即是基于依相叙事思维与格式应时新变的体现，它的扮演者总体上有两种身份，一种是形貌动作的表现者，一种是词曲故事的讲唱者。动作表现者配合着故事讲唱者，应合讲唱而行止。由于元杂剧"一人主唱"的体制，这个故事讲唱者身份肯定要付于主唱人物身上，但动作表现者的身份则不固定，有时主唱人物边讲唱边表现动作，有时主唱人物讲唱故事，而其他角色表现动作。比如在《襄阳会》第二折中，主唱人物王孙一边讲述自己偷马的行为，一边以动作表演予以配合；在《刘行首》第三折中，主唱人物马丹阳负责唱述刘行首的发疯动作，刘行首则以发疯动作的表演与之相配合。也就是说，这两种身份在形体上有时合于主唱人物身上，有时则分付于主唱人物和其他角色身上。但是，不论分、合形态之别，这两个身份所承担的功能间的配合关系，仍然循有"依相叙事"的思维和格式。④

---

① 李家瑞：《由说书变成戏剧的痕迹》，王秋桂编：《李家瑞先生通俗文学论文集》，第 30 页。
② 梁廷枏：《藤花亭曲话》卷四，《中国古典戏曲论著集成》(八)，第 286 页。
③ 毛奇龄：《西河词话》卷二，唐圭璋：《词话丛编》，第 582 页。
④ 此问题的详细讨论，可参阅本书第一章第五部分。

　　正因为这些宋元唱演伎艺在"依相叙事"思维与格式上存在着一致性和承续性,故可视之为"依相叙事"的不同演进形态。在此过程中,配合关系的双方皆应时变化,故事讲唱有自己的演进之路,那些作为"相"的形象体也有自身生成与发展的独立性,它们形态各异:变相、影人是平面的,傀儡、真人扮演是立体的;变相是静态的,影人、傀儡、真人扮演是动态的;影人、傀儡是不言的,真人扮演在连厢词中是不言的,在元杂剧中则是能言的。至于这些不同演进形态的"相"不断地被取用以缘饰故事讲唱,则表明故事讲唱伎艺一直存在着寻求形象呈现方式的内在需求,这就是"依相叙事"形态在形象体方面应时新变的内在动力,由此,各种时兴、新颖、高级的形象体被借用来为生动形象地呈现故事唱演伎艺服务,于是就出现了"依相叙事"的各种演进形态。元杂剧之"扮乐府"即是这一"依相叙事"思维与格式的表现形态之一,这正是其词曲叙事与角色扮演配合形态在戏剧领域里表现特异的根本原因,也是它在演剧形态上之所以异于同时繁兴发展的南曲戏文的重要原因。

　　在元杂剧的"依相叙事"演述形态中,角色扮演无疑是其戏剧体制的核心因素。以往我们倾向于从"一人主唱"来理解元杂剧的角色扮演体制。不过,如果参照"扮词话"的叙述体、讲唱式演剧形态,就会意识到"一人主唱"并非元杂剧原生、固有的扮演体制,也并非单属戏剧领域的表述方式。这就提示我们,元杂剧的词曲叙事体制有其发展演进的独立性,有其自身的承传系统,就像影戏、傀儡戏的故事讲唱体制一样,不是因角色扮演的需要而生成的。

　　角色扮演是戏剧通用的、核心的表述手段,但它并不是某种戏剧体制特征的决定性因素,比如同样具有角色扮演体制,元杂剧是代言体,而同时的"扮词话"则是叙事体;元杂剧是一角独唱,而同时的南戏则是众角皆唱;即使同样是众角皆唱,南戏的曲词为代言体,而"扮词话"的曲词却是叙述体。更可注意的是,在元杂剧之前,南戏已经众角皆唱,且末并重;傀儡戏已经可以分角色扮演,由说唱艺人各付曲词。基于此,当时的艺人完全有能力、有依循而让元杂剧众角皆唱,然而元杂剧却定制为曲唱专付一角而任,曲词专为一人而设。这说明角色扮演并不能天然或必然地决定元杂剧的"一人主唱"体制。

　　对于元杂剧的"一人主唱"体制,我们普遍立足于角色扮演一端,来理解其戏剧属性的形态和渊源,看到其角色之间特异的配合方式。这种角色配合方式虽然特异,却也简单,全剧只需一角独唱,通常只设一个人物的唱词,并不如南戏那样更具戏剧样式的典型性,而是蕴含着明确的依相叙事思维和格式。如果参照它的同行者"扮词话"那样的叙述体、讲唱式演剧形态,立足于曲词唱演一端来考察元杂剧角色之间特异的配合方式,则会看到"一人主唱"并非元杂剧固有的表述方式。在元杂剧时代,同属戏剧的表演伎艺,同样取用一人主唱方式者,还有"扮词话";同属叙事的曲词唱演伎艺,同样具有一人主唱方式者,还有诸宫调和散曲套数。

　　当然,在"依相叙事"思维的规制下,元杂剧的"一人主唱"有其独特之处,这体现在主唱角色与配角人物之间、曲词叙事与角色扮演之间的配合关系上,具体而直观的体现就是它的剧本形态和表演形态皆呈现出"一人主唱"的体制。这是它之所以为"元杂剧"的核心要素,决定了曲词、曲唱在一部杂剧中的主体地位,以及曲唱付于一个脚色(正末或正旦)的体制规范。这个主唱角色扮演着杂剧故事中的一个人物(通常是故事的主人公),四大套曲词即以这个主唱人物的立场来作文本编写和舞台唱演。因此,这个主唱人物有两个属性:一是作为虚构故事域的主人公(有时为次要人物),这就与诸宫调类说唱伎艺的说书人讲唱方式区别开来;二是作为外在于作者的故事人物,这就与诗词的作者自我叙述方式区别开来。主唱人物演唱着这些曲词来叙事,同时也由此塑造着自己的形象。这种故事人物立场(典型者是叙事主人公立场)的曲词叙事放在角色扮演中来呈现的方式,就是元杂剧的"一人主唱"体制,它是元杂剧的决定性体制和标志性特征。

其实,元杂剧所表现的这种故事人物立场的曲词叙事体制,早在叙事散曲中即已普遍存在。也就是说,我们也可以从曲词唱演一端来考察元杂剧角色之间的配合方式。

散曲有着区别于诗词体例的叙事性,小令、套数皆如此。① 诗词讲究咏事,所谓感事而兴,缘事而发,追求的是故事基础上的情感抒发,而不以情节的完整与连贯为务,往往是抓住一个情节片段,据此兴起一种情感来着意咏叹;或是拼接几个情节片段,据此贯穿一种情感来着意咏叹。而散曲之讲究叙事,重视对故事过程的交代,追求情节叙述的完整与连贯,故而叙事的散曲无论篇幅长短,皆着意于叙述一个事件的过程,致力于把它首尾完整、情节连贯地表述出来。所以,散曲虽然被称为"词之余",但却发展出别立于诗词体例的重要属性——叙事性,而且有了自己的叙事品性和叙事成就。叙事品性是指散曲可以虚构叙事,而不像诗词那样要有写实的态度,注重作者对自己真实经历的表现。叙事成就是指散曲在叙事方式上的特别之处,或说创造之处,即叙事主人公身份的设置:其一,散曲的叙述人是故事的主人公,而不是如敦煌变文、宋元话本、金元诸宫调的叙述人那样是故事讲唱者或编

---

① 任半塘《散曲概论》"内容第八"指出:"词仅可以抒情写景,而不可以记事,曲则记叙抒写皆可,作用极广也。……重头多首之小令,与一般之套曲中,固有演故事者,即寻常小令之中,亦有演故事者。"(曹明升点校:《散曲丛刊》,第 1077—1078 页)

写者的化身;其二,散曲的叙述人是一个外在于作者的故事人物,而不是如诗词的抒情主人公那样是作者情志抒发的代言者,如此一来,散曲叙述人就有着不同于作者的独立品格和情感。这种叙事主人公的设置,就使得散曲形成了以故事人物立场进行曲词表达手段的虚构叙事体制。

比如关汉卿的【双调·新水令】("楚台云雨会巫峡")由一个痴情男子讲述了他月夜约会的甜蜜回忆。这位男子正在月夜中等待着恋人来赴约,他从傍晚时分等到月上高天,由碧纱窗下转挪到荼蘼架下,其间等候时的焦急、见到时的惊喜、亲昵时的欢爱、分别时的约定,都依次作了生动细致的叙述描写。更为著名的是关汉卿的那篇套数【南吕·一枝花】《不伏老》,它被普遍理解为关汉卿的个人抒情言志作品,其实更恰当、切实的属性应该是一篇虚构叙事作品,虽然其中的"我"这个人物有着关汉卿个人的情绪寄托和生活投射,但这篇叙事套数仍是按照一个"浪子班头"的身份、性格、态度和情绪来组织语言、设计情节的,由此塑造了一个"浪子"形象。这两篇套数都是在一个故事场景中塑造了一个外在于作者的人物形象,前者是痴情男子身份的"我",后者是浪子身份的"我",他们是散曲故事的主人公,也是散曲故事的叙述人。

这样的叙事散曲并非个例,在整个元代散曲中比比皆是,著名者如王和卿的【大石调·蓦山溪】《闺情》、马致远【般涉调·耍孩儿】《借马》、睢景臣【般涉调·哨遍】《高祖还乡》、高安道【般涉调·哨遍】《皮匠说谎》、董君瑞【般涉调·哨遍】《硬谒》等;并且在早于关汉卿的年代已成体例,金末元初杜仁杰的套数【般涉调·耍孩儿】《庄家不识勾栏》即为典型例证(详见第九章第一部分)。

这种一个故事人物立场和视角的唱叙方式,决定了曲词叙事的代言体属性。但它最具文学意义的地方并不是为了在曲词文本上让人物出场讲述故事,或在唱演形态上让艺人化装说唱故事,而是在于以这个故事人物的立场进行个性化语言、情绪的故事讲述,并于此过程中按其身份、性格的特征和逻辑来行动、说话,由此塑造出这个人物的形象。应该说,散曲的这种故事人物立场的个性化的情感抒发和情节叙述,才是代言体的精神内核,它要比诸宫调之类讲唱伎艺的一人说唱的叙述体更接近元杂剧的曲词叙事体制,尤其它还与元杂剧的曲词一样具备了北曲、联套是叙事主人公设置等因素。如果把它们放在元杂剧的角色扮演中呈现,非常方便,体制上并不违碍。

当然,曲词联套叙事的格式与能力,当时并不独散曲具备,赚词、诸宫调亦都具备。赚词是把同一宫调的乐曲联成一套,前有引子,后有尾声;诸宫调是把同一宫调的乐曲联成短套后,再把不同宫调的短套联成长篇。二者都体现出曲词联套叙事的完备性,甚至诸宫调还使用了北曲,这一因素即被有的学者视为元杂剧形成的先决条件("元杂剧正是吸收了以上两种说唱艺术联套的特点,创造了它自己的联套形式"[1]),元杂剧的一人主唱体制来自诸宫调这个观点亦是以此为基础而得到的。然而,在故事讲唱上,赚词和诸宫调所使用的叙述体讲唱方式,即与元杂剧有了根本的区别;至于在曲体上,北曲套数体式与诸宫调并无渊源关系,[2]而是来

---

① 邓绍基主编:《元代文学史》,第 30 页。
② 赵义山《百年问题再思考——北曲杂剧音乐体制渊源新探》指出:"现存北曲杂剧以套为单位的演唱体制,实际上就是宋杂剧与覆赚一体的融汇结合,与诸宫调其实并无任何体制上的关系。"(《文学评论》2016 年第 4 期)李昌集《中国古代散曲史》认为:"诸宫调本身对北曲之形成无任何意义。""诸宫调本无'联套'之观念和事实。元杂剧之'联套'的根源别有出处,绝非从诸宫调而来,因此,作为'入曲说唱'而本质为传奇之文体的诸宫调,其本身对北曲之发生、形成无实质性的影响和意义。"(第 65、66 页)

自于唱赚，①只是唱赚用的是词调，散曲用的是曲调，也就是说，唱赚的套数体式已经被散曲借用而体现为北曲套数了。元杂剧即直接借用了散曲套数，这不需要"变化"，也不存在"创造"，因为"散曲套数与杂剧套数是同一种套曲体式"。②

由此看来，散曲的曲词联套叙事是有其自身发展轨迹和承传系统的，它不是来自角色体制的规范和引导，而是承续词之民间传统一路的发展线脉，吸收了当时的曲词叙事经验，在唱赚、诸宫调这些民间形式的"成套词"③进行叙事体套曲形式的讲唱之际，就已确立了以一个故事人物为立场和视角的曲词叙事体制，它的唱演形态就呈现为"一个人物主唱"的体制。只不过，散曲的套数是一人主唱的代言体清唱，没有角色扮演的配合，不是如元杂剧套曲那样的一人主唱的代言体扮唱。但二者同样有叙事主人公的设置，同样是一人主唱，同样是代言体，元杂剧的曲词就是散曲中的套数，它们之间的区别只是联套曲词的表演方式不同而已。

散曲和元杂剧，二者如此的亲缘关系，如果放在角色扮演形态的演进框架中来认识，可以认为是元杂剧吸收、借用了散曲的艺术成就；但是，如果放在曲词唱演形态的演进框架中来认识，则是故事人物立场的曲词唱演借助了角色扮演方式来予以配合。由于元杂剧词曲演唱和角色扮演之间存在着这种配合思维，其脚色行当配合上便以曲唱者为正，有正末、正旦

---

① 赵义山《元散曲通论》指出："唱赚一体，是北曲套数之体式的源头，甚而可以说北曲套数是对唱赚体式的直接借用。……'赚'之一体，乃词中之'套曲'；'套曲'一式，乃曲中之'赚'体。"（第 39 页）
② 同上书，第 147 页。
③ 任半塘《词曲通义》着眼于配乐演唱情况，把词分为散词、联章词，大遍、成套词和杂剧词，而"成套词"包括鼓吹词、诸宫调和赚词三种。第 6—7 页。

之称,而"其余供观者悉为之外脚"。① 所谓"外脚",乃相对于正角而言,他们只做不唱,在剧中作为"正角之衬"②而存在,为的是挑动、承接正末或正旦的曲唱表演。而"正角"曲唱者便难免会延续连厢词那样的"列坐唱词"方式,"外脚"扮演者则在一旁以动作表演予以配合,《元刊杂剧三十种》所隐含的"坐演"信息即为这种唱演形态的遗迹。③ 所以,清人梁廷枏《藤花亭曲话》立足于散曲自身完备的表述规范,认为元杂剧是散曲的再发展:"诗词空其声音,元曲则描写实事,其体例固别为一种,⋯⋯作曲之始,不过止被之管弦,后且饰以优孟。"④其意是说,散曲起初只是清唱,辅助以管弦伴奏,后来出现了辅助以角色扮演的表演形式。如此一来,这个亲缘关系就蕴含了叙事散曲唱演方式朝着"扮乐府"演进的方向,而这个演进方向之所以能够出现并成为推进的动力,一是前代故事讲唱伎艺所蕴含的"依相叙事"思维的不断促进,二是当时故事讲唱伎艺借助新兴形象体作为辅助手段的反复示范。于是,在散曲唱演方式的演进线上,承续着故事讲唱伎艺追求形象呈现

---

① 夏廷芝:《青楼集志》,《中国古典戏曲论著集成》(二),第 7 页。
② 元人夏廷芝《青楼集》"大都秀"条有"善杂剧,其外脚供过亦妙"之语。其中"外脚供过",说集本作"外脚衬",洛地认为此意指外脚为"正角之衬",元杂剧正角唱曲,外脚衬戏,表现为"一正外众""一角众脚"。参见洛地《"一正众外""一角众脚"——元曲杂剧非脚色制论》,《戏剧艺术》1984 年第 3 期,第 86 页。
③ 康保成《中国古代戏剧形态与佛教》指出:"从元刊本的舞台提示看,金元杂剧的'坐扮演',是一人居中主唱,其他化了妆的脚色陪坐两旁,适时插入科白。"(东方出版中心 2004 年版,第 252 页)黎国韬《元杂剧"坐演"形式渊源考——唐乐与元曲关系之一例》(《戏剧艺术》2013 年第 1 期)认为元杂剧的这种"坐演"形态,可上溯到唐代燕乐"坐部伎"的堂上坐奏。唐代坐部伎乐经由后晋传入辽国,成为辽国的"大乐";金灭辽后,辽大乐又转而传入金教坊之中,并对当时的连厢搬演等表演形式产生影响,进而影响到元人杂剧的演出。
④ 梁廷枏:《藤花亭曲话》,《中国古典戏曲论著集成》(八),第 278 页。

的内在动力,散曲唱演也借用了角色扮演手段,从而出现了"扮乐府"的形态。元末陶宗仪所说的"国朝院本、杂剧始厘而二之"这个结果,①即是因为散曲联套叙事体制主导的"扮乐府"出现,于宋杂剧的流脉之外别辟一支,由此而与仍沿袭宋杂剧体制和格调的院本分道扬镳了。

　　所以,元杂剧的一人主唱体制并非由其角色扮演方式自身携带或决定的,而是由其曲词叙事体制主导的。这个主导性,存在于曲词叙事与角色扮演的配合关系中,表现有二:

　　一是这个配合关系的表现形态。对于元杂剧故事的呈现,曲词是全剧的主体部分和核心方式,无论在表演中还是在剧本中,都是如此。而角色之间的配合方式则是配角人物要辅助主唱人物对曲词联套叙事的唱演,故而洛地视元杂剧为"一种曲唱文艺,一种扮演的曲唱文艺"。② 如果没有脚色行当体系,杂剧曲词仍属于故事人物立场的散曲,只是在元杂剧的脚色行当体系中,这个故事人物立场的散曲被付于其中的正末或正旦了。

　　二是这个配合关系的生成逻辑。这个故事人物立场的曲词叙事体制的生成有自己的独立性,有自己的承续渊源,并不是角色体制决定或提供的。叙事主人公的设置决定了曲词的讲述人是一个故事人物,他要负责故事的讲述(这不同于诗词的叙事),要作代言体的讲述(这不同于词话等讲唱伎艺的叙事)。这一曲词叙事体制通由角色扮演予以落实和呈现,便有了元杂剧的"一人主唱"体制。因此,元杂剧之一人主唱的"扮乐府",作为一个伎艺发展方向,决定这个方向的关键要素是

---

① 陶宗仪:《南村辍耕录》卷二五"院本名目"条:"唐有传奇。宋有戏曲、唱诨、词说。金有院本、杂剧、诸宫调;院本、杂剧,其实一也。国朝,院本、杂剧始釐而二之。"(第306页)
② 洛地:《戏曲与浙江》,第55页。

由唐宋讲唱伎艺延续而来的"依相叙事"思维；作为一个演剧形态，决定这个形态的关键要素是由散曲延续而来的以一个故事人物为立场和视角的曲词叙事体制。

三、伎艺领域与书面领域不对应状态中的杂剧词

元杂剧之"依相叙事"或"扮乐府"，实为曲词歌唱置于角色扮演中的呈现形态。曲唱与角色之间特异的配合方式，形成了元杂剧特异的演剧形态。由于二者来自于不同领域，各有其独立的演进线脉，故而对于元杂剧属性的认识，因着眼点的不同会有不同的结论。比如前文引述的陶宗仪之论是在唱演伎艺的承续线上梳理了从宋杂剧到元杂剧的演变，指出在宋杂剧一脉体制和格调的流衍中，元杂剧能别辟一支而与沿袭者院本分道扬镳；而梁廷枏之论则是在诗词曲的承续线上梳理了从散曲到元杂剧的渊源流变，指出散曲与元杂剧乃属曲词的不同唱演方式。二人立足点不同，对于元杂剧的属性认识也就各自不同：一者着眼于角色扮演，看到了元杂剧的"伎"属性，以及金元之际杂剧与院本的分流；一者着眼于曲词叙事，看到了元杂剧的"曲"属性，以及它与乐府诗词渊源相承的品格。对元杂剧属性的这两种认识，涉及了两个领域：伎艺领域和文学领域，由此也关联了元杂剧的伎艺形态与书面形态。

当然，目前所能见到的元杂剧剧本，曲词叙事与角色扮演的配合关系，在《元刊杂剧三十种》这样的元刊本中已有呈现，在《元曲选》这样的明编本中则更为清晰。但我们应该意识到，元杂剧的伎艺形态和书面形态肯定有诸多的不对应之处。比如角色扮演的体制因素不可能全部、原貌地落实于书面形态，这在元刊本中非常明显；而伎艺领域和书面领域的表述体

例不对应,则在元杂剧形成的早期更为分明、确切,因为当时角色扮演还只是伎艺领域的一种表述手段,其相关的体制因素并未成为书面编写的表述方式而落实于文本,成为元杂剧文体剧本的表述方式和编写体例。相比较而言,曲词叙事承续诗词民间传统一路发展而来,已有书面表达的规范和体例可以遵循,所以,无论是诗赞体,还是曲牌体,曲词叙事的文本格式都有自己的传统和规范,也早已成为书面编写的表述方式了。

　　由此而言,虽然曲词叙事与角色扮演二者特异的配合而有了元杂剧的演剧形态,但在这种演剧形态出现的早期,曲词叙事与角色扮演的承续传统、表述体例是分处于不同的两个领域:书面编写领域、伎艺表演领域。这两个领域各有承续传统,各有表述规范,各有体制类属,即使二者有所关联,也存在诸多的不对应之处。这主要表现在以下两个方面。

　　其一,伎艺领域不需要用剧本来呈现角色扮演的具体方式。艺人扮演是按照伎艺规范来进行的,融合了角色、曲唱、科白等构成要件,虽然这些后来都成为了文体剧本的体制因素,但在演剧形态发展的早期,这些伎艺领域的表述方式还不会即时地反映在书面文本中,也不会即时地成为书面编写的表述体例。而艺人们也不需要书面文本呈现这些伎艺体制因素,因为这是他们的基本艺能,也是伎艺领域早已形成的家门、程式、格套,无需书面文本为其提供角色扮演的格式规范。即使现代的民间艺人也仍然可以进行临场口头创作,不必依据那种唱词、宾白、舞台提示等完备的剧本来进行即兴表演。[1] 而在当时,宋金杂剧已经形成了一套演剧的程式格套,比如《南村辍耕录》卷二五“院本名目”条就提到了“外脚”的科白艺能:

---

[1] 参见郑劭荣、谭研《辰河高腔“条纲戏”的编创及其演剧形态探究》,《文化遗产》2012年第4期;李跃忠:《试析湖南影戏“桥本戏”的文本形态》,《武陵学刊》2013年第5期。

"副净有散说,有道念,有筋斗,有科泛。教坊色长魏、武、刘三人,鼎新编辑,魏长于念诵,武长于筋斗,刘长于科泛,至今乐人宗之。"并列举了他们的一些常用格套,分类汇集,如"卒子家门"列有《针线儿》《甲仗库》《军闹》《阵败》等格套,他如和尚家门、先生家门、秀才家门、大夫家门、卒子家门、邦老家门、司吏家门。① 后世艺人可宗而用之,根据剧情临场发挥使用。

　　科白俱全的元杂剧明编本即大量存在这类格套,官吏、书生、将军、士兵、医生、衙内、酒保、媒人等角色人物的出场各有套语。比如无名氏《飞刀对剑》第二折净扮张士贵出场的一段念白,就被认为是"卒子家门"《针线儿》在元杂剧中的使用;② 而得意书生的通用上场诗"龙楼凤阁九重城,新筑沙堤宰相行。我贵我荣君莫羡,十年前是一书生",在《元曲选》中的《荐福碑》第一折范仲淹、《醉写赤壁赋》第二折秦少游、《射柳捶丸》第一折文彦博、《王粲登楼》第一折蔡邕、《冻苏秦》第三折张仪、《小尉迟》第二折房玄龄、《玉镜台》第四折王府尹等人物的嘴里反复出现;昏庸官吏的通用上场诗"官人清似水,外郎白如面。水面打一和,糊涂做一片",则在《神奴儿》第三折县官、《魔合罗》第二折令史、《遇上皇》第一折府尹、《勘头巾》第二折大尹等人物的嘴里反复出现。可是,这些在阅读本中存在的格套并不见于《元刊杂剧三十种》,这倒并非因为元刊本没有能力来呈现这些内容,而是因为作为艺人的演出本,艺人们本已熟知这些角色的家门格套以及角色间的科白承应之法,无需在曲词文本上予以详标详述,故而角色分配信息、科白标识信息就显得极为简陋甚或缺无。比如元刊本《西蜀梦》《疏者下船》《赵氏孤儿》三本即科白全无,科白简略者如《单刀

---

① 陶宗仪:《南村辍耕录》,第 306—315 页。
② 胡忌:《宋金杂剧考》,古典文学出版社 1957 年版,第 250 页。

会》,则仅标注"云了""云住"之类的提示套语,而宾白内容皆略而不具。

其二,书面领域的曲词编写不可能使用尚仅属伎艺领域的体制因素。元杂剧既是伎艺概念,也是文体概念,其曲词叙事与角色扮演的配合关系,既表现在表演形态中,也表现在剧本形态中。不过,这是后世对元杂剧体制的认识和总结,而在元杂剧形成的早期,曲词叙事与角色扮演的配合关系尚纯粹发生、存在于伎艺表演领域,艺人们会按照其熟悉的程式和格套对联套曲词进行"伎艺语境化"处理,此时,角色扮演还只是伎艺领域的表述方式,并未落实于剧本之中,也未成为书面编写的表述方式和文本体例。而当时的曲词编写是承乐府诗词一线发展而来,则已具有了自己的属性认同和编写体例。

一方面,曲词编写的编写体例承袭自联套体散曲,其全部四套曲词皆是以故事人物为立场(典型者是以叙事主人公为立场)的联套体的曲词叙事体例,即使存在主唱人物变换的情况,每套曲词亦定制以一个故事人物的立场来唱述的格式。比如元刊本《气英布》第四折以探子的立场来唱述战斗场面,即全为曲词而无配角人物的宾白承应标识,而明编本则添加了张良这个配角人物来对这套曲词予以承应或挑动;在舞台表演时,艺人只需按照演剧的程式和格套对它进行"伎艺语境化"处理即可。

另一方面,相对于伎艺属性的角色扮演来说,曲词编写处于尊贵地位,不会简单地因为某种唱演伎艺的表述方式繁盛流行,便会采纳为书面编写的表述方式。伎艺领域的表述方式能否落实于书面文本的编写体例,除了伎艺表述方式的繁盛壮大外,更需要书面编写领域的变革、促动因素。而在角色扮演尚仅仅属于伎艺领域的表述方式时,曲词编写不可能、也不需要使用伎艺领域的程式格套来为曲词文本提供相应的体例规范。

在这种情况下,曲词编写当然更多还是受到书面领域的规范和体例的主导,即使为伎艺表演而编写的"杂剧词"①也是要遵循书面编写的体例规范,使用书面领域的表述方式,而不必负责伎艺表演体制因素的呈现,况且伎艺领域也不需要书面编写来安排角色分配或规范角色扮演,尤其当角色扮演尚只是伎艺领域的表述方式之时。前文引述清人梁廷枏视元杂剧为散曲的再发展之论:"作曲之始,不过止被之管弦,后且饰以优孟"。这条曲词唱演形态的演变线,从"扮乐府"形态的生成史来说,曲词编写起初只是为了清唱,后来被缘饰以角色扮演的方式,这就像北宋高承《事物纪原》所言艺人在讲唱三国故事时"加缘饰作影人",②于是出现了元杂剧这种"扮乐府"的演剧形态。而从曲词的编演关系来说,曲词编写只需遵循书面领域的表述方式和体例规范,至于在表演方式上是把它"被之管弦",还是把它"饰以优孟",那是伎艺领域的事了。这样的曲词文本所表现的体例和属性,简单而明确,一是只按一个故事人物的立场来编写联套曲词,二是不必体现角色扮演伎艺的格式因素,这是承续乐府诗词而来的"曲",而不是"伎"。

因此,当时人自然会认同这样的曲词文本具有"曲"的属性,把它与散曲归为一类,与诗词相承,亦与诗词同观。周德清在《中原音韵》自序中言:"乐府之盛、之备、之难,莫如今

---

①　郑振铎《中国俗文学史》第一章谈到宋代瓦子里流行的"俗文学"种类繁杂,于"小说"等外,又有唱赚、杂剧词、转踏等;又在第七章《宋金的杂剧词》指出:"在杂剧词中大约以大曲为最多,实际上恐怕最大多数是歌词,而不是什么有戏剧性的东西。"(第 11、245 页)任半塘《词曲通义》从音乐表演方式着眼,将词体分为散词、联章词、大遍、成套词和杂剧词五种(第 6—7 页)。吴丈蜀《词学概说》谈及词的体裁时取用了任半塘的说法,并解释杂剧词"有用法曲的,有用大曲的,也有用诸宫调的,没有专为配合杂剧演唱的独立的杂剧词"(中华书局 2009 年版,第 39—42 页)。

②　高承:《事物纪原》卷九《博弈嬉戏部》"影戏"条,《丛书集成初编》本,第 352 页。

时。"并以王实甫《西厢记》第一本第三折【幺篇】之"忽听、一声、猛惊"为六字三韵的样例，又在正文举例中多取杂剧曲文，如【仙吕金盏儿】之定格取自马致远《岳阳楼》，【中吕迎仙客】之定格取自郑光祖《王粲登楼》，【中吕四边静】之定格取自王实甫《西厢记》。① 元人把散曲、剧曲同归于"曲"类，统称为"乐府"，除了表明其文统雅正、出身高贵之外，还为了强调它们的文人创作属性。罗宗信认为"大元乐府"的创作"必若通儒俊才，乃能造其妙"，周德清指出："凡作乐府，古人云'有文章者谓之乐府'，如无文饰者谓之俚歌，不可与乐府共论也。"②钟嗣成则在《录鬼簿》中将那些编撰乐府（散曲）、传奇（剧曲）的名公才人合为一编，在论"乐府"名公时说"若夫村朴鄙陋，固不必论也"，在评"传奇"名公时着眼于其文学创作能力；他的自序及其友邵元长的序言都在强调这些人皆以"词章"名世。③ 这同样可以说明乐府（散曲）、传奇（剧曲）之间有着前后承续的亲缘关系，它们同是词章，同为曲文，而不是伎艺的属性和类别，也未呈现伎艺的体制因素。这样的书面编撰，既具有文学创作的属性，也符合文人名士的身份认同，所以，金元之际的关汉卿、王实甫、白朴等一批文人才会欣然涉足于杂剧曲文的编写，并以曲家名重当时。故而，元人才会把元杂剧与散曲同归于曲，通称为乐府，并与诗词同观，这并非因为他们只看重元杂剧的曲词部分，或只看到了元杂剧的"曲"之属性，而是实际上他们当时确实是在撰曲，撰写的杂剧本子就是联套体的曲词形态，这与他们原先所撰写的散曲套数在形态、体例上是相同的，皆不涉及角色扮演伎艺的表述方式和体制因素。只不过他们原先所撰写的散曲套数用于清

---

① 张玉来、耿军：《中原音韵校本》，第 11、71—73 页。
② 同上书，第 13、64 页。
③ 浦汉明：《新校录鬼簿正续编》，巴蜀书社 1996 年版，第 49、32、34 页。

唱,后来所撰写的杂剧套数则用于扮唱了。

结　语

　　基于以上分析,元人称"元杂剧"为曲,为乐府,这不是观念引发的结果,而是事实引发的结果,或者说是元人基于事实归纳的属性认识,这个事实就是:在元杂剧发展的早期,杂剧本子就是按照一个故事人物的立场(典型者为叙事主人公的立场)来编写的联套体曲词文本,应当与组套体叙事散曲的文本形态相类,它承续了宋代就已出现的书面编写的"杂剧词",而不是《元曲选》那样的阅读本形态,也不是《元刊杂剧三十种》那样的艺人演出本形态。后世关于元杂剧的重曲观念即是延续了这个事实归纳和认识前缘,而并非针对《元曲选》那样的元杂剧剧本得来的观念。

　　至于这样的联套体曲词文本的出现,乃系承续词曲之民间传统一路发展而来,它在元杂剧出现之前就已吸收、整合了当时已有的套曲体式、曲唱乐体、曲词叙事,由此发展出了一个故事人物立场的联套曲词叙事体例,形成了自己在书面领域的叙述体制和书面规范,而无需顾及伎艺领域的角色扮演的规范和格式。立足于这样的杂剧本子,可知元杂剧早期在书面领域与伎艺领域之间有着互不相通、互不对应的表述方式,各遵其道,各行其是。元杂剧的伎艺性因素并非一开始就能够进入书面表述体制,那些体现了角色扮演体制因素的杂剧本子是后来才出现的剧本形态,属于"剧体"意义上的剧本(至于伎艺体制因素如何落实到书面文本而成为剧本编写的表述方式和体例,需要另作探讨)。参照于此,《元刊杂剧三十种》中那些有着角色扮演体制因素的曲本就并非元杂剧剧本的残本、节略本或单脚本,而应该是增益本。

余　论

　　中国文学史上许多书面文本的出现,多有口头文学的渊源,直接与不直接的,对应与不对应的,密切与不密切的,方式各异;许多书面文体的生成,多与口头文学关系密切,如诗、赋、乐府、变文等,皆有一个由语而文的演化过程,或模拟,或借鉴,或拼合,形态不同。历代文学文本中故事唱演形态的遗存,足可勾画出一条口头文学演化的承传脉络,许多文体、作品的出现即得益于这条脉络的滋养,有些甚至直承唱演伎艺,渐有文本化、文学化,最终形成各自的书面文体特征。先秦的歌诗、汉代的辞赋、魏晋的乐府、唐代的俗讲变文,都是中国文学发展史上口头艺术转化为书面文体的重要节点,在这条脉络上,宋元通俗叙事文体的出现也是一个承上启下的重要节点。

　　宋元时期是故事唱演伎艺文本化而演成或融入书面文体的集中时期,由此各种通俗叙事文体中遗存有隐显不同的故事唱演形态特征,它们所反映的故事唱演形态文本化问题,在中国文学中具有典型、普遍的意义。主要表现如下:

　　一是通俗叙事文体的出现呈簇生之势,既有代表当时一代之文学的元代杂剧,也有代表后世一代之文学的白话小说,还有簇拥于二者周围的伎艺族群,包括影戏、傀儡戏、民间词曲、诸宫调、鼓子词、连厢词等,而唱演它们的艺人或拥挤在瓦舍勾栏,或奔走于州府乡村。

　　二是这些通俗叙事文体的标志性体制因素都来自于当时

的故事唱演伎艺,是在唱演伎艺繁盛的背景下,基于书面编写领域的变革而被落实于书面文本中,抑或被模拟、化用而成为了书面编写的表述体例。

三是这些通俗叙事文体所表现出的口头形态与书面形态的转化情况,既承续了前代口头艺术演化为书面文体的思维,又开辟了中国文学发展格局的诸多新路向,比如作家队伍的雅俗分流、白话文学的兴起,并直接开启了叙事文学的繁盛。因此,闻一多在纵观中国文学大势时,认为这个时期体现了一次"文学的历史动向","中国文学史的路线南宋起便转向了,从此以后是小说戏剧的时代"。①

四是这些通俗叙事文体所关联的口头伎艺存在着相互依存、互动互渗的形态,所表现的书面形态存在着相互影响、互融互通的关系,所遗存的文本化后的故事讲唱形态还可勾勒出一条故事讲唱传统的承传脉络。它们之间的这一密切关系是众多唱演伎艺生存、发展所依赖的艺术营养和文化生态,需要我们予以纵览通观,融通考察。

正因如此,宋元通俗叙事文体所扭结的伎艺表演领域与书面编写领域的关系形态,在中国文学发展史上作为一个重要的节点,体现了承上启下、继往开来的意义。我们有必要在细致考察各个通俗叙事文体的基础上,会通宋元通俗叙事文体的整体状况,来理析它们与故事唱演形态的关系以及其间复杂的影响因素和参与力量,以求深入、切实地认识它们的形态特征、艺术品性和发展演变。

基于上述认识,对于宋元通俗叙事文体与故事唱演形态文本化的关系这个论题,我们可以从三个层面来认识其蕴含

---

① 闻一多:《文学的历史动向》,见《神话与诗》,中华书局 1956 年版,第 203 页。

的研究意义：把它作为一个文学现象、一个考察立场、一个文学生态。

一、作为一个文学现象

宋元通俗叙事文体的演成，伴随着故事唱演形态的文本化进程，其间关联了二者的密切关系。这在中国文学史上是一个具有典型意义和转折意义的文学现象，它关涉了后世一些重要书面文体的文艺渊源，而且，唱演伎艺体制落实于文本而成为书面文体标志性因素的过程，也蕴含了伎艺唱演与书面编写之间、众多通俗叙事文体之间、伎艺领域与书面领域之间的互动交流关系。

书面编写与唱演伎艺之间的互动交流关系，是促使宋元通俗叙事文体生成和发展的重要因素甚或关键因素，这无论对于个体还是对于整体而言，皆是如此。通俗叙事文体在宋元时期的簇生，是与当时伎艺族群的繁盛密切相关的，由此引发了书面领域对其口演内容、表述格式的关注和模拟。而这个时期通俗叙事文体的代表者——话本小说、元杂剧，也是缘于当时繁盛的伎艺族群的滋养和文学变革的激发，在伎艺体制因素与书面表述体例的长期碰撞与调适之后，形成了一种具有时代标志意义的书面文体，由此开启了明清时期小说、戏曲繁荣发展的新时代。当然，立足于这一关系框架，前辈学者也试图为这个时期兴起的通俗叙事文体追寻它们生成、繁盛的原因，找到它们体制形态的文艺渊源，以及它们之间在题材、格式上相通相融的交流关系，比如话本小说与说话伎艺的密切关联，元杂剧演述形态中存在的诸宫调、唱赚等讲唱伎艺因素。

众多通俗叙事文体之间的互动交流关系，也是促使宋元通俗叙事文体生成和发展的重要因素，它连同上文所述书面编写与唱演伎艺间的互动交流关系，一起构成了宋元通俗叙事文体生成、发展的纵横交织的关系脉络。由此，我们看到了元杂剧演述形态与诸宫调、散曲、唱赚、连厢词等唱演伎艺的亲缘关系，看到了小说与戏曲之间同源异质、互通互融的关系形态，同源异流、相互影响的关系脉络，以及这一关系脉络上聚集的诸多问题和现象。宋元通俗叙事文体之间具有如此亲缘关系的基础或前提，除了因为它们的标志性体制因素皆是源于伎艺唱演体制的文本化而演成，还因为它们的相关联唱演伎艺之间在叙事思维和格式上存在着血缘贯通的承续脉络。对于这个脉络，学界通常会按照现代文体分类的观念，区分为两条脉线，一条是讲唱文学范畴的，一条是戏曲范畴的。

讲唱文学范畴的那条线，有"小说"、讲史、讲经、连厢词、诸宫调、鼓子词等，它们都属于故事讲唱的演变形态。

戏曲范畴的那条线，有影戏、傀儡戏、"扮词话"、元杂剧，它们都属于故事扮唱的演变形态。

纵观这两条脉线，那些故事讲唱伎艺除了韵散结合程度不同、词曲使用格式不同，皆是以故事呈现为基础和宗旨的伎艺。而如果把这四种故事扮唱伎艺中的"扮"作为一种表述方式，则它服务的对象是"唱故事"，如此一来，这些故事扮唱伎艺也是以故事讲唱为基础和宗旨的伎艺，且与故事讲唱伎艺同样使用了讲唱手段，同样有一个辅助故事呈现的形象体，只是这些表述手段与故事呈现之间的配合方式不同而已。所以，孙楷第在《近世戏曲的唱演形式出自傀儡戏影戏考》一文中，即把宋代傀儡戏、影戏的"扮唱故事"方式视为源自俗讲："此等戏与说话较，唯增假人扮演为异，其话本与说话人话本同，实讲唱也。"[1]也就是说，这些叙事伎艺与唐代的俗讲变文

---

[1]　孙楷第：《傀儡戏考原》，第 118、119 页。

在故事唱演形式上同是使用了形象体作为配合,俗讲使用了图画,影戏使用了影人,傀儡戏使用了傀儡子,而讲史、大曲、诸宫调、连厢词、元杂剧等则使用了真人。当然,这些形象体的形态各有不同,这些伎艺使用形象体的方式亦各自有别:讲史是说话人自任动作表现;连厢词则把动作表现与故事讲唱的任务分付于两组人,唱者不舞,舞者不唱;而元杂剧的演述形态中依然存在着动作表现者和故事讲唱者两个身份,动作展现者配合着故事讲唱者,应情节的讲唱而动,只是这两个身份在形体上有时合一于主唱人物身上(主唱人物自唱自舞),有时则分付于主唱人物和其他角色身上,主唱人物负责曲词叙事,其他角色负责动作表现。但不论合、分形态之别,这两个身份所司功能之间的配合关系,同样蕴含了以形象体配合故事讲唱的思维。

所以,立足于故事呈现形态的演变脉线,这些唱演伎艺皆表现出了故事讲唱配合以形象体的思维和格式。值得注意的是,它们所使用的形象体,并非为了这些唱演伎艺而生成或存在的,因为这些形象体皆原本有其独立伎艺,是这些唱演伎艺为了故事讲唱的生动形象效果而借助了它们。如果立足于形象体的形态演变,我们还可看到这些唱演伎艺在使用形象体的能力上,也隐含了一条历时演进的脉络,即这些故事唱演伎艺不断地寻求和取用时兴、新颖、高级的形象体——图画、影人、傀儡子、肉傀儡、真人扮演等,由静止的而到运动的,由平面的而到立体的,由不言的而到能言的,由合体的而到分体的。因此,在这条发展脉络上,上述故事讲唱伎艺、故事扮唱伎艺皆可视为以形象体配合故事讲唱的不同演变形态。

在对通俗叙事文体及其相关唱演伎艺进行融通考察的基础上,我们还看到了宋元时期伎艺领域与书面领域之间的互动交流关系,其中的核心部分是口头叙事与书面叙事的关系。口头叙事自有其承续传统和演变历程,但在宋元时期,口头叙事伎艺能够影响到书面编写的内容和体制,进而诱发多种通俗叙事文体的生成,其中的缘由并非单纯的唱演伎艺繁盛即可达成的,还需要社会变革导致的文化变革、语言变革等影响因素的辅垫和促进。比如宋代经筵制度引发的历史普及化风气对通俗史著编写的影响,引动了社会各阶层对于通俗历史讲说、著述和刊刻的兴趣;蒙古权贵的社会统治导致了书面白话观念的重要改变,诱发了文人阶层对于书面白话著述的自觉意识。这些因素的存在,都对这个时期的书面编写造成了根本性的观念改变,使得书面白话著述的实践有了观念上的支持,使得口头叙事伎艺的格式和内容落实于书面文本有了可以参照的方式示范和思想激励,从而在书面领域出现了书录或模拟讲唱伎艺的表述格式、故事内容的通俗文本。

但是,书面领域对于口头叙事伎艺内容和格式的使用并不是照搬照抄,而是有其自身表述体例的传统惯性,也有其自身书面编写的观念约束,因此,对于口头叙事伎艺内容和格式的文本化,肯定存在着口头表述体制与书面表述体制的碰撞、调适过程。所以,对于通俗叙事文体与故事唱演伎艺的关系问题,我们称说其间存在着密切的互动关系、影响关系,并非意指书面领域对唱演伎艺简单地、表面地借用或模拟,或者唱演伎艺繁盛即可促动书面领域出现对其内容和格式的书录、模拟行为,然后即有通俗叙事文体的生成;而是意指要充分注意这其间牵涉到的复杂的参与力量、繁琐的发展环节和长期的演变过程,既有社会变革、政治变革这些外在的文化因素,也有书面语言变革这些内在的文化因素,还有书面编写领域自身的表述体例传统。

二、作为一个考察立场

对于宋元通俗叙事文体与故事唱演伎艺的关系通常有两种考察立场：一种是立足于唱演伎艺的影响，一种是立足于书面文体的接受。

立足于书面文体的接受，是为了探析通俗叙事文体的文艺渊源，首先要找到伎艺体制因素与书面体制因素存在着各方面、各层次的对应关系，由此推导出通俗叙事文体的体制因素来自于唱演伎艺。这样的简单推导对于唱演伎艺与书面文体的关系而言过于笼统和浮泛，它容易忽视一个表述体制从伎艺形态到书面形态的转化环节、促成因素以及其间复杂的变异、演化过程，从而把口头形态与文本形态归于简单的对应：一是书面文体形成上的对应，二是书面文本形态上的对应。

前者的思路一般认为说话伎艺发达、繁盛，即会有对应形态的话本小说出现，或是为了服务伎艺表演的需要，或是为了书录、模拟伎艺表演的内容或格式。但实际上，一个唱演伎艺的兴起，并不必定出现那种呈现其程式、格套或语体的书面作品以作为艺人表演的底本，或记录其唱演内容而成书录本。因为这些表述格式本是为伎艺而生的，属于艺人必备的基本艺能，在它尚仅存在于伎艺领域时，艺人不需要书面文本为他设定伎艺格式，书面编写也不会使用这些尚仅仅属于伎艺领域的表述格式，即使书面领域要记录艺人的唱演内容，初期通常只书录其故事情节而不呈现其讲唱格式，甚至语体亦转换为文言表述。

后者的思路则是根据书面形态倒推唱演伎艺的口头形态，认为与唱演伎艺相关的书面文体是何形态，伎艺唱演即为何形态。但这个书面文体所体现的伎艺体制因素，并非伎艺唱演体制的原貌和全部,而是在书面领域经过了复杂变异、融合演化之后的结果。比如元杂剧的"一人主唱"体制,即一个脚色主唱的体制,这在我们现在看到的"元刊本"和"明编本"中皆有体现,因为其剧本主体基本上是由一个脚色立场的四套曲词组成。但一个脚色并非只能扮演一个故事人物,它还可以在一剧之中扮演两个以上的故事人物,比如关汉卿的《单刀会》是正末主唱,但这个正末在第一折扮演乔国老,在第二折扮演司马徽,在第三、四折则扮演关羽。对于元杂剧的主唱人物变换现象,徐扶明认为这是元杂剧表演上的一个策略:"变换主唱人物,又可以减轻一本戏中主唱演员的负担,不致于过累。既然在一本四折戏里,要变换两个或三个主唱人物,那末,由一个演员改扮'赶场',自然来不及的,势必要由几个演员妆扮,轮流登场。在当时,一个剧团不会只有一个正末和一个正旦,何况有些演员还能兼演末旦两种脚色。"①这个解释,单从《元曲选》中的剧本形态来看,基本上是正确的,但简单依据文本演述体制来推导元杂剧的表演形态,则是错误的。因为元杂剧的表演形态并不是剧本形态所反映的那样,一本四折需要连场演完,而是折间插入了一些歌舞吹打杂技表演。明代顾起元《客座赘语》卷九"戏剧"条记载:"南都万历以前,公侯与缙绅及富家,凡有宴会,小集多用散乐,……若大席,则用教坊打院本,乃北曲四大套者,中间错以撮垫圈、舞观音,或百丈旗,或跳队子。"②而《元曲选》的编改者臧晋叔也知道元杂剧表演时"每折以爨弄、队舞、吹打,故旦末当有余力"。③由此可知,"每折间以爨弄、队舞、吹打"才是元杂剧表演的原

---

① 徐扶明:《元代杂剧艺术》,上海文艺出版社1981年版,第171页。
② 顾起元:《客座赘语》,中华书局1987年版,第303页。
③ 臧晋叔改订《玉茗堂四种传奇》之《还魂记》第二十五折眉批,国家图书馆藏明刻本。

始形态,而臧晋叔编辑的《元曲选》这类阅读本,并没有反映表演形态的元杂剧折间所插入的歌舞吹打伎艺,所以才有了《元曲选》所收诸剧一本四折的整饬形态。即使《元刊杂剧三十种》,也并未反映元杂剧的真实表演形态,它们没有体现出艺人们"伎艺语境化"处理后的表演内容。由此我们知道,在唱演伎艺与书面文体的关系中,伎艺的唱演内容并非原貌地、全部地落实于书面文本,而是会在内容、程式、属性方面发生一些变化。那些伎艺唱演内容在文本化后的呈现方式,有的会改变其表述语体,如转换为文言表述;有的会改变其叙事体制,如不呈现伎艺的唱演格式,或者以其他伎艺的格式来框套;有的则会改变其文本属性,如伎艺领域的论议、合生,它们的表演形态并非叙事,但它们的表演过程被落实于文本后,即因为文本对其表演过程的简单交代而成为一个有着简单情节框架的叙事文本了。

而且,一个书面文体的形成,一个书面表述体制的确立,需要一个长期累积、变异、调适的过程,其间涉及许多因素和环节,不可能是从口头伎艺体制到书面文体体制的对应落实。在这个过程中,当伎艺体制因素还只是伎艺领域的表述格式,尚未成为书面编写的规范和体例时,那么,这些伎艺格式就只是伎艺领域关心、负责的事情,相关的文本编写(为伎艺表演编写,或书录伎艺表演内容)是不会按照伎艺的体制格式来作书面呈现的。这种情况在伎艺话本到文体话本的演进过程中,在伎艺剧本到文体剧本的演进过程中,皆是如此。

所以,唱演伎艺与书面文体之间虽然存在着互动关系,但它们之间也存在着诸多方面的不对应。这个"不对应"表现在:其一,并不是唱演伎艺兴起、繁盛了,就必然会产生相对应的书面文体,或者必然会编写那种呈现伎艺体制因素的书面文本以作为伎艺唱演依据的底本,或者必然会记录伎艺唱演内容包括伎艺格式因素和语体风格以成艺人传艺或民众阅读的书录本；其二，唱演伎艺的文本化，可以不呈现伎艺格式，也可以转换为文言语体，并不一定出现那种在体制形态上全部或原貌对应的书面作品；其三，使用了伎艺体制因素的书面文本，并不一定对应于它所直接关联的唱演伎艺的表述格式，它可以是一种或多种伎艺格式的杂糅或变相形态。

由上面三种情况来看，在宋元通俗叙事文体与故事唱演伎艺的关系框架中，这个故事唱演形态的文本化过程，所根植的立场和所掌控的主动都在于书面编写领域，需要什么、怎么呈现、如何改造，都是书面编写领域的事情，都是基于书面编写领域出现的变革因素的促动。无论是为伎艺唱演服务的文本编写，还是对伎艺唱演内容和格式的书录或模拟，都是如此。所以，我们看到一个呈现了伎艺体制因素的书面作品或文体，需要意识到那是书面领域对伎艺唱演体制文本化的结果，这里面有复杂的原因、繁琐的环节和长期的演化，其间经历了书面表述传统与伎艺唱演格式的碰撞与调适，而并不是书面编写领域对伎艺唱演格式简单的、直接的照搬照录所能完成的任务。

对于这个“文本化”过程，如果我们只是立足于通俗叙事文体这个结果，把通俗叙事文体、故事唱演伎艺作为关系的静态两端，而寻绎其中的一些体制因素的伎艺渊源，往往就会走入一种误区：忽视伎艺格式与书面文体间的演化过程，简单对应伎艺格式与书面文体的体制因素。但实际的情况并非如此简单、直接，比如话本小说、元杂剧的表述体制，即使我们可以笼统地说它们的书面表述体制是来自于伎艺唱演形态，但问题在于这个“来自”是否直接的、全部的、即时的；是直接的记录而来吗？是伎艺形态的原貌或全部吗？是因为有此伎艺形态便会有相对应的书面形态吗？

　　而立足于唱演伎艺的文本化过程，就是为了突显一个体制因素从伎艺形态到书面形态的变异演化过程，并把书面文体视为故事唱演伎艺文本化的一个结果。之所以要注重通俗叙事文体与故事唱演形态文本化的关系，乃是基于这样一个认识：书面文体与唱演伎艺之间虽然存在着互动关系，但它们之间的形态、体制因素并不必定是对应关系，而是有一个演变过程和转化环节。另外，考虑到伎艺表述体制文本化的方向和路径并非单一，一个伎艺表述体制的"文本化"并不必定会通向后来的通俗叙事文体，它能落实于文本而成为书面编写的表述体制，乃基于一些复杂因素的诱发或促动。

　　因此，通俗叙事文体与故事唱演形态文本化的关系，是一个考察通俗叙事文体的重要框架。之所以要强调这个"文本化"的研究框架，是因为考虑到简单依赖唱演伎艺—书面文体的关系框架，会在通俗叙事文体与故事唱演伎艺之间框定一种封闭的对应关系，有意无意间过度地突出口头形态与文本形态间的直接对应关系，诸如认为伎艺唱演的故事落实于书面文本，便可成为话本小说、杂剧剧本、诸宫调等通俗叙事作品；认为宋元口头叙事伎艺的繁盛，即可直接导致通俗叙事文体的出现和发展。其实，口头叙事伎艺的繁盛，只是通俗叙事文体出现的前提之一，因为仅靠唱演伎艺的繁盛，并不会必然地促生出通俗叙事文体；而通俗叙事文体的出现，也只是口头叙事伎艺文本化的结果之一，因为口头叙事伎艺的内容落实于书面文本，还可能转化为文言表述语体的作品，而并不必然出现那些有着伎艺表述格式的通俗叙事作品。意识到这一点，乃基于两个方面的考虑：其一，这个"文本化"所指向的伎艺唱演内容落实于书面文本，既不会直接地对应，也不会全部地对应；其二，唱演伎艺的体制格式，本是因伎艺而生成、存在的表述方式,它们能成为书面编写的表述方式,甚至是书面文体的标志性体制,乃经历了一个长期累积、调适的过程,并非伎艺唱演内容转化为文本即可呈现、确立的。

而基于故事唱演形态的文本化,便可根据它所导向的一个考察立场,更为切实地认识通俗叙事作品、通俗叙事文体及其表现出的诸多现象。所谓"切实",是指这个考察立场能更切近当时的伎艺族群和文化生态来考察宋元通俗叙事文体与故事唱演形态文本化结果的关系问题。而标举这些通俗叙事文体的"文本化结果"这个属性,乃强调它们是相应的伎艺唱演内容和格式落实于书面领域,又经历了复杂演化过程之后的结果,而这个过程,就牵涉到通俗叙事文体从伎艺形态到书面形态的演进过程中所需要的诸多复杂的促动因素和演变环节。因此,我们强调故事唱演形态的文本化,就是强调在通俗叙事文体与故事唱演伎艺的关系框架中,伎艺格式能成为书面文体的表述体例和标志特征,是经由了一个复杂的"文本化"过程,其间存在着书面编写对伎艺唱演内容和格式诸多方面的选择与改造,然后才会有通俗叙事文体的演成。而这个改造,则牵涉了书面编写领域外在和内在两方面的因素,需要两相参照,融通考察。

三、作为一个文学生态

宋元通俗叙事文体与故事唱演形态的文本化,关联了唱演伎艺与书面编写之间的互动关系,也关联了伎艺领域与书面领域的互动关系,而故事唱演形态的文本化过程所牵涉的复杂因素、繁琐环节和长期演化,还指向了这个过程所关联的物质与非物质文化因素共同构成的文学生态,这是宋元时期通俗叙事文体簇生和发展的重要环境因素。切实地看到它的存在和影响,需要我们超越"文学本位主义"甚或"书面文学本位主义"的立场,在一个更宏大更多层的关系框架中来思考和理析相关材料。因为文学并不是独立于社会文化之外的一个存在,它作为社会文化活动的组成部分,如何产生,怎样发展,莫不与它所处的文化环境的方方面面相关联;而许多文学族群内部的问题和现象,可能并非文学领域的原生存在,而是属于其他领域原生问题的波及。立足于此的问题探究,方可有效避免以今律古、以偏为正、以因为果等误解误判,而能对相关文学现象作出切实的定位、定性判析。

在对唱演伎艺与书面文体的关系考察中,所谓的"文学本位主义",会诱导我们的判断路径。这有两种情况:一种是只要看到那些与通俗叙事文体的体制因素相类者,即指为受到相关伎艺繁盛的影响所致,比如把元代白话史著指为受讲史伎艺影响所致;另一种是只要看到那些与讲唱伎艺的称名、语体、格式等相关的材料,即归入讲唱伎艺范畴,比如把宋元文献中有"说书"字样的记述,简单地指为说话伎艺的文献证据。而所谓的"书面文学本位主义",则是依照书面文体形态,来推定口演伎艺的形态,比如根据合生故事文本、论议故事文本来推定合生、论议为叙事类说唱伎艺。

胡士莹《话本小说概论》为状说话伎艺中"小说""讲史"的繁盛度与影响力,把元时文人吴澄编写的白话体《通鉴讲义》、郑镇孙编写的白话体《直说通略》等通俗史著推定为受讲史伎艺的影响所致。

　　元代严禁说唱词话,以讲说时事新闻为主的"小说"一家,似乎已经衰落而逐渐归入讲史中去了。说书人为了不抵触功令,都纷纷去讲说历史故事。影响所及,当时的道学先生吴澄给皇帝讲《通鉴》时也用语录体,还有一位监察御史郑镇孙掇采了《资治通鉴》的内容写了一部白话体的《直说通略》。①

　　这段论述关涉了宋元时期通俗史著的两个问题，一是为皇帝讲读史书的活动，二是白话历史著述的出现。

　　宋代盛行的"讲史"伎艺，立足于娱乐伎艺领域，普遍被认为是唐代俗讲变文等讲唱伎艺的延续与新变，因为宋时伎艺繁兴，为竞争求新而引入了历史故事题材，于是在说话伎艺中出现了一个大的分支，即"讲史"一门。但问题是这个历史故事体裁的伎艺门类为何被赋名为"讲史"或"讲史书"？如果放眼当时的社会文化领域，讲史书并非伎艺领域仅有的活动，北宋初期面向帝王教育的经筵制度也设有讲经、讲史门类，朝廷还有专门的机构"说书所"，并设有专门的职官"崇政殿说书"，而当时的各级各类官方学校亦设有"说书""讲书"职位，讲读史书即是其主要的职责，这表明"讲史书"在当时已是一个制度性的文化教育活动。据此，我们不应把当时文献中出现的"说书"资料，简单地指向伎艺领域的讲史、评话等说话伎艺。比如《三朝北盟会编》中金国完颜衮听"说书者"刘敏"讲演书籍至五代梁末帝以弑逆诛友珪之事"；②元顺帝至正十一年（1351）三月，朝廷下旨，"征建宁处士彭炳为端本堂说书，不至"。③这些信息引导我们需要把伎艺讲史置放于更大的关系框架中，立足于更广阔的社会文化领域，如此即可看到，当时的帝王经筵、各级学校书院皆已普遍存在着"讲史书"活动，这些史学领域、政事领域和教育领域的讲史书活动，勾联起一个历史知识普及活动的潮流，表现为口头形态和书面形态两种。这

---

① 胡士莹：《话本小说概论》，第 703 页。
② 徐梦莘：《三朝北盟会编》卷二四三引《神麓记》，页 1748 下。
③ 《元史》卷四二《顺帝纪五》，第 890 页。

个历史知识普及化潮流最明显的表现，一是接受人群的数量众多，这表明历史知识普及走向了社会大众；二是历史知识内容的通俗化、简洁化倾向，《资治通鉴》即为典型代表，当时还出现了许多史书节要、节略之类的作品；三是历史读物表述方式的通俗化、趣味化，以及历史故事讲述方式的通俗性、娱乐化（详见第四章第二部分）。而当时城乡学校繁多、科举制度通畅、印刷术发达、城市经济繁荣、市民阶层壮大等因素，则为朝野上下、学校内外的历史讲读活动提供了方便通道，助推了历史知识的普及面向社会民众不断下沉、拓展。

据此而言，在帝王参与的经筵讲史活动的引领下，宋代出现了面向社会不同人群的历史知识的普及化、通俗化传播方式，有口头、书面两条脉线，通俗平易化是这个历史知识普及活动的一个重要方向和原则。伎艺讲史在宋代作为专题伎艺门类的出现，即是经筵制度引领、激励的讲史活动在市井社会通俗化、娱乐化、伎艺化的结果；它对于伎艺讲史能以一个专类伎艺的面貌出现，并以"讲史书"赋名来说是一个更为直接的、重要的诱发因素。另外，社会上还出现了一些通俗历史著述，其内容的通俗平易化，表现在材料处理方式上，或是据史书内容作白话翻译，或是对史书内容作故事化的剪辑梳理，或是直接采用民间传说故事；至于表述方式的通俗平易化，或是采用白话语体叙述，或是取用说唱伎艺的表述格式，因而《全相平话五种》出现了许多"话说""且说"领起的文言表述段落。而这些伎艺体制因素能落实于书面编写，则又牵涉了宋元时期书面领域白话使用观念与能力的变革因素。上述所列事实，即是宋元时期白话历史作品之所以能够不断涌现的最深刻、最重要的文化环境因素。

元代的平话文本就是在这条脉线上出现的通俗历史作品，它所标举的"平话"一词指向的是对《三国志》《五代史》《前汉书》等史书的通俗平易化表述方式,因此,"平话"史书,就像上文所引《直说通略》意指"直说"《资治通鉴》大略一样,乃是指对史书的通俗平易化叙述。所以,"平话"一词,是与通俗文本编写相关的一个名词,它与"直说"同义,都是指向这些通俗作品编写的一种表述方式,而并非指向这些文本编写的材料来源或伎艺来源。具体到历史讲述而言,"平话"就是指与严肃学术活动、政事活动不同的一种"讲史书"的方式(口头形态的),或者"演义"史书的方式(书面形态的)。因此,吴澄的《经筵讲义》、郑镇孙的《直说通略》并不是受到讲史伎艺影响而出现的"平话体"作品。

至于宋元讲史话本从何而来,则是因为书面领域出现了变革,才会出现对伎艺领域唱演内容的模拟,但普遍的说法是出自对讲史伎艺口演内容的书录和整理,然而这样的认识需要面对讲史话本的如此事实:它们有文言表述部分,也有白话表述部分,且二者都有直接取用史书的现象,或作照抄,或作剪辑,或作白话翻述。另有观点认为这些讲史话本是基于讲史伎艺的影响而出现的书面编写,但在当时文言体系主导的书面编写领域,讲史伎艺并没有这么大的影响力,能够让书面编写主动采用伎艺表述体制。所以,对于宋元讲史话本为何呈现这样的形态,囿于伎艺与话本关系框架并不能解释得逻辑周全。

基于以上理析,我们在考察宋元通俗叙事文体时,应该联系它们所处的文学生态,关注它们所处的生存环境,警惕与讲史伎艺影响力和繁盛度简单对应的思路。比如为了状讲史伎艺的影响力,使用史学领域的"说书"资料来做证据,则是以今律古;称说讲史伎艺影响了《直说通略》的白话体编写体例,则是以果为因;把《直说通略》这样的白话历史著述作为讲史伎艺影响下的结果,则是以偏为正。这样的"文学本位主义",会抑制我们对文学格局的认识,遮蔽文学现象蕴含的本原性问题。而宋元通俗叙事文体与故事唱演形态文本化的关系框架,则体现了关注文学生态的考察立场和逻辑思路,或者说这个关系框架本身即体现了一种文学生态。它注意到了唱演伎艺的文本化有不同的形态、路径、方式和结果,并不必定会发展到、落实到或归结于宋元通俗叙事文体的生成,由此而促使我们探寻这个文本化过程因为哪些因素的促动,才得以走向通俗叙事文体这个目标;又因为哪些因素的推进,才得以促成了通俗叙事文体出现这个结果。

　　这就是这个关系框架所能提供的思考路径,它提醒我们要关注通俗叙事文体所面对的文学生态和文学格局,避免“文学本位主义”和“书面文学本位主义”的偏狭思路。因为考察故事唱演形态的文本化即需要关注从伎艺形态到书面形态演化过程的路径、环节、过程等因素,即会指示我们看到通俗叙事文体的演成所根由的文学生态,从而有效地把宋元通俗叙事文体的演成过程作为这个文学生态中的一个现象,来予以切实的探析和理解。如此一来,关系框架的叠加和交叉,考察视野的拓展和转换,其目的是为了避免“文学本位主义”的偏狭视界,由此希望能看到更多的、不同的因果逻辑和互动关系,从而能在反复比较、辨析后的梳理中得出契合实际的结论。

主要参考文献

A

安葵:《"说法中现身"与"现身说法"》,《中华戏曲》第 13 辑,山西古籍出版社 1993 年版

B

〔德〕布海歌:《中国戏曲在亚洲的流变——印度、中国和日本的传统戏曲比较》,牛枝慧编:《东方艺术美学》,国际文化出版公司 1990 年版

C

蔡美彪编:《元代白话碑集录》,科学出版社 1955 年版

曹林娣、李泉辑注:《启颜录》,上海古籍出版社 1990 年版

陈多、叶长海注释:《曲律注释》,上海古籍出版社 2012 年版

陈高华等点校:《元典章》,中华书局、天津古籍出版社 2011 年版

陈谷嘉、邓洪波编:《中国书院史资料》,浙江教育出版社 1998 年版

陈乃乾:《三国志平话跋》,《陈乃乾文集》,国家图书馆出版社 2009 年版

陈汝衡:《宋代说书史》,上海文艺出版社 1979 年版

陈寿撰,裴松之注:《三国志》,中华书局 1982 年版

陈文申:《关于"说话"四家和合生》,赵景深主编:《中国古典小说戏曲论集》,上海古籍出版社 1985 年版

陈午楼:《说书有无脚本》,《曲艺》1962 年第 4 期

陈旸:《乐书》,《文渊阁四库全书》第 211 册,上海古籍出版社 1987 年版

陈应鸾:《岁寒堂诗话笺注》,四川大学出版社 1990 年版

陈允吉、胡中行编:《佛经文学粹编》,上海古籍出版社 1999 年版

程千帆、吴新雷:《关于宋代的话本小说》,《社会科学战线》1981 年第 3 期

程毅中:《宋元小说研究》,江苏古籍出版社 1998 年版

崔令钦:《教坊记》,《中国古典戏曲论著集成》(一),中国戏剧出版社 1959 年版

D

邓锐:《宋元讲史平话的史学史研究价值》,《江淮论坛》2008 年第 4 期

丁锡根编:《宋元平话集》,上海古籍出版社 1990 年版

丁锡根:《〈五代史平话〉成书考述》,《复旦学报》1991 年第 5 期

董上德:《谈〈醉翁谈录〉的性质与旨趣》,《学术研究》2001 年第 3 期

杜学德:《固义大型傩戏〈捉黄鬼〉考述》,《中华戏曲》第 18 辑,山西古籍出版社 1996 年版

F

方龄贵校注:《通制条格》,中华书局 2001 年版

冯保善：《宋人说话家数考辨》，《明清小说研究》2002 年第 4 期

〔德〕傅海波、〔英〕崔瑞德编：《剑桥中国辽西夏金元史》，中国社会科学出版社 1998 年版

傅修延：《先秦叙事研究》，东方出版社 1999 年版

G

高承：《事物纪原》，《丛书集成初编》本，中华书局 1985 年版

高彦休：《唐阙史》，《丛书集成初编》本，中华书局 1985 年版

龚延明：《中国历代职官别名大辞典》，上海辞书出版社 2006 年版

顾青：《说"平话"》，《中国古代小说研究》第 1 辑，人民文学出版社 2005 年版

贯云石：《新刊全相成斋孝经直解》，北京来熏阁书店 1938 年影印元刊本

H

洪楩编：《清平山堂话本》，上海古籍出版社 1992 年版

洪迈：《夷坚志》，中华书局 2006 年版

胡忌：《宋金杂剧考》，古典文学出版社 1957 年版

胡适：《国语文学史》，欧阳哲生编《胡适文集》（八），北京大学出版社 1998 年版

胡适：《胡适日记（手稿本）》（一），远流出版事业股份有限公司（台北）1989 年版

胡士莹：《话本小说概论》，中华书局 1980 年版

胡应麟：《少室山房笔丛》，上海书店出版社 2009 年版

皇都风月主人编,周楞伽笺注:《绿窗新话》,上海古籍出版社1991年版

J

纪德君:《宋元"说话"的书面化与"说话"底本蠡测》,《广东技术师范学院学报》2009年第1期

姜鹏:《北宋经筵与宋学的兴起》,上海古籍出版社2013年版

金圣叹评点:《第五才子书施耐庵水浒传》,中州古籍出版社1985年版

居乃鹏:《商谜考》,《国文月刊》第78期,1949年4月

K

康保成:《中国古代戏剧形态与佛教》,东方出版中心2004年版

康保成:《酒令与元曲的传播》,《文艺研究》2005年第8期

L

[古朝鲜]李边:《训世评话》,汪维辉编:《朝鲜时代汉语教科书丛刊》(四),中华书局2005年版

李昌集:《中国古代散曲史》,华东师范大学出版社1996年版

李家瑞:《李家瑞先生通俗文学论文集》,王秋桂编,台湾学生书局1982年版

李家瑞:《北平俗曲略》,上海文艺出版社1990年影印版

李金泉:《固义队戏确系宋元孑遗小考》,麻国钧等主编:《祭礼·傩俗与民间戏剧》,中国戏剧出版社1999年版

李开先：《词谑》,《中国古典戏曲论著集成》（三）,中国戏剧出版社 1959 年版

李焘：《续资治通鉴长编》,中华书局 2004 年版

李小荣：《变文讲唱与华梵宗教艺术》,上海三联书店 2002 年版

李小树：《宋代商业性讲史的兴起与通俗史学的发展》,《史学月刊》2000 年第 1 期

李心传：《建炎以来系年要录》,中华书局 1988 年版

李跃忠：《试析湖南影戏"桥本戏"的文本形态》,《武陵学刊》2013 年第 5 期

李渔：《闲情偶寄》,上海古籍出版社 2000 年版

李泽厚：《美的历程》,天津社会科学院出版 2001 年版

黎国韬：《古剧考原》,中山大学出版社 2011 年版

黎国韬：《元杂剧"坐演"形式渊源考——唐乐与元曲关系之一例》,《戏剧艺术》2013 年第 1 期

黎靖德编：《朱子语类》卷一三四,中华书局 1994 年版

梁廷枏：《藤花亭曲话》,《中国古典戏曲论著集成》（八）,中国戏剧出版社 1959 年版

刘斧：《青琐高议》,上海古籍出版社 1983 年版

刘祁：《归潜志》,上海古籍出版社 2012 年版

刘晓明：《"斫拨"与唐代杂剧形态》,《文史》2005 年第 4 辑

刘勰撰,范文澜注：《文心雕龙注》,人民文学出版社 1958 年版

刘兴汉：《南宋说话四家的再探讨》,《文学遗产》1996 年第 6 期

刘永济：《元人散曲选序论》,《宋代歌舞剧曲录要　元人散曲选》,中华书局 2007 年版

刘知幾：《史通》，上海古籍出版社 2008 年版

卢世华：《试论宋代说话人的底本》，《江汉大学学报（社科版）》2005 年第 6 期

鲁迅：《中国小说史略》，上海古籍出版社 1998 年版

鲁迅：《中国小说的历史的变迁》，《鲁迅全集》（九），人民文学出版社 1981 年版

鲁迅：《宋民间之所谓小说及其后来》，《鲁迅全集》（一），人民文学出版社 1981 年版

洛地：《戏曲与浙江》，浙江人民出版社 1991 年版

洛地：《"一正众外""一角众脚"——元曲杂剧非脚色制论》，《戏剧艺术》1984 年第 3 期

吕中：《类编皇朝大事记讲义》，王民信主编：《宋史资料萃编》第四辑第一册，台湾文海出版社 1981 年版

吕中著，张其凡、白晓霞整理：《类编皇朝大事记讲义》，上海人民出版社 2014 年版

陆永峰：《敦煌变文研究》，巴蜀书社 2000 年版

罗烨：《醉翁谈录》，古典文学出版社 1957 年版

M

马端临：《文献通考》，中华书局 2011 年版

毛奇龄：《西河词话》，唐圭璋编：《词话丛编》，中华书局1986 年版

孟元老等：《东京梦华录》（外四种），古典文学出版社1956 年版

N

［日］内藤湖南著，马彪译：《中国史学史》，上海古籍出版社 2008 年版

聂绀弩:《从白话文到新文字》,大众文化社(上海)1936年版

宁希元:《〈五代史平话〉为金人所作考》,《文献》1989年第1期

P

浦汉明:《新校录鬼簿正续编》,巴蜀书社1996年版

浦江清:《谈〈京本通俗小说〉》,《浦江清文录》,人民文学出版社1989年版

浦起龙:《史通通释》,上海古籍出版社1978年版

[美]浦安迪:《中国叙事学》,北京大学出版社1996年版

Q

钱大昕:《补元史艺文志》,《丛书集成初编》第14册,中华书局1985年版

钱茂伟:《从庙堂之高到江湖之远:历史知识在民间的传播》,《光明日报》2000年9月1日

钱天祐:《叙古颂表》《中书省进叙颂状》,《全元文》第37册,凤凰出版社2004年版

乔健等:《乐户:田野调查与历史追踪》,江西人民出版社2002年版

曲六乙:《中国戏曲史里一种怪现象——说唱文学输入戏曲的独特形态》,《中国戏剧》1995年第11期

曲六乙:《祭礼·傩俗与民间戏剧》,《大舞台》1999年第3期

R

任半塘:《驳我国戏剧出于"傀儡戏、影戏"说》,《戏剧论

丛》1958 年第 1 辑

　　任半塘：《词曲通义》,（上海）商务印书馆 1931 年版

　　任半塘：《散曲概论》,曹明升点校：《散曲丛刊》,凤凰出版社 2013 年版

　　任半塘著,金溪辑校：《散曲研究》,凤凰出版社 2013 年版

S

　　沈作喆：《寓简》,《丛书集成初编》本,中华书局 1985 年版

　　石昌渝：《中国小说源流论》,三联书店 1994 年版

　　释慧琳、释希麟：《正续一切经音义》,上海古籍出版社 1986 年版

　　司马光：《资治通鉴》,中华书局 1956 年版

　　司马光：《稽古录》,《文渊阁四库全书》第 312 册,上海古籍出版社 1987 年版

　　舒焚：《两宋说话人讲史的史学意义》,《历史研究》1987 年第 4 期

　　宋濂等：《元史》卷二九,中华书局 1976 年版

　　苏鹗：《苏氏演义》,《丛书集成初编》本,中华书局 1985 年版

　　隋树森编：《元曲选外编》,中华书局 1996 年版

　　孙楷第：《傀儡戏考原》,上杂出版社 1952 年版

　　孙楷第：《沧州集》,中华书局 1965 年版

T

　　陶宗仪：《南村辍耕录》,中华书局 1959 年版

　　田建平：《宋代出版史》,人民出版社 2017 年版

　　［日］田中一成著,云贵彬、于允译：《中国戏剧史》,北京广播学院出版社 2002 年版

脱脱等：《宋史》卷一六二《职官志二》，中华书局 1985年版

脱脱等：《金史》卷五六《百官志二》，中华书局 1975 年版

W

汪仲贤：《宣和遗事考证》，郑振铎编：《中国文学研究》（下册），商务印书馆 1927 年版

王国维：《宋元戏曲史》，上海古籍出版社 1998 年版

王宁：《"连厢"补证》，《戏剧》2004 年第 2 期

王兆乾：《池州傩戏与成化本〈说唱词话〉》，《中华戏曲》第 6 辑，山西人民出版社 1988 年版

王灼著，岳珍校正：《碧鸡漫志校正》，人民文学出版社 2015 年版

吴澄：《吴文正集》，《文渊阁四库全书》第 1197 册，上海古籍出版社 1987 年版

吴康：《我的白话文学研究》，《新潮》第二卷第三号，1920年 2 月

吴国钦：《中国戏曲史漫话》，上海文艺出版社 1980 年版

吴国武：《北宋经筵讲经考论》，《国学学刊》2009 年第 3 期

吴小如：《释"平话"》，《古典小说漫稿》，上海古籍出版社 1982 年版

吴丈蜀：《词学概说》，中华书局 2009 年版

无名氏：《东坡居士佛印禅师语录问答》，《古本小说集成》本，上海古籍出版社 1994 年版

X

夏庭芝：《青楼集》，《中国古典戏曲论著集成》（二），中国

戏剧出版社 1959 年版

夏庭芝著,孙崇涛、徐宏图笺注:《青楼集》,中国戏剧出版社 1990 年版

熊梦祥:《析津志辑佚》,北京古籍出版社 1983 年版

徐大军:《元杂剧主唱人的选择、变换原则》,《文艺研究》2006 年第 8 期

徐梦莘:《三朝北盟会编》卷二四三,上海古籍出版社 1987 年版

徐慕云:《中国戏剧史》,上海古籍出版社 2001 年版

徐沁君校点:《元刊杂剧三十种》,中华书局 1980 年版

徐松辑:《宋会要辑稿·崇儒七》,上海古籍出版社 2014 年版

许衡著,王成儒点校:《许衡集》,东方出版社 2007 年版

薛居正等:《旧五代史》卷二《太祖本纪》,中华书局 1976 年版

Y

严敦易:《水浒传的演变》,作家出版社 1957 年版

颜廷亮编:《敦煌文学》,甘肃人民出版社 1989 年版

杨公骥:《唐代民歌考释及变文考论》,吉林人民出版社 1962 年版

杨绛:《李渔论戏剧结构》,《杨绛作品集》(三),中国社会科学出版社 1993 年版

杨荫浏:《中国古代音乐史稿》,人民音乐出版社 1981 年版

杨祖愈:《论中国影戏的起源》,《戏曲艺术》1988 年第 4 期

姚广孝等编:《永乐大典目录》,《四库全书存目丛书补

编》第 58 册,齐鲁书社 2001 年版

姚鹏图:《论白话小说》,陈平原、夏晓虹编:《二十世纪中国小说理论资料》(第一卷),北京大学出版社 1989 年版

叶明生:《福建傀儡戏史论》,中国戏剧出版社 2004 年版

叶瑛:《文史通义校注》,中华书局 1985 年版

〔荷〕伊维德:《我们读到的是"元"杂剧吗——杂剧在明代宫廷的嬗变》,《文艺研究》2001 年第 3 期

易卫华:《论宋仁宗时代的经筵讲〈诗〉》,《诗经研究丛刊》第 24 辑,学苑出版社 2013 年版

佚名:《新雕文酒清话》,《续修四库全书》第 1272 册影印金刻本,上海古籍出版社 2002 年版

永瑢等编:《四库全书总目》,中华书局 1965 年版

虞集著,王颋点校:《虞集全集》,天津古籍出版社 2007 年版

Z

臧晋叔编:《元曲选》,中华书局 1989 年版

曾永义:《戏曲源流新论》,中华书局 2008 年版

章培恒:《关于现存的所谓"宋话本"》,《上海大学学报(社科版)》1996 年第 1 期

张伯行编:《朱子语类辑略》,中华书局 1985 年版

张帆:《中国古代经筵初探》,《中国史研究》1991 年第 3 期

张齐贤:《洛阳搢绅旧闻记》,《丛书集成初编》本,中华书局 1985 年版

张玉来、耿军:《中原音韵校本》,中华书局 2013 年版

张元济:《涵芬楼烬余书录·史部》,《张元济全集》(八),商务印书馆 2009 年版

张政烺:《问答录与说参请》,《历史语言研究所集刊》第17册,中华书局1987年影印本

张中行:《文言与白话》,黑龙江人民出版社1988年版

赵义山:《元散曲通论》,巴蜀书社1993年版

赵义山:《元散曲通论(修订本)》,上海古籍出版社2004年版

赵义山:《百年问题再思考——北曲杂剧音乐体制渊源新探》,《文学评论》2016年第4期

郑明娳:《中国傀儡戏的演进及现代展望》,张敬、曾永义等:《中国古典戏剧论集》,幼狮文化事业公司(台北)1985年版

郑劭荣、谭研:《辰河高腔“条纲戏”的编创及其演剧形态探究》,《文化遗产》2012年第4期

郑振铎:《中国俗文学史》,商务印书馆2005年版

郑镇孙:《直说通略》,国家图书馆古籍部藏明成化庚子重刊本

郑镇孙:《直说通略自序》,《中央图书馆善本序跋集录·史部》(三),台北“中央图书馆”1993年版

中国艺术研究院曲艺研究所编:《说唱艺术简史》,文化艺术出版社1988年版

周楞伽辑注:《裴铏传奇》,上海古籍出版社1980年版

周良编:《苏州评弹旧闻钞》,江苏人民出版社1983年版

周亮工:《因树屋书影》,《周亮工全集》(三),凤凰出版社2008年影印本

周宁:《叙述与对话:中西戏剧话语模式比较》,《中国社会科学》1992年第5期

周贻白:《武王伐纣平话的历史根据》,沈燮元编:《周贻白小说戏曲论集》,齐鲁书社1986年版

周贻白:《中国戏剧的起源和发展》,《戏剧论丛》1957年第1辑

周贻白:《中国戏剧与傀儡戏影戏——对孙楷第先生〈傀儡戏考原〉一书之商榷》,《中国戏曲论集》,中国戏剧出版社1960年版

周贻白:《中国戏曲发展史纲要》,上海古籍出版社1979年版

周兆新:《"话本"释义》,《国学研究》第二卷,北京大学出版社1994年版

周兆新:《讲史话本的两大流派》,程毅中编:《神怪情侠的艺术世界——中国古代小说流派漫话》,中共中央党校出版社1994年版

朱权:《太和正音谱》,《中国古典戏曲论著集成》(三),中国戏剧出版社1959年版

朱人求:《衍义体:经典诠释的新模式》,《哲学动态》2008年第4期

朱熹:《资治通鉴纲目》卷五五,《朱子全书》第11册,上海古籍出版社2010年版

邹贺、陈峰:《中国古代经筵制度沿革考论》,《求索》2009年第9期

后　　记

　　我自撰写博士论文起就涉足宋元小说戏曲的研究,当时选择以"元杂剧与小说关系研究"为专题。大概就像一段时期狂吃同一种食物后的反胃感觉吧,当年在完成博士论文后,就想着如何能跳出元杂剧这个范围,而想到的路数是雄心勃勃地扩张,遂尝试去做"中国古代小说与戏曲关系研究"这个题目。但经过一番寻觅后,我并没有斩获颇丰的充实感,反而越来越惶恐迷惘。究其原因,主要是面对的问题实在太多,想要摁住一个就不得不放弃四处搏杀,况且我也没有力气摁住太多。所以,在2009年完成《中国古代小说与戏曲关系史》之后,我首先盘算的事情,不是以后如何继续进一步扩充它,而是将来有一天要如何用"简史"的思路来凝练它。

　　另外,我也没有原来那个扩张的念头了,而是想着回撤到宋元小说戏曲研究这个领域,守着一块土地,好好平整,播种耕作。一方面,考虑到小说与戏曲关系的研究,容易被认为是比较研究的思路,即使多文体关系研究也是如此;另一方面,考虑到对于小说戏曲来说,宋元时期是一个承上启下的大转折阶段,出现了后来被归于小说、戏剧、说唱文学的诸多通俗叙事文体,还有一个与它们密切相关的伎艺族群,我觉得应该用更融通的思路来看待它们,而不应该用现代文体观念把它们分割在不同的文体类群中来考察。于是,我就以"通俗叙事文体"来把它们攒在一起,又觉得自己原来对元杂剧相对熟悉些，就从元杂剧着手，一步步拓展到话本小说、讲唱文艺、叙事词曲。在此期间，我于 2014 年申报成功国家社科基金项目"宋元通俗叙事文体与故事讲唱形态的文本化研究"，由此而来的一系列论文陆续发表在《文学遗产》《文学与文化》《中华文史论丛》《文艺理论研究》《戏剧艺术》《文艺研究》等刊物上。所以，本书章节基本都曾以单篇论文形式刊布过，故而在有些地方存在少量的内容重复。本书统稿修订时，在保证各个章节本身论述逻辑统一完整的基础上，即对这些内容作了彼此间的相互调整。

　　在这个项目的研究过程中，我深感这个时期的文学叙事仍有可深究细思的问题，所以打算继续留在这块地上，好好翻土，用心耕作，希望它能长出新苗，我能养出新果。至于我曾经晃荡过的那些扩张之地，就当作惦念的远方吧。

徐大军

2019 年 8 月 30 日

图书在版编目(CIP)数据

宋元通俗叙事文体演成论稿 / 徐大军著. —上海：
上海古籍出版社，2020.5
ISBN 978－7－5325－9580－8

Ⅰ.①宋… Ⅱ.①徐… Ⅲ.①中国文学－叙事文学－
古典文学研究－宋元时期 Ⅳ.①I206.4

中国版本图书馆 CIP 数据核字(2020)第 060203 号

宋元通俗叙事文体演成论稿

徐大军 著

上海古籍出版社出版发行

(上海瑞金二路 272 号 邮政编码 200020)

(1) 网址：www.guji.com.cn

(2) E-mail：guji1@guji.com.cn

(3) 易文网网址：www.ewen.co

上海颛辉印刷厂印刷

开本 890×1240 1/32 印张 11.625 插页 2 字数 292,000

2020 年 5 月第 1 版 2020 年 5 月第 1 次印刷

ISBN 978－7－5325－9580－8

K·2821 定价：48.00 元

如有质量问题,请与承印公司联系